MvS

Linda Davies

Das Schlangennest

Roman

Deutsch von Pociao und
Roberto de Hollanda

Marion von Schröder

Titel der englischen Originalausgabe: Nest of Vipers. Originalverlag: Orion Books Ltd, London. Übersetzt von: Pociao und Roberto de Hollanda.

Die Deutsche Bibliothek – CIP-Einheitsaufnahme

Davies, Linda: Das Schlangennest: Roman/Linda Davies. Dt. von Pociao und Roberto de Hollanda. – Düsseldorf: Marion von Schröder, 1995.
ISBN 3-547-72041-9.

Lektorat: Susanne Van Volxem. Gesetzt aus der Sabon, Linotype. Satz: Heinrich Fanslau GmbH, Düsseldorf. Papier: Papierfabrik Schleipen GmbH, Bad Dürkheim. Druck und Bindearbeiten: Bercker Graphischer Betrieb GmbH, Kevelaer. Printed in Germany. ISBN 3-547-72041-9.

Meinen Eltern, Glyn und Grethe,
für ihre Liebe und Unterstützung

Das Schlangennest

Prolog

Sie ist goldrichtig.«

»Was macht Sie da so sicher?«

»Sie hat die perfekte Tarnung. Niemand würde sie verdächtigen. Sie ist intelligent, diskret und ehrgeizig. Es wäre genau die richtige Herausforderung für sie. Außerdem ist sie idealistisch. Sie würde sogar das Gesetz brechen, wenn sie es für nötig hält. Wahrscheinlich würde es ihr auch noch Spaß machen.«

»Was veranlaßt Sie zu dieser Annahme?« fragte Bartrop interessiert.

»Sie hat etwas Rebellisches an sich.«

Bartrop runzelte die Stirn. »Eine eher zweischneidige Eigenschaft, finden Sie nicht? Vergessen Sie nicht, daß wir kein Risiko eingehen dürfen. Wenn nur das Geringste an die Presse gelangt ...«

»Das wird nicht passieren«, beschwichtigte ihn Barrington. »Sie steht auf unserer Seite. Außerdem habe ich sie genauestens unter die Lupe genommen. Sie kann Geheimnisse für sich behalten. Sie redet zwar gerne, wie jede Frau, aber nicht über wichtige Dinge.«

»Sie mögen sie, nicht wahr?«

»Es ist schwer, sie nicht zu mögen.«

»Ist Ihnen klar, daß das Ganze unter Umständen sehr unangenehm für sie werden könnte? Wenn etwas schiefgeht, werden wir gezwungen sein, sie fallenzulassen.«

»Sollte ich ihr das nicht lieber sagen?«

Du wirst ihr nur sagen, was ich für richtig halte, dachte Bartrop und antwortete: »Machen Sie ihr klar, daß sie sich nicht erwischen lassen darf. Und daß sie notfalls auf sich allein gestellt ist.

Ich frage mich nur, ob sie stark genug wäre, wenn es sein muß. Ich will nicht, daß sie verrückt spielt und zur Polizei rennt.« Barrington dachte einen Augenblick nach und sagte dann: »Sie wird es schaffen.«
»Außerdem könnte sie sich selbst schaden, wenn sie auspackt«, sagte Bartrop langsam und nachdenklich.
Der Leiter des Rauschgiftdezernats im MI6 und der Präsident der Bank of England tauschten ein zuversichtliches Lächeln aus. Keiner von beiden ahnte, daß Sarah Jensen sehr wohl zu einer Kurzschlußhandlung fähig war, wenn man ihr Unrecht tat, und daß sie wie Samson die Säulen zum Einsturz bringen würde, wenn man sie fallenließ.

1

Mit siebenundzwanzig Jahren führte Sarah Jensen ein mehr oder weniger normales Leben, wenn auch auf einem ungewöhnlichen Level. Immerhin war sie eine der erfolgreichsten Devisenhändlerinnen in der City of London und bewohnte zusammen mit ihrem Bruder und ihrem Freund ein großes Haus in Chelsea. Sie war charmant, sah gut aus, wurde geliebt und hatte Geld. Trotzdem war sie nie ohne Angst. Das Leben, das sie sich so sorgsam aufgebaut hatte, empfand sie als etwas Zerbrechliches. Es konnte innerhalb weniger Sekunden in Stücke fallen – genauso wie ihre Kindheit in New Orleans damals an jenem sonnigen Nachmittag, als ihre Eltern bei einem grausigen Zusammenstoß von Fleisch und Metall ums Leben gekommen waren. Danach hatte sie die Angst nie mehr verlassen. Sie saß tief, verbarg sich hinter Ablenkungsmanövern, Verweigerungen und Lügen, ließ aber niemals locker. Sie warf ihre Schatten auf alles, was sie tat, auf das unbekümmerte Jonglieren mit Hunderten Millionen Pfund an ihrem Schreibtisch, auf die vielen sorglosen Affären oder jetzt auf die feste Beziehung zu ihrem Freund Eddie, auf ihren Whisky und ihr unbändiges Lachen und sogar auf ihre ungezügelte Lust, jeden Augenblick zu genießen. Die Zerbrechlichkeit ihres Lebens aber war zugleich eine Stärke. Sie machte ihr Leben aufregend. Und solange sie es schaffte, die widersprüchlichen Elemente ihrer Persönlichkeit zusammenzuhalten, war sie sicher.

Manchmal fragte sie sich, ob es niemandem auffiel, ob keiner sie durchschaute. Doch da waren höchstens Jacob und Mosami, ihre beiden besten Freunde – vielleicht ahnten sie etwas von der

dunklen Seite, den vagen Umrissen der Angst, aber sie sprachen sie nie darauf an und stellten nur selten das Bild in Frage, das Sarah der Welt von sich zeigte.
Sie lächelte und schreckte aus ihrem Tagtraum auf. Dann warf sie einen Blick auf den Monitor, griff nach dem Hörer und ließ sich eine Transaktion bestätigen, um ihre Position glattzustellen. Das Ganze dauerte dreißig Sekunden und brachte eine halbe Million Pfund.

Das Geld raste durch die Leitungen. Seine Herkunft wurde durch unzählige elektronische Transfers verschleiert, mit denen Geld verschoben, versteckt und in handliche Brocken aufgeteilt wurde, die dann als dicke Bündel abgehoben und irgendwo anders wieder eingezahlt werden sollten, um jede Spur zu verwischen. Antonio Fieri ging niemals ein Risiko ein. Deshalb war er fast bis zur Spitze der Mafia aufgestiegen, ohne je ein Verfahren, geschweige denn eine Verurteilung durchstehen zu müssen.
Fieri war ein untersetzter Mann Ende Fünfzig, dessen ehemals drahtige Figur im Lauf der Jahre unter einer Fettschicht verschwunden war. Sein Gesicht war beinahe flach, mit Ausnahme der Stupsnase und der erstaunlich vollen Lippen. Jeden Monat ließ er sich das dünne graue Haar beim Friseur schwarz färben. Die dunkelbraunen runden Augen waren stets auf der Hut, obwohl sie meistens Humor und eine gewisse Zufriedenheit ausstrahlten.
Er war der Schatzmeister der Mafia und verantwortlich für die Geldwäsche aus illegalen Einnahmen, vor allem aus dem Drogengeschäft. Er erfand neue, relativ saubere Methoden, um die Gelder wieder in den legalen Kreislauf der Wirtschaft einzuschleusen. Fieri scheute vor Gewalt nicht zurück und legte dabei ebensowenig Skrupel an den Tag wie bei seinen klinischen Operationen an den Finanzmärkten. Doch seine große Leidenschaft war das reine Geschäft, Geld zu mehr Geld zu machen, indem er es legal arbeiten ließ. Und von all seinen Einfällen war dieser, sein letzter Trick, unübertroffen.

Er legte den Telefonhörer auf. Seine dicken Finger hinterließen feuchte Spuren auf dem Kunststoff. Dann rechnete er im Kopf zusammen, welchen Gewinn er gerade gemacht hatte, und ein zufriedenes Lächeln huschte über sein Gesicht. Sieben Millionen Dollar in drei Stunden. Leicht verdientes Geld. Saubere Arbeit. Um vieles sauberer als Erpressung, Wucher, Drogen oder Mord. Bloß Stimmen am Telefon, Zahlen auf einem Monitor und ein paar Notizen auf einem Zettel. Und schnell. In wenigen Sekunden jagte das Geld einmal um die ganze Welt.

Fieri grinste. Sein Mund sah aus wie der Schlitz einer Halloween-Maske, als er sich vorstellte, wie Dollar, Pfund, Deutsche Mark und Yen durch die Lüfte sausten. Umgerechnet vierhundert Millionen Dollar. Wie weit würden sie reichen, ordentlich ausgelegt, in einer langen Reihe aus Zehnern? Von Rom bis New York? Er lachte, stand auf und tappte schwerfällig zum Kühlschrank in einer Ecke seines Büros. Vierhundert Millionen in zehn Monaten. Er schenkte sich ein Glas Champagner ein und sprach einen Toast auf das leicht verdiente Geld.

Hätte Fieri geahnt, wohin seine Geldspur ihn noch führen sollte, wäre ihm der Champagner im Mund bitter geworden.

Im stickigen Büro einer Handelsbank in der City hatte ein junger Devisenhändler gerade den Telefonhörer aufgelegt. Fast hätte er einen Freudenschrei ausgestoßen. Weitere drei Millionen für das Nummernkonto. Und ein Viertel davon sein Anteil. Es wird allmählich ein Problem, dachte er und lachte in sich hinein, so viel Geld auszugeben, ohne daß es auffällt.

Ein weiterer Container mit Kokain war sichergestellt worden. Fünfzig Kilo in den Plateausohlen einer Ladung italienischer Schuhe versteckt. Die Lieferung war von den Zollbehörden Ihrer Majestät und dem MI6 entdeckt und bis zu einem Lagerhaus im Industriegebiet in den East Midlands verfolgt worden. Fahrer und Empfangskomitee waren verhaftet, die Ware beschlagnahmt und zur Verbrennung bestimmt. Die Drogenhändler wurden noch verhört. Fiona Duncan, die Leiterin der Zollbehörde, rasselte die Einzelheiten am Telefon runter. James Bartrop vom MI6 hörte ihr gelassen zu.

Der Fang bedeutete nicht mehr als ein Tropfen auf dem heißen Stein. Der Strom von Drogen, die ins Land kamen, war nicht aufzuhalten, und auch dieser Ring würde bald durch eine andere Organisation ersetzt werden. Ein dauerhafter Erfolg ließ sich nur erzielen, wenn man den Drogenhandel an der Quelle bekämpfte, und das war eine von Bartrops Hauptforderungen. Seit es mit dem FBI, der amerikanischen Drogenbehörde DEA sowie britischen und amerikanischen Zollbehörden zusammenarbeitete, spielte das MI6 eine deutlich größere Rolle auf diesem Parkett.

Der größte Teil der Drogen, die illegal ins Königreich gelangten, wurde von einer unheiligen Allianz zwischen den südamerikanischen Drogenbaronen und der italienischen Mafia kontrolliert, die die Interessen der Südamerikaner in Europa vertrat. James Bartrop mußte es gelingen, einen V-Mann in diese Organisation zu schleusen, wenn er die illegale Einfuhr von Drogen nach Großbritannien empfindlich stören wollte. Die neueste Lieferung, so seine Vermutung, ging ebenfalls auf das Konto der südamerikanischen Barone und der Mafia. Es war möglich, aber wohl eher unwahrscheinlich, daß die verhafteten Drogenhändler das bei ihrer Vernehmung bestätigen würden. Bartrop wußte aus Erfahrung, daß jeder von ihnen schweigen konnte wie ein Grab. Vielleicht versuchten sie ihre Haftstrafe zu mildern, indem sie die Namen von Dealern und Pushern preisgaben, die das nächste Glied in der Kette bildeten, aber ihre Hintermänner würden sie nicht verraten. Ein schneller und brutaler Tod wäre die sichere Belohnung gewesen.

Die Exekutionskommandos der Mafia und der kolumbianischen Drogenbarone gingen nicht nur unbarmherzig gegen Mitglieder rivalisierender Banden vor, sondern brachten auch die eigenen Leute um, wenn sie zu einer Bedrohung für die Organisation wurden. Die Anerkennung eines kolumbianischen Drogenbarons zu gewinnen scheint eine eher zweifelhafte Auszeichnung, doch gerade deshalb war Antonio Fieri, der es an Skrupellosig-

keit und Brutalität mit jedem seiner südamerikanischen Geschäftspartner hätte aufnehmen können, besonders stolz darauf.
Zehn Jahre zuvor war Bartrop als damaliger Leiter der MI6-Außenstelle in Rom zum erstenmal auf Antonio Fieri aufmerksam geworden. Fieri wurde verdächtigt, die Stellung eines Leutnants innerhalb der sizilianischen Mafia zu bekleiden und Politiker bestochen zu haben, um mafiaeigenen Unternehmen einträgliche Bauaufträge zu sichern. Dummerweise hatte man ihm nie etwas beweisen können. Es war bei den üblichen Verdächtigungen geblieben, denn Fieri war es stets gelungen, die diversen Behörden, die sich an seine Fersen hefteten, in die Irre zu führen.
Bartrop hatte während seiner Karriere beim MI6 – der »Firma«, wie sie von Mitarbeitern oder den »Freunden«, wie sie von eingeweihten Outsidern genannt wurde – Fieri stets im Auge behalten. Jetzt war er Leiter der Drogenabteilung im MI6 und Fieri Geheimdienstberichten zufolge einer der wichtigsten Drahtzieher des Drogenhandels der Mafia. Wenn Bartrop die Möglichkeit gehabt hätte, sich auf etwas so Simples wie ein einziges Ziel zu konzentrieren, hätte er sich Fieri ausgesucht.
Bartrop stand von seinem Schreibtisch auf, trat an das Fenster seines Büros und schaute auf die schmutzige Themse, die vor ihm dahinfloß. Zwei Schlepper kreuzten ihre Wege. Bartrop beobachtete, wie sich die Männer an Deck zuwinkten. Es wirkte wie ein Stummfilm. Er konnte sich die Geräusche und Gerüche des Flusses nur vorstellen, denn außer den Bildern drang nichts durch die dicken Glasscheiben. Sie waren auf Sonderbefehl des Verteidigungsministeriums eingebaut worden – kugel- und abhörsicher.
Bartrop blinzelte, als die Sonne vom Wasser reflektiert wurde. Es war ein herrlicher Junitag. Er stand reglos da, die Handflächen gegen das Glas gepreßt, und starrte hinaus.
Sein Körper bildete eine hagere Silhouette vor den sonnenüberfluteten Scheiben; zuviel überschüssige Energie, um Fett anzuset-

zen. Der elegant geschnittene dunkle Anzug unterstrich diesen Eindruck noch. Auf den ersten Blick wirkte er wie ein Mann von Mitte Zwanzig; nur sein Gesicht verriet, daß er doppelt so alt war. Die Haut war grau vom vielen Rauchen, und um Augen und Mund hatten sich feine Falten eingegraben.

Im allgemeinen wirkte sein Gesicht ungewöhnlich lebhaft, forschend und ausdrucksstark, doch es konnte auch starr, kalt und verschlossen sein. Bartrop war ein geborener Schauspieler, wahrscheinlich eine Folge seiner eigenen inneren Widersprüche. Zugleich vereinigte er in sich die Gabe zur ruhigen Reflexion mit der Fähigkeit zur blitzschnellen Analyse. Diese Kombination ergab einen glänzenden Verstand, der seinen steilen Aufstieg innerhalb der Firma begünstigt hatte. Nicht wenige trauten ihm zu, es bis ganz nach oben zu schaffen.

Von den meisten Mitarbeitern wurde er respektiert, aber es gab auch Kritiker, die ihn für eine Spur zu clever hielten. Er wußte von diesen Vorbehalten, tat sie aber mit einem geringschätzigen Lächeln ab. Von Selbstkritik hielt Bartrop nicht sonderlich viel.

Er wandte sich vom Fenster ab, ging zum Schreibtisch und bat seine Sekretärin Moira, den stellvertretenden Leiter des CNC in sein Büro zu bestellen. Wenig später betrat Miles Forshaw den Raum und nahm gegenüber von Bartrop Platz, der ihm von dem Kokainfang erzählte und von seiner Vermutung, daß die Ladung Teil einer von Fieri eingefädelten Operation war.

»Wir werden uns eine andere Möglichkeit ausdenken müssen, an Fieri ranzukommen. Das Netz weiter auslegen ... Wenn wir ihm keine Drogengeschäfte nachweisen können, müssen wir eben was anderes finden, um ihn festzunageln.« Bartrop hob die Hand, als Forshaw etwas sagen wollte. »Ich weiß, wir sind bereits dabei, aber ich möchte, daß wir unsere Anstrengungen verdoppeln.« Er hielt inne und zündete sich eine Zigarette an. Forshaw ergriff die günstige Gelegenheit.

»Gestern abend ist noch eine Nachricht reingekommen.« Er rieb sich das Kinn und fuhr in dem gemessenen und bedächtigen Tonfall fort, der den ungeduldigen Bartrop stets auf die Palme brachte. »Ein Bericht der italienischen Außenstelle. Sie kennen doch den Finanzier Giuseppe Calvadoro, gegen den wir schon länger ermitteln?« Bartrop nickte schweigend. »Tja, unsere Jungs in Italien haben da ein höchst interessantes Gespräch abgehört. Es ist ihnen gelungen, gestern ein paar als Gärtner getarnte Mittelsmänner in sein Haus zu schmuggeln, die einen halben Tag lang seine Telefonanschlüsse anzapfen konnten. Kurz vor der üblichen Kontrolle haben sie die Wanzen wieder entfernt.«

Bartrop lachte. Calvadoro war ein bedeutendes Mitglied der Mailänder Gesellschaft, ein angesehener und respektierter Mann, der über jeden Verdacht erhaben schien. Der ideale Broker für einen Mafiaboß. Bartrop hatte zwar keine Hinweise darauf, daß Calvadoro für die Mafia arbeitete, doch wer immer seine Kunden sein mochten, sie hatten offensichtlich etwas zu verbergen. Zweimal am Tag stellte ein Sicherheitsunternehmen das Haus auf den Kopf und durchsuchte sogar seine Post, für den Fall, daß sich in irgendeinem dicken gepolsterten Briefumschlag eine Wanze verbarg.

»Wie auch immer«, fuhr Forshaw fort. »Calvadoro hat ein paar höchst interessante Anrufe erhalten und selbst welche getätigt. Der erste kam von jemandem, der sich nicht zu erkennen gab. Er riet Calvadoro, Dollar zu verkaufen und Pfund Sterling zu kaufen. Sechshundert Millionen Dollar, aufgeteilt in Posten von jeweils fünfundzwanzig Millionen. Calvadoro hat daraufhin bei drei verschiedenen Brokern hier in London angerufen und jedem Aufträge für zweihundert Millionen erteilt, die sie in Teilbeträgen von fünfundzwanzig zwischen den üblichen Konten splitten sollten.«

Bartrop lehnte sich zurück und nahm einen tiefen Zug von seiner Zigarette, während er darauf wartete, daß sein Stellvertreter endlich auf den Punkt kam. Forshaw beugte sich vor, ohne dabei den kerzengeraden Rücken zu krümmen. »Mauro, der Leiter des römischen Büros, meint, die Stimme des anonymen Anrufers erkannt zu haben.« Er machte eine Pause, um die Spannung auf die Spitze zu treiben. »Er glaubt, es sei Fieri.« Bartrop hob eine Augenbraue, Zeichen eines diskreten Interesses, eine Geste, die Forshaw immer wieder vergeblich nachzuahmen suchte.

»Ich lasse die Stimme gerade analysieren. Das interessante daran ist, daß der Betreffende auf jeden Fall vermeiden wollte, daß der Umfang seines Deals bekannt wird. Natürlich könnte es sein, daß er im Auftrag von vierundzwanzig verschiedenen Kunden handelt, aber das wage ich zu bezweifeln. Wahrscheinlicher ist, daß es um irgendwelche zwielichtigen Geschäfte geht. Auf dem Devisenmarkt würde ein Geschäft von sechshundert Millionen unweigerlich auffallen – fünfundzwanzig Millionen dagegen kaum. Später lassen sich dann keinerlei Verbindungen zwischen den einzelnen Fünfundzwanzig-Millionen-Deals mehr herstellen.«

Bartrop stieß den Rauch aus. »Um wieviel Uhr war das?«

Forshaw lächelte. »Sie liegen ganz richtig. Etwa eine halbe Stunde, bevor die Bank of England den Leitzins um einen Punkt gesenkt hat.«

»Das heißt, daß wir eine undichte Stelle in den Zentralbanken haben, wenn nicht sogar in der Old Lady?«

»Sieht ganz danach aus.« Forshaw stützte das Kinn in die Hand. Er sah nachdenklich aus. »Möglicherweise ist Antonio Fieri unser Insiderdealer.«

Beide lächelten. Bartrops Blick wanderte ins Leere, als er eine Zeitlang schweigend dagesessen hatte. Dann wandte er sich wieder Forshaw zu.

»Es ist höchst unwahrscheinlich, daß sich die undichte Stelle in der Old Lady befindet. Geheiminformationen über Zinssenkungen sind nur ganz hohen Tieren bekannt. Barrington, den Präsidenten der Zentralbank, kenne ich seit Jahren. Er mag ein Dummkopf sein, aber er ist ganz gewiß kein Krimineller.«

Die Sprechanlage in Moiras Büro summte. Bartrops Stimme hallte durch den Raum. »Bitte, verbinden Sie mich mit dem Präsidenten der Zentralbank, Moira.«

Der Präsident der Zentralbank hatte soeben das Büro verlassen und war auf dem Weg zu seinem allmonatlichen Treffen mit dem Finanzminister. Seine Sekretärin holte ihn in der Kuppelhalle ein. »Mr. Governor, gut, daß ich Sie noch erwischt habe«, sagte sie atemlos. »James Bartrop ist am Telefon. Er sagt, es sei dringend.«

Anthony Barrington blieb einen Augenblick stehen und runzelte die Stirn, als er den Namen hörte. Dann machte er widerwillig kehrt und ging gemessenen Schrittes in sein Büro zurück. Beamte der Zentralbank hatten es niemals eilig. Die Old Lady an der Threadneedle Street war eine Oase der Ruhe inmitten des lauten und hektischen Betriebs in der City. Durch die Flure zu hetzen war hier verpönt. Das überließ man den amerikanischen Investitionsbankern in ihren Glaspalästen und Marmortürmen.

Barrington schloß die Tür seines Büros, setzte sich an den Schreibtisch und wartete, daß seine Sekretärin das Gespräch durchstellte.

2

Um sieben Uhr desselben Abends bog Bartrops schwarzer Rover in den Innenhof der Bank of England ein. Der Chef des Rauschgiftdezernats verschwand hinter einer Tür, die ins Bankgebäude führte, gefolgt von seinem Leibwächter Munro, der gleichzeitig als Fahrer fungierte. Die beiden nahmen den Lift zu den Privaträumen des Zentralbankpräsidenten.

Barrington wartete in seinem Büro und fragte sich, was das Ganze sollte. Wenigstens kam man jetzt zu ihm. Noch am Morgen war er irritiert gewesen, als sein Gesprächspartner vorgeschlagen hatte, er, Barrington, solle ihn im Century House treffen, dem Hauptquartier des MI6 im Südosten von London. Kam denn nicht jeder normale Mensch in die Bank? Warum dann nicht auch der Leiter des MI6? Für wen zum Teufel hielt sich dieser Bartrop?

Die Klingel unterbrach Barringtons Gedanken. Er ging zur Tür und blickte durch den Spion. In einigem Abstand sah er Bartrop und neben ihm einen weiteren Mann. Der Leibwächter, dachte Barrington, während er die Tür öffnete und Bartrop herzlich begrüßte. Barrington hielt die Tür auf und warf dem Leibwächter einen fragenden Blick zu. Der nickte ernst und erklärte, er werde draußen warten. Der Präsident der Zentralbank führte Bartrop in den Besprechungsraum und war froh, daß er selbst eine solche Bewachung nicht nötig hatte.

Barrington bot ihm einen Drink an, und beide Männer nahmen in schweren Polstersesseln Platz. Barrington war entspannt. Er streckte die langen Beine aus, sein rechter Arm hing schlaff über der Sessellehne. In der linken Hand hielt er seinen zweiten Gin

Tonic an diesem Tag. Er war zehn Jahre älter als Bartrop, und man sah es ihm an. Das dünne Haar war grau. Die vielen üppigen Abendessen und der Wein hatten Spuren um die Hüften und am Kinn hinterlassen. Doch anders als Bartrop hatte er keinerlei Falten, und sein Gesicht spiegelte satte Zufriedenheit wider. Die Augen lächelten freundlich. Er erwartete vom Leben keine Überraschungen mehr. Bartrop beobachtete ihn und empfand einen Hauch von Verachtung. Er selbst saß mit angezogenen Beinen in dem tiefen Polstermöbel und nippte an seinem Whisky, während Barrington artig Konversation pflegte. Nach einer Weile mußte seine Ungeduld spürbar sein, denn Barrington verstummte.

Bartrop leerte sein Glas und beugte sich ein wenig vor. »Governor, ich würde gerne von Ihnen hören, wie Sie verfahren sind, als Sie gestern die Leitzinsen um einen Punkt gesenkt haben.«

»Ganz einfach«, antwortete Barrington und stand auf, um die Gläser nachzufüllen. »Wir wollten der Wirtschaft etwas Schwung verleihen. Im Moment haben wir die Inflation ganz gut im Griff. Natürlich werden wir sie weiterhin im Auge behalten, aber im Augenblick stellt sie kein Problem dar. Es sprach nichts dagegen. Der Finanzminister und ich hatten sowieso vorgehabt, die Leitzinsen um einen Punkt zu senken, sobald sich eine günstige Gelegenheit bietet. Gestern nachmittag waren die Finanzmärkte stabil, und so haben wir die Gelegenheit beim Schopf ergriffen.«

»Wer wußte von der bevorstehenden Zinssenkung?«

Barrington hielt einen Augenblick inne. »Alle wichtigen Zentralbanken, mit Ausnahme der Japaner, die noch schliefen.« Barrington reichte Bartrop sein Glas. »Warum wollen Sie das wissen?«

Bartrop entging nicht das irritierte Flackern in Barringtons Augen. Verständlich. Die Frage war höchst unangenehm, vor allem, wenn sie von einem Geheimdienstler kam. Bartrop war stolz auf seinen Instinkt. Ja, Barrington war irritiert, nichts weiter, dessen war er sicher. Wie dem auch sei: Barrington hätte viel zu verlieren und wenig zu gewinnen, falls er Insiderwissen weitergab. Wegen seiner erfolgreichen Karriere als Handelsbanker, die sein ohnehin beträchtliches Vermögen noch vermehrt hatte, kam Geld als mögliches Motiv nicht in Frage. Was blieb dann noch übrig? Bartrop lächelte leicht. Barrington war kein subversives Element. Die Geheimdienstberichte vor seiner Ernennung zum Präsidenten der Zentralbank waren einwandfrei. Auch wenn die undichte Stelle tatsächlich in der Old Lady liegen sollte, wußte Bartrop mit Sicherheit, daß es nicht Barrington war. Er nahm einen Schluck Whisky und erzählte dem Präsidenten von Antonio Fieri und seinen zwielichtigen Geschäften am Devisenmarkt.

Auch Barrington war der Meinung, daß Fieris Geschäftsgebaren verdächtig war. Außerdem wußte er selbst Neuigkeiten zu berichten, die Bartrops Verdacht erhärteten. Vor etwa einer Woche hatte er einen Anruf von Jonathan Gilbey erhalten, dem Leiter der Steuerberatungsfirma Dawson Lane – Gilbey hatte ihm berichtet, ein junger Mitarbeiter seines Büros habe den Verdacht geäußert, daß in der Devisenhandelsabteilung für Eigenmittel einer großen amerikanischen Bank in der City möglicherweise etwas faul war. Die Devisenhandelsabteilung für Eigenmittel, erklärte Barrington, sei die Abteilung, in der die Bank einen bestimmten Anteil ihres eigenen Kapitals Devisenhändlern überließ, die damit »Positionen aufbauten«, praktisch also an den internationalen Devisenmärkten spekulierten. Dies unterschied sich von den gewöhnlichen Aktivitäten der Banken an der Börse, wo sie nur im Auftrag ihrer Kunden auftraten – Versicherungen, Rentenkassen, Industrieunternehmen oder sogar anderen Banken – und nach deren Anweisungen mit Devisen handelten. Der Devisenhandel mit Eigenmitteln war um einiges riskanter für die Bank, aber auch um vieles lukrativer.

Nachdem er diese Erläuterungen beendet hatte, fuhr Barrington mit seiner Geschichte fort. Der Angestellte von Dawson Lane gehörte einem Team an, das eine Rechnungsprüfung bei der Inter-Continental-Bank, also der ICB, durchführte. Ihm war aufgefallen, daß die Gewinne der Devisenhandelsabteilung in letzter Zeit verdächtig hoch ausfielen.

Als Barrington den Leiter der Börsenaufsichtsbehörde bei der Bank, Marcus Aylyard, bat, die monatlichen Gewinn- und Verlustzahlen der Devisenhandelsabteilung der ICB vom letzten Jahr zu überprüfen, wurde deutlich, daß der junge Angestellte mit seinem Verdacht gar nicht so unrecht hatte. Aylyard entdeckte ein bestimmtes Muster. Jedesmal nach Interventionen der Zentralbanken an den Devisenmärkten oder nach anderen geheimen Aktivitäten, etwa Veränderungen von Leitzinsen, waren beträchtliche Gewinne erzielt worden. Bis zu einem gewissen Punkt war das normal. Interventionen oder Veränderungen von Leitzinsen sind Ursache und zugleich Folge der Schwankungen an den Devisenmärkten. In unstabilen Phasen fahren die Spekulanten an den Devisenmärkten die größten Gewinne, aber auch die größten Verluste ein. Doch es waren der Umfang, die Zuverlässigkeit und die so plötzlich einsetzenden Gewinne der ICB, die Anlaß zur Besorgnis gaben. All das deutete nämlich darauf hin, daß irgend jemand in der ICB mit Insiderwissen Gewinne erzielte. Wenn das zutraf, konnten diese Informationen nur von höchster Stelle stammen. Darin waren sich Bartrop und Barrington einig. Es sah ganz danach aus, als gäbe es irgendwo im Herzen des Finanzsystems eine undichte Stelle, deren Spur offensichtlich zu einem der ranghöchsten Mitglieder der italienischen Mafia und einer renommierten Bank der City führte.

Barrington war beunruhigt. Schwierigkeiten auf dieser Ebene konnte er sich schlecht leisten. Bartrop dagegen spürte einen regelrechten Adrenalinstoß: Das war die beste Nachricht, die er seit Wochen erhalten hatte. Er stand auf und reichte seinem Gastgeber die Hand. »Ich muß gehen, Governor. Ich wäre Ihnen dankbar, wenn Sie die ICB-Sache noch ein paar Tage ruhen lassen könnten. Ich habe eine Idee, wie wir unsere gemeinsamen Sorgen loswerden könnten. Ich rufe Sie morgen oder übermorgen an.«

Barrington geleitete Bartrop zur Tür und verabschiedete sich von ihm. Danach ließ er sich wieder in seinen Sessel fallen und starrte nachdenklich auf die Skyline der City. Er wußte nicht so recht, was er von Bartrop halten sollte. Der Mann hatte zwar Charme, und seine Gedankensprünge waren gelegentlich ganz amüsant, aber jedes Treffen mit ihm war auch irgendwie verwirrend und beunruhigend. Jedesmal hatte Barrington das Gefühl, daß Bartrop etwas im Schilde führte. Was genau, konnte er nicht sagen, doch deshalb war seine Ahnung nicht weniger stark. Nach dem heutigen Abend fragte sich Barrington einmal mehr, was für eine Rolle Bartrop ihm zugedacht hatte. Bartrops Vorstellungskraft war gewaltig und auch seine Gabe, Menschen zu manipulieren. Trotz seiner bedeutenden Stellung war Barrington von Natur aus kein zynischer Mensch, doch bei James Bartrop war er extrem auf der Hut.

Was war das für eine Idee, die Bartrop erwähnt hatte? Wahrscheinlich ein genialer Einfall, der zugleich illegal war und seines stillschweigenden Einverständnisses bedurfte. Nun, er würde soweit wie möglich kooperieren. Es war nicht klug, sich mit dem MI6 anzulegen, und außerdem hatten sie gemeinsame Interessen, jedenfalls hoffte er das. Hätte er so etwas wie Weitblick gehabt, hätte er allerdings einen ganz anderen Weg eingeschlagen als den, den ihm Bartrop jetzt vorschlug.

Sie trafen sich am nächsten Abend um halb zwölf in der Wohnung des Governors wieder, nachdem dieser von einem offiziellen Abendessen zurückgekehrt war. Bartrop sprach ganz offen, anscheinend ohne Hintergedanken.

»Was unser gemeinsames Problem angeht, Governor, hätte ich einen Vorschlag, der uns beiden weiterhelfen könnte.«

Barrington forderte ihn mit einer Handbewegung auf, Platz zu nehmen, und wartete.

»Sieht ganz danach aus, als gäbe es eine Verbindung zwischen Fieri, hinter dem ich seit längerem her bin, und der ICB, die in Ihren Verantwortungbereich fällt. Unabhängig davon, ob diese Verbindung tatsächlich besteht oder nicht, müssen Sie ja wohl ohnehin eine Untersuchung einleiten, was die ICB angeht.« Barrington nickte zustimmend.

»Aus Erfahrung weiß ich, daß sich die meisten Beweise in Luft auflösen, sobald ein Team von außen eine Untersuchung einleitet.«

»Ja, das kommt vor«, gab Barrington zu. »Meistens klappt es nur, wenn man die Täter sozusagen auf frischer Tat ertappt. Dann hat man sicheres Beweismaterial, um eine Verurteilung zu garantieren. Ansonsten, wenn eine Untersuchung erst einmal angelaufen ist, können Indizien unglaublich schnell verschwinden.« Barrington ging nun etwas ausführlicher auf das Thema ein, weil er meinte, bei seinem Gegenüber ein gewisses Verständnis für die Probleme der Zentralbank bei der Überwachung der City zu entdecken. »Dann ist da noch die Sache mit den unsichtbaren Opfern der Betrüger. Weder Unternehmen noch Privatpersonen geben gerne zu, daß sie betrogen worden sind. Sie stecken lieber die Verluste ein, als die Sache publik zu machen und zuzugeben, daß sie ihr Gesicht verloren haben. Deshalb ist es gelegentlich sehr schwer, sie zu überreden, mit den Behörden zusammenzuarbeiten.«

»Ja, das kann ich mir vorstellen«, antwortete Bartrop und kam wieder auf sein eigentliches Anliegen zurück. »Wäre es dann nicht das beste, wenn wir mit einem Kollegen zusammenarbeiten würden, um die Betrüger auf frischer Tat zu ertappen, statt sie abzuschrecken?« Er hielt inne und beobachtete Barringtons Reaktion.

»Sie meinen mit einem V-Mann?« fragte Barrington scharf.

Bartrop lächelte. »Ja, genau das meine ich. Und da wir in der Firma keine ausgebildeten Devisenhändler haben, hätte ich gerne, daß Sie mir potentielle Kandidaten vorschlagen.« Wieder machte er eine Pause, damit sein Gesprächspartner die Tragweite seiner Worte begriff. Barrington legte den Kopf auf die Seite und lehnte sich zurück. Er war skeptisch, aber nicht abgeneigt. Bartrop fuhr fort. »Es müßte jemand sein, der sich im Geschäft sehr gut auskennt. Er muß neugierig sein, aber vor allem vertrauenswürdig und diskret.«

Barrington brach in Gelächter aus. »Nun, erstens ist das eine äußerst seltene Kombination. Devisenhändler sind die geschwätzigsten und unzuverlässigsten Menschen, die ich kenne. Lügen gehört zu ihrem Job, und sie sind alles andere als diskret. Und zweitens, auch wenn ich den richtigen Spion für Sie fände, wie wollen Sie ihn in die ICB einschleusen?«

Bartrop sah starr vor sich hin. Barringtons Einwände waren unangebracht, also ignorierte er sie am besten.

»Erstens ...«, sagte er mit einem Anflug von Spott, als wollte er Barrington eine Lektion erteilen, »... bin ich sicher, daß Sie mit Ihren Verbindungen einen geeigneten Mitarbeiter ausfindig machen können. Und zweitens scheinen die Devisenhändler die Banken zu wechseln wie andere Leute ihre Hemden. Es dürfte also nicht schwer sein, jemanden in die ICB zu schleusen.«

Zu seinem Bedauern konnte Barrington nicht widersprechen. »Und warum suchen wir uns nicht lieber jemanden, der bereits in der Bank arbeitet?«

»Tja, das würde sich geradezu anbieten, nicht wahr, aber leider wissen wir nicht, wem wir trauen können. Es ist einfach sicherer, wenn wir jemanden von außen einschleusen, meinen Sie nicht?«

Na klar meine ich das auch, verdammt noch mal, dachte Barrington, dem die eigentliche Bedeutung des Vorschlags keineswegs entgangen war. Er fragte sich nur, warum Bartrop sich einbildete, ohne jeden Grund so penetrant sein zu müssen. Er beschloß, ihrem Treffen seine Autorität aufzustempeln und es zu einem schnellen Abschluß zu bringen.

»Ich werde darüber nachdenken, Bartrop«, sagte er und stand auf. »Sie hören von mir.«

»Ich bin Ihnen sehr dankbar, Governor. Vielleicht können Sie einen Lunch oder ein Abendessen mit den Kandidaten organisieren, die für uns in Frage kämen, damit wir sie unter die Lupe nehmen können ... Ich bin sicher, daß Ihnen etwas einfallen wird, damit sie keinen Verdacht schöpfen.« Bartrop sah auf die Uhr. Es war Mitternacht. Auch er erhob sich.

Barrington schwieg einen Augenblick. »Und wenn wir unseren Spion gefunden haben« – er wußte, daß Bartrop sich über den Ausdruck ärgern würde –, »wie gehen wir dann vor? Wie sieht die weitere Prozedur aus?«

»Das hängt ganz davon ab, was es für ein Mensch ist.« Bartrop zögerte, als dächte er über etwas nach. »Eigentlich bin ich froh, daß Sie das ansprechen. Wollen Sie die Sache selbst in die Hand nehmen? Oder wollen Sie lieber einen Mittelsmann zwischenschalten?«

Barrington fragte sich, ob Bartrop ihn mit diesem Jargon bewußt auf die Palme bringen wollte. »Einen Mittelsmann?«

»Ihren Stellvertreter oder diesen Präsidenten der Börsenaufsichtsbehörde, wie hieß er noch, Aylyard?«

»Warum sollte ich jemand anders einschalten wollen?«

Bartrop zuckte die Achseln. »Das ist so üblich ... falls irgend etwas schiefgeht.«

»Was sollte denn schiefgehen? Wollen Sie damit sagen, daß Sie jetzt schon Ärger voraussehen?«

Bartrop lachte. »Nein, keineswegs. Es ist einfach nur so üblich. Wir sind keine Hellseher. Und falls wirklich etwas schiefgeht, wären Sie gedeckt. Jemand anders müßte den Hut nehmen, verstehen Sie.«

Barrington trat einen Schritt auf Bartrop zu. »Eines möchte ich ganz deutlich machen, Bartrop. Sollte auch nur die geringste Möglichkeit bestehen, daß etwas schiefgehen kann, dann begraben wir das Ganze lieber, und zwar auf der Stelle. Ich finde schon einen anderen Weg, die ICB unter die Lupe zu nehmen.«

»Wie gesagt, ich kann zwar nicht hellsehen, Governor«, antwortete Bartrop gelassen, »aber meines Erachtens gibt es keinerlei Anzeichen dafür, daß etwas schiefgehen könnte. Ich hätte es Ihnen nicht vorgeschlagen, wenn ich nicht davon überzeugt wäre, daß wir die Situation fest im Griff haben.«

»Und Sie werden sie weiterhin im Griff behalten? Sie werden dafür sorgen, daß nichts schiefgeht?«

Bartrop verbarg seine wachsende Ungeduld hinter einer höflichen Maske.

»Das ist mein Job, Governor. Ich werde mein möglichstes tun.«

Barrington lächelte. »Na, dann ist ja alles in Ordnung. Sie tun Ihre Arbeit und ich die meine. Und was meinen Stellvertreter anbelangt, in Fachkreisen munkelt man, daß er seinem Job nicht gewachsen ist, aber das bleibt unter uns. Ein Leichtgewicht, verstehen Sie? Ich selbst bin mir über seine Standfestigkeit nicht so sicher. Und Aylyard hat nicht die *gravitas*. Fachlich ist er sehr gut, aber er hat Probleme im Umgang mit Menschen.«

Bartrop wandte sich zur Tür. »Gut, Governor. Dann überlasse ich die Sache Ihnen.«

Die beiden Männer verabschiedeten sich.

Bartrop nahm den Lift zum Hof, gefolgt von Munro, der dann vorging, um die Tür des Rovers zu öffnen. Bartrop stieg ein, und Munro raste durch die menschenleeren Straßen der City. Bartrop sah nachdenklich aus dem Fenster. Beim Stand der Dinge wäre es zwar eine Frage der Höflichkeit gewesen, den Security Service MI5 über sein Vorhaben zu informieren, doch es schien ihm klüger, etwaigen Komplikationen aus dem Weg zu gehen. Je weniger Leute davon wußten, um so besser. Er mußte Fieri um jeden Preis kriegen ... und außerdem war es keine Angelegenheit des MI5, ja, eigentlich nicht mal des MI6. Es betraf die City, die dem Präsidenten der Zentralbank unterlag. Wenn dabei Kenntnisse herausspringen sollten, die den MI6 betrafen, so war es reiner Zufall, beschloß Bartrop und lächelte seinem Spiegelbild in der kugelsicheren Glasscheibe zu.

3

Als das Telefon läutete, lag Sarah Jensen im Bett, eng an ihren Freund Eddie gekuschelt, der morgen zu einer neuen Expedition aufbrach und seine letzten Tage in London genießen wollte. Sie streckte den nackten Arm aus und griff nach dem Hörer. Es war ihr Kollege David. Er wirkte nervös.

»Sarah, es ist halb neun. Du bist jetzt schon eine Stunde zu spät dran, und Carter hat bereits zweimal nach dir gefragt. Er ist ziemlich geladen, gegen seine sonstige Art ...«

Sarah lachte. »Und was hast du ihm gesagt?«

»Daß du heute morgen zum Arzt müßtest.«

»Das war klug. Vor neun macht keine Praxis auf. Eine halbe Stunde für den Arztbesuch und dreiviertel Stunde von Chelsea zur City. Ich bin spätestens um viertel nach zehn im Büro.« Noch ehe er etwas sagen konnte, hatte sie den Hörer aufgelegt und wandte sich wieder Eddie zu. Um zehn löste sie sich schließlich von Eddie und schlüpfte aus dem Bett. Er beobachtete, wie sie durch das Zimmer ging. Sie war groß, etwa eins achtzig, schlank, muskulös und hatte eine umwerfende Figur. Ihre Bewegungen waren langsam; sie schien ihre Nacktheit zu genießen. Sie duschte ausgiebig, ihr langes, braunes Haar zu einem Knoten geschlungen, den sie außer Reichweite des Wasserstrahls mit einer Hand zusammenhielt. Als sie aus der Dusche kam, einen dünnen Baumwollkimono überwarf, durchs Schlafzimmer ging und auf die Dachterrasse trat, hinterließ sie lauter kleine Pfützen. Im Juni fand sie es hier mit den duftenden leuchtenden Rosen, den zwei Meter hohen Palmen, den Gardenien und Geranien am schönsten.

Einen Augenblick blieb sie draußen stehen, bis die warme Luft ihre feuchte Haut getrocknet hatte, und ging dann wieder hinein, um aus ihrem Schrank ein violettes Leinenkleid und ein Paar dunkelblaue Schuhe zu angeln. Schließlich warf sie ihre Handtasche über die Schulter, küßte Eddie, lächelte ihm zu und verließ das Haus. An der King's Road nahm sie ein Taxi und saß um elf Uhr an ihrem Schreibtisch bei Finlays.

Keine fünf Minuten später erschien John Carter, der Direktor von Finlays und Sarahs früherer Freund, in ihrem Büro. »Ist alles in Ordnung?« fragte er freundlich.

»O ja«, antwortete Sarah und lächelte. »Nur die übliche Vorsorgeuntersuchung. Du weißt schon.«

Carter errötete leicht. David Reed, der neben Sarah saß, fing plötzlich heftig an zu husten, worauf ihm Sarah einen bösen Blick zuwarf.

»Ich wollte dich fragen, ob du Lust hättest, morgen mit ein paar Kunden Mittag zu essen? Sie würden gerne einen erfahrenen Devisenhändler dabei haben«, fügte er hinzu, ohne auf David zu achten.

Sarah schaute in ihrem Terminkalender nach. »Mittwoch den zehnten.« Dann sah sie auf und sagte: »Ja, ist mir recht, John.«

Carter kehrte in sein Büro zurück und rief Barrington an.

»Wollte dir bloß schnell mitteilen, daß das Mittagessen morgen in Ordnung geht.«

»Sehr gut. Ach übrigens, habt ihr eine Personalakte von Miss Jensen?«

»Ja, natürlich. Ich lasse sie dir heute noch zufaxen.«

»Schick sie mir lieber per Kurier, wenn es dir nichts ausmacht«, sagte Barrington.

»Wie du willst«, antwortete Carter und fragte sich zum x-tenmal, was das alles zu bedeuten hatte.

Es hatte vor zehn Tagen begonnen, als Carters Sekretärin auf ihre unnachahmliche Art, mit der sie zu verstehen gab, daß sie, Kate Jenkins, sich von nichts und niemandem beeindrucken ließ, erklärt hatte, der Präsident der Bank of England sei am Apparat.

Als Carter sich das Gespräch durchstellen ließ, fragte er sich, ob der Anruf beruflicher oder privater Natur war. Er kannte Barrington seit fast zwanzig Jahren. Sie waren Nachbarn und Freunde. Seit Carters Scheidung lud Barringtons Frau Irene ihn am Wochenende häufig zum Essen ein.
Doch diesmal hatte Barrington ein geschäftliches Anliegen. Nach den üblichen Begrüßungsfloskeln brachte er das Gespräch auf den Devisenmarkt und erkundigte sich schließlich nach den Devisenhändlern, die bei ihm arbeiteten. Carter hatte geantwortet, daß er nur eine Frau in seiner Abteilung für wirklich überragend halte, und Sarah Jensens Namen fallengelassen. Darauf hatte Barrington ihn regelrecht ausgequetscht. Was für ein Mensch Sarah sei? Wie es mit ihren fachlichen Qualitäten aussehe? Und schließlich, ob sie zusammen zu Mittag essen könnten? Als Erklärung hatte er nur gesagt, er habe Lust, sich mit Leuten auszutauschen, die im Devisenhandel an vorderster Front stünden.
Carter hatte dem Anruf nicht viel Bedeutung beigemessen. Er hielt das Ganze für den Versuch des Governors, seinen Elfenbeinturm zu verlassen. Wahrscheinlich hatte er die Gesellschaft anderer Zentralbanker satt, von denen die meisten sowieso sterbenslangweilig waren, und wollte sich etwas in den Niederungen der Welt umsehen. Und wer war dazu besser geeignet als Devisenhändler? Jedenfalls würde der Governor angenehm überrascht sein, wenn er Sarah Jensen traf.
Carter hatte das Ganze vergessen und war im ersten Moment erstaunt, als der Governor an diesem Morgen anrief und erklärte, bei ihm sei ein Termin frei geworden. Zufälligerweise habe der Präsident der rumänischen Zentralbank ein Treffen abgesagt, was wohl mit internen Schwierigkeiten zu tun habe. Ob sie nicht morgen mittag zusammen essen wollten, und vielleicht könnte Carter diese Devisenhändlerin mit dazu bitten, wie sei noch ihr Name, Jensen?
Neugierig, wie er war, hatte Carter alles in die Wege geleitet. Wahrscheinlich will er ihr eine Stellung anbieten, dachte er, wäh-

rend er Sarahs Akte durchblätterte. Dann übergab er sie der Sekretärin, damit diese sie per Fahrradkurier zur Zentralbank schickte – mit der Anweisung, sie nur dem Governor persönlich auszuhändigen.

Vergebliche Liebesmühe, dachte Carter. Die Bank of England konnte ihr nicht die Hälfte von dem zahlen, was sie bei Finlays verdiente. Seit sie vor vier Jahren bei ihnen angefangen hatte, versuchte die Konkurrenz regelmäßig, sie abzuwerben, doch ohne Erfolg. Weder Carter noch der Leiter der Devisenhandelsabteilung, Jamie Rawlinson, dachten daran, sie gehen zu lassen. Auf alle Fälle würden sie zahlen, was nötig war, um sie zu behalten.

Sarah war zweifellos die beste in ihrer Generation. Sie hatte ein instinktives Gefühl für Marktentwicklungen und scheute auch nicht davor zurück, Risiken einzugehen. Sie war stolz auf ihre Erfolge, und wenn sie verlor, nahm sie es nicht so tragisch wie die meisten ihrer Kollegen. Carter wußte, daß sie sehr ehrgeizig war, besessen geradezu, aber für Politik hatte sie nichts übrig. Anders als ihre Kollegen, die dem Arbeitgeber, dem sie gerade dienten, ständig ihre Loyalität bezeugen mußten, machte Sarah keinen Hehl daraus, daß sie nur arbeitete, um sich auch weiterhin ihren Lebensstandard leisten zu können. Das einzige, was sie wirklich interessierte, war, Berge zu besteigen und fremde Länder zu bereisen, entweder mit ihrem Bruder oder jetzt auch mit ihrem neuen Freund. Wie war noch sein Name ... ach ja, Eddie, dachte Carter wehmütig.

Er saß in seinem ruhigen Büro und überließ sich dem Ansturm der Gedanken, die ihn fast täglich überfielen, ohne daß er sich dagegen wehren konnte. Zuerst hatte er noch versucht, sie mit vernünftigen Argumenten zu vertreiben. Es war nur allzu verständlich, daß Sarah mit einem Mann ihres Alters zusammensein wollte. Von Anfang an hatte er das Gefühl gehabt, daß sie ohnehin nur aus Mitleid mit ihm ins Bett gegangen war. Damals ließ seine Frau sich gerade von ihm scheiden. Sie sehe ihn ohnehin nie, klagte sie. Wenn er nicht im Büro war, dann auf einem der vielen langweiligen Arbeitsessen mit einem Kunden, an denen sie schon lange nicht mehr teilnahm. Carter hatte begonnen, sein Paradepferd Sarah Jensen zu den Arbeitsessen mitzunehmen. Die Kunden liebten Sarah. Und es dauerte nicht lange, bis auch er es tat und ihr sein Herz ausschüttete. Mit Sarah konnte er ebenso über persönliche wie berufliche Aspekte des Lebens reden. Obendrein war sie attraktiv, ja unwiderstehlich.

Sechs Monate hatte ihre Affäre gedauert. Sie hatte ihm Selbstvertrauen und seinen Glauben an das Leben wiedergegeben. Er hatte sie heiraten wollen, es ihr aber nie gesagt, obwohl sie es sicherlich gespürt hatte. Denn sie gab ihm liebevoll zu verstehen, daß sie nicht die Richtige für ihn sei. Vom Alter und den ständigen Angriffen seiner Frau aller Eitelkeit beraubt, wußte er, daß Sarah eigentlich hatte sagen wollen, daß er nicht der Richtige für sie war. Also ließ er sie schweren Herzens gehen.

Sie blieben auch privat in Kontakt, und einmal im Monat gingen sie zusammen essen. Er konnte sich nicht verkneifen, sie nach ihren neuen Freunden zu fragen. Eine Weile hatte es keine gegeben, doch dann hatte sie Eddie kennengelernt, einen Freund ihres Bruders Alex. Das war vor einem Jahr gewesen. Carter glaubte, daß er sich mit seinem Schicksal, so gut es ging, abgefunden hatte.

Während John Carter über seine Beziehung zu Sarah nachdachte, war ihre Personalakte auf dem Weg zu Anthony Barrington.

Eine Stunde später, nachdem der Umschlag die Sicherheitskontrollen passiert hatte und geröntgt worden war, landete er auf dem Schreibtisch des Zentralbankpräsidenten. Barrington öffnete ihn und nahm die Akte heraus.

Sarah Louise Jensen, britische Staatsbürgerin, 1966 in New Orleans geboren. Sie hatte die Mädchenschule in Hampstead und das Trinity College in Cambridge besucht und im Hauptfach Mathematik studiert. Sie interessierte sich für Jazz, las gerne, fuhr Ski und war eine begeisterte Bergsteigerin. Nach Abschluß des Studiums war sie ein Jahr lang durch die Vereinigten Staaten gereist, bevor sie bei Finlays anfing.

Als nächstes überflog Barrington die internen Berichte der Devisenhandelsabteilung von Finlays. Der erste bewertete ihre professionellen Fähigkeiten. Außergewöhnliche Leistungen. Hervorragende Fachkenntnisse und anhaltende Effektivität. Kühl, professionell. Sechs Millionen Pfund Gewinn für ihre Abteilung im letzten Jahr. Weniger zuverlässig bei der Einhaltung von Arbeitsstunden. Erwartet vielleicht aufgrund ihrer Effektivität besondere Privilegien. Spricht man sie auf ihre unregelmäßigen Arbeitszeiten an, gibt sie lächelnd alles zu. Barrington mußte lachen, als er einen handschriftlichen Eintrag am Rande las: »Wenigstens ist sie ehrlich.«

Dann folgten eine Reihe von verwaltungstechnischen Daten. Barrington überflog Bankkonten, Hypothekenbriefe, Krankenversicherung. An einer Zahl blieb er jedoch hängen – Einkommen im letzten Jahr: vierhunderttausend Pfund, ein Grundgehalt von hunderttausend und weitere dreihunderttausend als Prämien. Sogar nach dem ohnehin hohen Standard der City war das eine astronomische Summe. Sie mußte eine der bestbezahlten Devisenhändlerinnen der City sein.

Zweifellos war Sarah Jensen, was die beruflichen Qualifikationen anging, für den Job mehr als geeignet. Die Frage war, ob sie auch die psychologischen Fähigkeiten zu einer Spionin hatte. Das konnte man natürlich erst nach einem persönlichen Gespräch sagen. Nach welchen Eigenschaften er suchen sollte, war Barrington nicht ganz klar. Er wußte nur, daß er dem Treffen mit Sarah voller Spannung entgegensah.

Er wollte ihre Akte schon wieder in den Umschlag stecken und in den Safe legen, als ihm ein weiteres Detail auffiel. Als ihre nächsten Verwandten wurden ihr Bruder und ihre Tante genannt. Seltsam, dachte er, sie war doch erst siebenundzwanzig. Ihre Eltern konnten ja wohl noch nicht tot sein. Gab es irgendwo einen weißen Fleck? Merkwürdig. Er rief seine Sekretärin an und ließ sich mit Carter verbinden.

Fünf Minuten später hatte Carter ihm die Sache erklärt. Es gab keinen weißen Fleck. Sarahs Eltern waren bei einem Verkehrsun-

fall in New Orleans ums Leben gekommen, als sie acht Jahre alt war. »Das muß ein absoluter Schock für sie gewesen sein, in dem Alter«, sagte Barrington.
Carter schwieg, Erinnerungen und offene Fragen gingen ihm durch den Kopf. Nichts als Vermutungen, dachte er und zerstreute seine Bedenken. Schließlich sagte er nur: »Ich glaube, daß sie es auf ihre Art verarbeitet hat.« Barrington legte erleichtert auf. Für ihn war Sarah Jensen weiterhin die optimale Kandidatin für den Job.

4

Sarah Jensen fluchte leise vor sich hin. Warum mußte die Börse jedesmal, wenn sie früher nach Hause wollte, plötzlich verrückt spielen? Sie starrte auf die Zahlenkolonnen auf ihrem Bildschirm, die sich unter ihrem Blick noch hektischer zu verändern schienen. Erneut fluchend, schaltete sie den Computer aus, und nach einem kurzen Aufblitzen verdunkelte sich der Monitor seufzend. David Reed sah überrascht auf, als sie ihre Sachen zusammenpackte und in die Handtasche stopfte.

»Du kannst unmöglich schon gehen, Sarah. Es ist erst zwei. Der Markt ist alles andere als ruhig.« Er tat so, als wäre er sauer auf sie, das übliche Spielchen. In Wahrheit liebte er ihre Aufsässigkeit und sie seine Komplizenschaft.

»Natürlich kann ich«, entgegnete sie. »Der Markt hat mir die Laune verdorben, und wenn ich schlechte Laune habe, verliere ich Geld. Das weißt du doch.« Sie zuckte resigniert die Achseln. »Also ist es besser, wenn ich hier verschwinde.« Ihr unbewegtes Gesicht verlor die Fassung, und sie wandte sich schnell ab. »Wenn jemand für mich anruft, sag' einfach, ich rufe morgen zurück.«

David lehnte sich, überwältigt von ihrer Logik, zurück. »Vergiß nicht, daß du morgen mit Carter zum Mittagessen verabredet bist«, rief er ihr nach. Aus Erfahrung wußte er, daß ihre »schlechte Laune«, wie sie sie nannte, Tage dauern konnte.

Waitrose auf der King's Road war voll von Müttern mit Babys, alten Rentnern und den schmuddligen Straßenkünstlern, die sich nur so schäbig kleideten, um andere Leute zu deprimieren. Jedenfalls glaubte Sarah das. Diese Klientel war völlig anders als die,

die sie angetroffen hätte, wenn sie wie die anderen Lohnsklaven, die zwischen neun und fünf oder wie sie zwischen sieben und fünf arbeiten mußten, eingekauft hätte. Jedenfalls waren ihr die Massen, die um halb drei einkauften, lieber. Nach sechs ging man das Risiko ein, von einer Horde wildgewordener Nadelstreifenanzüge umgerannt zu werden, die ihren Frust an den Einkaufswagen abließen.

Sie blieb an der Fleischtheke stehen und prüfte die in Plastik verschweißten Steaks, indem sie die Packungen hin- und herdrehte und zusah, wie schnell das Blut in die verschiedenen Richtungen rann. Schließlich entschied sie sich für die saftigste Packung, ein dickes, dunkelrotes, blutiges Filetsteak. Aus dem Gemüsefach nahm sie Kartoffeln, Tomaten, ein paar Brokkolistrunke und eine Handvoll roter und grüner Salatblätter.

Sie schob den Wagen zum Kühlfach und packte Schlagsahne, Crème fraîche und ein Dutzend Eier von freilaufenden Hühnern ein. Als sie bezahlt hatte, ging es weiter zum *Chelsea Farmer's Market,* gleich um die Ecke der King's Road.

Erst kaufte sie bei *Neal's Yard,* dem Bioladen, eine Packung Vanilleschoten und betrat dann, gebückt wegen des niedrigen Eingangs, den Weinladen. Es war nicht viel mehr als ein besserer Schuppen, aber er verfügte über eine gute Auswahl und freundliches, wenn auch nicht immer fachlich qualifiziertes Personal. Sie nahm sich Zeit und suchte drei Flaschen Rotwein und zwei Flaschen Champagner aus. Beladen mit Tüten und Taschen, machte sie sich schließlich auf den Heimweg.

Alex und Eddie saßen im Schneidersitz auf dem Boden, eine ausgebreitete Landkarte vor sich, als Sarah die Wohnung betrat. Sie waren derart vertieft, daß sie sie gar nicht bemerkten. Sarah sagte nichts und beobachtete sie. Ihr Bruder Alex war mittlerweile sechsundzwanzig, doch für sie würde er immer der unschuldige kleine Junge bleiben, klug, aber kein bißchen zynisch. Er war von Natur aus fröhlich. Der Tod der Eltern, als er sechs war, hatte ihn weniger getroffen als sie. Er hatte Trauer empfunden, hatte sie vermißt, sich allein gefühlt und Angst gehabt, doch war alles im

Rahmen normaler menschlicher Gefühle geblieben. Außerdem hatte er seine Schwester und seine englische Tante, die für ihn sorgten. Sie trösteten ihn, und bald war er wieder ein glücklicher und normaler Junge. Seine ganze Energie widmete er fortan der Natur und vor allem dem Bergsteigen, von dem er beinahe besessen war. Wie Sarah war er in Cambridge eingeschrieben, doch da er die meiste Zeit mit Bergsteigen verbrachte, war sein Examen nicht sonderlich gut. Ihn störte es nicht. Solange er Zeit und Geld hatte, um irgendwelche Gipfel zu erklimmen, war er zufrieden. An Zeit mangelte es ihm nicht, und Geld hatte Sarah. Neun Monate im Jahr widmete er voll und ganz seiner Leidenschaft, und die restlichen drei wohnte er bei Sarah. Es war genau das Leben, das er sich wünschte, und Sarah war froh darüber. Vor einem Jahr hatte er beim Klettern in den Alpen einen neunundzwanzigjährigen Australier kennengelernt, Eddie, mit dem er sich zusammentat. Später stellte Alex ihn seiner Schwester vor. Eddie und Sarah freundeten sich an. Vier Monate später waren sie ein Liebespaar.

Wie Alex war Eddie hochgewachsen und schmal und besaß die kräftige, aber unauffällige Gestalt eines Bergsteigers. Eddie drehte Dokumentarfilme für das australische Fernsehen, und zwischen den Drehs ging er bergsteigen. Wie fast alle von Sarahs Männern hatte er dunkles Haar. Doch im Gegensatz zu den meisten seiner Vorgänger war er liebevoll und zärtlich. Er hatte einen scharfen, fast beißenden Sinn für Humor, was allerdings mehr mit seinem Intellekt und seiner Nationalität als mit Bosheit zu tun hatte. Negative oder unangenehme Gefühle waren ihm fremd. Das einzig Traurige an unserer Beziehung ist, daß wir uns wegen seiner vielen Reisen kaum sehen, dachte Sarah, als sie auf ihn zuging. Ihre Abschiede waren jedesmal wie ein Alptraum. Sie vermißte ihn sehr und machte sich ständig Sorgen, daß ihm unterwegs etwas zustoßen könnte.

Die beiden Männer lächelten, als sie schließlich aufsahen und sie bemerkten. Eddie griff nach ihrer Hand und zog sie zu sich herab, um sie zu küssen.

»Hast du es doch geschafft, dich aus dem Staub zu machen?«
Sie lachte und setzte sich zu ihnen. Die Taschen hatte sie einfach fallen gelassen, so daß Schlagsahne und Weinflaschen nun herausrollten.
»Zeigt mir noch mal, wohin es diesmal geht.«
Alex deutete auf eine Route durch den Himalaja.
»Man kann davon ausgehen, daß wir ungefähr sechs Wochen in den Bergen bleiben. Anschließend wollen wir die Landschaft um Katmandu erkunden und dann etwa noch einen Monat durch den Dschungel wandern.«
»So ungefähr«, nickte Eddie.
Sarah legte die Arme um sie und drückte beide an sich. »Was soll ich bloß drei Monate ohne euch machen?« Sie klang fröhlich, doch Alex und vor allem Eddie wußten, daß sie traurig war. Sie hatten es oft genug erlebt. Hinter ihrer zuversichtlichen Maske verbarg sich eine unglaubliche Verletzbarkeit. Sarah jedoch tat ihr Bestes, um sich zu verstellen. Sie hätte ihre Enttäuschung vor ihnen niemals eingestanden, obwohl doch alle darum wußten. Alex verjagte den Gedanken daran. Er machte ihm angst und verwirrte ihn. Das war schon immer so gewesen. Sie war seine große Schwester und hatte ihn nie im Stich gelassen. Sie hatte stark zu sein, doch manchmal wirkte sie so unsicher und verletzlich, daß er Angst hatte, sie allein zu lassen. Seit sie Eddie kannte, ging es ihr besser. Sie war ruhiger, und zum erstenmal seit Jahren, vielleicht zum erstenmal überhaupt, hatte Alex das Gefühl, daß sie glücklich war und sich sicher fühlte. Er sah sie an. Nein, nicht sicher. Er fragte sich, ob sie sich jemals sicher fühlen würde. Ob sie jemals loslassen könnte. Er beobachtete, wie sie mit Eddie lachte. Glücklich war sie zumindest, daran gab es keinen Zweifel.
»Komm doch einfach mit«, sagte Alex spontan.
»Ja, warum nicht?« ermunterte sie Eddie.
Sarah lächelte und brachte die Einkaufstüten in die Küche. Diesmal nicht, dachte sie, als sie die Sachen wegräumte. Aber bald, sehr bald, versprach sie sich selbst.

Der Wecker klingelte um sechs. Sarah stellte ihn aus und schmiegte sich wieder an Eddie. Er drückte sie an sich und verbarg sein Gesicht in ihrem Haar, küßte ihren Hals, das Gesicht und die Augen. Nach einer Weile löste er sich langsam von ihr und strich ihr sanft das Haar aus dem Gesicht.
»Ich hab' es ernst gemeint letzte Nacht. Du könntest mit uns kommen. Wir könnten irgendeinen Ort ausmachen, wo wir uns treffen. Du weißt, wir würden uns riesig freuen, wenn du mitkommst.«
Sarah lächelte in sein ernstes Gesicht. »Ja, ich weiß, aber jetzt noch nicht. Wenn ich mit dir gehe und Geschmack an der Freiheit finde, könnte ich nie wieder zu meiner Arbeit zurückkehren.«
»Wäre das so schlimm?«
»Ich bin noch nicht soweit«, sagte sie einfach.
Wieder zog Eddie sie an sich und küßte sie. Er wußte, daß er sie nicht überreden konnte. Sie würde sagen, daß es am Geld lag. Sie müßte nur noch ein oder zwei Jahre arbeiten, dann hätte sie genug, um aufzuhören. Aber er fühlte, daß mehr dahintersteckte, und hatte den Verdacht, daß sie sich trotz all ihrer Aufsässigkeit nach einem ganz normalen Leben sehnte, nach einer festen Routine und den Terminzwängen, gegen die sie angeblich zu Felde zog. Wahrscheinlich war es die Sehnsucht eines Kindes nach Geborgenheit und Normalität. In Anbetracht dessen, was er über sie wußte, schien das eine unvollständige, aber einleuchtende und zutreffende Erklärung.

Um neun brachen sie auf. Sarah stand an der Tür und sah dem Taxi nach. Ihr einziger Halt war verschwunden. Sie drehte sich um und ging wieder ins Haus. Dann nahm sie eine lange heiße Dusche.
Sie waren erst gegen fünf ins Bett gekommen. Nach den Filetsteaks und Unmengen *crème brulée* hatten sie noch Wein getrunken, sich unterhalten, gelacht und Backgammon gespielt. Sarah und Eddie hatten wahrscheinlich nicht länger geschlafen als eine halbe Stunde.

Sie wankte aus der Dusche, kraftlos vor Erschöpfung und widerstreitenden Gefühlen. Beim Abtrocknen blickte sie in den Spiegel. Ihre Augen waren leer und leblos. Lange Zeit starrte sie sich an, dann lächelte sie leicht und wandte sich ab.

Jetzt waren sie weg. Sie würden wiederkommen. Daran mußte sie fest glauben. Doch ihre Abwesenheit hatte auch etwas mit Unsicherheit zu tun, und genau das war es, was ihr auf den Magen schlug, sie mit Angst erfüllte und perverserweise gleichzeitig eine heimliche Sehnsucht erfüllte. Obwohl sie ständig auf der Flucht vor der Unsicherheit war, brauchte sie diese auch und war von dem unbewußten Verlangen getrieben, sie zu beherrschen. Sie brachte sie mehr als alles andere aus der Fassung, dennoch suchte sie sie und ließ sich immer wieder auf sie ein.

Sarah wühlte in ihrem Kleiderschrank und überlegte, was sie anziehen sollte. Sie erinnerte sich an das Arbeitsessen und entschied sich für ein elegantes, aber dezentes schwarzes Leinenkleid. Passend zu meiner Laune, dachte sie. Das Schwarz ließ ihr ohnehin farbloses Gesicht noch bleicher wirken. Sie ging ins Bad, legte Rouge auf, schminkte sich die Lippen und tupfte etwas Make-up unter die Augen, um die dunklen Ringe zu verbergen. Wenn sie genug Kaffee trank, könnte es ihr gelingen, sie zu täuschen.

Anthony Barrington unterhielt sich mit John Carter in einem der privaten Eßzimmer bei Finlays, als Sarah Jensen eintrat. Er beobachtete, wie sie auf sie zukam. Sie war etwa eins achtzig groß, mit Schuhen eins fünfundachtzig. Ihr Gang war federnd und selbstbewußt. Sie sah aus wie eine stolze Amazone, obwohl sie offenbar versuchte, ihren Charme zu verstecken. Ihre Kleidung war düster, beinahe so, als sei sie unterwegs zu einer Beerdigung. Mit dem nach hinten gekämmten Haar hätte sie streng, ja fast bedrohlich wirken müssen, doch Barrington empfand es nicht so.

Das liegt vor allem an ihrem Gesicht, dachte er. Besser gesagt, an den Augen und dem Mund, der geschwungenen Linie des Kiefers, den Wangenknochen und Augenbrauen. Das ganze Gesicht

strahlte atemberaubende Sinnlichkeit aus. Die Strenge der Frisur und des Kleides dienten einzig und allein der Tarnung. Doch als sie näherkam und vor ihm stehenblieb, bemerkte er überrascht ein Netz von Linien um ihre Augen, feine Linien, noch keine Fältchen, aber ungewöhnlich für eine Frau ihres Alters. Als sie ihm die Hand gab und lächelte, verzogen sie sich nach oben. Es war ein mutiges, stolzes Gesicht. Ihre Augen sprühten Funken. Sie schüttelte ihm die Hand und begrüßte ihn mit tiefer, klarer Stimme. Für den Bruchteil einer Sekunde wirkte das schöne Gesicht leer, ohne irgendeine Gefühlsregung. Dann kehrte die Wärme zurück. Als Barrington ihr die Hand drückte und in die lächelnden Augen schaute, beschlich ihn das Gefühl, daß sie nicht das geringste Interesse an diesem Treffen hatte.
Aus den Augenwinkeln sah Barrington, daß Carter ihn anstarrte. Er wandte seine Aufmerksamkeit wieder dem alten Freund zu, der irgendwas zu ihm gesagt haben mußte und auf eine Reaktion wartete. Er beschloß, ehrlich zu sein.
»Tut mir leid, alter Knabe. Darauf war ich nicht vorbereitet. Du hast mich nicht vorgewarnt.«
Carter warf Sarah einen raschen Blick zu. Es war nicht das erste Mal, daß so etwas passierte. »Es ist meine eigene Schuld«, sagte er lächelnd zu Barrington und wandte sich wieder Sarah zu. »Ich kann es nur allzugut verstehen.«
Sarah lächelte höflich wie über einen abgedroschenen Witz.
»Einen Drink?« fragte Carter und ging auf Sarah zu.
»Eine Bloody Mary bitte.« Sie lächelte sanft. Er nickte leicht und warf Barrington einen fragenden Blick zu, der sich anschloß. Dann beschäftigte er sich mit den Drinks. Samstag morgens Bloody Marys. Das war lange her. Er mixte die Drinks. Für Barrington und ihn die übliche Menge, für Sarah mit ihrem unempfindlichen Gaumen eine ordentliche Portion Tabasco. Er lächelte in sich hinein und wandte sich wieder seinem Besuch zu. Barrington beobachtete Sarah. Sie nippte nicht, sie trank. Sie stand neben ihm und schaute aus dem Fenster über das Meer von Dächern. Sie befanden sich im obersten Stock des Finlays Buil-

ding, einem modernen Hochhaus, und direkt unter ihnen lagen die alten Gebäude der City, die Bank of England eingeschlossen.
»Toller Ausblick«, nickte Barrington anerkennend. »Einer der schönsten in der City.«
»Nicht wahr? Ich stehe gerne hier und schaue aus dem Fenster. Die Häuser sehen von dieser Höhe so anders aus, beinahe verletzlich. Kein Lärm, keine Sicherheitsbeamte, nur die nackten Dächer.« Plötzlich grinste sie. »Wenn ich eine Bank ausrauben wollte, würde ich durchs Dach kommen.«
Beide Männer brachen in schallendes Gelächter aus.
»Danke für den Tip«, sagte der Governor. »Wenn jemand auf die Idee kommt, durchs Dach zu steigen, wissen wir, wer es war.«
»Mach dir keine falschen Hoffnungen, Barrington. Du würdest Sarah nie auf die Schliche kommen«, sagte Carter. Wieder lachten die beiden. Sarah sah lächelnd aus dem Fenster und zündete sich eine Zigarette an.
Der Butler erschien an der Tür und gab Carter ein diskretes Zeichen.
»Danke, Fred. Fangen Sie an«, sagte Carter und bat Sarah und Barrington zu Tisch. Er selbst setzte sich an den Kopf und ließ Barrington rechts und Sarah links von ihm Platz nehmen. Fred brachte eine Salatplatte mit Hühnerleber.
»Sie waren also in Cambridge«, sagte Barrington und begann zu essen. Sarah nickte und spürte einen Anflug von Müdigkeit und Langeweile, während sie mechanisch antwortete: »Ja, von 1985 bis 1988. Ich habe Mathematik studiert.«
»Und das beste Examen ihres Jahrgangs hingelegt«, fügte Carter hinzu.
»Genau wie wir«, lachte Barrington.
Sarah lächelte höflich.
»Hauptfach Mathematik?« fragte Barrington weiter.
»Ja, aber ich habe auch ein paar Seminare in Philosophie belegt.«
»Was für eine Mischung!«

»Eine wunderbare Kombination«, erwiderte Sarah. »Herz und Kopf.«
»Und jetzt die City?« Barrington beugte sich über den Tisch und hob die Augenbrauen.
»Ja. Nicht unbedingt eine logische Konsequenz, nicht wahr?«
Die beiden Männer schwiegen und warteten darauf, daß sie weitersprach. Doch sie zuckte nur die Achseln: »Liegt das nicht auf der Hand?«
Barrington wirkte ein wenig verlegen. Er hustete. »Doch, aber jetzt mal abgesehen vom Geld – gibt es nicht noch einen anderen Grund? Macht Ihnen der Devisenhandel keinen Spaß?«
Sarah lachte höflich. »Doch, könnte man sagen. Aber diesen Ausdruck würde ich eher fürs Bergsteigen, Skifahren oder Lesen benutzen. Der Devisenhandel interessiert mich. Ich mag das Glücksspiel, und seltsamerweise sind die Devisenmärkte ebenfalls eine Mischung aus Herz und Kopf, Logik und Gefühl. Am Schwarzen Mittwoch oder in der Nacht des Putsches gegen Gorbatschow spielten Gefühle eine ebenso wichtige Rolle wie die Logik. Das Gespür für den Markt, die Psychologie, der Versuch, die Börse oder zumindest andere Broker zu manipulieren, ja, das ist faszinierend. Es ist wirklich wie ein Spiel.«
Barrington schwieg. Carter beobachtete, wie er Sarah musterte. Dann tauchte er wieder aus seiner Gedankenverlorenheit auf. »Ein Spiel? Aber mit ernsten Folgen!«
»Oh, das habe ich nie bestritten. Man gewinnt oder verliert riesige Vermögen. Zig Millionen, Milliarden. Man kann Wirtschaftsprogramme zu Fall bringen, Politiker stürzen ...«
»Sie tun so, als ginge Sie das alles nichts an«, erwiderte der Governor leicht irritiert.
»Tut es auch nicht«, antwortete Sarah. »Jedenfalls nicht mich als Devisenhändlerin. Mein Job besteht darin, Geld für mein Unternehmen zu verdienen. So einfach ist das. Als Mensch lassen mich die Politik, die Wirtschaft und die Menschen, die dabei zugrunde gehen, natürlich nicht kalt, aber so ist das in diesem Beruf. Mir könnte es genauso ergehen. Wenn ich mehrmals hintereinander

auf die Nase falle und dabei ein paar Millionen Pfund verliere, würde John nicht zögern, mich zu feuern, und er hätte recht.«

»Trotzdem scheint Ihnen diese Aussicht nicht viel auszumachen«, sagte Barrington.

»Warum soll ich mir jetzt darüber den Kopf zerbrechen?« entgegnete Sarah.

Plötzlich mischte sich Carter ein. »Soweit ich sehen kann, ist Sarah die beste Devisenhändlerin der City. Sie muß sich bestimmt keine Sorgen um ihren Arbeitsplatz machen.«

Barrington lehnte sich zurück. »Ist sie wirklich so gut?« fragte er lächelnd.

»In der Tat«, bestätigte Carter.

Verschiedene Gänge wurden serviert und abgeräumt. Schließlich brachte Fred den Nachtisch, Mousse au Chocolat. Sarah machte sich genüßlich darüber her – zu Barringtons Vergnügen.

»Ich war überrascht, von John zu erfahren, daß Sie in New Orleans geboren sind«, sagte er an Sarah gewandt. Entsetzt bemerkte er, wie sie bei der Erwähnung der Stadt leicht zusammenzuckte, als er sich erinnerte, daß ihre Eltern dort umgekommen waren. Barrington verfluchte sich innerlich. Wie konnte er nur so gefühllos sein? Doch ihr Gesicht erholte sich fast augenblicklich, und einen Moment lang fragte er sich, ob er es sich vielleicht nur eingebildet hatte. Sie lächelte.

»Meine Mutter stammte aus New Orleans. Ihre französischen Vorfahren waren aus Nova Scotia ausgewandert. Sie war wunderschön, dunkler als ich, mit schwarzem Haar und dunkelbraunen Augen. Sie war auch kleiner und zierlicher ... Mein Vater lernte sie kennen, als er Urlaub in New Orleans machte. Er hat die Stadt nie wieder verlassen.« Sarah breitete die Arme aus. »Ja, so war's.« Dann starrte sie auf den Tisch, griff nach ihrem Weinglas und trank.

»Ah, das ist also die Erklärung«, sagte Barrington, emsig darauf bedacht, die Stimmung zu lockern.

Sarah hob fragend die Augenbrauen.

»Ihre Hautfarbe«, sagte Barrington, unheilvoll wie Poirot.

»Die Cajuns, die ersten französischen und spanischen Siedler«, erklärte Sarah, »vermischten sich mit Italienern und wahrscheinlich auch mit Schwarzen. Deshalb sind wir dunkler als die normalen Franzosen. « Sie lächelte, als sei ihr gerade etwas eingefallen. Zum erstenmal leuchtete ihr ganzes Gesicht auf, und zum erstenmal entdeckte Barrington die Intensität in ihren Augen.
Das Mittagessen war beendet. Barrington nickte Carter zu und drückte Sarah die Hand. Sie lächelte und verabschiedete sich. Befriedigt merkte er, daß sie leicht verwirrt war. Sie gab sich auch keinerlei Mühe, es zu verbergen. Offensichtlich war ihr klar, daß sie sozusagen auf dem Präsentierteller saß und daß es keinen Zweck hatte, ihn nach dem wahren Grund des Treffens zu fragen. Sie strahlte Geduld aus, als wüßte sie, daß sie früher oder später ohnehin erfahren würde, was sie wissen wollte. So war es immer.
Eine außergewöhnliche Frau, dachte er auf dem Rückweg zur Bank. Als er in seinem ruhigen Büro saß, rief er Bartrop an.
»Ich glaube, ich habe Ihren Spion gefunden.«
Bartrop ignorierte den spöttischen Unterton. »Dann erzählen Sie mal. Wie ist er?«
»Es ist eine Sie. Klug, charmant und gutaussehend. Sehr seriös und anscheinend die beste Devisenhändlerin der City.«
»Klingt vielversprechend. Wie heißt sie?«
»Sarah Jensen.«
»Ist das ihr ganzer Name?«
Bartrop hörte das Rascheln von Blättern. »Sarah Louise Jensen.«
»Ich gehe davon aus, daß sie die britische Staatsangehörigkeit besitzt.«
»Ja, aber ihre Mutter war Amerikanerin, und ihr ...«
»Ihre Mutter ist tot?« unterbrach Bartrop.
»Ja, und ihr Vater ebenfalls. Beide kamen bei einem Verkehrsunfall ums Leben, als sie acht war.«
Nachdem er eine ganze Reihe von Fragen gestellt hatte, sagte Bartrop schließlich: »Ziemlich ungewöhnlich, nicht wahr? In

New Orleans geboren, Waisenkind, von der Tante erzogen, mit Cajun-Blut in den Adern. Hört sich an, als wäre das Desaster vorprogrammiert, Governor.«

»Schon möglich, aber Sie haben sie noch nicht gesehen, Bartrop. Sie ist genauso normal und natürlich wie jeder andere. So wie man sich Menschen eben wünscht.«

»Tja, wenn Sie das sagen, Governor, werden Sie wohl recht haben. Wir müssen ihr allerdings noch etwas auf den Zahn fühlen. Exotische Frauen versprechen oft mehr, als sie halten können.«

»Dann überprüfen Sie sie. Ich schicke Ihnen die Personalakte. Vielleicht hilft sie Ihnen.«

»Danke, Governor. Das wird uns die Arbeit enorm erleichtern.«

Zufrieden über diesen kleinen Seitenhieb, legte Bartrop den Hörer auf.

5

Bartrop rief den Governor am folgenden Abend zurück.
»Sind Sie sich immer noch so sicher über Sarah Jensen?«
»Ja, gestern war ich es, und heute bin ich es immer noch. Oder haben Ihre Spione mittlerweile eine Leiche in ihrem Keller gefunden?«
»Nein. Wir haben sie routinemäßig überprüft. Es liegt nichts vor. Alles ganz normal. Sie arbeitet hart und scheint auch hoch zu pokern. Ist nicht gerade eine Abstinenzlerin, aber Alkohol scheint kein Problem zu sein. In Cambridge hatte sie eine Menge Liebhaber, doch seit einiger Zeit läßt sie es ruhiger angehen. Wußten Sie, daß sie eine Weile mit Carter liiert war?«
»Natürlich wußte ich das«, log Barrington. »Und wenn schon!«
»Da haben Sie recht. Nun, im großen und ganzen scheint sie uns geeignet.«
»Was meinen Sie mit ›geeignet‹? Sie ist die ideale Kandidatin!«
»Na gut. Sie ist perfekt. Wir können weitermachen. Sind Sie jetzt zufrieden?«
»Ja.«
»Ich meine, Sie persönlich.«
»Schauen Sie, Bartrop. Darüber haben wir bereits gesprochen. Ich habe Ihre Zusicherung. Und nachdem ich Sarah gesehen habe, kann ich Ihnen versichern, daß Marcus Aylyard oder irgendein anderer der Sache nicht gewachsen wäre. Sie ist mehr als kühl. Ich glaube kaum, daß Aylyard sie beeindrucken könnte. Das wichtigste ist, ihr zu imponieren, ihr Vertrauen zu gewinnen, damit sie tut, was wir wollen. Habe ich recht?«

»Völlig.«
»Also brauchen wir keinen Mittelsmann. Ich werde die Sache selbst in die Hand nehmen.«
»Gut. Das freut mich, Governor. Jetzt müssen wir uns nur noch Gedanken über Miss Jensens Indoktrination machen.«
Barrington zuckte zusammen. Was für ein häßliches Wort, Indoktrination.
Bartrop fuhr fort. »Das allerwichtigste ist, daß sie nur teilweise eingeweiht wird. Wir müssen uns eine gute Geschichte ausdenken, damit sie anbeißt. Aber nichts, was unsere Interessen im Hinblick auf Fieri in Gefahr bringen könnte. Davon sollte sie nichts erfahren, unter keinen Umständen. Sie muß lediglich wissen, daß es um betrügerische Geldgeschäfte in der City geht. Wenn wir sie später doch einweihen müssen, können wir die Verbindung immer noch herstellen. Lassen Sie uns erst mal abwarten, ob sie anbeißt. Dann sehen wir, wie gut und zuverlässig sie ist, und können immer noch entscheiden.«
»Klingt vernünftig«, gestand der Governor.
»Also, viel Glück«, sagte Bartrop, und beide legten auf.
Der Governor griff in die oberste Tischschublade, zog eine Flasche Whisky heraus und nahm einen kräftigen Schluck. Dann wählte er Carters Nummer. Er würde Sarah gerne morgen früh, so gegen neun, in seinem Büro sprechen. Ob das möglich sei?

Das Telefon läutete, als Sarah die Tür aufschloß. Sie ließ es klingeln. Die einzigen Menschen, mit denen sie gerne gesprochen hätte, waren weit von jedem Telefon entfernt, irgendwo in einem unerreichbaren Land.
John Carter sprach auf ihren Anrufbeantworter. Ob sie ihn bitte zurückrufen könnte? Es sei dringend. Sarah stolperte erschöpft durch die Wohnung. Es war halb sechs. Was immer es war, es hatte bestimmt Zeit bis morgen.
Sie hob eine Flasche Whisky vom Boden auf und nahm sie mit ins Schlafzimmer. Das zerwühlte Bett sah düster und leer aus. Sarah fischte ein Video von Cagney und Lacey aus dem Stapel und

schob die Kassette in den Recorder. Das fröhliche Thema der Filmmusik erklang. Dann zog sie sich aus, schlüpfte in einen alten Pyjama und setzte sich auf das Bett. Gerade wollte sie sich einen großzügigen Whisky genehmigen, als das Telefon erneut klingelte. Gereizt nahm sie den Hörer ab und sagte: »Hallo!« Schon wieder John Carter. Er entschuldigte sich. Er wolle sie nicht stören, aber es sei dringend.

»Schon gut«, sagte Sarah und drehte Cagney mitten im Satz den Ton ab.

»Du hast müde gewirkt gestern beim Mittagessen.«

»Oh, das tut mir leid. War ich so langweilig?« Carter lachte. »Nein, überhaupt nicht. Der Governor war begeistert.«

»Tatsächlich? Wie schön.« Da die stummen Bilder sie ablenkten, schaltete Sarah den Recorder ganz aus. »Übrigens wollte ich dich noch fragen, warum du mich eigentlich dabeihaben wolltest? Das Ganze kam mir etwas komisch vor.«

»Allerdings. Aber es war nicht meine Idee, sondern seine. Er hat mir erzählt, daß er sich mit einem Devisenhändler unterhalten wollte. Da habe ich dich vorgeschlagen.« Er hielt einen Augenblick inne. »Und jetzt will er, daß du ihn in der Zentralbank aufsuchst.«

Sarah war belustigt. »Was soll das Theater, John?«

»Ich weiß es wirklich nicht. Vielleicht will er dir eine Stellung anbieten.«

»Du willst mir doch nicht weismachen, das der Präsident der Bank of England seine Zeit mit Personalfragen vertrödelt.«

»Wohl kaum. Ich kann nur weitergeben, was er mir gesagt hat, Sarah. Er hat mich angerufen und erklärt, daß er dich morgen um neun gern in seinem Büro sehen würde.«

»Na schön, dann treffen wir uns dort.«

»Nein, nein!« sagte Carter. »Du triffst ihn allein.«

Neun Uhr. Die U-Bahn-Station platzte aus allen Nähten. Die verschiedenen Linien aus dem Norden und der Mitte Londons trafen sich hier und spuckten eine Flut von mürrischen Gesichtern auf die Straße. Mit der *Financial Times* oder der *Sun* in der Hand, als seien es Pässe, drängten sich die Massen an den Theken von *Birleys,* um Muffins und Cappuccino zu kaufen und die Lifts von unzähligen Finanzunternehmen mit dem Duft nach Frühstück zu erfüllen.

Sarah verließ die U-Bahn-Station und ging etwa zehn Schritte die Threadneedle Street entlang. Die Sonne spiegelte sich in den hohen weißen Häusern und blendete sie. Auf den steinernen Treppenstufen klapperten ihre hohen Absätze. Sie lächelte dem großen Mann mit dem schwarzen Hut und der rosa Dreivierteljacke am Eingang zur Bank of England zu. Das leuchtende Rosa wurde Houblon Pink genannt, erinnerte sie sich, nach Sir John Houblon, dem ersten Präsidenten der Bank, die 1694 durch einen Parlamentsbeschluß gegründet worden war. Es war die Farbe, die er für die Uniformen seines Personals bestimmt hatte und die seitdem von sämtlichen Türstehern und auch den Parlour Stewards, den Butlern, getragen wurden. Vor Jahren, als sie ihren Job in der City antrat, hatte Sarah an einer Führung durch die Bank teilgenommen. Gesehen hatte sie damals nicht viel. Die interessantesten Räume waren für Besucher nicht zugänglich. Jetzt spürte sie einen heimlichen Schauer der Erregung bei der Vorstellung, gleich das Arbeitszimmer des Governors kennenzulernen.

Sarah lächelte dem Türsteher zu und ging durch die große gewölbte Eingangshalle, deren Boden mit Mosaiken von Münzen aus allen Zeiten geschmückt war. Sie trat zur Information, nannte ihren Namen und erklärte, daß sie einen Termin beim Präsidenten habe.

Der Pförtner lächelte. Er war bereits informiert worden. Er griff zum Hörer, wählte eine Nummer, wartete einen Augenblick und meldete dann, Miss Jensen sei unterwegs. Anschließend nickte er einem Türsteher zu, der sich Sarah zuwandte und höflich: »Nach Ihnen, Madam« murmelte. Er führte sie zu den Parlours, dem größten und imposantesten Bereich der Bank, wo die Büros des Präsidenten, seines Vize und der Direktoren untergebracht sind.

Aus einer perversen Angewohnheit heraus versuchte sie, sich den Weg zu merken, doch sie verlor sich bald im Echo ihrer auf den Mosaiken widerhallenden Schritte, den großen Gemälden an den Wänden, den hohen Decken, dem Stuck und den dumpfen Geräuschen, die durch die verschlossenen Türen drangen.
Der Türsteher blieb vor einer eichenholzgetäfelten Tür stehen und klopfte respektvoll. Ein Sekretär öffnete die Tür, der Türsteher führte Sarah hinein und verkündete feierlich ihren Namen. Dann zog er sich zurück. Höflich lächelnd, geleitete der Sekretär Sarah zum Arbeitszimmer des Zentralbankpräsidenten.
Barrington stand mit dem Rücken zur Tür und schaute aus dem Fenster in den Innenhof des Gebäudes. Die Hände im Rücken verschränkt, schien er über das von Ruhe und Ordnung erfüllte Bild nachzudenken, das sich vor seinen Augen auftat. Die Büros der höheren Bankbeamten gruppierten sich um den Innenhof. Sie waren stolz, nur sich selbst zu sehen und nicht die Außenwelt. Es war wie ein Symbol für ihre olympische Objektivität. Der Tumult, der aus der U-Bahn-Station und den schmuddeligen Geschäften dort hervordrang, schien weit entfernt. Hier herrschte eine zivilisierte Atmosphäre, vornehm wie der Mann, der in diesem Büro residierte.
Der Governor drehte sich um, lächelte breit und kam Sarah mit ausgestreckter Hand entgegen. »Wie geht es Ihnen, Sarah? Ich freue mich, Sie wiederzusehen.« Er deutete auf einen Sessel, der unter dem Ölbild einer berühmten Seeschlacht stand. »Bitte nehmen Sie doch Platz.« Er setzte sich ihr gegenüber und sah sie eine Weile schweigend an. Wie am Tag zuvor hatte Sarah das Gefühl, begutachtet zu werden.
»Zuallererst möchte ich mich bedanken, daß Sie so kurzfristig kommen konnten.« Er hielt inne, schlug elegant die Beine übereinander und beugte sich etwas vor. Sie wartete, daß er fortfuhr. Einen Moment lang blitzte ein zuversichtliches Lächeln auf seinen Lippen auf, während er seine Kräfte sammelte und dann entschlossen weitersprach. »Sarah, was ich jetzt mit Ihnen besprechen werde, dürfen Sie auf keinen Fall irgend jemandem

erzählen. Wenn Sie sich nicht in der Lage sehen, Stillschweigen zu bewahren, sagen Sie es mir jetzt, dann würde ich lieber gar nicht erst damit anfangen.« Sein Lächeln erstarb, und er sah ihr gespannt in die Augen.

Sarah schwieg einen Moment und versuchte ihre brennende Neugier zu verbergen. Dann antwortete sie im gleichen zurückhaltenden Ton: »Natürlich, Governor. Was immer Sie mir sagen, ich werde es höchst vertraulich behandeln.«

Ohne seine Augen von den ihren abzuwenden, fuhr Barrington fort.

»Wie Sie wissen, hat es in den letzten Jahren eine Unzahl von Skandalen in der City gegeben, die alles andere als gut für ihren Ruf waren.«

Sarah nickte. Sie erinnerte sich an die Guinness-Affäre, Blue Arrow, Barlow Clowes, Maxwell, BCCI und ein paar kleinere Fälle. Die BCCI, die Bank of Credit and Commerce International, war in einen für die Zentralbank Englands besonders peinlichen Skandal verwickelt gewesen, nämlich in den größten Betrug in der Geschichte des Bankwesens. Die Bank of England war in ihrer Funktion als oberste Bankenaufsichtsbehörde scharf kritisiert worden wegen der Art, wie sie den vielfachen Milliardenbetrug und die spätere Schließung der Bank gehandhabt hatte.

Der Governor runzelte die Stirn. »Im Parlament wächst der Druck, ein Anti-City-Gesetz zu erlassen, was uns noch weiter schwächen und das Problem keineswegs aus der Welt schaffen würde.«

Sarah konnte seine Sorgen verstehen. Die City haßte es, sich von Außenstehenden, die sie für Ignoranten hielt, etwas vorschreiben zu lassen. Hier setzte man auf Selbstkontrolle.

»Ich gebe offen zu, daß das bestehende System nicht überall so funktioniert, wie es sollte. Ich will nur an die vielen Gerichtsverfahren erinnern, die nach Jahren eingestellt werden müssen und zig Millionen Pfund verschlingen ...« Der Governor starrte einen unsichtbaren Feind an. »Das ist lächerlich und höchst peinlich.«

Sarah dachte an Guinness und Blue Arrow. Der Guinness-Fall war typisch für die willkürliche Handhabung und Anwendung der Gesetze. Die Verfahren gegen einige Beschuldigte waren aus unersichtlichen Gründen eingestellt worden, während andere wiederum hohe Gefängnisstrafen erhalten hatten. Kein Mensch verstand, warum, vor allem die Betroffenen nicht. Blue Arrow war besonders peinlich für die Interne Ermittlungskommission gewesen, die sich mit der Einhaltung der Insiderregeln beschäftigt. Das Verfahren hatte zwei Jahre gedauert und siebenunddreißig Millionen Pfund an Steuergeldern verschlungen. Die Anklageschrift war lang und kompliziert, und die wenigen Verurteilungen wurden im Berufungsverfahren wieder aufgehoben.
Obwohl man den früheren Bankpräsidenten weder für das Verhalten der IEK noch für die lasche Prozeßführung verantwortlich machen konnte, geriet er als oberster Verantwortlicher der City ins Kreuzfeuer der Kritik.
Als Barrington in Sarahs Blick Zeichen von Verständnis und Solidarität las, wurde er selbstbewußter. »Natürlich hat es in der City schon immer Betrügereien gegeben, aber es gab auch eine Zeit, in der es möglich war, gewisse Dinge taktvoll zu regeln. Man benachrichtigte den Präsidenten über Unregelmäßigkeiten, er sprach mit den Betreffenden unter vier Augen, und diese gaben diskret ihren Rücktritt bekannt. Diese Regelung war gar nicht dumm. Die City sorgte sozusagen selbst für Ordnung. Man bereinigte diese Fälle unter sich, ohne den Ruf der City in Mitleidenschaft zu ziehen. Es war tatsächlich so etwas wie freiwillige Selbstkontrolle. Und viel effektiver, als in aller Öffentlichkeit schmutzige Wäsche zu waschen. Meinen Sie nicht?«
»Es hat sein Gutes«, nickte Sarah, »jedenfalls, solange die selbsternannten Kontrolleure nicht korrupt sind.«
Der Governor warf ihr einen scharfen Blick zu. »Irgend jemand muß ja wohl Gott spielen.«
»Ich dachte, dafür seien die Gerichte zuständig.«
»Im Idealfall ja«, erwiderte Barrington leicht irritiert. »Was ich sagen wollte, ist, daß es einige, zugegeben wenige, Fälle gibt, bei

denen dieses System nicht funktioniert.« Sarah widersprach nicht und wartete, daß er fortfuhr.
»Wir können uns einfach keine größeren Skandale mehr leisten, verstehen Sie? Verbrechen wird es immer geben, wir aber müssen nach anderen Wegen suchen, um damit fertig zu werden. Wir dürfen uns nicht nur auf das Kontrollsystem der IEK beschränken. Natürlich wird sie weiterhin eine wichtige Rolle spielen, vor allem in fortgeschrittenen Fällen. Nach der Veröffentlichung des Bingham-Reports haben wir eine neue Ermittlungsbehörde aufgebaut, die äußerst hilfreich ist. Trotzdem ist es häufig so, daß das gesamte Beweismaterial verschwindet, sobald eine Untersuchung in Gang gesetzt wird.«
Sarah nickte. »Sie wollen sagen – und bitte korrigieren Sie mich, falls ich etwas falsch verstanden habe –, daß manche Verbrechen einfach unerkannt bleiben und daß man sozusagen unbemerkt vor Ort operieren und die Schuldigen auf frischer Tat ertappen muß, wenn man verhindern will, daß das Beweismaterial verschwindet.«
»Genau«, sagte Barrington mit einem triumphierenden Lächeln und beugte sich über den Tisch. »Und bei diesem Problem möchte ich Sie um Ihre Mithilfe bitten.«
Sarah fühlte, wie ihr Herz vor Spannung schneller schlug. Die Erschöpfung der letzten Tage war vergessen. Sie richtete sich auf und hörte Barringtons Ausführungen aufmerksam zu.
»Die Inter-Continental-Bank ist Ihnen bestimmt ein Begriff.«
»Wem nicht?«
Der Governor lächelte. »Ja, sie genießt einen ausgezeichneten Ruf, nicht wahr? Intelligent, höchst erfolgreich, extravagant, Sie wissen ja – aber da ist noch etwas anderes.« Er kniff die blauen Augen zusammen. »Es betrifft die Devisenhandelsabteilung. Ihre Handelsbilanzen sind einfach zu gut, um echt zu sein. Es gibt da allerlei Gerüchte.« Er machte eine Pause und warf ihr einen forschenden Blick zu. »Sie suchen einen neuen Devisenhändler. Ich glaube, daß Sie für den Job die Richtige wären. Das heißt, wenn Sie überhaupt Interesse haben ...«

Barrington lächelte. Sarah rührte sich nicht. Ihre Beine waren um die des Stuhls geschlungen, die Hände verkrampft. Ihr Blick schweifte über Barringtons Kopf hinweg aus dem Fenster in den Innenhof. Sie spürte einen Anflug von Erregung. Schon immer hatte sie für die ICB arbeiten wollen. Diese Bank im Lebenslauf vorweisen zu können, war die beste Empfehlung. Wenn man in der ICB überlebte, schaffte man es überall. Sie war eine Topadresse in der City, hart und brutal, aber mit den besten Gehältern. Blutgeld, dachte Sarah und schenkte Barrington ein Lächeln.

»Natürlich würde ich den Job sehr gern übernehmen. Aber zuerst sollten Sie mir sagen, was ich dafür tun muß.«

»Nun, zuerst müssen Sie ihn bekommen. Ich werde dafür sorgen, daß noch heute ein Abwerber bei Ihnen anruft und Sie zu einem Vorstellungsgespräch einlädt. Mit Ihrem Lebenslauf müßten Sie einen starken Eindruck hinterlassen. Wenn Sie den Job bekommen, wovon ich überzeugt bin, brauchen Sie nur die Augen offenzuhalten. Sie tun Ihre Arbeit wie gewöhnlich und spitzen die Ohren, falls Ihnen etwas verdächtig vorkommt. Alles, was Ihnen auf irgendeine Weise seltsam erscheint, berichten Sie mir. Falls sich herausstellen sollte, daß die Bank gegen bestehende Gesetze verstößt, werde ich mich darum kümmern.«

»Und was wollen Sie unternehmen?«

»Ganz einfach. Ich werde sie wissen lassen, daß ich sie vor Gericht bringe, wenn die Betreffenden nicht zurücktreten und aus der City verschwinden. Und wenn sie vernünftig sind, werden sie mein Angebot annehmen, meinen Sie nicht?«

»Vermutlich, vorausgesetzt, sie sind schuldig, und wir können es beweisen.«

»Vergessen Sie nicht: Wenn es nach meinem Plan geht, wird es nie zu einem Gerichtsverfahren kommen. Wir suchen also nicht nach verwertbaren Beweisen, die vor Gericht standhalten müssen, es genügt, wenn Sie mich davon überzeugen können, daß ein Verbrechen begangen wird. Alle Indizien weisen darauf hin, daß es in der ICB nicht mit rechten Dingen zugeht. Sie sollen herausfinden, wer welche Verbrechen begeht.«

»Klingt ja alles ganz einfach«, entgegnete Sarah.

Der Governor lachte. »Verzeihen Sie. Ich bin sicher, daß es alles andere als leicht sein wird, aber ich bin überzeugt, wenn Sie vorsichtig an die Sache rangehen, werden Sie bald auf etwas stoßen. Natürlich ist es für uns beide eine Art Experiment, sozusagen Neuland. Wir müssen uns behutsam vortasten und auf alles gefaßt sein.«

Sarah lehnte sich zurück und schwieg eine Weile. »Gibt es denn für diese Art von Arbeit keine ausgebildeten Experten? Ich habe mit so was überhaupt keine Erfahrung.«

»Das ist es ja«, antwortete Barrington. »Wir können keine Profis einsetzen. Die Meute würde sofort Lunte wittern. Was wir brauchen, ist einen erfahrenen Devisenhändler, der vor Ort alles beobachten kann. Jemand, der sich bestens auskennt und weiß, was normal und was verdächtig ist. Jemand, der nicht auffällt.«

Er beugte sich vor.

»Wir haben uns natürlich umgesehen, Sarah. Sie bringen die besten Voraussetzungen.«

»Wir? Wer ist wir?« fragte sie scharf.

Barrington fluchte innerlich. Er lächelte und sagte: »John Carter natürlich. Er hat Sie mir vorgeschlagen.«

»Ach so, John, natürlich. Er weiß also von der ganzen Sache, wie?«

»Nun, nein. Nicht alles. Nur einen Teil. Ich würde Sie aber bitten, nicht mit ihm darüber zu reden. Dasselbe habe ich ihm gesagt. Er fühlt sich bestimmt hintergangen, wenn Sie ihn darauf ansprechen.«

»Ja, sicher«, sagte Sarah leicht gereizt. »Wenn Sie mich darum bitten, alles geheimzuhalten, werde ich es natürlich tun.« Dann runzelte sie die Stirn und fragte: »Sagen Sie mir, wie sind Sie der ICB auf die Schliche gekommen, und warum diese ungewöhnliche Art der Ermittlung?«

Barrington unterdrückte das Bedürfnis, tief aufzuseufzen. Sie war wirklich hartnäckig.

»Ein Revisor hat Verdacht geschöpft und es seinem Vorgesetzten gemeldet. Der ist zu mir gekommen. « Barrington berichtete ausführlich über den Fall und lächelte schließlich, wie um Vertrauen zu schaffen. »Wir mußten also überlegen, wie wir am besten vorgehen sollten. Ich habe mir die Sache einige Wochen durch den Kopf gehen lassen und mich dann für dieses Experiment entschieden. Wir mußten zuerst die richtige Person finden, und da stießen wir auf John Carter und Sie.«

Sarah entspannte sich und dachte nach.

Der Governor wartete. Schließlich sagte sie: »Die Sache hat ihren Reiz. Ich bin nicht abgeneigt, an Ihrem Experiment teilzunehmen, aber zuerst würde ich gerne wissen, wer die Verdächtigen sind und was man ihnen genau vorwirft.«

Barrington lächelte. Er war entzückt. »Wie gesagt, die Bilanzen der Devisenhandelsabteilung sind um einiges zu gut ausgefallen. Erinnern Sie sich?« Sarah nickte.

»Tja, diese Gewinne setzten mit der Ankunft eines gewissen Dante Scarpirato ein. Ich halte ihn entweder für ein Genie oder für einen ausgefuchsten Verbrecher.«

»Und wie geht er bei seinen Verbrechen vor?« Barrington lächelte und zuckte die Achseln. »Tja, da liegt das Problem. Wie soll man die Gedanken von Verbrechern lesen? Ich habe nicht die geringste Ahnung, wie er vorgeht. Und wenn ich bloße Vermutungen von mir gebe, könnte ich Sie womöglich in die Irre leiten und auf die falsche Spur bringen ...«

»Wunderbar. Mit anderen Worten, Sie stellen mir einen Freibrief für die Entwicklung von kriminellen Energien aus.«

Barrington sah entsetzt auf.

»Keine Sorge«, beschwichtigte ihn Sarah. »Es war nur ein Scherz.« Dann fuhr sie fort. »Dieser Dante Scarpirato. Kennen Sie ihn?«

»Ich habe ihn einmal getroffen«, erklärte Barrington fast widerwillig. »Er ist ein überheblicher Kerl, arrogant und aalglatt, die Sorte, die im *Annabel's* oder in *Mark's Club* verkehrt. Immer sonnengebräunt. Er soll rücksichtslos sein und benimmt sich, als hätte er nur Feinde auf der Welt. Er kann es sich leisten, weil

er soviel Geld verdient. Mit anderen Worten, angenehm ist er nicht.« Barrington hielt inne und musterte Sarah. »Obwohl ich mir habe sagen lassen, daß er ein Frauenheld ist.«
Sarah lachte. »Machen Sie sich meinetwegen keine Sorgen, Governor. Ich kann sehr gut auf mich aufpassen.«
»Oh, das glaube ich gern.« Er wollte gerade aufstehen, als ihm noch etwas einfiel und er sich wieder hinsetzte. Sarah meinte, einen Ausdruck des Unbehagens in seinem Gesicht zu erkennen.
»Ach ja. Da gibt es noch etwas, das ich Ihnen sagen muß. Vielleicht überlegen Sie es sich danach doch noch anders. Ich würde es verstehen. Sie müssen nur ehrlich sein.«
Sarah legte den Kopf auf die Seite und sah ihn schweigend an.
»Sie müssen die Operation auf eigenes Risiko durchführen. Möglicherweise sind Dinge dabei, die nicht ganz koscher sind – Sie verstehen –, wenn Sie an bestimmte Informationen rankommen müssen. Soweit ich sehen kann, haben Sie freie Hand. Die Informationen sind für uns sehr wichtig. Ich will gar nicht wissen, wie Sie vorgehen wollen, wenn Sie den Job annehmen, oder was Sie im einzelnen tun würden. Das liegt ganz bei Ihnen, aber wenn man Sie schnappt, werden Sie auf sich allein gestellt sein. Auf meine Unterstützung können Sie nicht bauen. Deshalb sollten Sie sich auf keinen Fall erwischen lassen.« Barrington war ein wenig rot geworden, aber kaum sichtbar für jemanden, der ihn nur flüchtig kannte. Er spielte seine Rolle sehr gut. Seine Fähigkeit, Vertrauen einzuflößen, war ungebrochen.
Hart an der Grenze zum Illegalen. Und aufpassen, daß man nicht erwischt wurde. Ist das nicht typisch für das Leben in der City oder auch anderswo? dachte Sarah. Doch diese Gedanken behielt sie lieber für sich, da sie dem Governor bestimmt nicht gefallen hätten. Sie schwieg und dachte ernsthaft darüber nach, was er ihr erklärt hatte. Nach einer Weile antwortete sie: »Wie bereits gesagt, Governor, machen Sie sich meinetwegen keine Sorgen. Ich kann sehr gut auf mich aufpassen. Und ich kenne die Spielregeln – solange sie nicht mittendrin geändert werden.«
Barrington vermochte nicht zu sagen, warum er diese beiläufige

Äußerung wie eine Drohung empfand, obwohl sie ganz harmlos klang. Vielleicht lasse ich mich zu sehr von Bartrops Pessimismus anstecken, dachte er. Deshalb kommt mir alles so verdächtig vor.

»Nun, das war's, denke ich.« Der Governor überlegte einen Augenblick und sagte dann: »Ach ja, die Akte.« Er holte aus seiner Schublade eine Mappe mit der Aufschrift ICB und reichte sie Sarah. »Sehen Sie sich diese Unterlagen genau an. Sie enthalten einige Jahresbilanzen, Zeitungsartikel und einen vertraulichen Bericht unserer Bankenaufsicht über die Bilanzen der ICB-Devisenhandelsabteilung. Sie werden sehen, daß die Gewinne im letzten Jahr, seit Dante Scarpirato die Bühne betrat, sprunghaft angestiegen sind.« Dann erhob er sich; das Treffen war beendet. »Ich wünsche Ihnen viel Glück bei der ICB. Lassen Sie mich bitte wissen, wie es Ihnen ergangen ist.« Er kritzelte etwas auf einem Zettel. »Hier meine Durchwahl in der Bank und meine Privatnummer, falls etwas sehr dringend ist.« Er gab Sarah den Zettel, schüttelte ihr die Hand und verabschiedete sich.

Sarah ging durch die hallenden Gänge und trat in den Lärm der Straße hinaus. Irgend etwas an der ganzen Sache gefiel ihr nicht. Sie wurde das Gefühl nicht los, daß der Governor ihr etwas verheimlichte. Wahrscheinlich war es sein Verdacht über die Art des Betruges, dachte sie. Wenn er nur vage Vermutungen hatte, war es wirklich besser, sie für sich zu behalten, um sie nicht in die Irre zu führen. Sonst könnte sie einem Phantom hinterherlaufen und falsche Schlüsse ziehen.

Die Aussicht auf die neue Arbeit vertrieb Zweifel und Sorgen. Der Governor hatte ihren schwachen Punkt erwischt. Sie liebte Spannung und Geheimnisse. Alles, was zwielichtig und tabu war, zog sie magisch an. In vielerlei Hinsicht hätte der Governor keinen besseren Kandidaten für den Job finden können.

Sarah hätte höflich ablehnen und wieder an ihren alten Arbeitsplatz bei Finlays zurückkehren können, doch sie zog es vor, das Angebot des Governors anzunehmen. Eine Entscheidung, die ihr Leben und das einiger anderer unwiderruflich verändern sollte.

6

Sarah sah auf die Uhr. Es war zehn. Die Hauptverkehrsstraße war jetzt ruhiger. Obwohl die meisten Leute bereits an ihren Arbeitsplätzen saßen, wirkte sie immer noch hektisch und betriebsam. Threadneedle Street, Prince's Street, Cornhill, King William Street, Queen Victoria Street und Poultry führten alle zur Old Lady, der Zentralbank, die funktional und geographisch das Herz der City bildete. Jedesmal, wenn Sarah durch diese verstopften Straßen ging, durch die meistens ein scharfer Wind pfiff, breitete sich ein Gefühl von Erregung in ihr aus. Ihre Schritte beschleunigten sich, und sie sah sich genauer um als sonst. Heute hatte sie mehr denn je das Gefühl, im Mittelpunkt des Geschehens zu stehen. Gefühle, die früher eher auf irgendwelchen vagen Hirngespinsten beruht hatten, gründeten nun auf einer Tatsache: Der Mann, der über die City herrschte, hatte Kontakt zu ihr aufgenommen. Jetzt arbeitete sie für den Governor. Nur insgeheim natürlich, aber das war Sarah egal. Sie hatte den Governor getroffen und war sich mit ihm einig geworden; nur das zählte.

Sie ging die Threadneedle Street entlang, bog in die Old Broad Street ein und stand nach ein paar hundert Metern vor dem Finlays Building. Sie zeigte den Sicherheitskräften ihren Ausweis und fuhr in einem gespiegelten Lift zur Abteilung für Devisenhandel. Dort steckte sie ihren Ausweis in den Automaten, und die Tür zu einem überfüllten Großraumbüro ging auf. Es sah aus wie in einem Ramschladen für Computer und High-Tech-Zubehör.

Das erste, was dem Eintretenden auffiel, war der Lärm. Dann das Chaos. Dreihundert Broker, Verkäufer und Assistenten hockten hier wie Batteriehühner aufeinander. Sie saßen oder standen um die im ganzen Raum verstreuten Tische. Manche dösten nur vor sich hin, um urplötzlich aufzuspringen, zum Hörer zu greifen und wie wild zu gestikulieren, bevor sie wieder apathisch auf den Stuhl sanken. Sarah stürzte sich in das Durcheinander. Es gab nur wenige Wegweiser, hier eine Flagge, dort ein Pornokalender, nichts Persönlicheres, nichts Angenehmes, keine Pflanzen, keine bequemen Sessel oder teuren Teppiche. Nur aufgetürmte Monitore, die sich zusammen mit Kaffeetassen, mobilen Telefonen und Taschenrechnern auf den überfüllten Tischen drängten. Zahllose Dokumente, Jahresberichte und Wertpapierprospekte waren auf gefährlich schwankende und um Platz konkurrierende Stapel gehäuft. Den Fußboden hatte man um ein paar Zentimeter nach oben versetzt, um die vielen Kilometer Kabel unterzubringen, die Hunderte von Terminals mit Strom speisten. Die Decke war heruntergezogen worden, um Raum für die scheußliche Klimaanlage zu schaffen, die das Heer von Maschinen und die hitzigen Gemüter der Broker kühlte. Dazwischen hockten die Angestellten dichtgedrängt in klaustrophobischer Enge.

Sarah bahnte sich einen Weg durch die lauten Begrüßungssprüche. »He Sarah, was hast du denn heute noch vor?« Sie hatte sich für den Governor eleganter als sonst gekleidet. Sie mußte lachen. Den Brokern entging aber auch gar nichts. Bloß hatten sie sich diesmal um ein paar Stunden geirrt. Als scharfsichtige Beobachter der Modeszene konnten sie aus dem Schnitt eines Rocks oder der Länge eines Kleids eine ganze Lebensgeschichte lesen.

Sarah wachte eifersüchtig über ihr Privatleben, was ihre Kollegen nur noch mehr zu Spekulationen anstachelte. Hin und wieder warf sie ihnen ein Häppchen hin, um sie bei Laune zu halten, doch sie waren gute Menschenkenner und ließen sich nicht so leicht täuschen. Sie war schwer zu fassen. Ihre Kollegen verstanden sie zwar nicht unbedingt, gaben aber nie auf, es zu versuchen.

Sarah versteckte sich hinter einem Lächeln, setzte sich an ihren Platz und schaltete die Monitore ein, die Brücke zu jener großen elektronischen Welt, wo Zahlen und ihre Verschiebungen Geschichten erzählen. Die Geräte erwachten ächzend zum Leben und setzten sich dann hektisch in Bewegung. Das flackernde Grün warf ein kränkliches Licht auf die bleichen Gesichter, die selten genug die Sonne zu sehen bekamen. Sarah las die Schlagzeilen, die über ihren Bloomberg-Bildschirm flimmerten:

Chicago bremst Einfuhr europäischer Pflanzenöle.
Boxen – Wortgefecht zwischen Eubank und Bonn.
Wiesenthal verurteilt Gleichgültigkeit gegenüber Jugoslawien-Konflikt.

Immer dasselbe. Nichts Neues.

Um halb drei brüllte David Reed Sarah, die nur einen halben Meter von ihm entfernt saß, ins Ohr: »Sarah Jensen. Ein Kopfjäger für dich. Auf Leitung eins.« Mehrere Blicke wandten sich ihr zu, und eine Gruppe von Brokern lachte und spitzte die Ohren.
»Kümmert euch um euren eigenen Mist«, sagte Sarah wütend. Sie drückte auf den Knopf.
»Hallo.«
»Sarah. Ich bin's, Sue Banks.«
»Hallo Sue.« Sarah lachte in den Hörer. Die Devisenhändler kannten natürlich alle Abwerber und auch die Pseudonyme, die sie sich in ihrem vergeblichen Versuch ausdachten, Vertraulichkeit zu wahren. Die Tarnnamen aufzudecken war ein beliebtes Spiel. Sarah bekam fast jede Woche einen Anruf von einer Agentur, die versuchte, sie abzuwerben, und jedesmal machten sich die Broker einen Riesenspaß daraus. Deshalb versuchten sie auch heute, das Gespräch mitzubekommen, aber nur mit einem Ohr. Sie kannten die Zeremonie, glaubten sie. Sarah konzentrierte sich auf Sues Stimme.
Sue Banks hatte Placements Unlimited gegründet, wahrscheinlich die erfolgreichste Vermittlungsagentur in der City. Sie war groß, blond und sprühte vor Selbstbewußtsein und Charme. Die beiden

Frauen hatten sich vor drei Jahren kennengelernt, als Sue versucht hatte, Sarah von Finlays abzuwerben. Sie mochten sich auf Anhieb und empfanden Respekt und Bewunderung füreinander.

»Sarah, ich weiß, daß du nicht von Finlays weg willst, aber hör' dir erst mal an, was ich zu sagen habe.« Noch bevor Sarah antworten konnte, fuhr Sue fort. »Ich will nicht um den Brei herumreden, also erspare ich mir die Formalitäten und komme gleich zur Sache. Es geht um die Devisenhandelsabteilung der ICB. Ein dicker Fisch. Wie du weißt, bezahlen sie die besten Gehälter in der City. Du kannst deinen Preis selbst bestimmen. Außerdem hast du einen Tapetenwechsel dringend nötig. Bist schon vier Jahre bei Finlays; da fängt man an zu rosten.«

Sarah brach in Gelächter aus. »Sue, ich brauche keine guten Ratschläge. Aber verrate mir trotzdem noch mehr.«

»Eigentlich war es das schon. Der einzige Haken, soweit ich sehen kann, ist der Leiter der Abteilung.«

»Du meinst, mein zukünftiger Boß?«

»Das kommt ganz auf dich an. Dante Scarpirato. Ein interessanter Typ, aber ein bißchen unheimlich ... « Sarah hörte Stimmen im Hintergrund und stellte sich vor, wie Sues Sekretärin mit einem Stapel Papiere hereinkam. »Tut mir leid, Sarah. Ich muß Schluß machen. Wäre dir sieben Uhr morgen abend recht, um mit Scarpirato zu reden?«

Sarah lächelte und sagte: »Ja, ich denke, das kann ich schaffen.«

Um sechs Uhr abends war Sarah wieder zu Hause. Sie verriegelte die Tür hinter sich und ging ins Schlafzimmer, um ihr Kleid auszuziehen und in einen alten Bademantel zu schlüpfen, dessen Gürtel sie lose um die Taille schlang. Dann nahm sie im Badezimmer ihre Kontaktlinsen raus und setzte eine verschmierte Brille auf, deren Gläser sie zuvor am Bademantel saubergewischt hatte. Barfuß ging sie ins Wohnzimmer, schenkte sich einen Whisky ein, füllte das Glas bis zum Rand mit Wasser und ließ sich auf das Sofa fallen. Auf dem holzgeschnitzten marokkanischen Tisch, den sie vor ein paar Jahren aus Marrakesch mitgebracht hatte, klingelte das Telefon. Sie schaltete den Anrufbeantworter ein und drehte die Lautstärke herunter; keine Störungen, keine verführerischen Stimmen, die ihren Gedankenfluß unterbrachen.

Die schwere Aktentasche lag auf dem Boden neben dem Sofa. Sarah schloß sie auf und nahm die ICB-Akte heraus. Sie war ziemlich dick mit unzähligen Ausschnitten aus Zeitungen und Zeitschriften, zwei Jahresberichten von 1991 und 1992 und dem vertraulichen Gutachten der Bank of England.

Sarah blätterte die Jahresberichte durch, doch wie sie sich bereits gedacht hatte, verrieten sie ihr nichts, was sie nicht ohnehin schon wußte. Die ICB war eine Investmentbank mit Sitz in den USA, die Filialen in den zehn wichtigsten Finanzmetropolen der Welt unterhielt. Wie alle internationalen Banken engagierte sie sich in den typischen Bereichen Corporate Finance, Fondmanagement und Privatkunden. Alle brachten gute Gewinne ein, die ICB aber war vor allem wegen ihrer Handelsgeschäfte bekannt.

Die ICB war eine der größten Kapitalhändler auf der Welt. Wertpapiere, Devisen und eine atemberaubende Palette von Ablegern – Swaps, Optionen und ähnliches. Das Unternehmen beschäftigte weltweit viertausend Mitarbeiter, siebenhundert allein in London. Sarah ließ die Jahresberichte zu Boden fallen. Was sie interessierte, war das geheime Gutachten der Bank of England. Hier befanden sich Informationen, die niemals in einem öffentlichen Dokument auftauchen würden.

Die Statistiken der ICB in dem Bericht klangen tatsächlich verdächtig. 1992 beliefen sich die Nettogewinne der Bank auf etwa dreihundert Millionen Pfund. Die Devisenhandelsabteilung für Eigenmittel mit Dante Scarpirato als Chef und drei weiteren Mitarbeitern hatte mit einem Grundkapital von achtundzwanzig Millionen Pfund fünfundvierzig Millionen erwirtschaftet. Das war eine Sensation.

Sarah, die sich in der Finanzwelt bestens auskannte, war verblüfft. Finlays Devisenhandelsabteilung mit fünf Mitarbeitern hatte 1992 mit einem Grundkapital von fünfzehn Millionen Pfund achtzehn Millionen erwirtschaftet, und das war schon sehr beeindruckend.

Zudem fiel auf, daß die Gewinne der ICB-Devisenhandelsabteilung zweifellos in direkter Verbindung mit Dante Scarpirato standen. 1991, ein Jahr bevor Dante Scarpirato seinen Posten antrat, hatten die Gewinne noch neun Millionen Pfund betragen. 1992, also nachdem Scarpirato die Abteilung übernommen hatte, waren sie auf fünfundvierzig Millionen hochgeschnellt. Barrington hatte recht. Scarpirato war entweder ein Genie oder ein Gauner.

Um neun hatte Sarah ihre Lektüre beendet. Mit steifem Nacken stand sie auf, sammelte die auf dem Boden verstreuten Blätter ein, steckte sie in eine Plastiktasche und verschloß sie in einem Schrank. Dann ging sie in die Küche und studierte eingehend den Inhalt ihres Kühlschranks. Ein paar Reste vom Abendessen mit Alex und Eddie waren noch da. Sie überlegte. Noch vor drei Tagen waren sie alle zusammengewesen. Plötzlich überfiel sie ein Gefühl beklemmender Leere.

Sie holte tief Luft und beruhigte sich; dann nahm sie ein paar Tomaten, Zwiebeln und etwas Knoblauch aus dem Kühlschrank. Mit einem scharfen Messer machte sie sich über die Zwiebeln und den Knoblauch her und verlor sich dann für einen Augenblick in der Betrachtung der Kräuter und Gewürze, die im Regal über ihrem Kopf standen. Eine halbe Stunde später saß sie mit einem vollen Teller Pasta und einer köstlichen Tomatensauce vor dem Fernseher.

Schon als Kind hatte sie kochen gelernt. Alles war besser als die kargen, improvisierten Mahlzeiten ihrer Tante. Bei dem Gedanken an Isla mußte Sarah lachen. Mittlerweile lehrte sie an einer Uni in den Staaten und wohnte auf dem Campus, wo jemand anders für sie kochte. Vielleicht hatte sie jetzt etwas mehr auf den Rippen, falls sie überhaupt je ans Essen dachte.

Sarah schüttelte den Kopf, als wollte sie die Erinnerungen vertreiben, und schaltete den Fernseher ein. Dort verabschiedete sich gerade Nicholas Witchell vom Fernsehpublikum. Sie schaltete auf ITV um. Sie wollte die Zehn-Uhr-Nachrichten abwarten und sich von der sonoren Stimme Trevor MacDonalds erzählen lassen, was es Neues auf der Welt gab. Doch wie immer war alles beim alten. Dann rief sie in der ICB-Filiale von Tokio an und fragte nach den letzten Quotierungen. Auch in Japan gab es nichts Neues. Der Typ am anderen Ende versprach, sie anzurufen, falls sich etwas änderte.

Vor Müdigkeit gähnend, ging sie ins Badezimmer. Die vielen Zeitungsartikel über die ICB hatten ihre Spuren hinterlassen. Sie schrubbte sich die Hände sorgfältig mit Vanilleseife, warf ein paar Spritzer kaltes Wasser ins Gesicht und verteilte dann die neueste Wundercreme darauf. Schließlich ging sie ins Schlafzimmer, ließ den Bademantel zu Boden gleiten, stellte ihren Wecker und schlüpfte ins Bett, um von Alex und Eddie zu träumen.

Gegen sechs wachte sie auf, durchstöberte ihre Garderobe und zog sich den dritten aufeinanderfolgenden Tag sorgfältig an. Diesmal entschied sie sich für ein nüchternes dunkelblaues Leinenkostüm mit goldenen Knöpfen und eine weiße Bluse. Perfekt für ein Vorstellungsgespräch, obwohl der Rock bis abends um sieben völlig zerknittert sein würde.

Die Geschäftsräume der ICB befanden sich auf der Lower Thames Street in einem modernen Hochhaus, das sich finster neben dem Fluß erhob. Seine Fenster schimmerten feindselig. Die Inneneinrichtung war sehr modern. In der Mitte des Gebäudes befand sich eine Art Atrium, das vollkommen leer war, bis auf den Empfangsschalter, zwei Sofas und eine Reihe von häßlichen Metallskulpturen. Sarah hatte das Gefühl, sie starrten sie an, als sie die Halle betrat. Ein unfreundlicher Pförtner erklärte ihr den Weg in den dritten Stock.

Dante Scarpirato trug einen dunklen Anzug und saß in einem dunklen Büro auf einer verlassenen Büroetage der Devisenabteilung. Als sie das Zimmer betrat, erhob er sich. Er stand kerzengerade und reglos, mit fest in den Boden gestemmten Beinen, in der Haltung eines Gebieters. Er war groß, schlank und hatte wahr-

scheinlich Idealgewicht. Der Anzug war ebenso makellos sauber wie die weißen Manschetten, die aus den Ärmeln hervorlugten, und die schwarzen, glänzend polierten Schuhe. Scarpirato zeigte im Gegensatz zu den meisten Devisenhändlern nach einem zwölfstündigen Arbeitstag keinerlei Anzeichen von Erschöpfung oder äußerlicher Vernachlässigung. Alles an ihm wirkte einstudiert und beherrscht. Er kam auf sie zu und gab ihr die Hand. Er ist genauso groß wie ich, schoß es Sarah durch den Kopf. Ihre Blicke trafen sich auf gleicher Höhe.
»Bitte, nehmen Sie Platz.«
Sarah setzte sich ihm gegenüber. Er beobachtete sie, ohne zu lächeln, unergründlich. Nach einem langen verwirrenden Schweigen fragte er: »Also, warum wollen Sie für die ICB arbeiten?« Er wandte sich den Zahlenkolonnen auf seinen Bildschirmen zu, so daß Sarah seinem Profil antworten mußte. Gelegentlich gab er einen Befehl ein oder rief ein neues Bild auf. Er schien sie vergessen zu haben und stellte nur hin und wieder notgedrungen eine Frage; die übliche Prozedur.
Sarah kannte diese Technik: Gleichgültigkeit vortäuschen, dem anderen das Gefühl eines Bittstellers geben, ihn zwingen, um Aufmerksamkeit zu kämpfen. Es war der übliche Egotrip, langweilig und vorhersehbar. Von diesem Mann hatte sie mehr erwartet, obwohl sie zugeben mußte, daß er seine Rolle ausgezeichnet spielte, denn sie wünschte sich tatsächlich, daß er sie anschaute. Nach fünf Minuten fühlte sie sich unbehaglich, und nach zehn Minuten war sie es leid.
»Entschuldigen Sie die Frage, aber mit wem unterhalten Sie sich eigentlich, mit mir oder dem Bildschirm?«
Scarpirato drehte sich um und sah ihr zum erstenmal in die Augen.
»Wie wichtig ist Ihnen Geld?« Die Frage brachte Sarah aus der Fassung. Zum einen, weil er ihrer Provokation einfach ausgewichen war, und zweitens, weil er eine Frage gestellt hatte, die in der City niemals direkt angesprochen wurde, obwohl es ihr Lebensinhalt war.

Nur Dummköpfe schufteten in der City aus einem anderen Grund als Geld. Doch alle verschleierten ihre wahren Motive hinter Ausflüchten wie Herausforderung, Spannung oder Erfahrung, was durchaus zutraf, aber eben nur nebensächlich war. Offen über Geld zu sprechen war ein Tabu. Die Frage war fast obszön.
Sarah nahm sich Zeit. Sie studierte Scarpiratos Gesicht, bevor sie antwortete. Es war nicht unbedingt schön, aber sehr ausdrucksstark. Er hatte sonnengebräunte Haut und einen Dreitagebart. Über der hohen, gewölbten Stirn wellte sich dichtes schwarzes Haar. Im Zwielicht schimmerten seine Lippen beinahe bläulich. Die Nase war lang und gerade, doch es waren vor allem seine Augen, die sie fesselten.
Der Körper, der ihr gegenüber auf der anderen Seite des Tisches saß, wirkte steif und leblos. Alle Kraft konzentrierte sich in den Augen, so daß man den Eindruck gewann, er würde sterben, wenn er sie schloß. Sie waren groß, rund und von einem leuchtenden Dunkelbraun. Die leicht gewölbte Iris schien das ganze Auge auszufüllen, bis das Weiße nur noch ein schmaler, schimmernder Kreis war. Es waren verächtliche Augen, gelangweilt und müde, die jetzt plötzlich wie im Wahn aufblitzten, aber so kurz, daß Sarah sich fragte, ob sie es wirklich gesehen hatte. Sie wandte ihren Blick ab und konzentrierte sich auf ihre Antwort. Es hatte keinen Zweck, sich hinter einem gebrochenen Tabu zu verstekken.
»Geld ist mein wichtigstes Motiv.«
Ein kaum merkliches Lächeln huschte über seine Lippen. Es war die einzige Reaktion, die er ihr schenkte.
»Gut. Denn es ist wirklich der einzige Grund für diesen Job.«
Nicht ganz, dachte Sarah.
»Ich muß jetzt gehen«, erklärte Scarpirato und erhob sich.
Sarah sah auf die Uhr. Halb acht. Es war das kürzeste Vorstellungsgespräch, das sie jemals gehabt hatte.
Scarpirato begleitete sie zum Aufzug. Er ging neben ihr; Schultern und Köpfe waren auf gleicher Höhe. Als er auf den Knopf

drückte, sah Sarah sein Handgelenk. Es war schmal, fast wie das einer Frau, abgesehen von der schwarzen Behaarung. Sein Handrücken war knochig, die Finger fein und lang. Der Aufzug kam. Sarah fuhr allein hinunter.

7

Auf der Lower Thames Street wartete sie lange vergeblich auf ein Taxi. Nach zehn Minuten ging sie die Suffolk Lane entlang zur Cannon Street, um dort ihr Glück zu versuchen. Es war Freitagabend. Alle Wagen waren besetzt, fuhren die Angestellten der City nach Hause oder brachten sie zu Bars, Kinos, Theater und Restaurants im West End. Schließlich entdeckte sie einen Wagen, der frei war, und winkte heftig. Erleichtert sprang sie hinein.

»In die South Audley Street, bitte. Mayfair.« Sie lehnte sich zurück, schloß die Augen und döste vor sich hin.

Nachdem das Taxi sie abgesetzt hatte, lief Sarah noch ein Stück durch die Abendsonne, die Wärme der letzten Strahlen im Gesicht. Sie liebte diese Gegend, die versteckten Straßen, die protzigen Antiquitätenhandlungen, die eindrucksvollen Häuser und die Abgeschiedenheit hinter den dicken Vorhängen. Nach Feierabend war es hier ruhig. Die Büroangestellten waren nach Hause gefahren oder in die Bars am Piccadilly, und für die eleganten, mit kostbarem Schmuck behängten Damen war es noch zu früh. Sie verließen erst gegen neun ihre Häuser, um in teuren Limousinen, die innerhalb von Sekunden vorfuhren, zu verschwinden.

Sarah blieb vor dem Fenster einer Feinkosthandlung stehen und beobachtete die Reihen von Salamiwürsten, die wie Eiszapfen von der Decke hingen. Dem satten Duft nach frisch gemahlenem Kaffee konnte sie nicht widerstehen. Unmengen von italienischen Spezialitäten. Sie kaufte zwei Packungen Baci, eine köstliche Pralinenkreation aus Perugia und ein Pfund glänzende Kaffeebohnen. Schließlich bog sie in die Mount Street und einige hundert Meter weiter in die Hay's Mews ein. Vor einer der früheren Stallungen, die zu Wohnhäusern umgebaut waren, blieb sie stehen und klingelte. Die makellos weißen Wände waren von Kletterrosen überwuchert. Plötzlich hatte sie einen Augenblick das Gefühl, beobachtet zu werden. Dann aber ging die Tür auf, und Sarahs beste Freundin, Mosami Matsumoto, eine Devisenhändlerin, die bei Yamaichi arbeitete, stand barfüßig, strahlend und in ein weißes Leinentuch gewickelt im Eingang. Sarah kannte Mosami vom College in Cambridge, wo sie zusammen studiert hatten. Beide waren attraktiv, intelligent und extrovertiert, was sie jedoch nicht vor einer latenten Einsamkeit inmitten des turbulenten Collegelebens schützte, die sie schließlich einander nahebrachte. Jede erkannte in der anderen eine ruhige Entschlossenheit, eine Besonderheit und vor allem den Wunsch zu flüchten. Mosami versuchte, einem konventionellen Eheleben in Tokio zu entkommen, dem üblichen Schicksal, das sie in der japanischen Gesellschaft erwartete, auch wenn sie in Cambridge studiert hatte. Der Universitätsbesuch war nur als Intermezzo gedacht, bestenfalls als Heilmittel gegen das Verlangen nach Freiheit, als handelte es sich um einen Fall von Tuberkulose. Sarah dagegen hatte, oberflächlich betrachtet, weder ein besonderes Schicksal noch eine Vergangenheit, denen sie zu entfliehen versuchte. Trotzdem glaubte Mosami auch in ihr die typischen Anzeichen einer Gejagten zu entdecken: einen starken Ehrgeiz, eine gewisse Rastlosigkeit, die Bereitschaft zum Risiko und einen Hang zur Selbstzerstörung – vorausgesetzt, der entstehende Schaden brachte einen Fortschritt. Beide flüchteten sie sich in ein Übermaß an Arbeit, Männern und hin und wieder Reisen, hatten ihre Exzesse auch schon bis zum Äußersten getrieben und waren einfach verschwunden oder hatten sich zu Hause vergraben, um manchmal erst nach Wochen wieder aufzutauchen. Jetzt, fünf Jahre später, nachdem sie beide sich in der City eine Karriere aufgebaut hatten, schien es ruhiger um sie geworden zu sein, aber vielleicht war das auch nur eine Illusion.

Wenn sie heute nicht mehr so stürmisch wirkten wie vorher, dann eher aus Erschöpfung, Langeweile oder weil es nichts Neues mehr zu entdecken gab. Doch die Bereitschaft zum Risiko war immer noch vorhanden, und so beobachteten sie sich gegenseitig und suchten nach Anzeichen für ein Wiederaufflammen. Jeden Tag telefonierten sie miteinander, und mindestens einmal in der Woche trafen sie sich. An diesem Wochenende hatten sie sich etwas Besonderes einfallen lassen: Sie wollten zwei Tage zusammen verbringen, gut essen und trinken und Einkäufe machen.

Sie umarmten sich, und Sarah drückte Mosami ihre Mitbringsel in die Hand. »Hier, du Leckermäulchen.«

Sofort riß Mosami eine Packung Baci auf.

»Toll. Meine Lieblingsküßchen!« Sie hielt Sarah die Packung hin. »Hier, nimm auch. Du siehst wieder mal ganz schön abgemagert aus.«

»Mein Gott! Wieso ist eigentlich jeder so sehr um mein Gewicht besorgt?«

Mosami warf ihr einen drohenden Blick zu. »Das weißt du ganz genau. Also sei still und iß!«

Lachend gingen sie in die Küche, wo Mosami eine Flasche Wein aufmachte.

»Was gibt's Neues?« fragte sie und reichte Sarah ein Glas. Sarah nippte und ging voraus ins Wohnzimmer. Mosami folgte ihr mit ihrem Glas und der Flasche.

»Na ja, es ist schon etwas komisch jetzt, wo Alex und Eddie weg sind.« Sarah zuckte die Achseln. »Man muß sich erst wieder dran gewöhnen. Manchmal frage ich mich, warum ich mir das antue. Vielleicht sollte ich mir nächstes Mal einen Buchhalter schnappen, um sicherzugehen.«

»Sicher«, lachte Mosami. »Was soll das! Wahrscheinlich hättest du ihn schon nach fünf Minuten satt. Das weißt du doch ganz genau.«

»Ja, wahrscheinlich. Was soll's ...«

»Ich weiß es, Süße. Aber nimm es nicht so schwer. Wir machen

uns ein gemütliches Wochenende ohne Männer. Ich habe mir jede Menge ausgedacht für uns beide.«
Sarah lächelte. »Du bist ein Engel.«
»Ich weiß. Und sonst?« wechselte Mosami das Thema.
Sarah zögerte einen Augenblick und antwortete dann: »Na ja ... ich denke daran, die Stelle zu wechseln.« Sie wartete Mosamis Reaktion ab.
»Warum?«
»Vier Jahre. Zeit für einen Tapetenwechsel; du weißt schon.«
»Ist das der einzige Grund?«
»Ist doch ein prima Grund, oder?«
Und ob, dachte Mosami und füllte die Gläser nach.

Das Wochenende verging in einem Rausch von Genußsucht. Am Sonntagabend kehrte Sarah in ihre Wohnung zurück. Sie ging durch die stillen Räume und setzte sich dann neben den Anrufbeantworter, in der Hoffnung, eine Nachricht von Alex und Eddie auf dem Band zu finden. Doch sie hatten sich nicht gemeldet. Auch sonst gab es nichts Interessantes, bis auf eine Nachricht von Sue Banks, die um Rückruf bat.
Sarah warf einen Blick in ihr Adreßbuch und wählte Sues Nummer.
»Sue, ich bin's, Sarah.«
»Ah, Sarah. Wie geht's dir?«
»Ganz gut, habe ein schönes Wochenende hinter mir. Und dir?«
»Mir graut es vor Montag.«
»Ja, ich weiß. Nicht nur dir.«
»Hör mal, das mit der ICB.«
»Hm.«
»Was heißt ›hm‹?«
»Na ja. Das heißt, daß ich es vermasselt habe. Ich glaube nicht, daß was draus wird.«
»Und warum nicht?«
»Ich war eine halbe Stunde bei Dante Scarpirato, und dann hat er mich praktisch vor die Tür gesetzt.«

Sue lachte. »Sieh mal, Sarah, wenn er dich nicht gemocht hätte, wärst du nach fünf Minuten draußen gewesen. Er weiß schon, was er tut. Außerdem traut er mir. Er weiß genau, was du kannst. Er wollte nur sehen, ob du ihm gefällst. Und so ist es«, fügte sie triumphierend hinzu.
»Seltsame Art, es zu zeigen«, murmelte Sarah.
»Komm schon, spiel jetzt nicht die Beleidigte. Du kannst doch nicht erwarten, daß jeder vor dir auf die Knie fällt!«
»Tue ich auch gar ...«
Sue Banks fiel ihr ins Wort. »Paß auf, Dante Scarpirato hat mich vorhin angerufen. Er ist jetzt zu Hause und möchte, daß du ihn anrufst und einen Termin ausmachst, um die übrigen Mitarbeiter seines Teams kennenzulernen.«
»Ist das nicht ziemlich ungewöhnlich?« fragte Sarah. »Ich meine, daß ich ihn direkt kontaktieren soll. Bißchen informell.«
»Komm schon, Sarah. Du brauchst doch keinen Babysitter.«
Sarah lachte. »Nein, wahrscheinlich nicht. Hast du seine Nummer?«
Sue diktierte sie ihr. Sarah verabschiedete sich und wählte Dantes Nummer. Die ersten Zahlen standen für Chelsea; sie waren also Nachbarn.
»Dante? Sarah Jensen am Apparat.«
»Guten Abend, Sarah.«
Am Telefon klang seine Stimme rauh und abgehackt, noch abweisender, als wenn man ihm gegenüber saß, und leicht spöttisch. Sarah ignorierte es und wartete, während sie ihre Nägel begutachtete.
»Können Sie morgen abend gegen halb sieben in meinem Büro sein?«
»Ja, das geht.«
»Dann bis morgen.« Damit legte er auf.
Die Kürze der Unterhaltung verwirrte sie. Es lag eine gewisse Kälte darin, eine Mißachtung aller Regeln der Konvention. Viele Devisenhändler benahmen sich so, aber bei Scarpirato war der Grund nicht Unhöflichkeit oder Mangel an Gesprächsstoff.

Offensichtlich hatte er einfach keine Lust, seine Zeit mit Formalitäten zu verplempern.

Lustlos ließ Sarah den folgenden Tag verstreichen und wartete darauf, daß es sechs wurde und sie endlich gehen konnte. Als es schließlich soweit war, verließ sie eilig ihren Arbeitsplatz und machte sich auf den Weg zur ICB.
Dasselbe dunkle Büro, derselbe tadellose Anzug. Als sie den Raum betrat, kam Scarpirato langsam auf sie zu und gab ihr die Hand. Er sah ihr in die Augen und lächelte leicht. Sein Lächeln war weder höflich noch drückte es ein Willkommen aus, sondern es hatte etwas, das sie nicht identifizieren konnte. Sie wandte den Blick ab. Außer ihm waren noch zwei weitere Personen anwesend, die auf gepolsterten Stühlen an einem Tisch saßen. Scarpirato nickte ihnen zu.
»Darf ich vorstellen: Sarah Jensen, Matthew Arnott und Simon Wilson.«
Wilson sprang auf, lächelte und drückte ihr herzlich die Hand. Arnott erhob sich widerwillig halb vom Stuhl, reichte ihr kurz die Hand und setzte sich wieder, ohne sie eines Blickes zu würdigen. Scarpirato nahm den Stuhl hinter seinem Schreibtisch und stellte ihn zwischen die beiden, die bereitwillig zur Seite rückten. Als sie so neben ihm saßen und ihn ansahen, als warteten sie auf ein Stichwort, kamen sie ihr vor wie zwei Schuljungen. Sarah setzte sich auf den freien Platz gegenüber und stellte ihre Tasche ab. Sie lehnte sich zurück, knöpfte ihre Jacke auf, holte eine Packung Zigaretten heraus und zündete sich eine an. »Macht es ihnen was aus?« fragte sie lächelnd.
Scarpirato schüttelte den Kopf und reichte ihr einen Aschenbecher.
»Ich werde mir auch eine genehmigen«, sagte Arnott und ging seine eigenen Zigaretten holen. Er steckte sich auch eine an, und dicke Rauchschwaden begannen durchs Zimmer zu schweben.
Sarah zog an ihrer Zigarette und beobachtete die beiden Männer.

Arnott sah aus wie ein Dressman auf den Hochglanzseiten von *GQ*. Ein gutaussehender Amerikaner Ende Zwanzig, mit markantem Profil, blauen Augen und glattem braunen, perfekt geföhntem Haar. Auch sein Akzent war etwas geglättet, wie Sarah auffiel. Die näselnde Aussprache von New Jersey hatte eine Bostoner Färbung angenommen, schimmerte aber gelegentlich noch durch. Er hätte eine natürliche, allenfalls dezent überhebliche Ausstrahlung gehabt, wären nicht seine Augen und der Mund gewesen. Der Blick war hart und zynisch, und jede Regung seines Gesichts schien geprägt von Verachtung für den Rest der Welt. Nicht gerade der sympathischste Mensch, den Sarah sich vorstellen konnte. Und bestimmt keiner, der sie einstellen würde.

Simon Wilson dagegen war genau das Gegenteil; er wirkte nett und unkompliziert. Er war jünger, höchstens vierundzwanzig, und arbeitete offensichtlich noch nicht lange in der City, denn er war noch nicht von der üblichen Selbstgefälligkeit angesteckt worden, die Sarah bei den meisten Kollegen beobachtet hatte. Wilson war blond, hatte ein paar Sommersprossen und trug im Unterschied zu den beiden anderen einen zerknitterten Anzug von der Stange. Als ihre Blicke sich trafen, lächelte er. Sarah erwiderte sein Lächeln und schaute zu Scarpirato, in Erwartung, daß er etwas sagen würde. Er aber beobachtete sie nur und machte nicht die geringsten Anstalten, ein Gespräch zu beginnen. Schließlich wandte er sich halb zu Arnott um. Die beiden wechselten einen Blick, dann beugte sich Arnott vor und fragte: »Wie schätzen Sie den Kurs des Dollars ein?«

Sarah lachte leicht amüsiert.

»Kommt ganz darauf an. Meinen Sie in den nächsten fünf Minuten, vierundzwanzig Stunden, einer Woche oder einem Jahr?«

»In den nächsten fünf Minuten.«

»Keine Ahnung«, lächelte Sarah. »Als ich um fünf nach sechs zum letztenmal auf den Monitor geschaut habe, stand er bei 1.4930,40 gegenüber dem Pfund. Ich weiß nicht, was sich in den letzten fünfundvierzig Minuten alles getan hat. Außerdem ist es nicht meine Gewohnheit, blind irgendwelche Preise zu nennen. Aber ich würde sagen, daß der Dollar sich leicht erholt haben dürfte.«

Arnott nahm einen kleinen, fünf mal zehn Zentimeter großen Reuters Pager aus der Tasche, der vierundzwanzig Stunden am Tag die wichtigsten Börsennotierungen und Nachrichten brachte. Er tippte einen Befehl ein und sah auf das winzige Display.

»1.4910,20. Sieht aus, als wäre er gestiegen«, brummte er. »Warum verlassen Sie Finlays eigentlich?«

»Wer sagt, daß ich Finlays verlasse?«

»Schließlich sind Sie hier, oder etwa nicht?«

»Ich bin hier, damit Sie etwas mehr über mich und ich etwas mehr über Sie erfahre.«

Arnott starrte Sarah an. Unbeeindruckt erwiderte sie seinen Blick. Eine spannungsgeladene Stille breitete sich aus. Wilson fragte sie freundlich: »Sie arbeiten mit David Reed zusammen, nicht wahr?«

»Ja, ich sitze neben ihm. Kennen Sie ihn?«

»Wir spielen zusammen Fußball. Oder versuchen es zumindest. Die meiste Zeit ist er verletzt.«

»Deshalb also trägt er ständig irgendwas in Gips.«

»Muß ja schrecklich für Sie sein«, sagte Arnott.

Sarah starrte ihn verärgert an. Als sie ihre Augen wieder abwandte, traf ihr Blick den von Scarpirato, der eine Zigarre aus seiner Anzugtasche genommen hatte und sie nun methodisch anzündete. Ohne den Blick von ihr zu nehmen, lehnte er sich zurück und beobachtete sie mit leicht belustigter, unbeteiligter Miene durch den Rauch hindurch. Sarah sah wütend woanders hin. Offensichtlich diente sie ihnen hier als Unterhaltungsobjekt. Einen anderen Grund für dieses Treffen konnte sie nicht erkennen. Wilson mochte sie, Arnott nicht. Was Scarpirato empfand, wußte sie nicht, und im Augenblick war es ihr auch egal. Sie warf einen Blick auf die Uhr und sagte dann gelassen: »Meine Herren, das ist zwar alles sehr amüsant hier, aber leider habe ich in einer Viertelstunde eine Verabredung. Wenn Sie also gestatten ...«

Scarpiratos leichtes Grinsen wich einer vorübergehenden Verblüffung. Er beugte sich über den Tisch. »Natürlich. Tut mir leid, daß wir Sie nicht eher zu diesem Treffen einladen konnten.«
Er erhob sich, um sie hinauszubegleiten. Arnott sagte keinen Ton, während Wilson ihr bis zur Tür folgte.
»Auf Wiedersehen. War nett, Sie kennenzulernen.« Er gab ihr die Hand.
Sarah lächelte. »Sie auch.« Schweigend ging sie mit Scarpirato den Gang entlang zum Aufzug. Als die Aufzugstüren aufgingen, verabschiedete er sich.
»Danke, daß Sie gekommen sind. Sie hören von uns.« Er lächelte leicht, wandte sich ab und war schon wieder auf dem Weg ins Büro, als sich die Türen des Aufzugs schlossen.
»Arschlöcher!« murmelte Sarah.

8

Sarah trat auf die Lower Thames Street, wartete, bis sich eine Lücke im dichten Verkehr auftat, und lief dann über die Straßc. Auf dem Weg zur Cannon Street trat sie an der Ecke Bush Lane in eine Telefonzelle, nahm den Hörer ab und tippte eine Nummer ein. Sie hörte es ein paarmal tuten, dann antwortete eine leicht zittrige Stimme.

Fünf Minuten später legte Jacob Goldsmith, Sarahs ältester Freund oder, besser gesagt, Mentor, lächelnd den Hörer auf, hob seine Katze auf den Schoß und streichelte das weiche schwarze Fell des Tieres.

»Wurde auch Zeit, daß sie uns wieder mal besucht, nicht wahr?« Ruby schnurrte und schloß die Augen, um sich genüßlich streicheln zu lassen, riß sie jedoch empört auf, als er sie wieder absetzte. Ihr Schwanz schlug erregt hin und her, während sie beobachtete, wie der alte Mann seine Schuhe anzog, Schlüsselbund und Brieftasche vom Tisch nahm und die Tür leise hinter sich zuzog. Die drei Sicherheitsschlösser der in der Tür verborgenen Metallverstärkung schnappten ein. Vorsichtig überquerte er die Straße und steuerte, den Kopf voller Rezepte, auf den Supermarkt in der Golders Green Road zu.

Jacob Goldsmith war dreiundsiebzig Jahre alt und verfügte über die Weisheit eines erfüllten Lebens. Er war charmant und liebevoll zu Menschen, die er mochte, und dazu zählte vor allem Sarah. Jacob war schon immer freundlich und sanft gewesen, das Alter aber hatte ihm eine Zärtlichkeit und Leichtigkeit im Umgang mit Menschen verliehen, die alle in seiner Umgebung ansteckten. Der Begriff »nett« paßte hier nicht, denn Jacob war mehr als das. Außerdem war er dafür viel zu aufmerksam und intelligent. Auch eine gewisse Lust zur Rebellion blitzte gelegentlich in seinem Blick auf. Sowohl körperlich als auch geistig war er noch äußerst fit. Wenn er sich anläßlich eines Treffens mit seinen früheren Kollegen besonders in Schale warf, hätte man ihn ohne weiteres für einen Sechzigjährigen halten können. Doch das kam selten vor, immerhin hatte er sich schon vor zwanzig Jahren zur Ruhe gesetzt. Jetzt führte er ein anderes Leben. Vor dreiundzwanzig Jahren, kurz vor seinem Rückzug aus dem aktiven Berufsleben, war er vom East End nach Golders Green gezogen. Seine Nachbarin war Sarahs Tante Isla, die damals eine Professur für Chemie an der Universität von London innehatte.

Ein Jahr später waren die achtjährige Sarah und ihr Bruder Alex aus Amerika gekommen, um nach dem Unfalltod ihrer Eltern bei Isla, der Schwester ihres Vaters, zu leben. Obwohl beide sehr an ihr hingen, hatte die Geborgenheit der Kindheit ein abruptes Ende gefunden, und Isla war es nicht gelungen, die Lücke zu füllen, die ihre Eltern hinterlassen hatten.

Sie war eine wunderbare Frau, ihrer Zeit um vieles voraus, und stellte ein vortreffliches Vorbild für Sarah dar. Allerdings war sie eine miserable Hausfrau und von ihren Forschungen manchmal derart besessen, daß sie tagelang in einem verstaubten Laborraum unter dem Dachboden verbringen konnte und die Kinder sich selbst überließ. Die Essenszeiten kamen und gingen, ohne daß sie es merkte. Jacob als leidenschaftlicher Hobbygärtner hielt sich ständig in seinem Garten auf und bekam vieles mit. Bald verbrachten Sarah und Alex die meiste Zeit bei ihm. Seine Frau war zehn Jahre zuvor gestorben; er selbst hatte keine Kinder. So verschmolzen sie zu einer glücklichen Familie, und wenig später kochte er regelmäßig für die Kinder. Isla verließ sich mehr und mehr auf ihn, und schließlich ergab sich eine unabgesprochene Arbeitsteilung. Isla half den Kindern bei ihren Hausaufgaben und unterrichtete sie in ihren Lieblingsfächern – Sarah in Mathematik, Alex in Geologie –, und Jacob sorgte für ihr leibliches Wohl und kümmerte sich in ihrer Freizeit um sie.

Er schien einen grenzenlosen Vorrat an Geschichten zu haben, angefangen bei seiner Zeit als Angehöriger der Royal Dragoons im Zweiten Weltkrieg über die vielen Reisen nach Kriegsende bis hin zu seiner Londoner Karriere als Hersteller von Tresoren und später als deren Knacker.

Vor allem Sarah war fasziniert von diesem Aspekt in Jacobs Leben. Er wiederum genoß das Interesse, das sie ihm entgegenbrachte, und sparte seine kühnsten Geschichten allein für sie auf. Nach langem Drängen brachte er ihr bei, wie man Türen aufbricht und Safes knackt. Mit neun Jahren konnte Sarah das Haus ihrer Tante betreten, ohne einen Schlüssel zu benutzen, oder aus purem Spaß an der Freude Islas und Jacobs Wandschränke knakken. Immer wenn Jacob seinen Safe öffnete, was nur alle paar Monate der Fall war, fand er eine Sammlung von Zettelchen, die Sarah ihm dort hinterlegt hatte.

Ihre ungewöhnliche Erziehung, die unterschiedlichen Einflüsse und der frühe Verlust der Eltern zwangen Sarah und Alex eine seltsame Moral auf. Sie entwickelten starke persönliche Bindungen zu Jacob und Isla und hatten Verständnis für vieles, was andere bestenfalls als Vergehen bezeichneten. Jacobs kleine Einbrüche waren für sie völlig in Ordnung. Seinen Opfern geschah nichts, denn den Schaden trugen die Versicherungen, und obendrein war er ein guter Mensch. Er kümmerte sich um sie, liebte sie, unterhielt sie und half ihnen, ihre Persönlichkeit frei von allen Zwängen der Konvention zu entfalten.

Jacobs Reisen während des Krieges und die drei Jahre, die er durch die Welt bummelte, bevor er sich wieder im East End niederließ, nährten Alex' Hang zum Abenteuer. Sarahs Liebe zu Jacob, die auch dann anhielt, als sie erfuhr, daß andere ihn einen gewöhnlichen Kriminellen nannten, förderten schon im frühen Alter ein differenziertes moralisches Bewußtsein in ihr, das einzelne Handlungen nicht notwendigerweise als richtig oder falsch klassifizierte. Dennoch wuchs sie mit einem leidenschaftlichen und hochempfindlichen Sinn für Moral und Gerechtigkeit auf.

Jacob wurde nie gefaßt und kam nie auch nur in die Nähe eines

Gefängnisses, doch als Kind hatte Sarah stets Angst, ihn zu verlieren. Erst als er seinen zweiten Beruf endgültig an den Nagel hing und ihr hoch und heilig versprach, nie wieder damit anzufangen, flauten diese Ängste ab. Auf alle Fälle wuchs sie in der Überzeugung auf, daß es ungerecht wäre, wenn man ihn ins Gefängnis steckte.

Obwohl Isla etwas distanzierter war, hatte auch sie einen starken Einfluß auf die beiden Kinder. So war ihre einzige weibliche Bezugsperson, eine unabhängige, erfolgreiche Karrierefrau. Kein Wunder, daß sie beide keine gewöhnlichen rollenspezifischen Klischees in ihrem Leben entwickelten. Alex, aufgezogen von Tante und Schwester, respektierte und liebte die Frauen, und Sarah ließ sich durch ihr Geschlecht weder in ihrem Talent noch in ihrem Ehrgeiz einschränken. Sie wuchs in tiefer Verunsicherung über die Beständigkeit der Liebe auf, zweifelte jedoch nie an ihren eigenen Fähigkeiten.

Ihr ausgeprägtes Selbstvertrauen half ihr, die Schule und später das Mathematikstudium in Cambridge mit jeweils hervorragendem Abschluß zu absolvieren. Sie hatte immer schon Mathematikerin werden wollen, doch als sie während ihres Studiums in Cambridge ein paar Vorträge von Handelsbanken besuchte, die verzweifelt nach guten Mathematikabsolventen Ausschau hielten, war Sarah begeistert. Die abgehobene Welt der reinen Mathematik verlor plötzlich ihren Reiz. Nachdem sie die Sache mit Isla und Jacob ausgiebig besprochen hatte, entschied sie sich für eine Karriere in der City. Dort würde sie wenigstens Kontakt zu Menschen haben. Außerdem warteten in der City nicht nur eine Menge Herausforderungen auf sie, sondern auch Geld. Damit würde sie sich die Freiheit und Sicherheit, nach denen sie sich so unbändig sehnte, erkaufen können.

So wurde aus Sarah eine Bankerin und aus Alex ein Bergsteiger. Sie sorgte für ihn, solange er sich noch keinen Namen gemacht hatte. Er träumte davon, eines Tages Dokumentarfilme zu drehen und seiner Schwester alles zurückzahlen zu können. Wenn sie ihren Job an den Nagel hing, vielleicht in zehn Jahren, wollte er

sie mit auf seine Expeditionen nehmen. Sie hatten sich alles gemeinsam ausgedacht und waren in den letzten vier Jahren ihrem Ziel ein gutes Stück näher gekommen.
Als Sarah und Alex erwachsen waren und Isla sich nicht länger für sie verantwortlich fühlte, hatte sie eine Gastprofessur an der Universität von Berkeley in Kalifornien angenommen. Mittlerweile war sie schon zwei Jahre dort. Das Haus in London hatte sie vermietet. Sarah kratzte ihre sämtlichen Ersparnisse zusammen, nahm eine riesige Hypothek auf und kaufte eine Wohnung am Carlyle Square. Alex wohnte bei ihr. Vor drei Monaten war endlich auch die Parterrewohnung unter ihnen frei geworden. Die alte Frau, die dort wohnte, hatte ihre Unabhängigkeit aufgegeben und war zu ihrem Sohn und seiner Frau nach Schottland gezogen.
Sarah hatte sofort zugeschlagen. Auf die Parterrewohnung hatte sie schon lange ein Auge geworfen. Isla oder Jacob könnten sie brauchen oder Alex als Abstellkammer für seine umfangreiche Ausrüstung. Und wenn Eddie bei ihnen blieb, würden sie ohnehin mehr Platz benötigen. Sie hatte eine weitere Hypothek aufgenommen, ihre gerade wieder aufgefrischten Ersparnisse erneut geplündert und die Wohnung für hundertsechzigtausend Pfund erstanden. Im Alter von siebenundzwanzig besaß sie also ein Haus in Chelsea im Wert von achthunderttausend Pfund, belastet mit einer Hypothek von vierhunderttausend Pfund, die dank eines gutbezahlten, aber unsicheren Jobs abgetragen wurde.
Noch vor zwei Jahren hätte sie keine finanzielle Unsicherheit ertragen können, doch die Wunden der Kindheit wurden allmählich vom Erfolg der erwachsenen Sarah übertüncht. Sie war zwar nicht zufrieden, wollte sich aber keine Sorgen machen und redete sich ein, daß sie mit ihrem unsicheren Job ihre Abenteuerlust befriedigen mußte. Noch ein paar erfolgreiche Jahre in der City und die Hypotheken wären abbezahlt. Dann würde sie endlich anfangen, Geld zum Durchbrennen zu sparen, wie sie es nannte.
Sie war intelligent, erfolgreich, beliebt und schön, aber niemals

unbekümmert. Ihr Leben war in vieler Hinsicht so gut, wie sie es sich nur wünschen konnte, doch wenn sie darüber nachdachte, was selten genug vorkam, befiel sie die Angst, daß ihr augenblicklicher Friede nur vorübergehend sein könnte.

Jacob fürchtete, daß Sarah einen Hang zur Selbstzerstörung hatte, und beobachtete sie aufmerksam. Er kannte ihre finanzielle Lage, und abgesehen davon, daß sie ihm gelegentlich Sorgen machte, war er nicht besonders beunruhigt. An ihrem achtzehnten Geburtstag hatte er ihr einen alten Ring mit Rubinen und Diamanten geschenkt. Nach dem Zwischenexamen kamen die passenden Ohrringe dazu. Für eine andere Gelegenheit – er wußte noch nicht, welche – hatte er sich eine mit Rubinen und Diamanten besetzte Kette aufgespart, die er in seinem Schlafzimmer versteckt hielt. Mit dem Erlös aus deren Verkauf hätte sie ihre Hypothek auf einen Schlag tilgen können. Das war in England zwar nicht leicht, aber er kannte entsprechende Kreise, die ein besonderes Stück zu schätzen wußten und nicht unbedingt auf einem Herkunftszeugnis bestanden.

Er hatte Sarah nie etwas von der Kette erzählt: Sie wäre böse gewesen, daß er kein Vertrauen zu ihr gehabt hatte. Das stimmte natürlich nicht. Er wußte, daß sie es schaffen würde. Sie würde ihren Job behalten und die Schulden abbezahlen. Er wollte ihr nur eventuelle Unannehmlichkeiten ersparen, und außerdem war es ein gutes Gefühl zu wissen, daß es die Juwelen gab. Sie waren eine wunderbare Lebensversicherung.

Sarah lief rasch in Richtung Bank Station. Einen Augenblick lang überlegte sie, ob sie noch schnell nach Hause fahren sollte, um sich umzuziehen, kam dann aber zu dem Schluß, daß es reine Zeitverschwendung wäre. Außerdem gefiel sie Jacob in hübschen Kleidern. Wenn sie nach Hause fuhr, würde sie Leggings und Turnschuhen nicht widerstehen können. Also beschloß sie, direkt zu Jacob zu fahren und es sich gemütlich zu machen, während er kochte. Am Bahnhof kaufte sie den *Evening Standard* und tauchte in der Menschenmenge unter, die zur Northern Line strebte. Nach zehn Minuten, als das Gedränge auf dem Bahnsteig unerträglich wurde, kam endlich der Zug. Sarah bahnte sich einen Weg durch die Massen, erkämpfte sich einen Sitzplatz und vertiefte sich in ihre Zeitung.

Nach vierzigminütiger Fahrt stieg sie in Golders Green aus, machte einen kleinen Umweg durch die Golders Green Road und kaufte zwei Flaschen Rotwein. Jacob trank selten Weißwein. Von ihm hatte sie ihre Vorliebe für Rotwein. Jahre bevor sie anfing, teure Restaurants zu besuchen, war sie bereits eine Expertin, was Weine anging.

Die Plastiktüte mit den Flaschen hin- und herschwingend, lief sie den Hügel wieder runter, an der U-Bahn-Station vorbei und bog dann von der lärmenden Hauptstraße in die ruhige Rotherwick Road ein. Zwei- bis dreistöckige rote Backsteinhäuser säumten die Straße, abgeschirmt von gut gepflegten Gärten voll blühender Rosen.

Jacobs Garten war besonders schön. Seit sie ihn kannte, investierte er all seine Liebe und Zeit in diesen Garten. Am liebsten mochte er Rosen. Er züchtete wilde Teerosen, edle Kopenhagener und vor allem rote Alexanderrosen, die wunderbar dufteten. Aber er hatte noch viele andere. Als sie klein war, hatte er ihr alle Namen beigebracht, doch mittlerweile hatte sie die meisten wieder vergessen.

Sarah drückte das Tor auf, das einen quietschenden Ton von sich gab. Jacob weigerte sich, es zu ölen, weil es eine Art Frühwarnsystem darstellte. Das Quietschen zog Ruby an, die um die Ecke kam und sich an Sarahs Beine schmiegte. Mit einer Hand hob Sarah sie hoch, und mit der anderen klingelte sie, wobei die Flaschen leise gegen den bronzenen Türgriff schlugen.

Es dauerte nicht lang, und Jacob öffnete strahlend die Tür.

»Wie geht's, mein Kleines?« Er umarmte sie, ohne Rücksicht auf Ruby zu nehmen, die zwischen ihnen eingequetscht wurde. Dann küßte er Sarah auf die Wangen und warf einen neugierigen Blick in die Plastiktüte. »Was hast du mir mitgebracht? Was Feines, will ich hoffen.« Er griff in die Tasche und inspizierte die Flaschen.

Jetzt strahlte er noch mehr. »Nicht schlecht. Schön, daß du was von Weinen verstehst.«
Sarah lachte. »Das einzige, wovon ich was verstehe und so weiter...« Sie setzte Ruby zärtlich auf den Fußboden und folgte Jacob in die Küche. Er nahm zwei große Gläser aus einem Eichenschrank und entkorkte den Wein. Fast die Hälfte der Flasche paßte in die beiden Gläser. Sarah hatte Jacobs Gewohnheit angenommen, ihren Weinkonsum nach Gläsern zu bemessen.
»Ich bin fast fertig. Du kannst dir mittlerweile ›Coronation Street‹ ansehen und mir dann erzählen, was passiert ist. Ich ruf' dich, wenn ich fertig bin.«
Sarah ging mit ihrem Weinglas ins Wohnzimmer und setzte sich vor den Fernseher. »Coronation Street« war schon halb zu Ende. Sie nippte an ihrem Wein, schaltete ein paarmal hin und her und blätterte schließlich in einer alten Ausgabe des *Spectator*.
Nach zwanzig Minuten steckte Jacob den Kopf durch die Tür und fragte: »Was ist passiert?«
»Wie?« gab Sarah zurück.
»›Coronation Street.‹ Wie ist es weitergegangen?« Sarah lachte. »Ach, tut mir leid, Jacob. Ich hab' nicht aufgepaßt.«
»Was soll das heißen, aufgepaßt? Man muß doch nicht aufpassen, um ›Coronation Street‹ zu verstehen.« Er warf ihr einen scharfen Blick quer durchs Zimmer zu. »Na ja, dann komm essen.«
Sarah folgte ihm lammfromm in die Küche. Sie setzte sich hin und wartete, bis er ihr eine riesige Portion *poule au pot* vorgesetzt hatte.
»Iß ordentlich, Sarah. Du bestehst sowieso nur aus Haut und Knochen, wie üblich.«
»Nicht mal das«, pflichtete Sarah ihm bei und beugte sich hungrig über ihren Teller. Jacob stocherte in seinem Essen herum, musterte Sarah eine Weile scharf und fragte dann: »Also, wo brennt's?«
Sarah schluckte, legte ihre Gabel hin und antwortete: »Was meinst du?«

»Na, was glaubst du, was ich meine?« fragte Jacob ungeduldig. »Ich will wissen, was los ist. Was liegt dir auf der Seele?«
Sarah schwieg und nahm einen Schluck Wein. »Hör zu, Jacob, ich kann dir nicht immer alles erzählen. Und außerdem glaube ich nicht, daß es dich etwas angeht.« Doch als sie sah, wie Tränen in seine Augen stiegen, hätte sie sich die Zunge abbeißen können. »Tut mir leid, Jacob. Ich hab's nicht so gemeint. Es ist nur, daß ich etwas nervös bin, seit Alex und Eddie fort sind. Hab' in letzter Zeit nicht gut geschlafen.«
Jacob nahm einen großen Schluck. »Schon gut, Kleines. Mach dir keine Sorgen.« Er schwieg einen Augenblick lang. »Aber es ist etwas anderes, nicht wahr, was dich nervös macht? Ich kenne dich. Du bist ziemlich durcheinander.«
Sarah musterte Jacobs besorgtes Gesicht. »Dir kann man aber auch gar nichts verheimlichen, was?«
Jacob lehnte sich mit einem erleichterten Seufzer zurück und wartete.
»Na ja, ich kann's dir ruhig sagen. Warum nicht? Ich bin in eine ziemlich merkwürdige Situation geraten.« Sie machte eine Pause. »Es ist nichts Schlimmes, nur etwas merkwürdig.«
Jacob mußte ihr alles Stück für Stück aus der Nase ziehen, Carter, Barrington und Scarpirato.
»So sieht es aus«, sagte sie schließlich. »Ich will diesen Job unbedingt haben. Scarpiratos Job und Barringtons Job. Aber ich hab' ein komisches Gefühl. Bei Finlays ist es mir gutgegangen. Und mit Eddie bin ich viel ruhiger geworden.«
»Aber du kannst es auch nicht lassen, nicht wahr?«
»Nein, kann ich nicht.«
»Was hast du also vor?«
Sarah lächelte. »Wenn er mir den Job anbietet, nehme ich ihn.«
Jacob grinste über den Tisch hinweg. »Hört sich so an, als würden wir noch viel Spaß kriegen.«
»Ich kenne diesen Blick, Jacob Goldsmith. Was hast du vor?«
»Warten wir erst einmal ab. Wenn du den Job kriegst, sehen wir weiter.«

9

Zwei Tage lang hörte Sarah weder von Sue Banks noch von Dante Scarpirato. Am ersten Tag war sie beinahe erleichtert, konnte sie doch nun ihr Leben so weiterführen wie bisher. Am zweiten Tag fing sie an, sich den Kopf zu zerbrechen. Vielleicht hatte jemand anders den Job bekommen. Plötzlich wurde ihr klar, wie sehnlich sie ihn haben wollte. Am dritten Tag war sie überzeugt, daß es ihr egal war, ob sie die Stelle nun bekam oder nicht. Natürlich rief an dem Tag Sue Banks an.

Es war halb neun am Mittwochabend; Sarah war im Fitneßstudio gewesen und hatte zum Ausgleich eine in Zeitungspapier eingepackte Portion heiße Chips von Johnny's Fish Bar am World's End gekauft. Mit fettigen Fingern griff sie zum Hörer und sagte in ihrem unfreundlichsten Ton: »Hallo!«

»Oh, entschuldige«, entgegnete Sue und lachte.

»Tut mir leid, Sue«, entschuldigte sich Sarah und würgte eine Handvoll Chips herunter. »Ich bin gerade beim Essen.«

»Soll ich später noch mal anrufen?«

»Nein, nein. Solange das Kauen dir nichts ausmacht.«

»Gott, wie gräßlich. Spaß beiseite, Sarah. Gerade hat Scarpirato angerufen. Er würde dich gerne morgen treffen, wenn es geht.«

»So, so.« Sarah hielt einen Chip hoch und lächelte.

»Zuerst würde ich gerne noch was wissen.« Sie steckte den Chip in den Mund und kaute genüßlich darauf rum.

»Also hör mal ...«, sagte Sue ungeduldig. »Willst du den Job nun oder nicht?«

Sarah ging nicht auf die Frage ein. »Wie viele Vorstellungsgespräche hat er schon geführt?«

»Außer dir noch acht weitere«, antwortete Sue. »Zwei fehlen noch.«
Sarah schwieg erneut.
»Sarah, willst du den Job oder nicht? Du klingst etwas unsicher.«
Sarah lächelte in sich hinein. »Dann wollen wir sehen, was Mr. Scarpirato diesmal zu sagen hat. Du kannst ihm ausrichten, daß ich morgen um halb sieben bei ihm bin.«
»Ja, Ma'am.«

Um zwanzig nach sechs saßen Dante Scarpirato, Matthew Arnott und Simon Wilson in Dantes Büro und unterhielten sich über den letzten Kandidaten, mit dem sie ein Vorstellungsgespräch geführt hatten. Einen neunundzwanzigjährigen Amerikaner und engen Freund von Arnott, mit dem er auf der Brown University gewesen war.
»Also, ich finde ihn ziemlich gut.« Arnott warf Scarpirato einen kurzen Blick zu. »Er ist ein ausgezeichneter Devisenhändler, und er würde zu uns passen.« Er zögerte in dem Schweigen, das folgte, und setzte dann lahm hinzu: »Na ja, meine Stimme hat er jedenfalls.«
Scarpirato zog an seiner Zigarre, warf Arnott einen verächtlichen Blick zu und sagte: »Der Mann ist ein Idiot. Du hast manchmal einfach kein Gespür, Arnott.«
Arnott lief rot an. Simon Wilson senkte den Blick und starrte auf seine Schuhe. Arnott zündete sich eine Zigarette an, hielt sie zwischen Daumen und Zeigefinger und zeigte in Scarpiratos Richtung. »Wen favorisierst du denn?«
Scarpirato stieß eine Rauchwolke aus. »Darüber wollte ich ja gerade mit euch reden, wenn du dich einen Moment lang beruhigen könntest.«
Als Arnott antworten wollte, wurden sie von einer Sekretärin unterbrochen, die in der Tür stand und fragte: »Sarah Jensen wartet unten. Soll ich sie abholen?«
»Ja, bitte. Aber bringen Sie sie ins Büro nebenan, und bitten Sie sie, sich noch ein paar Minuten zu gedulden. Ich rufe sie dann.«

Die Sekretärin machte sich auf den Weg nach unten. Kurz darauf kam sie mit Sarah wieder und führte sie ins Nebenzimmer.
Sarah nahm in der Nähe des Schreibtisches Platz, schlug den *Evening Standard* auf und gab vor zu lesen, während sie auf die Unterhaltung nebenan horchte. Leider hörte man nur ein schwaches Murmeln. Sie gab auf und konzentrierte sich auf die Zeitung, denn genauso zwecklos war es, die Bewegungen der Männer zu beobachten, um daraus irgendwelche Schlüsse zu ziehen. Die Jalousien an den Glaswänden und Glastüren waren herabgelassen. Es waren nur Umrisse zu erkennen.
Von dem anderen Büro aus sah man viel besser. Scarpirato beobachtete Sarah, während er mit seinen beiden Mitarbeitern sprach. Er hörte ihnen zwar zu, wandte jedoch den Blick nicht von ihr ab. Arnott lehnte sich zurück und hob in einer Geste gespielter Gleichgültigkeit beide Arme über den Kopf. Dann zündete er sich noch eine Marlboro an.
»Können wir das nicht auf morgen verschieben?«
»Nein, ich will, daß wir jetzt darüber sprechen.« Scarpiratos Blick ruhte noch immer auf Sarahs Profil.
»Warum? Wir haben es doch nicht eilig. Außerdem gibt es noch einen Kandidaten. Wir brauchen nichts zu überstürzen.«
Scarpirato starrte Sarah an. Dann erklärte er sehr ruhig: »Ich schlage vor, daß sie den Job bekommt.«
»Um Gottes willen, Dante! Du weißt doch genau, was dabei rauskommen wird. Sie ist eine arrogante Zicke. Sie wird kommen und gehen, wann es ihr paßt, und zwischendurch ihre gesellschaftlichen Verpflichtungen erledigen. Jede Wette, bei ihr kommt das Vergnügen zuerst und dann die Arbeit. So was bringt nur Unruhe.«
Scarpirato nahm den Blick von Sarah und musterte Arnott. »Wieviel hast du letztes Jahr für uns verdient?«
Arnott sah verärgert auf. »Wieso fragst du nicht nach diesem Jahr? Du weißt doch, daß ich dieses Jahr mit ein paar Millionen im Plus bin.«
»Letztes Jahr warst du mit ein paar Millionen im Minus, wäh-

rend Sarah Jensen für Finlays sechs Millionen erwirtschaftet hat. Wir kennen ihren Ruf. Möglich, daß sie sich lieber vergnügt als arbeitet, aber in einer Stunde macht sie mehr Umsatz als du in einer Woche.« Scarpirato lächelte Arnott zu. »Meine Entscheidung steht fest. McPherson hat vor zwei Wochen aufgehört, und wir brauchen Ersatz. Wir können noch Monate suchen und werden niemand besseren als sie finden.«

Niemand besseraussehenden, dachte Arnott bitter.

»Also bring' sie rein, und dann verschwindet, alle beide.«

Vor Wut kochend, verließ Arnott, gefolgt von dem schweigenden Simon Wilson, das Zimmer. Er begrüßte Sarah mit einem verzerrten Lächeln.

»Sie sollen reinkommen! « Er deutete mit dem Kopf auf die Bürotür, nahm das Jackett von der Rückenlehne seines Stuhls und verließ den Raum. Wilson sagte erst »Hallo«, dann »Wiedersehen« und trottete hinter Arnott her.

Scarpirato saß auf seinem Stuhl und paffte eine Zigarre. Er musterte Sarah eingehend, als sie das Büro betrat, und bat sie, Platz zu nehmen. Sein bohrender Blick war ihr unangenehm. Er lächelte leicht. Ein Hauch von Trotz blitzte in Sarahs Augen auf, als sie seinen Blick erwiderte, worauf Scarpiratos Lächeln sich zu vertiefen schien. Sie wollte schon anfangen, in ihrer Tasche nach einer Zigarette zu kramen, den Blick von ihm wenden, weil er zuviel verraten könnte, aber dann nahm sie sich zusammen und hielt stand. Schweigend saßen sie einander gegenüber. Keiner wollte als erster sprechen oder als erster den Blick abwenden. Schließlich beugte er sich vor, und plötzlich war die Intensität verschwunden. Er war wie verwandelt, als er jetzt in der Pose des zukünftigen Bosses ernst und sachlich erklärte: »Nun ja, Sarah. Wir sind alle der Meinung, daß Sie eine Bereicherung für unser Team wären.« Sarah hätte um ein Haar losgelacht, als sie an Arnotts Gesichtsausdruck dachte.

»Willkommen also bei der ICB.«

Scarpirato zweifelte nicht daran, daß sie den Job annehmen würde und fuhr, ohne ein zustimmendes Nicken abzuwarten, fort:

»Ich möchte, daß Sie sobald wie möglich anfangen. Wann können Sie?«
Sarah blinzelte verständnislos und wandte den Blick ab. Er hatte bewußt langsam gesprochen, um seinen Worten mehr Wirkung zu verleihen. Die Wortwahl an sich war nichts Ungewöhnliches, aber bei ihm ... Sie studierte sein Gesicht. Wieder lächelte er leicht. Sie hatte fast das Gefühl, als wolle er sie bewußt auf die Folter spannen. Als sich ihre Blicke schließlich trafen, lächelte auch sie und erklärte: »Ich verlange fünfhunderttausend garantierte Pfund für das erste Jahr und fange am Montag an.«
Scarpirato beugte sich vor und runzelte die Stirn. »Eine halbe Million? Das ist etwas mehr, als ich gedacht hatte.«
»Die Entscheidung liegt bei Ihnen.«
»Na gut, Sarah. Aber ich hoffe, Sie wissen, was Sie tun, wenn Sie Ihren Preis derart hochschrauben. Damit stehen Sie unter Erfolgsdruck.«
Für dich wäre es besser, wenn ich keinen Erfolg hätte, dachte sie. Scarpirato stand auf und ging um seinen Schreibtisch herum. Vor ihrem Stuhl blieb er stehen. Sie erhob sich und stand ihm gegenüber. Er war beunruhigend nahe. Sarah bückte sich, hob ihre Tasche auf und trat einen Schritt zurück. Sie fühlte seine Blicke auf sich, als sie sich zur Tür wandte.
»Eine Frage noch«, sagte sie, als beide das Büro verließen. »Matthew Arnott scheint mich nicht gerade zu mögen. Ich kann mir nicht vorstellen, daß er mich dabeihaben will.«
Scarpirato lachte. »Machen Sie sich seinetwegen keine Sorgen. Er ist ein komischer Kerl, aber ein begnadeter Broker. Er bringt uns eine Menge Geld und meint, er hätte das Recht, den großen Macker zu spielen. Sie kennen ja diese Art von Männern.«
Sarah lächelte traurig. »O ja, nur allzugut.«
Sie durchquerten die ruhige, fast menschenleere Devisenabteilung und gingen auf den Lift zu. Dort blieb er stehen und wandte sich ihr zu.
»Morgen früh werde ich die Verträge aufsetzen lassen.« Sarah

nickte. »Schicken Sie sie bitte an meine Privatadresse. Ich werde drauf warten, bevor ich zu Finlays fahre.«
Scarpirato griff in seine Jackentasche und zog einen Füller und ein kleines Notizheft heraus. Er blätterte bis zum Adressenteil und schrieb sich Sarahs Anschrift auf. Sie sah ihm zu. Dann steckte er beides wieder in die Jackentasche und lächelte.
»Dann bis Montag«, sagte er.
»Bis Montag.«
Er warf ihr einen fragenden Blick zu, als hätte etwas in ihrer Stimme ihn überrascht; dann wandte er sich ab und ging. Sarah sah, wie er sich in dem Durcheinander von Tischen und Stühlen verlor. Der Lift kam. Sie fuhr allein nach unten. Der Schweiß floß ihr den Rücken herunter.
An der Idol Lane stieg sie in ein Taxi. Sie versank im Sitz und zündete sich eine Zigarette an. Den Job hatte sie. Noch vor zwei Stunden hatte sie nicht weiter gedacht als bis zu diesem Augenblick. Jetzt fragte sie sich, auf was sie sich da eigentlich eingelassen hatte.

Am nächsten Morgen wartete sie zu Hause auf die Verträge. Um zehn kam der Fahrradkurier und brachte ihr zwei Kopien. Sie unterschrieb eine, händigte sie dem Kurier wieder aus und behielt eine für sich. Dann lief sie zum Telefon und rief Anthony Barrington an. Er sei in einer Besprechung, erklärte seine Sekretärin. Sie hinterließ ihm die Botschaft, dringend zurückzurufen. Zehn Minuten später klingelte das Telefon.
»Danke, daß Sie anrufen, Governor. Eine gute Nachricht. Ich habe den Job. Montag fange ich an.«
»Wunderbar, Sarah. Eine sehr gute Nachricht. Wirklich. Meine Hochachtung!« Er machte eine theatralische Pause und fuhr dann mit spöttischem Unterton fort: »Ich hoffe, daß Sie sie nicht allzu stark geschröpft haben. Es wird eine Weile dauern, und wir wollen doch nicht, daß Sie Ihren Kredit schon vorher verspielen.«
Beide lachten. Sie wußten, daß sie ihre Sache gutmachen würde.

Das Risiko lag allein darin, daß sie enttarnt wurde, bevor sie genügend Beweismaterial gesammelt hatte. Vorausgesetzt natürlich, daß Scarpirato sich tatsächlich etwas zuschulden hatte kommen lassen. Dann würde man sie bestenfalls feuern. Fünfunddreißig Millionen Pfund waren es wert, mit allen Mitteln verteidigt zu werden.

Der Governor legte auf und ließ sich von seiner Sekretärin mit Bartrop verbinden. Sekunden später hatte er ihn in der Leitung.
»Governor.«
»Sie hat die Stelle, Bartrop.«
»Großartig. Damit sind wir einen gewaltigen Schritt weiter.« Er hielt inne. Barrington konnte fast hören, wie sein Gehirn arbeitete.
»Jetzt müssen wir das Ganze stabilisieren«, erklärte Bartrop dann.
Barrington runzelte die Stirn. Schon wieder Rätselraten. »Stabilisieren?«
»Ja, finanziell. Wir müssen ihr Geld anbieten, Cash natürlich, für ihre Spesen.«
»Spesen? Was für Spesen?«
»Keine Ahnung. Aber das ist nicht der Punkt.« Barrington wartete auf eine Erklärung.
»Wir müssen sie einbinden, rein symbolisch natürlich. Auch das ist so üblich. Es macht die Sache glaubwürdiger. Dann nimmt sie sie ernster.«
»Ja, klingt einleuchtend. Wieviel?«
»Ein paar tausend Pfund.«
»Peanuts für eine Frau wie sie.«
»Das ist völlig egal. Man darf ihnen auch nicht zuviel geben, sonst schöpfen sie Verdacht. Nur soviel, wie nötig ist. Meine Abteilung zahlt. Ich schicke Ihnen das Geld in einer halben Stunde mit einem Kurier. Machen Sie einen Termin mit ihr aus. Je eher, um so besser, das hat Stil!«

»Na gut, dann warte ich auf Ihre Sendung. Mal sehen, wie sie darauf reagiert.«

Sarah betrat Finlays mit gemischten Gefühlen. Sie würde kündigen. Am besten brachte sie das so schnell wie möglich hinter sich. Sie marschierte an ihrem Schreibtisch vorbei direkt in Jamie Rawlinsons Büro. Die meisten Chefs hatten außer ihrem Schreibtisch in der Devisenabteilung noch ein privates Büro. Großraumbüros sind Gerüchteküchen und bieten keinerlei Privatsphäre; deshalb sind zusätzliche Privaträume unerläßlich.

»Guten Morgen, Jamie. Hast du zehn Minuten Zeit für mich?«

Er redete auf sie ein, um sie zum Bleiben zu bewegen, und versuchte vergeblich, Carter zu erreichen, der sich für einen Tag in Paris befand. Doch Sarah blieb hart. Es wurde Zeit, weiterzuziehen. Sie kehrte an ihren Schreibtisch zurück, um ihre persönlichen Gegenstände einzupacken. Sie beeilte sich, denn sie fühlte sich sofort ausgestoßen, unerwünscht. Jetzt gehörte sie zur Konkurrenz, und das Geschäft war viel zu wichtig, als daß man sie weiter hier herumlungern ließ. Ihre persönlichen Sachen würden ihr durch einen Kurier nachgeschickt werden. Alle wichtigen Geschäftsunterlagen hatte sie schon ein paar Tage zuvor fotokopiert. Sie nahm ihre Tasche und durchquerte das Großraumbüro. Auf dem Weg hörte sie David Reed rufen: »Sarah, Telefon. Es ist dringend. Er will nicht sagen, wer er ist.«

Sarah fluchte in sich hinein. Sie wollte das Gebäude so schnell wie möglich verlassen. Sie machte kehrt und ging zu ihrem Schreibtisch zurück. Hektisch griff sie nach dem Hörer und drückte auf den Verbindungsknopf.

»Hallo.«

»Ach Sarah. Gut, daß Sie da sind. Anthony am Apparat.« Sarah zog die Stirn kraus. Die Stimme kam ihr bekannt vor, aber der Name verwirrte sie.

»Ach Sie sind's, Go ...«

Er fiel ihr ins Wort. »Ja, ich bin's. Entschuldigen Sie, aber ich bin etwas in Eile. Könnten Sie in mein Büro kommen? Sagen wir in einer halben Stunde?«

»Ja, das geht.«
»Dann bis gleich.« Er legte auf.
Sarah griff erneut nach ihrer Tasche und verließ das Finlays-Gebäude zum letztenmal. Sie hatte ein unangenehmes Gefühl. Nach vier Jahren aufzuhören war nicht einfach. Sie spürte, wie sich eine vertraute Unsicherheit in ihr ausbreitete. Dazu kam der seltsame Anruf des Governors, der sich nicht zu erkennen geben wollte. Böse Erinnerungen wurden in ihr wach. Sie hatte mal eine Affäre mit einem verheirateten Mann gehabt, der nicht wollte, daß sie ihn beim Namen nannte, wenn sie telefonierten, und sich auch nie am Apparat vorstellte. Sie hatte seine Verschwiegenheit immer für sinnlose Paranoia gehalten, die sie ihm übelnahm, weil sie ihn für einen doppelten Verräter hielt. Nach drei Monaten ließ sie ihn sitzen und schwor, sich nie wieder auf eine derartige Beziehung einzulassen.
Sie vertrieb die unerfreulichen Gedanken aus ihrem Kopf, doch das unbehagliche Gefühl wollte nicht vergehen. Sie trat in die Old Broad Street hinaus, die in der heißen Julisonne schmorte. Die Zentralbank lag nur zwei Minuten entfernt, sie hatte aber noch eine halbe Stunde Zeit. Sie ging bis Finsbury Circus und machte einen Spaziergang durch den Park, um ihre Unrast abzuschütteln. Was hatte der dringende Anruf zu bedeuten? Was wollte er von ihr? War das Ganze etwa abgeblasen worden?
Plötzlich hatte sie das Gefühl, daß eine Welle von Angst sie zu überrollen drohte. Sie hatte bei Finlays gekündigt. Das war nicht rückgängig zu machen. Von sich aus hätte sie das nie getan. Und auch die Stellung bei ICB hätte sie nicht angenommen, wäre da nicht der Governor mit seinem besonderen Auftrag gewesen. Vielleicht hatte er es sich jetzt plötzlich anders überlegt. Vielleicht war er zu dem Schluß gekommen, daß sie doch nicht die Richtige war. Panik breitete sich in ihr aus. Vielleicht hatte er etwas herausgefunden.
Sie setzte sich auf eine Bank und kramte in ihrer Handtasche nach Zigaretten. Sie zündete sich eine an und zog den Rauch tief

in die Lungen. Das Nikotin strömte in ihre Adern. Hastig rauchte sie die Zigarette bis zum Filter.
Dann mußte sie lachen. Allmählich wurde sie selbst paranoid. Mit dem Absatz drückte sie die Zigarette aus, stand auf, murmelte: »Ihr könnt mich mal« und machte sich auf den Weg in die Threadneedle Street zur Bank of England.

»Sarah! Vielen Dank, daß Sie gekommen sind. Tut mir leid, daß ich Sie schon wieder so kurzfristig herbitten mußte. Na ja, jedenfalls bin ich Ihnen sehr dankbar, daß Sie sich die Zeit genommen haben.«
Er griff in die Schublade seines Schreibtisches und holte einen Umschlag heraus, den er Sarah über den Tisch zuschob. Sie rührte ihn nicht an.
»Das ist für Sie. Sie hatten bestimmt Ausgaben und werden etwas Geld gebrauchen können.«
»Das ist wirklich nicht nötig, Governor.«
»Ich bitte Sie. Man weiß nie, wann man es brauchen kann. Das gehört zu unserem Coup dazu. Nehmen Sie es an, bitte.«
Sarah zuckte die Achseln. Sie nahm den Umschlag, steckte ihn ungeöffnet in die Tasche und sah den Governor an. Er lächelte gütig wie ein Vater, der gerade Taschengeld verteilt hat. Nur empfand Sarah es ganz anders.
Barrington warf einen Blick auf die Uhr und stand auf. Er streckte ihr die Hand entgegen. »Auf Wiedersehen, Sarah, und viel Glück. Jetzt sind Sie auf sich allein gestellt. Natürlich haben Sie meine volle Unterstützung bei allem, was Sie tun, aber ich muß im Hintergrund bleiben. Ich bin da, aber so gut wie unsichtbar, zu Ihrer eigenen Sicherheit, verstehen Sie? Sonst wäre es ein bißchen auffällig. Wenn Sie Fragen haben, rufen Sie an.«
Das breite Lächeln war dasselbe, aber es strahlte nicht mehr dieselbe Wärme aus. Sie spürte eine gewisse Kühle, als würde sie ins Abseits geschoben. So war das also. Na schön. Sie konnte die Logik dahinter verstehen. Sie konnte sogar genauso sein. Schließlich schlug sie in seine Hand ein.

»Auf Wiedersehen, Governor.«

Erst als sie zu Hause war, warf sie einen Blick in den Umschlag, den sie mit einem Brieföffner geöffnet hatte: dreitausend Pfund. Sie steckte die Scheine zurück und schloß ihn in ihrer Schreibtischschublade ein. Dreitausend Pfund. Ausgaben wofür?

Sie stand auf und trat ins Schlafzimmer, um sich umzuziehen und anschließend joggen zu gehen.

10

James Bartrop saß in seinem Büro im Century House, einem zwanzigstöckigen, schmuddligen Turm in der Westminster Road 100 im Südosten von London, vor sich einen extra starken Espresso. Es war ein für die sechziger Jahre typisches Gebäude: grau, düster, gesichtslos und ebenso unbeliebt wie alle, die darin arbeiteten. Nur die Gitter, die die ersten acht Stockwerke vor Bomben schützten, unterschieden es von anderen seiner Art.

Das MI6 sollte bald in ein neues Gebäude nach Vauxhall ziehen, südlich der Themse, weniger als eine halbe Luftmeile vom Parlament entfernt. Der Bau hatte zweihundertvierzig Millionen Pfund verschlungen, und sein selbstherrlicher Achtziger-Jahre-Stil stand in krassem Gegensatz zum Century House. Die Presse hatte die neue Zentrale überspitzt »Turm von Babylon« getauft und dem Ganzen damit einen leicht lächerlichen Anstrich gegeben. Das Gebäude war so konzipiert, daß es, statt mit seiner Umgebung zu verschmelzen, sich deutlich davon abhob und mit jedem Stützpfeiler, Turm oder grüngetönten Fenster seine Einzigartigkeit zur Schau trug. Nicht gerade passend für das MI6 oder den Secret Intelligent Service, wie es offiziell genannt wurde. Aber da das Parlament sich so gut wie entschlossen hatte, die Existenz des SIS gesetzlich anzuerkennen, spielte das keine große Rolle mehr. Das neue Gebäude schien jedenfalls auf schamlose Art jedem auch nur beiläufig informierten Passanten diese Tatsache ins Gesicht zu schreien.

Der Umzug des SIS war für 1994 vorgesehen. Anfänglich war Bartrop nicht besonders begeistert gewesen. Das Vulgäre an dem

Gebäude, das vor seinen Augen entstand, hatte ihn zunächst irritiert, doch dann hatte er sich damit abgefunden. Jetzt freute er sich regelrecht darauf, in dem hochmodern ausgerüsteten Turm mit seinem spektakulären Ausblick nach allen Seiten zu arbeiten, obwohl er sich nicht sonderlich viel aus seiner Umgebung machte. Er neigte zur Askese und verließ sich mehr auf seine inneren Bedürfnisse, wenn er sich überhaupt ein Wohlgefühl gestattete. Er war glücklich, oder vielmehr, er funktionierte gut, wenn er ein klares Ziel vor Augen hatte, das seinem Leben Halt verlieh und seine Gedanken formte.

So aber gab er sich seiner Umwelt nicht zu erkennen. Rein oberflächlich gesehen, war er ebenso hedonistisch wie jeder andere Junggeselle von fünfundvierzig, der in den Genuß einer Erbschaft kommt. Er liebte gutes Essen und gute Weine. Unter der Woche wohnte er in einem großen Haus am Chelsea Square. Am Wochenende nahm er gewöhnlich die zweieinhalb Stunden Fahrt zu seinem Sommerhaus in Gloucestershire auf sich oder flog nach Südfrankreich oder auch in die Alpen, je nach Saison und selten allein. Abgesehen von seinem seltsamen Beruf, führte er ein ganz normales Leben, wenn auch mit nicht ganz so normalen Leuten.

Seine Affären dauerten nie lange, aber das war ihm egal, denn es gab immer Ersatz. Daß er allmählich in die Jahre kam, schränkte seine Auswahl nur wenig ein; immerhin war er nicht nur wohlhabend, sondern auch sehr attraktiv: groß, sportlich, mit einem markanten Gesicht, lockigem braunen Haar und blauen, kaum getrübten Augen. Spöttische, belustigte Augen, zumindest auf den ersten Blick. Seinen ureigenen Zynismus behielt er nach Möglichkeit für sich.

Entscheidend zu seiner Anziehungskraft trug ein eher psychologischer Aspekt bei, denn seine nahezu klassische Unnahbarkeit, verstärkt durch eine gewisse berufsbedingte Verschlossenheit, stellte eine Herausforderung für Frauen oder, besser gesagt, für bestimmte Frauen dar: die ehrgeizigen oder auch die, die nicht besonders gut auf sich aufpaßten, und davon gab es genug ...

Bartrop führte ein Leben, um das viele ihn beneidet hätten, und er genoß es, soweit er konnte. Das einzige Problem war, daß er damit nicht sehr weit kam. Sein Leben war ein Spiel, eine Art Ablenkung, genau wie sein Beruf. Letzterer aber hatte zumindest einen gewissen Wert, und daran klammerte er sich. Er war alles andere als ein Weltverbesserer. Das wäre gefährlich und mit seinem Job unvereinbar gewesen, aber er hatte Ziele und war bereit, ihnen ein vermeintlich stabiles und geborgenes Familienleben zu opfern. So sah die Philosophie aus, die er sich selbst zurechtgezimmert hatte. Und sie schien sich auch gut in die Tat umsetzen zu lassen.
Gelegentlich vermittelte ihm seine Arbeit sogar eine wohltuende geistige Befriedigung. An diesem Morgen, als er über Sarah Jensen nachdachte, durchlebte er einen solchen seltenen und erregenden Glücksmoment. So fühlte er sich manchmal zu Anfang einer Affäre, doch in der Regel wurde dieses Gefühl unweigerlich durch die Gewißheit über die weniger angenehmen Seiten getrübt, die folgen würden: Ungeduld, Enttäuschung und Verbitterung auf seiten der Frau und bei ihm die resignierte Feststellung, daß wieder mal eine Beziehung in die Brüche gegangen war. Bei beruflichen Operationen wie dieser mit Sarah Jensen jedoch war alles offen. Diese Ersatzbeziehung mußte trotz ihrer Distanziertheit nicht zwangsweise mit Tränen enden. Und das würde sie auch nicht, wenn man behutsam vorging und ein bißchen Glück hatte oder zumindest keine ausgesprochene Pechsträhne. Die ganze Operation war heikel, das mußte er eingestehen, zumindest vor sich selbst, aber wie er Barrington versichert hatte, durchaus zu handhaben.
Am Anfang war er Sarah gegenüber skeptisch gewesen. Er traute schönen Frauen nicht über den Weg. Die vielen Verehrer und ihr ausschweifendes Leben ließen nicht gerade auf eine stabile Persönlichkeit schließen. Andererseits schien sie ungeachtet ihrer tragischen Kindheit ziemlich charakterfest zu sein. Außerdem konnte ihr gutes Aussehen dabei helfen, an die Hintermänner ranzukommen.

Bartrop stellte sich vor, wie sie wohl aussah. Er würde sie natürlich nie persönlich treffen, denn er existierte für sie nicht – und wenn doch, dann nur in einer Nebenrolle, die nichts mit ihrem Geheimauftrag zu tun hatte. Bartrop lächelte in sich hinein. Dann rief er seinen Stellvertreter Miles Forshaw an.
»Ich hätte gern ein paar Fotos von Sarah Jensen. Können Sie das veranlassen?«

Die Skulpturen im Atrium der ICB bereiteten Sarah an ihrem ersten Arbeitstag einen kühlen Empfang. Ihre Absätze hallten auf dem grauen Marmorboden des Foyers wider. In den Spiegelwänden des Aufzugs sah sie ihr angespanntes Gesicht. Um halb acht an diesem Montagmorgen platzte die Devisenabteilung bereits aus allen Nähten. Ein Meer versteinerter Gesichter beobachtete ihren Einzug. Erst als sie sich an den leeren Schreibtisch zwischen Arnott und Wilson gesetzt hatte, atmete sie erleichtert auf.
Wilson lächelte ihr zu: »Guten Morgen. Willkommen an Bord.«
Sarah erwiderte sein Lächeln: »Guten Morgen. Danke schön.«
Links von ihr blickte Arnott widerwillig auf: »Ja, herzlich willkommen.«
Noch ehe sie antworten konnte, hatte er sich wieder abgewandt und starrte auf seine Bildschirme. Erst als Scarpirato wenig später aus seinem Büro auf sie zukam, sah Arnott wieder von seinen Monitoren auf. Scarpirato warf Sarah einen kurzen Blick zu.
»Teamsitzung«, verkündete er. Er ist der Boß, Tonfall und Haltung sind typisch, dachte Sarah, als sie beobachtete, wie er rasch auf einen Konferenzraum am Ende der Devisenabteilung zusteuerte. Arnott, Wilson und Sarah standen auf und folgten ihm.
Im Gegensatz zur Devisenabteilung, die hauptsächlich von ungesund grünem Neonlicht erhellt wurde, flutete im Konferenzraum Tageslicht durch ein Fenster, das auf die Themse hinausging. Wenn man sich den Hals verrenkte, konnte man sogar die Tower Bridge sehen. Sarah ließ sich Zeit und genoß den Ausblick. Die

anderen setzten sich an einen großen Tisch mit schwarzer, zerschrammter Oberfläche. Arnott und Wilson nippten an dampfenden Cappuccinos. Schließlich wandte sich Sarah gutgelaunt vom Fenster ab und nahm gegenüber von Scarpirato Platz.
Arnott und Wilson analysierten die Marktentwicklung der letzten Woche und legten ihre Strategie für die kommenden Wochen in sämtlichen Einzelheiten fest. Sarah fragte sich, ob sie immer so dick auftrugen. Als Wilson seinen Vortrag beendet hatte, wandte er sich Sarah zu. Scarpirato starrte auf den Fluß und schwieg. Falls er vorgehabt hat, mich in die Bredouille zu bringen, indem er die anderen vor mir reden läßt, hat er sich getäuscht, dachte Sarah. Sie lehnte sich zurück und erklärte ihren neuen Mitarbeitern lächelnd: »Ich halte nicht besonders viel von Elfenbeintürmen. Ich handle lieber nach Instinkt.« Es war eine Bemerkung, die offensichtlich von Scarpirato selbst hätte stammen können, denn er quittierte sie mit einem unterdrückten Glucksen.
»Dann lassen Sie Ihren Instinkten freien Lauf. Sie können sie heute noch unter Beweis stellen. Wir geben Ihnen ein Limit von zweihundert Millionen Dollar.«
Sarah verbarg ihre Überraschung hinter einem nonchalanten Lächeln. Sie hatte mit fünfzig Millionen für den Anfang gerechnet. Mit zweihundert Millionen konnte sie ihnen allen das Genick brechen. Scarpirato stellte ihr also eine unglaublich einladende Falle; das war's. Sachlich fuhr er fort: »Halten Sie sich an das Altbewährte, nichts Exotisches für den Anfang. Wenn Sie irgendwas anders machen oder Ihr Limit überschreiten wollen, kommen Sie zu mir.«
Sarah nickte.
»Sie handeln auf eigene Verantwortung, aber halten Sie Matthew auf dem laufenden.«
Seine Worte glichen einem langsamen Stakkato. »Ich werde Ihre Entscheidungen gelegentlich umstoßen wie die der anderen auch, aber die meiste Zeit sind Sie auf sich gestellt.« Er lächelte wohlwollend. »Ich möchte, daß die Menschen um mich herum auf eigene Verantwortung handeln, damit sie etwas von ihren

Erfolgen haben, allerdings ebenso die Konsequenzen für ihre Fehler selbst tragen.« Scarpirato wünschte ihr viel Glück, dann verabschiedete er sich mit einem Nicken und verschwand in der Enklave seines Büros.
Sarah lächelte immer noch, als sie sich wieder an ihren Schreibtisch setzte. Die ICB machte ihrem Ruf alle Ehre. Hier konnte man gar nicht genug die Allüren einer Primadonna an den Tag legen. Arroganz wurde nicht nur toleriert, sondern sogar belohnt. Sie hatte nicht damit gerechnet, daß man ihr so schnell und auf so ungewöhnliche Weise auf den Zahn fühlen würde. Ihr Limit bei Finlays hatte ebenfalls zweihundert Millionen betragen, aber dort hatte sie zu den Spitzenkräften gehört und sich vier Jahre lang bewährt. Sie war zwar mit einem hervorragenden Zeugnis zur ICB gekommen, aber ein Risiko stellte sie trotzdem dar. Eine Maxime im Devisenhandel lautete: Man ist immer nur so gut wie der letzte Deal, den man gemacht hat. Es gehörte nun mal zu diesem Job, daß man sich täglich neu bewähren mußte und ständig unter Hochdruck stand. Es war klar, daß Scarpirato dieses Wagnis bewußt eingegangen war. Und sie hatte es mit ihrer spöttischen Selbstsicherheit geradezu provoziert.
Sarah strich sich nachdenklich über das Kinn. Es war nicht gut, im Devisenhandel Entscheidungen zu treffen, die auf persönlichen Gefühlen basierten. Einmal zu viel und man ist erledigt. Aber wahrscheinlich war das sonst nicht Scarpiratos Art, sagte sich Sarah. Auch Wilson war sichtlich überrascht gewesen über ihr Limit, das mit Sicherheit höher war als seines. Aber er hatte nicht eifersüchtig reagiert. Arnotts Gesicht dagegen hatte sich zu einem boshaften Grinsen verzogen. Offensichtlich rieb er sich schon die Hände in der schadenfrohen Gewißheit, daß sie kläglich versagen würde. Sarah schenkte ihm ein zuckersüßes Lächeln und griff nach seiner Marlboro-Packung.
Ihre Zigarette genießend, dachte sie über Scarpiratos Geschäftspolitik nach. Einerseits war er ein distanzierter Topbroker, der sich das Recht vorbehielt, sein eigenes Spiel zu spielen, andererseits aber seinen Mitarbeitern völlige Eigenständigkeit innerhalb

ungewöhnlich hoher Limits ließ. Boß eines Treibhauses, in dem Geld gezüchtet wurde. Der siebte Himmel also für alle, die Talent und keine Skrupel hatten. Sarah drückte ihre Zigarette in einem großen Kristallaschenbecher mit dem Logo der ICB aus und griff zum Telefonhörer. Zeit, mit ihren Informanten zu sprechen und sich nach den Befinden des Marktes zu erkundigen.

Sarah tauschte sich täglich mit einer Gemeinde von zehn weiteren Devisenhändlern aus, die schon seit vier Jahren Geschäfte miteinander machten. Alle hatten schon im Zickzackkurs die City abgegrast und waren von einer Bank zur anderen gewechselt, während sie langsam, aber sicher die Karriereleiter emporkletterten. Das einzige, was sich veränderte, waren Gehälter, Umgebung und Limits.

Sarah studierte die Telefonanlage auf ihrem Schreibtisch mit den über zwanzig Direktleitungen zu Devisenhandelsabteilungen anderer Banken. Sie brauchte nur auf einen Knopf zu drücken, um direkt verbunden zu werden. Das System arbeitete fast wie eine Sprechanlage. Am anderen Ende der Leitung leuchtete die Nummer des Anrufers auf. Erst nach dreimaligem Aufleuchten fing das Telefon an zu klingeln. Das sollte den Lärm in den Devisenhandelsabteilungen in Grenzen halten. Es galt als äußerst unprofessionell, den Hörer erst aufzunehmen, wenn es bereits klingelte, deshalb hatten die Broker ihre drei oder vier Monitore und ihre Anlage stets im Blick.

Sarah drückte auf einen Knopf mit der Aufschrift BdP, Banque de Paris, wo einer ihrer Lieblingskollegen arbeitete.

Fünfzig Meter entfernt, auf der Lower Thames Street, sah Johnny McDermott, ein temperamentvoller irischer Devisenhändler der BdP, das Lämpchen der ICB an seiner Anlage aufleuchten. Grinsend drückte er auf den Knopf.

»Soll ich mal raten? Sarah Jensen.«

»Morgen, Johnny.«

»Du arbeitest jetzt also mit Matthew Arnott zusammen.« Johnnys Stimme klang provozierend.

»Ja.«

»Ein Arschloch.« Johnny klang schadenfroh.
»Hm.«
»Und mit Dante Scarpirato?«
»Ja.«
»Ein Oberarschloch.«
Sarah unterdrückte ein Lachen. »Hm. Und der dritte ist Simon Wilson.«
»Das ist ein netter Kerl.«
»Hm. Danke, Johnny.«
»Gern geschehen, Sarah. Hallo, ihr Arschlöcher!«
Jetzt brach Sarah in Gelächter aus. »Verdammt noch mal Johnny, nimm dich zusammen.« Beide wußten, daß Scarpirato und wahrscheinlich auch sein Spezi Arnott sich die Tonbänder ihrer ersten Arbeitstage anhören würden, nur so aus Spaß und vielleicht auch, um dezent in ihrem Privatleben herumzuschnüffeln. In den Devisenhandelsabteilungen wurden alle Gespräche aufgezeichnet, um eventuelle Streitigkeiten zwischen Brokern zu vermeiden und auch zum Zweck der Kontrolle. Der automatische Zugang zu den Aufzeichnungen war ein Privileg, das von der Chefetage häufig mißbraucht wurde.
»Also, Johnny. Was gibt's Neues?« fragte Sarah und unterdrückte das Lachen.
Nach einer Stunde hatte Sarah mit all ihren zehn Kontaktleuten gesprochen, die mit dem üblichen Schwall von Lügen, versehentlich ausgeplauderten Wahrheiten und gelegentlich ehrlichen Einschätzungen ihre Vermutung bestätigten, daß die Börse zumindest für heute lustlos bleiben würde.
Theoretisch pflegte jeder Broker seine Kollegen aus anderen Banken als Konkurrenten zu betrachten, und gnadenlos versuchte einer den anderen reinzulegen. Um so angenehmer die Überraschung und um so größer das Mißtrauen, wenn es dann mal anders kam. Aber es gehörte einfach dazu und wurde nicht selten als Sport angesehen. Sarah kannte und akzeptierte dieses ungeschriebene Gesetz vorbehaltlos. Doch die Konkurrenz mit den Brokern anderer Institutionen war nichts im Vergleich zu dem,

was offenbar innerhalb der ICB selbst los war. Arnott war von Anfang an auf Konfrontationskurs gegangen. Immerhin fing sie ihren neuen Job wenigstens ohne Illusionen an.

Daß Arnott darauf brannte, sie scheitern zu sehen, spürte Sarah wohl, und Scarpirato schien ihr auf seine wohlüberlegte Art auch nicht viel besser. Er hatte ihr ein viel zu hohes Limit vor die Nase gehalten, nur um ihr zu zeigen, was für ein Großmaul sie war. Nun, Arnott und Scarpirato würden sich schwarz ärgern: Sie hatte nicht vor, nur zum Spaß zu dealen. Sollten sie ruhig denken, daß das hohe Limit sie eingeschüchtert hatte, und über sie spotten, weil sie nichts gewagt hatte. Auch das gehörte mit zum Spiel.

Doch die Tatsache, daß sie ziemlich schwere Geschütze auffuhren, war nicht von der Hand zu weisen. Offensichtlich gehörte es zur Politik des Hauses. Sarah hatte davon gehört und trotzdem das Gefühl, daß man es auf sie abgesehen hatte. Aber warum? Bei diesem Gedanken mußte sie lachen. Die City wimmelte nur so von Verschwörertheorien. Sie hätte nie gedacht, daß eines Tages auch sie davon gepackt würde.

Der Tag verlief ruhig. Um halb sechs bereitete sich Sarah auf den Feierabend vor. Arnott, der die meiste Zeit in Scarpiratos Büro verbracht hatte, kam in dem Moment vorbei, als sie ihre Monitore ausschaltete und ihre Tasche unter dem Tisch hervorkramte.

»Irgendwas erreicht?« Er wußte genau, daß sie nichts unternommen hatte, und sie war aufgefordert worden, ihn über alle Transaktionen auf dem laufenden zu halten. Sarah grinste von einem Ohr zum anderen. »Nichts!« Sie warf sich ihre Tasche über die Schulter und verabschiedete sich fröhlich. Unterwegs winkte sie Simon Wilson zu und mischte sich dann in die Menge, die wie jeden Nachmittag zur Rush-hour auf die Straße drängte. Es war zwar nicht klug, das Büro vor dem Chef zu verlassen, aber sie mußte von Anfang an die richtigen Maßstäbe setzen. Mit raschen, trotzigen Schritten marschierte sie zum Aufzug und quetschte sich gerade noch durch die fast schon geschlossenen Türen des Lifts.

Arnott sah ihr einen Augenblick nach, stand auf und ging in Scarpiratos Büro. Die beiden Männer wechselten ein paar Worte, dann steckte Arnott den Kopf aus der Tür und rief Simon Wilson herein. Wilson schob verstohlen die *Racing Post* unter einen Stapel Papiere auf seinem Schreibtisch und gesellte sich zu seinen Kollegen. Scarpirato räkelte sich in seinem Sessel, in der Hand die zweite Zigarre an diesem Tag. Arnott war dabei, sich eine Marlboro anzustecken. Wilson, ein passionierter Marathonläufer, rümpfte die Nase. Berufsrisiko. Arnott und er standen da wie zwei eifrige Vasallen. Scarpirato lächelte. »Nun?«
Arnott zog nachdenklich an seiner Zigarette und sagte: »Wenn du mich fragst, eine ziemliche Primadonna.«
»Na ja. Bei dem Ruf kann sie sich das ja wohl auch leisten«, entgegnete Simon Wilson.
»Ja, und uns läßt sie es spüren. Oder vielleicht nicht?« erwiderte Arnott verächtlich. »Den ganzen Tag keinen Strich tun, aber Punkt halb sechs Feierabend machen.«
Scarpirato verschränkte die Arme hinter den Kopf und starrte einen Augenblick an die Decke. Sein Blick glitt an der Wand herunter und blieb bei Arnott hängen. »Hast du denn heute was unternommen?« fragte er beiläufig.
»Ja, ich hab' ein paar Dollar-Pfund-Geschäfte gemacht.« Wilson versuchte, sein Grinsen zu verbergen.
Scarpirato beugte sich ein wenig vor und hob die Augenbrauen: »Und wieviel hast du verdient?«
Arnotts Kinn zitterte leicht, als er kleinlaut die Schultern hochzog und gestand: »Gar nichts, ich hab' fünfzig Riesen verloren.«
»Dann halt lieber den Mund«, sagte Scarpirato gelassen. »Erspar uns weitere Verluste, und geh nach Hause.«
Kochend vor Wut verließ Arnott das Büro. Wilson folgte ihm, unfähig, sein Lachen zu unterdrücken. Außer Scarpiratos Hörweite drehte Arnott sich schließlich um und schnauzte Wilson an: »Was ist daran so komisch? Nur weil du heute keine Verluste hattest! Für wen hältst du dich eigentlich, du Arschloch?«

Wilson konnte nicht aufhören zu lachen. »Geh nach Hause, und kotz dich bei deinem Hund aus. Du hast Sarah Jensen am Hals, ob du willst oder nicht.« Ein Schwall von Flüchen folgte ihm bis zu den Aufzügen.

An der Cannon Street stieg Sarah in ein Taxi. Sie döste vor sich hin und wachte erst auf, als der Wagen mit quietschenden Bremsen auf der King's Road, Ecke Carlyle Square zum Stehen kam. Sie bezahlte den Fahrer, stieg aus und ging quer über den Platz. Die unscheinbare, schäbig gekleidete Frau, die ihr entgegenkam, als sie sich dem Haus näherte, nahm sie gar nicht wahr. Sie schloß die Tür auf, ging nach oben, schenkte sich einen Whisky ein und ließ sich aufs Bett fallen. Draußen machte die Frau kehrt und ging in Richtung Sloane Square. In ihrer Einkaufstasche verbarg sich eine Kamera. Innerhalb weniger Sekunden hatte sie zwölf Fotos von Sarah Jensen geschossen, die sofort entwickelt und James Bartrop ausgehändigt wurden.

Am nächsten Morgen erschien Sarah voller Tatendrang bei der ICB. Sie hatte Glück, denn die Flaute an der Börse schien sich zu verflüchtigen. Die Geschäfte kamen allerdings nur schleppend in Gang, zu schleppend, fand Sarah. Wie üblich telefonierte sie mit ihren Verbindungsleuten. Seit zwei Tagen tat sich nichts; die Broker waren gelangweilt. Das war gefährlich, hatte aber auch sein Gutes. Heute würde es nicht viel brauchen, damit sie anbissen und auf bloße Gerüchte reagierten. Sarah mußte als erste am Drücker sein, den Braten vor den anderen riechen. Sie rief ein paar ihrer besten Quellen an. Jetzt, wo die europäische Währungsschlange praktisch zusammengebrochen war, reagierten die Devisenmärkte viel explosiver und waren anfälliger für Gerüchte.
Um halb elf, als sich immer noch keine Veränderung abzeichnete, hatte sie plötzlich eine Eingebung. Manfred Arbingen, ein alter Bekannter aus Cambridge, der mittlerweile als Journalist bei einer überregionalen Frankfurter Tageszeitung arbeitete, hatte angerufen, um sich nach ihrem Befinden zu erkundigen.

»Hab' gerade bei Finlays angerufen. Sie waren ziemlich kurz angebunden und sagten nur, du hättest zur ICB gewechselt. Es klang wie ein Fluch.« Er lachte. »Dein neuer Arbeitgeber scheint nicht gerade beliebt in der City, was?«
»Nein, aber dafür hat man andere Vorteile. Außerdem nehmen wir schließlich nicht an einem Beliebtheitswettbewerb teil, oder?«
»Das stimmt allerdings! Banker sind fast genauso unbeliebt wie Journalisten.«
»Wir sind eben Ausgestoßene«, lachte Sarah.
»Ausgestoßene!« fluchte Manfred. »Hör bloß auf damit! Ich arbeite gerade an einer Wirtschaftsstory und hab' fast alle Mitglieder der Deutschen Bundesbank abgegrast, aber keiner hat mir auch nur den kleinsten Wink gegeben. Dabei bin ich alles andere als gierig. Ich wäre mit einem kleinen Häppchen schon zufrieden gewesen, aber von wegen. Sie haben mich eiskalt abblitzen lassen.«
Er schimpfte weiter. Doch Sarah hörte ihm schon gar nicht mehr zu. Sie dachte nach. Irgendwann verstummte Manfred; offenbar war ihm die Puste ausgegangen. »Sarah? Bist du noch da?«
»Tut mir leid, Manfred. Der Boß war gerade in der Nähe. Hat mich etwas abgelenkt.«
»Wie heißt er?«
»Da bin ich ja beruhigt, daß du auf einen Mann tippst, Manfred. Deutschland ist also noch nicht von der Welle politischer Korrektheit erfaßt worden?!«
»Schon gut, schon gut«, unterbrach er sie. »Ich bitte gnädigst um Verzeihung! Aber trotzdem würde ich gerne wissen, wie er heißt.«
»Dante Scarpirato. Italiener.«
»Ach, dieser Spinner! Der ist ja völlig übergeschnappt. Ein Bekannter von mir hat vor ein paar Jahren mit ihm zusammengearbeitet. Dann bist du jetzt aber dick im Geschäft, was?«
Doch Sarah hörte nicht mehr zu, in Gedanken bereits ganz woanders. Sie verabschiedete sich und rief Johnny McDermont in der BdP an.

»Johnny, wo liegt bei dir Dollar/Mark bei einhundert in der Kasse?«
Ausformuliert bedeutet dies: »Wie steht der Dollar-Mark-Wechselkurs für eine Transaktion von einhundert Millionen Dollar, die binnen zwei Tagen erfüllt werden soll?« Daß sie direkt aufs Geschäft zu sprechen kam, hätte in Bankerkreisen normalerweise als unhöflich gegolten, war aber unter Devisenhändlern absolut nichts Ungewöhnliches. Devisenhändler waren schizophrene Wesen, die sich einmal eine halbe Stunde über völlig belangloses Zeug unterhalten konnten und ein anderes Mal direkt auf den Punkt kamen.
»1.7745,55«, antwortete McDermott wie aus der Pistole geschossen und meinte damit, daß er D-Mark zu einem Kurs von 1.7745 DM für den Dollar verkaufte – also 1.7745 DM hinlegte und dafür einen Dollar bekam – und zu einem Kurs von 1.7755 kaufte – also einen Dollar hinlegte und dafür 1.7755 DM verlangte. Die Differenz, der sogenannte »Spread«, betrug in diesem Fall zehn »Ticks« und stellte den Gewinn dar, den man mit Kauf und Verkauf erzielte. McDermott war ein sogenannter Market Maker, der Währungen kaufte und verkaufte. Er war gezwungen, ständig Ankaufs- oder Verkaufspreise zu quotieren, ohne zu wissen, was der andere Broker vorhatte. Dieser Handel mit verbundenen Augen war eines der Elemente, die dem Beruf seine Tücke, aber auch seine Würze gaben. Sarah als Händlerin von bankeigenen Devisen war kein Market Maker in Währungen. Sie kaufte und verkaufte, was sie wollte und wann sie wollte. Sie hing nie von der Gnade anderer Broker ab wie McDermott; dafür war ihr Risiko aber um einiges höher als seins. Er kaufte und verkaufte den ganzen Tag Devisen, hielt aber selten eine Position. Sarah dagegen hielt Positionen tagelang, manchmal auch wochenlang, kaufte oder verkaufte riesige Mengen an Devisen.
»An dich einhundert«, sagte Sarah, was bedeutete, daß sie für einhundert Millionen Dollar D-Mark kaufen wollte.
»Okay, abgemacht. Von dir einhundert Dollar/Mark zu 1.7745,00«, wiederholte McDermott.

»Abgemacht«, sagte Sarah.

Der Ton ihres Gespräches und die Sprache, die sie benutzten, klangen denkbar unspektakulär. Aber dieser Eindruck täuschte, denn jedes Wort war sorgfältig gewählt und hatte eine bestimmte, genau festgelegte Bedeutung. Ein kleiner Versprecher oder ein Mißverständnis konnte Hunderttausende von Pfund kosten; deshalb war äußerste Konzentration unabdingbar.

Sarah beendete das Gespräch und machte sich an die Nachbereitung der Transaktion. Zunächst füllte sie einen Händlerschein in ihrem »Buch« aus, in das sämtliche Transaktionen, die sie vornahm, eingetragen wurden. Auf diesem Schein waren alle Einzelheiten des Geschäfts vermerkt: Währung, Menge, Kurs, Geschäftspartner, Abwicklungmodus, Zahlungsformalitäten und Datum. Dann riß sie den oberen rosafarbenen Teil des Scheins ab, steckte ihn in den Schlitz einer Maschine, die ihn mit Datum und Zeit versah, und warf ihn in die Ablage der Abwicklung. Fünf Minuten später wurde er von der Abwicklungsabteilung abgeholt, die sich darum kümmern würde, daß binnen zwei Tagen einhundert Millionen Dollar auf dem entsprechenden Konto der BdP eingingen. Gleichzeitig sorgten ihre Geschäftspartner bei der BdP dafür, daß innerhalb von achtundvierzig Stunden 177 450 000 DM auf dem Konto der ICB landeten.

Sarah besaß nun eine ziemlich große Position an D-Mark. Sie hatte sie in dem Glauben erworben, daß die D-Mark gegenüber dem Dollar steigen würde. Wenn ihre Vermutung sich bewahrheitete, würde sie ihre Position verkaufen, also die D-Mark wieder in Dollars umwandeln, und den Gewinn einstreichen, der schon bei geringen Kursschwankungen beträchtlich sein konnte.

Als sie den Vorgang beendet hatte, informierte sie Arnott über die Transaktion.

»Gibt es einen besonderen Grund?« fragte Arnott spöttisch.

Sarah lächelte und tätschelte ihren Bauch. Weibliche Intuition. Nichts, was er verstehen konnte.

Die nächsten zwei Stunden starrte sie auf ihren Bildschirm und

hoffte, daß der Kurs der D-Mark stieg, doch nichts passierte. Hartnäckig blieb er bei 1.7745,55 hängen.
Sarah hoffte, daß sich nach dem Mittagessen etwas tun würde. Wilson warf ihr einen prüfenden Blick zu. Es war klar, daß sie sich nicht von der Stelle rühren würde. »Ich gehe rüber zu *Birley's*«, sagte er plötzlich. Scarpirato hatte vor einer halben Stunde zusammen mit Arnott das Gebäude verlassen, so daß Sarah allein zurückblieb. Nach zehn Minuten kam Wilson mit zwei Tüten wieder. Eine stellte er Sarah auf den Tisch.
»Eins mit Avocado, eins mit Krebsfleisch und dazu Orangensaft.« Er grinste breit. »Sie sehen aus, als würden Sie was von gesundem Essen verstehen!«
Sarah lächelte entzückt, riß die Silberfolie auf und biß hinein. »Haben Sie eine Ahnung!« Sie bückte sich, um ihr Portemonnaie aus der Handtasche zu fischen, doch Wilson winkte ab. Eigentlich war es üblich, neue Mitarbeiter zu einem richtigen Lunch einzuladen. Zumindest war es ihm so ergangen, als er vor einem Jahr hier angefangen hatte. Ein Sandwich von Birley's war das mindeste, und das war schon beschämend genug.
Er sah ihr beim Essen zu. In Null Komma nichts hatte sie alles verdrückt.
»Sie haben also was gekauft?«
Sarah nickte und nippte an ihrem Orangensaft.
»Einen Riesenhaufen D-Mark, wie ich sehe?«
Wieder nickte Sarah. Wilson legte den Kopf auf die Seite und sah sie neugierig an. Sie lachte. »Schon gut. Also, ich glaube, daß die Inflation in Deutschland geringer sein wird, als die Zahlen vermuten lassen. Vielleicht schlägt sich das heute nachmittag an der Börse nieder.«
»Wieso?«
»Na ja. Morgen früh werden die Zahlen bekanntgegeben, und wie ich höre, laufen die Bundesbanker schon seit Tagen mit Pokerfaces durch die Gegend.«
»Nicht schlecht kombiniert!« lachte Wilson.
Sarah grinste. »Jedenfalls glaube ich, daß es einen Versuch wert

ist. Mit etwas Glück zieht die D-Mark heute nachmittag an, und dann verkaufe ich.«

»Warum heute nachmittag, wenn die Daten erst morgen bekanntgegeben werden?«

»Ist doch oft so, daß die Börse schon vor Bekanntgabe der Inflationsraten reagiert. Es gibt immer wieder jemand, der den Braten schon vorher riecht. Kleine Indiskretionen sozusagen.«

Wilson beobachtete sie eine Weile verstohlen, dann wandte er sich seinem Bildschirm zu, griff zum Hörer und kaufte für zehn Millionen Dollar 17.775.000 DM, zu einem Kurs von 1.7755 also. Er legte den Hörer wieder auf und lächelte sie an. »Ich hab' auch so ein Gefühl.« Beide lachten, als Scarpirato und Arnott vom Mittagessen zurückkehrten.

Um halb drei, gerade als Sarah anfing, nervös zu werden, begann die D-Mark gegenüber dem Dollar an Boden zu gewinnen. Jeder Hundertstel Pfennig, den sie gegenüber dem Dollar stieg, verschaffte Sarah einen nominellen Gewinn von 5636 Dollar. Wenn sie also ihre Position in dem Augenblick verkaufte, die D-Mark demnach wieder in Dollar tauschte, würde sie 100.005.636 Dollar erhalten. Da sie hundert Millionen Dollar hatte zahlen müssen, wäre die Differenz – 5636 Dollar – ihr Gewinn.

Nach fünf Minuten stand der Kurs bei 1.7700,10 und zehn Minuten später bei 1.7650,60. In drei Stunden war der Kurs des Dollars gegenüber der D-Mark um 85 Ticks gefallen. Sie saß jetzt auf einem Gewinn von fast einer halben Million Dollar – auf 481.314 Dollar, um genau zu sein. Sie spürte, wie Wilson sie nervös beobachtete. Es juckte ihn in den Fingern, zu verkaufen und seinen Gewinn einzukassieren, aber eine innere Stimme riet ihm, solange wie möglich dranzubleiben und zu sehen, was Sarah tat.

Sarah wartete, den Blick stur auf ihren Bildschirm gerichtet. Das Adrenalin schoß durch ihre Adern, während die Minuten verstrichen. Um halb vier schließlich, bei einem Kurs von 1.7640,50, verkaufte sie und strich einen Gewinn von 538.242 Dollar ein. Sekunden danach folgte Wilson ihrem Beispiel und nahm 59.490 Dollar mit.

Sarah informierte Arnott, der alles aufmerksam verfolgt hatte.
»Gut gemacht«, sagte er mit verzerrtem Lächeln.
Sarah war nach Feiern zumute. Sie beschloß, Mosami bei Yamaichi anzurufen. Eine ihrer Kollegen kam ans Telefon.
»Ich würde gern mit Mosami Matsumoto sprechen, bitte«, sagte Sarah und wartete, daß ihre Freundin ein Gespräch auf der anderen Leitung beendete. Arnott, der neben ihr saß, spitzte neugierig die Ohren. Mosami Matsumoto. Der Name kam ihm bekannt vor. Dann fiel es ihm ein. Sie war eine Bekannte seiner Freundin. Die Welt war klein.
Mosami meldete sich. »Hallo, Darling. Tut mir leid, ich hatte noch einen Kunden in der Leitung.«
Sarah lachte. »Ja, ja. Ich auch. Hör mal, wie wär's mit einem Drink heute abend?«
»Ja, gern. Ich hab' nichts vor. « Sie schwieg einen Augenblick und fragte dann: »Gibt es einen besonderen Anlaß?«
Sarah lachte. »Ein bißchen tratschen, ein bißchen feiern. Genügt das?«
»Und ob!« antwortete Mosami mißtrauisch.

Um halb sechs schaltete Sarah alle Monitore ab und packte ihre Sachen zusammen. Sie hatte das Gefühl, daß Scarpirato sie durch seine Jalousien beobachtete, als sie sich nach ihrer Handtasche bückte. Arnott war wieder den ganzen Tag in seinem Büro ein und aus gegangen. Er konnte Scarpirato ihren Deal nicht verschwiegen haben. Jeder andere Boß wäre gekommen und hätte ihr gratuliert, sie zumindest zu einem Drink eingeladen. Aber Scarpirato blieb einfach ungerührt in seinem Büro hinter seinen Jalousien hocken. Na, sie würde jedenfalls nicht auf sein Lob warten. Sie warf sich die Handtasche über die Schulter und machte sich auf den Weg.

11

Trotz ihres Volltreffers verließ Sarah das Gebäude leicht frustriert. Sie fragte sich, wie sie an Scarpirato herankommen und rauskriegen könnte, ob in dem Laden was faul war. Wenn die Börse lustlos ist, halten Broker gerne ein Schwätzchen und breiten die letzten fünf Jahre ihres Lebens in allen peinlichen Einzelheiten vor dem anderen aus. Die meisten können von Natur aus nichts für sich behalten. Scarpirato dagegen sagte kaum ein Wort. Nie blieb er stehen, um zu plaudern. Sogar wenn es ums Geschäft ging, war er kurz angebunden. Arnott schien der einzige, der mehr als einen Satz aus ihm herausbringen konnte. Wie Scarpirato wohl mit Freunden und Freundinnen war, fragte sich Sarah. Ob er jemals entspannt sein konnte? Sie winkte einem Taxi und fuhr Richtung Mayfair.

»Also, was gibt es für Neuigkeiten? Und was feiern wir?« fragte Mosami, während sie ins Wohnzimmer voranging.

Sarah setzte sich auf das breite cremefarbene Sofa, streifte die Schuhe ab und streckte die Beine aus. »Ich habe einen neuen Job. Bin jetzt bei der ICB.«

Mosami pfiff anerkennend durch die Zähne. Sie griff nach einer Packung Silk Cut, die auf dem Couchtisch lag, und zündete sich eine an.

»Ich hoffe, sie zahlen ordentlich.«

Sarah zuckte die Achseln. »Es geht.«

»Komm, mach mir nichts vor. Man geht allerhöchstens wegen des Geldes zur ICB.«

Sarah mußte lächeln. Auch sie steckte sich eine Zigarette an.

Mosami runzelte die Stirn. »Und?«

»Du hast deine Frage schon beantwortet. Warum würde jemand zur ICB gehen, wenn nicht des Geldes wegen?«

»Und wie ist es? Sind sie wirklich so schrecklich wie ihr Ruf?«

»Schlimmer!« lachte Sarah. »Mein Boß ist ziemlich distanziert, ein undurchsichtiger Italiener. Aber erträglich. Sein Vize dagegen ist ein richtiges Arschloch. Matthew Arnott.« Sarah sprach den Namen voller Ekel aus. »Ein eingebildeter Ami. Macht kein Hehl daraus, daß er mich nicht ausstehen kann. Wahrscheinlich sucht er verzweifelt nach einem Vorwand, mich zu feuern, bevor ich beweisen kann, daß ich besser bin als er.«

»Ich kenne ihn. Hab' ihn ein paarmal getroffen. Nicht gerade mein Typ«, erklärte Mosami.

Sarah zog die Beine an und setzte sich auf. »Woher kennst du ihn denn?«

Mosami lächelte. Jetzt war Sarah die Neugierige. »Ich kenne seine Freundin. Wir gehen ins gleiche Fitneßstudio. Carla Vitale. Italienerin. Sehr hübsch und ziemlich wild.« Sie lachte. »Im Vergleich zu ihr sind wir die reinsten Nonnen.«

Sarah hob eine Augenbraue. »Ich weiß nicht, wie's bei dir aussieht, aber ich führ' zur Zeit wirklich ein Klosterleben.«

»Kommt Zeit, kommt Rat, Darling.«

»Na ja«, lachte Sarah und fuhr fort: »Aber wenn sie wirklich so heißblütig ist, was macht sie dann mit Matthew Arnott?«

Mosami warf ihr einen bedeutsamen Blick zu und beugte sich vor. »Ich glaube, Carla steht auf schöne Kleider, große Wohnungen, Reisen und so was. Wir haben uns mal auf einer Party bei ihr zu Hause fürchterlich betrunken. Ich habe sie gefragt, was sie an Arnott fände. Jedesmal, wenn ich sie sehe, streiten sie sich und sind nie glücklich ... Na ja, Carla hat nur gelacht und erklärt: ›Er ist ein richtiger Goldesel.‹«

Zufrieden lächelnd, lehnte sich Mosami wieder zurück. Sarah wirkte überrascht. »ICB zahlt zwar gut, aber ich glaube kaum, daß er mehr als eine Viertelmillion, allerhöchstens dreihunderttausend im Jahr verdient.«

»Ja, das ist komisch. Für eine Luxusfrau wie Carla ist das nicht gerade viel. Er muß geerbtes Vermögen haben. Jedenfalls hat er ein riesiges Haus in Holland Park, das mindestens eine Million gekostet hat. Das hat er sich bestimmt nicht von seinem Gehalt bei ICB geleistet.«

»Bestimmt nicht«, sagte Sarah. Gedankenverloren spielte sie mit ihrem Ring. Dann sah sie auf. »Genug von Matthew Arnott. Wie wär's mit was zu trinken?«

Mosami ging in die Küche und kehrte mit einer Flasche Wein zurück. Sie schenkte zwei Gläser ein. Schnell trank Sarah ihres aus und schaute dann auf die Uhr. »Ich muß weiter, Mosami, tut mir leid. Ich muß noch soviel erledigen.«

Mosami warf ihr einen raschen, ungläubigen Blick zu, sagte aber nichts. Als sie Sarah bis zur Tür gebracht und mit einem Kuß verabschiedet hatte, kehrte sie ins Wohnzimmer zurück. Sie nippte nachdenklich an ihrem Glas. Liebeskummer, dachte sie. Eddie ist nicht da, und dann die Bemerkung mit der Nonne. Sie nörgelt einfach zuviel.

Sarah verließ Hay's Mews und ging die Charles Street entlang bis Berkeley Square. Von einer Telefonzelle aus rief sie Jacob an. Das Telefon läutete und läutete. Sie stellte sich vor, wie Jacob schwerfällig ein Buch beiseite legte und gemächlich zum Telefon schlenderte. Seine Bewegungen waren in den letzten Jahren wesentlich langsamer geworden. Endlich nahm er den Hörer ab.

»Hallo, Jacob. Kann ich vorbeikommen? Ich glaube, ich hab' was.«

Sarah nahm ein Taxi und war eine halbe Stunde später in der Rotherwick Road.

Jacob ließ sie herein, bot ihr einen Platz an und setzte Teewasser auf. Er würde ihr Wein anbieten, wenn sie zum Abendessen blieb. Sie trank ohnehin zuviel. Schließlich kam er mit dem Tee und ein paar Plätzchen wieder.

»Ich koche gerade Eintopf. Du kannst mitessen, wenn du willst. Aber nimm erst mal das hier.«

Sarah lächelte und griff nach der Tasse. Jacob setzte sich in einen Sessel ihr gegenüber. »Nun, Kleines. Was gibt's Neues?«

Sarah nahm einen Schluck Tee und stellte die Tasse auf dem kleinen Tisch neben dem Sofa ab. »Nicht viel, aber es ist schon etwas seltsam.« Sie erzählte ihm von Arnott und Carlas Bemerkung über den Goldesel. »Außerdem verbringt er die meiste Zeit in Scarpiratos Büro. Es würde mich nicht wundern, wenn die beiden unter einer Decke steckten.« Sie nahm noch einen Schluck Tee und sah Jacob erwartungsvoll an. Er lächelte.

»Ja, das ist in der Tat komisch.« Er machte eine Pause und grinste verschwörerisch. »Trotzdem glaube ich, daß du die Sache nicht richtig angehst.«

»Was meinst du damit?« fragte Sarah verunsichert.

»Ich finde, daß du andere Methoden anwenden solltest.« Sarah wartete auf eine Erklärung.

»Eine Wanze, Kleines, das meine ich.« Sarah hob die Augenbrauen. »Hab' schon daran gedacht, es aber dann wieder verworfen, weil es mir zu weit hergeholt scheint.«

»Zu weit hergeholt? Glaub doch das nicht! Das ist gängige Praxis, vor allem in der City. Industriespionage, Finanzspionage. Big Business. Ich hab' da einen Kumpel, der ...«

Sarahs schallendes Gelächter brachte Jacob zum Schweigen. »Das kann ich mir vorstellen!«

»Nun«, erklärte Jacob verärgert, »soll ich mich mit ihm in Verbindung setzen oder nicht?«

Sarah nippte an ihrem Tee und starrte nachdenklich in die Tasse. »Ich weiß nicht so recht, was der Governor dazu sagen würde.«

»Was glaubst du denn, was er sagen würde?«

»Keine Ahnung. Er war ziemlich zugeknöpft, was die Methoden angeht. Ich soll diskret vorgehen. Ja, stimmt ... Er hat gesagt, daß ich auf mich allein gestellt sei. Und daß er sich nicht für meine Methoden, sondern nur für meine Resultate interessiere. Er sagte, daß ich flexibel sein und je nach Stand der Dinge reagieren müsse.«

»Was hat er sonst gesagt?«

Sarah zuckte die Achseln. »Daß die Beweise, die er brauche, nicht so stichhaltig sein müßten wie vor Gericht. Es würden Indizien für ein Verbrechen genügen. Aber er hat mir nicht gesagt, wie ich an solche Indizien rankommen soll, außer indem ich die Augen aufhalte und die Ohren spitze. Ich nehme an, daß Abhören nichts weiter ist als eine effizientere Form des Ohrenspitzens.«

Jacob nickte. Sarah fuhr fort. »Das einzige, wo er ziemlich präzise war, ist, daß ich mich nicht erwischen lassen solle. Daß er mir nicht zu Hilfe kommen könne.«

»Was hat er damit wohl gemeint?«

»Wahrscheinlich, daß ich mich in einer gesetzesfreien Grauzone befinde.«

Das jedoch, wurde ihr nun bewußt, gehörte nicht zu den Kompetenzen des Präsidenten der Zentralbank, aber vielleicht erforderten besondere Umstände ja besondere Regelungen. Sie hatte ohnehin vermutet, daß die staatlichen Organe nicht immer legal vorgingen. Deshalb hatte sie sich auch nicht gesorgt oder Angst gehabt, als sie den Auftrag angenommen hatte. Sie mußte nur aufpassen, daß man sie nicht zu fassen bekam.

»Ach ja. Er hat mir dreitausend Pfund gegeben. Angeblich für Spesen.«

»Hat er gesagt, für welche Art von Spesen?«

»Nein. Nur, daß ich schon noch Verwendung dafür haben würde.«

»Also ...«

Sarah lächelte. »Vielleicht solltest du doch Kontakt zu deinem Kumpel aufnehmen.«

Innerhalb einer Stunde hatte sie die Rolle einer passiven Beobachterin abgelegt und die einer ... nun ja, welche genau sie angenommen hatte, wußte sie nicht, aber ihr war klar, daß sie eine Grenze überschritten hatte. Sie hinterfragte nicht groß, ob dieser Schritt klug war, sondern beschloß, einfach ihrer Neugier zu folgen. Soweit sie es übersehen konnte, hatte sie sich bisher keiner Gefahr ausgesetzt. Das komische Gefühl, das sie bei der ganzen

Sache hatte, war sicher nur die Angst vor dem Ungewissen. Und dieses Gefühl kannte sie schließlich, also hatte sie auch keinen Grund zur Sorge.

12

Giancarlo Catania hatte feuchte Hände. Er wischte seine Rechte rasch an der Hose ab, ehe er sie Fieri zum Abschied reichte. Trotzdem hatte er das Gefühl, daß die unauffällige Bewegung bemerkt worden war. Zudem war es praktisch unmöglich, in der arktischen Kälte von Fieris Büro die klebrige Wärme seiner Hände zu verbergen.

Das Gefühl der Demütigung war genauso beklemmend wie das der Angst. Eine heftige Wut packte ihn, in die er sich, wie immer, sofort hineinsteigerte.

Sein Fahrer und sein Leibwächter waren willkommene Blitzableiter. Sie lehnten an seinem Dienstwagen und rauchten in aller Seelenruhe eine Zigarette. Was sie wohl machen würden, wenn in diesem Moment ein Attentat auf ihn verübt würde, explodierte er. Nicht viel, dachten beide und tauschten ein verstohlenes Grinsen aus.

In Italien stand eigentlich nur dem Präsidenten der Zentralbank ein Leibwächter zu, doch mittlerweile ging kein Banker, der etwas auf sich hielt, mehr ohne seine Sicherheitskräfte auf die Straße. Sie bedeuteten einerseits Schutz und galten zugleich als Statussymbol. Doch es war ein dubioser Status, von dem Catania sich schon lange nicht mehr beeindrucken ließ. Und was den angeblichen Schutz anging, so war ihm klar, daß ihn nicht mal eine Legion hätte schützen können, wenn man es tatsächlich auf ihn abgesehen hatte. Daher war es ihm auch egal, ob er die Loyalität der vier Männer besaß, die ihm abwechselnd zur Seite standen. Er benutzte sie lieber als eine Art Ventil für seine Wutanfälle.

Als er seinem Ärger Luft gemacht hatte, ließ er sich erleichtert auf den Rücksitz seines Lancia fallen. Der Wagen raste durch die Via Appia Antica in den Außenbezirken von Rom und reihte sich dann in den dichten Verkehr der Via di Porta San Sebastiano ein. Catania sah nervös auf die Uhr. Viertel vor neun. Vielleicht würde er es noch rechtzeitig nach Hause schaffen, bevor die Kinder ins Bett mußten. Warum spurte der dumme Chauffeur nicht? Er öffnete die Scheibe, die ihn von dem Fahrer trennte, und befahl ihm herrisch, aufs Gaspedal zu treten. Paolo sah besorgt in den Rückspiegel. Irgend etwas stimmte nicht mit seinem Chef. In Catanias Gesicht spiegelte sich nicht nur Wut, sondern auch Angst.
Paolo überholte einen roten Fiat auf der Innenspur und hörte den anderen Fahrer erbost hupen. Zum hundertstenmal fragte er sich, wie die nette Signora bloß so ein Arschloch hatte heiraten können.
Catania saß mit hochgezogenen Schultern auf dem Rücksitz, zündete sich eine Zigarette an und dachte an das Gespräch, das er gerade mit Antonio Fieri geführt hatte. Fieri war sehr ungehalten, mißtrauisch und fordernd gewesen. Schlimmer als sonst. Offensichtlich hatte er Probleme. Aber hatte nicht jeder Probleme? Anscheinend wurde gegen die halbe Regierung und viele bedeutende Persönlichkeiten aus der Wirtschaft und Finanzwelt ermittelt. Es war wie zur Zeit der Inquisition. Catanias Magen krampfte sich schmerzhaft zusammen. War er vielleicht der nächste?
Alle waren besorgt, auch diejenigen, die sich nichts zuschulden hatten kommen lassen. Letzte Woche erst hatte Senator Amalfi Selbstmord begangen. Sein Ressort war mit irgendeinem Bauskandal in Verbindung gebracht worden. Niemand, der ihn kannte, hatte auch nur eine Sekunde lang an seine Schuld geglaubt. Trotzdem hatte er die Schmach nicht ertragen. Amalfi hatte sich mit seinem eigenen Jagdgewehr erschossen. Catania schaute durch die getönten Scheiben seines Wagens. Daß ihm jetzt Fieri die Hölle heiß machte, war das letzte, was er gebrauchen konnte.

Er hatte gehofft, in einer Stunde fertig zu sein, rechtzeitig, um einen gemütlichen Abend mit seiner Frau und den Kindern zu verbringen. Fieri aber hatte ihn über zwei Stunden festgehalten und ihn über das Treffen der europäischen Finanzminister und Notenbankpräsidenten nächste Woche in Frankfurt regelrecht ausgequetscht. Catania konnte ihm nicht viel sagen. Er hatte ihn gebeten, sich bis nach dem Treffen zu gedulden, dann würde er ihm Näheres berichten können. Doch Fieri hatte nicht lockergelassen. Er wollte wissen, warum das Treffen so kurzfristig anberaumt worden war. Eigentlich hätten Finanzminister und Notenbankpräsidenten erst in zwei Wochen in London zusammenkommen sollen. Wozu also dieses zusätzliche Treffen in Frankfurt?
Catania versuchte so gut wie möglich seine Ungeduld zu verbergen und beteuerte immer wieder, daß er den Grund nicht kenne. Die Deutschen hatten durchblicken lassen, daß sie auf dem Treffen eine Erklärung abgeben würden. Niemand war begeistert gewesen, aber alle hatten zugesagt. Die Bundesbank vor den Kopf zu stoßen konnte sich keiner leisten.
Catania versuchte, das Ganze herunterzuspielen, aber Fieris aufdringliche Fragen und seine schlechte Laune machten ihn nervös. Hatte Fieri etwa Verdacht geschöpft? Catania stieß nervös eine Rauchwolke aus. Nein, unmöglich. Eine undichte Stelle konnte es nicht geben. Das wäre ja so, als schlachtete man das Huhn, das goldene Eier legt. Bei dieser Vorstellung lief Catania ein kalter Schauer über den Rücken. Er starrte aus dem Wagen, um ihn zu vertreiben.
Mit einem heftigen Ruck kam die schwarze Limousine vor seiner Wohnung in der Via di San Eusebio neben dem Pantheon im Herzen der römischen Altstadt zum Stehen. Wortlos stieg er aus dem Lancia, nahm zwei Stufen auf einmal auf der Treppe, die zur oberen Wohnung führte, und klingelte. Das Hausmädchen ließ ihn herein. Er hörte Donatella lachen; sie spielte mit den Kindern im Wohnzimmer. Zum Teufel mit Fieri. Je älter er wurde, um so unerträglicher wurden seine Launen. Das war wohl der Grund

für sein Verhalten. Er konnte nichts ahnen. Beruhigt durch diese einfache und doch plausible Erklärung betrat Catania das Wohnzimmer, wo seine Frau ihn zärtlich begrüßte.
Sie spielten noch ein wenig mit den Kindern, dann brachte Donatella sie ins Bett. In der kurzen Zeit, in der er allein war, packte ihn die Angst aufs neue. Er ging ins Arbeitszimmer, setzte sich an den Schreibtisch und starrte gedankenverloren aus dem Fenster in die hereinbrechende Dämmerung. Die Untätigkeit zermürbte ihn. Hastig griff er zum Hörer, blätterte in seinem Adreßbuch und rief den Präsidenten der Bank of England in seiner Privatwohnung an. In London war es acht Uhr. Vielleicht konnte er ihn noch vor dem Abendessen erreichen.
Barrington, der sich auf einen seiner wenigen freien Abende ohne offizielle Verpflichtungen gefreut hatte, wollte sich gerade mit seiner Frau zu Tisch setzen, als das Telefon klingelte. Er verzog das Gesicht und nahm widerwillig ab. Welcher Idiot rief ihn denn um diese Uhrzeit an? Wahrscheinlich einer dieser Schwachköpfe vom Finanzministerium, die schon um sechs zu Abend aßen, weil sie nichts zu tun hatten. Er war überrascht, als er den starken italienischen Akzent vernahm.
Seine Ungeduld kaum verhehlend, lauschte er Catanias schlechtem Englisch. Als dieser endlich auf den Punkt kam, hatte sich Barringtons Ärger in herablassende Überheblichkeit verwandelt, was ihm ohnehin mehr lag.
»Natürlich weiß ich, daß zwei Treffen in zwei aufeinanderfolgenden Wochen ziemlich ärgerlich sind, mein lieber Kollege. Ich verstehe Sie durchaus. Wir haben alle viel zu tun, aber da ich keine Ahnung habe, worum es bei dem Treffen in Frankfurt geht, kann ich nicht sagen, ob das Ganze nicht Zeit hätte, bis wir uns turnusgemäß in London sehen.« Er lachte, als würde er ein Geheimnis unter dem Deckmantel eines besonders feinen Humors preisgeben. »Ich kann nur sagen, daß die Deutschen ein Treffen bloß dann anberaumen, wenn sie einen triftigen Grund dazu haben. Alles, was sie tun, hat Hand und Fuß, wissen Sie. Sie werden die Angelegenheit, welche auch immer, gründlich bedacht und uns

erst dann darüber in Kenntnis gesetzt haben, wenn sie überzeugt sind, daß es zu unserem eigenen Wohl ist.«
Barrington war nicht überrascht, daß Catania den Witz nicht verstand. Er hatte Catania schon immer für einen ziemlich humorlosen, mürrischen Kerl gehalten und sich gewundert, wie er es zum Präsidenten der italienischen Zentralbank gebracht hatte. Langer Atem und Bauernschläue, vermutete er. Er vergaß den aufdringlichen Italiener und kehrte ins Eßzimmer zurück, wo seine Frau auf ihn wartete. Währenddessen saß Catania reglos in seinem Arbeitszimmer. Barringtons humorige Bemerkung, die der Engländer für so originell gehalten hatte, war tatsächlich wie ein Schwert in Catanias furchtsames Herz gedrungen. Er hörte, wie seine Frau nach ihm rief. Fluchend stand er auf. Wenn er die Nerven verlor, würde er leichte Beute von Intrigen werden. Es konnte nichts passiert sein. Denn wenn etwas passiert wäre, dessen war er sicher, würde er nicht hier sitzen.

Sarah war ziemlich aufgeregt, als sie am nächsten Morgen erwachte. Es würde sicher großen Spaß machen, Matthew Arnott ein wenig auszuspionieren. Um fünf vor halb acht nahm sie ihren Platz neben dem seinem ein. Aus den Augenwinkeln beobachtete sie ihn aufmerksam. Sie dachte über sein Haus in Holland Park nach und über Mosamis Äußerung über eine Erbschaft. Doch das war wenig wahrscheinlich. Menschen, die Vermögen hatten, schlugen sich nicht in Investmentbanken herum. Vielleicht schnupperten sie mal rein, aber nur diejenigen blieben länger als ein paar Jahre, die sich selbst ein Vermögen aufbauen wollten. Arnott mußte um die Dreißig sein und war wahrscheinlich seit ungefähr acht Jahren im Geschäft. Im übrigen benahm er sich nicht wie der Sohn reicher Eltern. Er war viel zu gierig und unsicher. Sarah war überzeugt, daß er alles, was er besaß, selbst verdient hatte. Möglicherweise auf illegale Art.
Irgendwas führte er im Schilde. Sein selbstgefälliges Grinsen und seine Abneigung ihr gegenüber waren deutliche Warnsignale gewesen. Sie war ein Neuling, eine mögliche Bedrohung für den,

der etwas zu verbergen hatte. Aber warum hatte man sie dann eingestellt? Wenn Scarpirato und er in illegale Machenschaften verstrickt waren, warum gingen sie dann das Risiko ein, eine neue Kraft einzustellen? Warum hatten sie Simon Wilson eingestellt – vorausgesetzt, er war nicht mit von der Partie?
Sarah lehnte sich zurück, zündete sich eine Zigarette an und sah zu, wie der Rauch zur Decke stieg. Vielleicht hatten sie eine Außenstehende eingestellt, um sich zu tarnen. Es gab immer einen gewissen Druck von oben, das Personal aufzustocken, wenn eine Abteilung gute Gewinne machte. Falls Scarpirato und Arnott einen Coup planten, hätten sie sich verdächtig gemacht, wenn sie niemanden mehr hätten einstellen wollen. Sie lachte in sich hinein. Vielleicht war sie nicht die einzige, die Hintergedanken hatte.
Sie fragte sich, ob Jacob bereits mit seinem Kumpel gesprochen hatte. Ihr Blick streifte Arnott, der gelangweilt neben ihr saß. Die Wanzen würden sicherlich Klarheit bringen. War Scarpiratos und Arnotts Heimlichtuerei nur eine Pose, oder steckte wirklich was dahinter?
Scarpirato machte früh, schon gegen vier, Feierabend. Wenig später verließ auch Sarah das Büro. Der Tag war ruhig verlaufen. Sie hatte nur eine kleine Transaktion getätigt, fünfzehntausend Pfund verdient und dann Schluß gemacht. Wilson und Arnott hatten beide geringe Beträge verloren. Wilson blieb gelassen; Verluste schienen seiner guten Laune gewöhnlich nichts anzuhaben. Arnott dagegen kochte vor Wut. Eigentlich hatte Sarah ihn in ein Gespräch verwickeln wollen, um ein wenig mehr über seine Vergangenheit zu erfahren. Doch das mußte warten.

Das Taxi setzte Sarah an der King's Road ab. Am Kiosk kaufte sie den *Evening Standard* wegen der City-Nachrichten und des Horoskops. Sie hätte die Zeitung schon in der City kaufen und im Taxi lesen können, doch sie hatte lieber die überfüllten Straßen beobachtet und vor sich hingeträumt. Sie kramte in ihrer Börse nach dreißig Pence und schlüpfte dann zwischen roten

Doppeldeckerbussen und selbstmörderischen Fahrradboten hindurch über die Straße zum Carlyle Square.
Der Verkehrslärm verebbte, und Sarah konnte das Schreien der Kinder hören, die im Park spielten. Sie beobachtete, wie sie durchs Gebüsch und zwischen den Bäumen hin- und herliefen. Sarah liebte den Park. Er war eine grüne Zuflucht. Ideal, um sich im Sommer zu sonnen. Er wurde gut gepflegt und war das ganze Jahr über voller bunter Farben. Sie warf einen Blick durch das Gittertor und sah ihre Nachbarin Mrs. Jardine, die fast von den Kindern überrannt wurde.
Sarah winkte und begrüßte sie durch den Lärm. Mrs. Jardine erwiderte den Gruß mit einem gequälten Lächeln. Die Mütter aus der Umgebung ließen ihre Kinder nie unbeaufsichtigt spielen, und heute war Mrs. Jardine an der Reihe. Manchmal löste Sarah sie ab, aber heute fühlte sie sich nicht danach. Die Atmosphäre bei der Arbeit hatte Nerven gekostet, und jetzt brauchte sie erst einmal Ruhe. Sie überquerte die Straße und blieb vor ihrem Haus stehen. Der Anblick hob jedesmal ihre Stimmung.
Es war ein großes, weiträumiges Haus mit vier Stockwerken und einer eleganten Fassade aus hellbraunem Gestein. Zusammen mit dem Parterre verfügte es über vier Schlafzimmer. Sarahs Zimmer, das auf eine Dachterrasse hinausging, war etwa dreißig Quadratmeter groß. Alex' Raum mit Blick auf die hinteren Gärten war noch größer. Er ähnelte einem Trödelladen für Bergseile, Steigeisen, zusammengefaltete Zelte und all dem Krimskrams, den ein Profi zum Bergsteigen so braucht. Ein weiteres Schlafzimmer hatte Sarah in ein Arbeitszimmer umgewandelt. Die Wände waren bis zur Decke mit Büchern vollgestopft, ihre über alles mögliche, seine über das Bersteigen und die Berge. Das vierte im Parterre war das Gästezimmer.
Das Wohnzimmer nahm den ganzen ersten Stock ein. Das Licht kam von vier großen Schiebefenstern mit Blick auf den Platz und zwei kleineren, die nach hinten auf einen kleinen Zierbalkon hinausgingen. Geranien und Bartnelken blühten dort. Die Zimmerwände waren bernsteinfarben gestrichen, und auf dem dunklen

Holzboden lagen alte Perser. Die Decke war hoch. Sarah hatte das Gefühl, daß sie in diesem Raum atmen konnte.
Eine exquisite Sammlung von Bildern und Fotos hing an den Wänden: Porträts von afghanischen Kämpfern neben einer schottischen Berglandschaft, ein nepalesischer Sherpa neben Detailaufnahmen der afrikanischen Steppe am Kilimandscharo, Bergketten, die Sarah in- und auswendig kannte. Eine symbolische Landkarte der Gegenden, die Alex bereist hatte.
Die Bilderflut setzte sich bis zur Küche und zum Bad fort. Hier gab es Großaufnahmen von chinesischen Bergen, deren Gipfel sich wie Dolche in den Himmel bohrten. Es war unglaublich, daß es sie wirklich geben sollte. Wenn Sarah in der Badewanne lag, hatte sie einen direkten Blick auf die Bilder und stellte sich immer vor, sie wäre dort.
Heute war das Haus ausnahmsweise mal richtig sauber. Barbara, die Putzfrau, hatte es mit einem ihrer seltenen Besuche beehrt. Sarah genoß die Ordnung, indem sie sich im Flur ihrer hochhakkigen Schuhe entledigte und Hemd und Kostüm aufs Bett warf. Dann kramte sie in einem alten Eichenholzschrank und schlüpfte in weite Shorts und ein T-Shirt. Ihre Laufschuhe mit den dicken geriffelten Sohlen fand sie zum Lüften auf der Terrasse.
Sie machte fünf Minuten Streckübungen, um warm zu werden. Ihre Achillessehnen schmerzten nach mehreren Tagen Ruhe. Schließlich rannte sie mit dem Hausschlüssel in der rechten Hand die überfüllte King's Road entlang bis zur Old Church Street, wo sie nach links abbog, Richtung Themse. Die Rush-hour war voll im Gang, und die Luft stank nach Auspuffgasen. Sarah achtete nicht auf die langsamen Autoschlangen, sondern schaute auf den Fluß. Am Cadogan Pier legte gerade vorsichtig ein Flußboot an und ließ eine Handvoll Touristen aussteigen, bevor es zum Chelsea Harbour, eine halbe Meile westlich, weitertuckerte. Manchmal fuhr sie von Swan Lane in der City mit dem Boot nach Hause. Es dauerte zwar viel länger, aber es war auch eine angenehme Abwechslung und bot einen wunderbaren Ausblick, vor allem auf die Houses of Parliament.

Sie kam ein wenig ins Schwitzen, als sie die Albert Bridge überquerte und in den Battersea Park einbog. Die Sonnenanbeter packten gerade ihre Siebensachen ein und machten einer Flut von Joggern Platz, die von allen Seiten gleichzeitig auftauchten. Sarah lief rasch und überholte einige langsamere Läufer, blieb aber auf dem Rasen. Ihr Hausarzt hielt nichts von Jogging, er hatte viel zu viele schmerzende Knie behandelt, aber Sarah ließ sich nicht beirren. Es machte ihr Spaß, weil sie dabei all ihre Sorgen vergessen konnte. Daß man sich außerdem fit hielt, war bloß ein willkommener Nebeneffekt.

Sie lief einmal um den Park, sprintete auf den letzten hundert Metern und ging anschließend keuchend über die Brücke zurück. Im Westen ragte das Kraftwerk an der Lots Road wie der Traum eines Schöpfers von Abenteuerparks auf, nur daß es Wirklichkeit war. Feine weiße Rauchringe hingen darüber fast als Beweis für das Leben darin. Sarah stellte sich immer ein Durcheinander von feinen Rädchen und glühendem Kupferdraht vor, obwohl sie sogar einmal einen Blick ins Innere riskiert und nur Reihen von riesigen radiatorähnlichen Ungetümen zu Gesicht bekommen hatte.

Von außen sah es besser aus als von innen, keine Frage. Das traf auch für das stillgelegte Zwillingskraftwerk am Ende des Battersea Park zu, das tatsächlich zu einem Erlebnispark hatte umfunktioniert werden sollen. Zu Sarahs Erleichterung hatte der Bauträger Ende der achtziger Jahre bankrott gemacht, und das Kraftwerk war wieder in seinem Dornröschenschlaf versunken.

Inzwischen war sie wieder zu Atem gekommen. Sie bog in die Old Church Street und dann in die King's Road ein, wo sie einer Prozession von Bankern begegnete, die in ihren gestärkten Hemden schwitzten und schwere Aktentaschen schleppten. Die Hälfte der City schien in dieser Gegend zu wohnen. Sie entdeckte ein Pärchen, das sie kannte, und tauchte rasch im Carlyle Square unter. Jedesmal, wenn man aus dem Haus ging, lief man Bekannten in die Arme. Anonym zu bleiben war so gut wie unmöglich. Es war zum Verrücktwerden.

Jemand hatte auf den Anrufbeantworter gesprochen, während sie weg gewesen war. Pierluigi di Rivana, ein früherer Kollege von Finlays. Er rief wegen eines Abendessens an, zu dem sie sich vor einer Woche verabredet hatten. Er würde sie um neun abholen kommen. Prima. So blieb ihr noch ein wenig Zeit zum Ausruhen. Obwohl sie Alex und Eddie schrecklich vermißte, gab es Zeiten, in denen sie das Alleinsein genoß.
Sie duschte ausgiebig, wusch sich das Haar und legte sich aufs Bett. Die Fenster standen auf; eine leichte kühle Brise drang durch die Musselinvorhänge. Sie las ein paar Seiten in einem Taschenbuch, döste bis neun und schlüpfte dann rasch in ein weißblaugestreiftes Baumwollkleid und dunkelblaue Sandalen. Schließlich kämmte sie ihr Haar und tupfte etwas Parfum auf die Haut. Um Viertel nach neun, wie immer zu spät, stand Pierluigi vor der Tür.
»Ciao, Sarah. Wie geht's?«
Sarah küßte ihn auf beide Wangen. »Ciao, Pierluigi. Ganz gut. Und dir?«
»Oh, prächtig. Hab' viel zu tun.« Er warf ihr einen scharfen Blick zu. »Und bin schrecklich neugierig.«
Sarah lächelte. »Bitte, keine Fragen!«
Sie gingen zu *Scalini's* auf der Walton Street. Das Lokal war rammelvoll und laut. Nicht gerade angenehm nach einem hektischen Tag in der Devisenabteilung, aber wie alle Italiener liebte Pierluigi den Rummel. Da sie ihm gerade schon einen Korb gegeben hatte, würde es wenig Sinn haben, ein geräumiges und ruhigeres Restaurant vorzuschlagen. Pierluigi führte sie zu einem Tisch, an dem bereits acht weitere Italiener saßen. Zwei Plätze waren noch frei. Sarah kannte alle bis auf einen. Nach der obligatorischen Begrüßungszeremonie, die eine Ewigkeit dauerte, wandte sie sich dem Unbekannten zu, der ruhig dasaß und das Ganze amüsiert lächelnd beobachtet hatte. Pierluigi stellte sie vor.
»Sarah Jensen, Marco Scarpirato.«
Sie reichten sich die Hand, und Sarah nahm auf dem Stuhl neben ihm Platz.

Pierluigi saß ihr gegenüber und beobachtete sie. Sarah ignorierte ihn und wandte sich Marco zu. Er war etwas kleiner als sein Bruder und jünger. Das lächelnde Gesicht war voll und faltenlos, Stimme und Haltung entspannt. Er trug einfache Jeans und ein T-Shirt, das den kleinen Bauchansatz kaum verbarg. Kein Mensch wäre auf die Idee gekommen, daß er und Dante Brüder waren.

»Woher kennen Sie Pierluigi?«

»Von Finlays. Wir waren Kollegen.«

»Sind Sie es nicht mehr?«

»Nein. Ich habe Finlays vor ein paar Tagen verlassen.«

»Aha. Und wo sind Sie jetzt?«

»ICB«, sagte Sarah obenhin. Einen Augenblick lang schien Marco nicht zu reagieren. Sein Gesicht war völlig ausdruckslos, doch dann blitzte plötzlich Zorn in seinen Augen auf, bis er zu der früheren gelassenen Höflichkeit zurückkehrte.

»Mein Bruder arbeitet auch da. Er heißt Dante.«

»Er ist mein Boß«, lachte Sarah. »Die Welt ist klein, nicht wahr?«

»Sie Arme!«

»Wieso?«

»Na ja. Er ist ein Genie, aber unausstehlich. Sie wissen doch.«

Sarah gab sich überrascht. »Nein. Ich weiß gar nichts.«

Plötzlich verschwand die Heiterkeit, und Marco wirkte tatsächlich zornig. »Kommen Sie. Mein Bruder ist ein As, das weiß jeder. Aber niemand mag ihn.«

Sarah begann sich unwohl zu fühlen. »Das kann ich von mir nicht behaupten. Er ist vielleicht ein wenig zugeknöpft, aber nicht unsympathisch. Und ganz bestimmt nicht unausstehlich.«

Marco schenkte ihr ein breites Grinsen, seine Augen aber blieben ernst. »Sie kennen ihn nicht.«

Sarah fühlte sich plötzlich noch unbehaglicher. Zwei Brüder, die sich nicht mochten und offenbar nicht miteinander konnten. Das war nichts Neues. Aber Marco schien sich tatsächlich Mühe zu geben, seine Gefühle zu unterdrücken. Daß es ihm letztlich nicht gelang, bestärkte Sarah in ihrer Vermutung, daß sie besonders tief gingen. Sie fragte sich, was Dante seinem jüngeren Bruder wohl angetan haben mochte.

Sie zuckte die Achseln. »Wie auch immer. Ich habe genug von der City für heute. Reden wir von was anderem.« Sie sah, wie Marco sich entspannte. »Sie arbeiten anscheinend nicht dort.«

Er lachte. »Nein, Gott sei Dank. Vor drei Jahren habe ich es versucht, aber es war nichts für mich. Zum Glück habe ich es schnell gemerkt. Jetzt studiere ich Kunst.«

»Das ist aber doch ganz was anderes! Wieso ausgerechnet Kunst? Gibt es einen Maler in Ihrer Familie?«

»Eigentlich nicht«, antwortete er ein wenig unbehaglich. »Es interessiert mich, das ist alles. Mein Vater war Banker. Als seine beiden Söhne in seine Fußstapfen traten, war er entzückt.« Er zuckte die Achseln. »Dante hatte Erfolg, ich war ein Versager. Dazwischen gibt es nichts, oder?«

»Nein. Nicht in der City. Dort tendiert man dazu, alles zu polarisieren.«

Marco wandte den Kopf und schien sie zum erstenmal richtig anzusehen. »Was haben Sie eigentlich in der City verloren?«

Sarah lachte. »Gute Frage. Ich bin mir nicht sicher. Wahrscheinlich ist es bloß eine Art Zeitvertreib.«

Marco lächelte und schien aufzutauen. »Klingt nicht besonders überzeugend.«

»Was für ein schreckliches Wort! Für uns Banker ist Überzeugung ungeheuer wichtig. Sind Sie von diesem Geschäft, von jenem Unternehmen auch wirklich überzeugt?« Sarah ahmte die Sprüche nach, die in der City tausendmal am Tag fielen. Marco lachte.

»Aber sagen Sie Ihrem Bruder lieber nichts davon.«

Das Lachen brach ab. »Warum sollte ich?« entgegnete er gereizt, und erneut spürte Sarah, daß sich etwas in ihm verkrampfte. Sie zuckte die Achseln.

»Dann ist ja alles klar.« Sarah lächelte und wandte sich ihrem anderen Tischnachbarn zu.

Um halb eins, als sie schon im Sitzen einzuschlafen drohte, kam endlich die Rechnung. Sie bezahlten, und alle standen auf. Als sie sich verabschiedet hatten, gingen Sarah und Pierluigi zum Wagen.

»So. Bist du jetzt zufrieden? Du wolltest Marco Scarpirato doch unbedingt kennenlernen oder etwa nicht? Du hast bekommen, was du wolltest.«

Sarah wunderte sich über Pierluigis harten Ton. Sie warf ihm einen ärgerlichen Blick zu. Ein überempfindlicher Mann am Abend war mehr als genug.

»Ich wollte gar nichts, Pierluigi. Ich war nur neugierig, mehr nicht.«

»Neugierig? Ich bin auch neugierig.« Während der Fahrt herrschte gespanntes Schweigen. Schließlich bog er am Carlyle Square ab und blieb vor Sarahs Haus stehen. Er brachte sie bis zur Haustür, küßte sie zum Abschied auf die Wange und zögerte dann. Sein Ärger war einer gewissen Unbeholfenheit gewichen.

»Versteh doch, Sarah. Ich will nur wissen, was läuft. Zuerst rufst du mich an und fragst, ob ich Dante Scarpirato kenne. Ich sage dir, nur vom Namen her. Aber seinen Bruder Marco kenne ich. Bring ihn mit zum Abendessen, antwortest du.« Er sah sie streng an und sagte dann theatralisch, wie es sich für einen echten Italiener gehört: »Ich weiß nicht, was du vorhast, aber was immer es ist, laß dich auf keinen Fall mit Dante Scarpirato ein. Hast du mich verstanden?«

Sarah lachte überrascht. »Wieso sagst du das? Was sollte ich mit Dante Scarpirato anfangen? Ich habe einen wunderbaren Freund, den ich liebe. Und auch sonst würde ich mich nie mit Scarpirato einlassen.«

Pierluigi blieb ungerührt. »Du bist sein Typ«, entgegnete er langsam und unheilvoll. Sarah stemmte die Hände in die Hüften.

»Na, wunderbar. Und ich werde wohl gar nicht erst gefragt, was?«

Pierluigi mußte lachen, als er ihren kämpferischen Blick sah. »Schon gut, schon gut.« Doch als er sich abwandte, sagte er:

»Aber sie haben ihm alle nachgegeben, früher oder später.« Er drehte sich noch mal um und umfing sie mit einem Blick, wie sie da auf den Treppenstufen stand. »Ruf mich nächste Woche an, ja?«

Sarah trat ins Haus und grübelte über Pierluigis Worte nach. Sie war so damit beschäftigt gewesen, sich zu verteidigen, daß sie die wichtigste Frage vergessen hatte. Was war so schlimm an Dante Scarpirato? Warum hatte Pierluigi sie derart eindringlich gewarnt? War er etwa eifersüchtig? Nein, es steckte mehr dahinter. Mit einem unguten Gefühl zog sie sich aus und ging ins Bett. Die Vorstellung von Scarpirato im dunklen Anzug in seinem dunklen Büro ging ihr nicht aus dem Kopf. Die Gespräche mit Marco und Pierluigi hatten ihr Vertrauen in ihn nicht gerade gefestigt. Im Gegenteil, sie war beunruhigt. Sie hatte Wirtschaftskriminalität immer für beinahe sauber, schmerzlos und angstfrei gehalten. Aber Dante Scarpirato umgab eine Aura von drohender Gefahr.

13

Sie haben ja mächtig Eindruck auf meinen armen Bruder gemacht.« Dante Scarpirato beugte sich über Sarah, die, den Kopf in die Hände gestützt, am Tisch saß und auf ihre Monitore starrte. »Es ist nicht fair, sich ausgerechnet jemand wie ihn auszusuchen, wissen Sie.«

Sarah drehte sich um und sah ihm direkt ins Gesicht. »Wen sollte ich mir denn sonst aussuchen?«

Für den Bruchteil einer Sekunde blitzten Scarpiratos Augen auf. Doch ehe er antworten konnte, stand plötzlich Arnott hinter ihm. »Morgen, Dante.« Er wirkte noch überheblicher als sonst.

Scarpirato ignorierte ihn und ging in den Konferenzraum vor. Arnott und Sarah folgten ihm und auch Wilson, der gerade noch rechtzeitig gekommen war. Zum erstenmal gab ihnen Scarpirato genaue Anweisungen für den Tag. Sie sollten Pfund Sterling kaufen. Er hatte das Gefühl, daß das Pfund unterbewertet war. In Großbritannien, erklärte er, sei die Wirtschaft dabei, sich zu erholen. Da aber der Aufschwung so lange auf sich hatte warten lassen und schon so häufig fälschlicherweise propagiert worden war, traute der Markt den Politikern nicht, die behaupteten, daß es diesmal tatsächlich aufwärtsging.

Scarpirato war der Meinung, daß alle Mitglieder der G7, der Gruppe der sieben wichtigsten Industrienationen, zu denen Großbritannien, die USA, Japan, Deutschland, Frankreich, Italien und Kanada zählten, in dieser Einschätzung übereinstimmten. Die Wahrscheinlichkeit, daß sie gemeinsam eine Aktion zur Stärkung des Britischen Pfunds starten würden, schien ihm groß. Die Frage war nur, wann. Er glaubte, bald.

Sarah hörte sich seine Ausführungen interessiert an. Im großen und ganzen stimmte sie seiner Analyse zu. Die einzige Unsicherheit war der Zeitpunkt. Schließlich erklärte Scarpirato, er sei der Meinung, daß sie eine Position von etwa dreihundert Millionen Pfund aufbauen sollten. Innerhalb einer Woche könnten sie dann zuschlagen.

Er wies sie an, Sterling Futures mit einer Woche Laufzeit gegen Dollar zu kaufen. Das bedeutete, daß sie heute an die Börse gehen und sich verpflichten würden, in sieben Tagen eine bestimmte Summe von Pfund Sterling mit Dollar zu bezahlen, und zwar zu dem Kurs, den der Markt heute dem Pfund in einer Woche prognostizierte.

Scarpiratos Team spekulierte also damit, daß in der Zwischenzeit Sterling gegenüber dem Dollar an Boden gewinnen würde, so daß sie das, was sie in einer Woche erhalten würden, sofort wieder verkaufen konnten. Auf diese Weise hätten sie mehr als genug, um die Dollar zu bezahlen, die sie für ihr Geschäft brauchten. Die Differenz wäre ihr Reingewinn.

Es war so, als verpflichtete man sich, in einer Woche drei Äpfel gegen drei Orangen einzutauschen, um, nachdem man die Äpfel erhalten hat, festzustellen, daß man jetzt für drei Äpfel vier Orangen bekam. Nur waren es in diesem Fall nicht Äpfel oder Orangen. Wenn Scarpirato richtig lag, würden sie Millionen gewinnen.

An jeden hundert Millionen Pfund, die sie zum Handeln einsetzten, war die Bank nur mit zehn Millionen Eigenkapital beteiligt. Der Rest bestand aus Bürgschaften. Mit geborgtem Geld zu spekulieren, war normalerweise ein riskantes Unternehmen, aber wenn sie den Markt richtig interpretierten, würden riesige Gewinne dabei herausspringen. Darin lag für sie die Anziehungskraft von Kapitalanlagen mit geliehenem Kapital, denn die Bank würde nur einen Bruchteil des Einsatzes aufbringen, jedoch den gesamten Gewinn kassieren.

Mit einer Position von dreihundert Millionen Pfund bedeutete nach Scarpiratos Einschätzung die kleinste Bewegung in die richtige Richtung einen Gewinn in Millionenhöhe. Genausogut aber konnten sie Millionen verlieren und alle Reserven einbüßen. Wenn sie also mit einer Summe von dreihundert Millionen handelten, die mit einem Eigenkapital von dreißig Millionen gedeckt war, konnten sie theoretisch, wenn der Markt nicht mitspielte, sämtliche dreißig Millionen verlieren. Außerdem genügte es nicht unbedingt, nur den richtigen Riecher zu haben. Es kam auch auf perfektes Timing an.

Scarpirato spekulierte darauf, daß das Pfund innerhalb einer Woche gegenüber dem Dollar steigen würde. Diese Vermutung war äußerst präzise und verlangte ein genaues Timing. Obendrein widersprach sie der vorherrschenden Stimmung auf dem Markt. Man mußte verdammt einsatzfreudig oder seiner Sache sehr sicher sein, wenn man ein derartiges Risiko einging. Scarpirato konnte sich nicht auf Fakten, sondern nur auf Mutmaßungen stützen, und Sarah fragte sich, woher seine Sicherheit stammte.

Die beiden folgenden Tage verbrachte das Team damit, seine Position aufzubauen. Das allein war schon ein heikles Unterfangen. Die Market Makers, von denen sie kauften, hatten gute Nasen. Sollten sie Verdacht schöpfen, daß die ICB eine größere Position an Pfund aufbaute, würden sie den Kurs, zu dem sie Pfund Sterling gegen Dollar tauschten, erhöhen. Bei einer Position von dreihundert Millionen Pfund bedeutete das unter Umständen einen fünfstelligen Gewinnverlust. Sarah, Arnott und Wilson mußten daher äußerst behutsam vorgehen und ihre Position langsam aufbauen, mit Deals, die jeweils zehn Millionen Pfund nicht überstiegen. Am Freitagnachmittag hatten sie die Position zusammen, ohne den Verdacht anderer Devisenhändler erregt zu haben.

Gegen fünf Uhr kam Scarpirato, der den ganzen Tag in seinem Büro verbracht hatte, an ihren Schreibtischen vorbei.

»Wie läuft's?« fragte er Arnott.

»Prima«, antwortete dieser und drehte sich zu Scarpirato um. »Wir haben alles beisammen, ohne daß jemand was gemerkt hat. Und sehr gute Kurse bekommen.«

Scarpirato lächelte zufrieden. »Gut. Und keiner hat den Braten gerochen? Gutgemacht. Ihr kennt meine Devise: Geheimhaltung ist alles.«

Sarah wandte den Kopf, um Scarpirato anzusehen. Er warf ihr einen kurzen Blick zu, wandte sich ab und kehrte wieder in sein Büro zurück. Sarah sah ihm nach. Plötzlich stand sie auf und folgte ihm. Sie klopfte an der mit Jalousien verhängten Glastür und trat ein, ohne auf ein Zeichen zu warten. Scarpirato wollte sich gerade an seinen Schreibtisch setzen. Er sah überrascht auf, als Sarah sich kurzerhand einen Stuhl griff und ihm gegenüber Platz nahm. Er hob die Augenbrauen, musterte sie kühl und wartete auf eine Erklärung. Ein leicht triumphierender Ausdruck lag auf seinem Gesicht, als koste er das Gefühl aus, daß sie seiner Anziehungskraft nicht hatte widerstehen können. Sarah ignorierte ihn. Sie lehnte sich zurück, warf ihm einen neugierigen Blick zu und fragte: »Mich würde interessieren, wie Sie auf die Idee mit den Pfund Sterling gekommen sind.«

Sie lauerte nach irgendeiner Regung in seinem Gesicht. Die Reaktion kam sofort, fast wie auf Knopfdruck. Das leichte Lächeln verschwand von seinen Lippen, und seine Augen verengten sich dermaßen, daß das Weiße kaum noch zu sehen war, nur ein dunkles Leuchten. Ungläubig und fasziniert zugleich konnte Sarah ihren Blick nicht von seinem Gesicht abwenden. Die dunklen Augen und der strenge Mund offenbarten hemmungslose, unbändige Wut und Verachtung. Auch wenn es im Devisenhandel oft emotionsgeladen zuging, hatte Sarah solche Gefühle nie zuvor so offen dargestellt gesehen. Sie betrachtete ihn eine Weile, ohne daß sich sein Ausdruck veränderte. Es war dieselbe bewußte Mißachtung von Konventionen, die ihr schon vorher in seiner Verschlossenheit, in seinem Blick aufgefallen war. Damals war es Verlangen gewesen, jetzt Feindseligkeit. Beide gleich heftig, gleich intim. Sarah blickte in die dunklen, zornigen Augen. Seine Antwort kam stockend, wie unter Schmerzen.

»Ich dachte, ich hätte mich gestern morgen deutlich genug ausgedrückt. Wenn Sie mich nicht verstanden haben, warum haben Sie dann die letzten anderthalb Tage meine Anweisungen so strikt befolgt?«

Wäre sein Blick nicht so finster gewesen, hätte Sarah laut losgelacht. Der spöttische Tonfall war keine sehr einfallsreiche Waffe, aber irgendwie verfehlte er nicht seine Wirkung. Sie verkniff sich eine Antwort und musterte ihn. War seine Reaktion Ausdruck einer latenten Unsicherheit, die ihn zwang, alles abzuwürgen, was seine Autorität in Frage stellen konnte? Oder hatte er nur auf diese eine Frage so sensibel reagiert? Jedenfalls war sein Verhalten entlarvend für einen Mann, der sich einen so selbstbewußten Anstrich gab und gegen bissige Bemerkungen hätte abgehärtet sein müssen, selbst wenn er etwas zu verbergen hatte.

Sarah zuckte die Achseln. »Vielleicht habe ich nicht alles mitgekriegt. Sie haben uns erklärt, warum Ihrer Meinung nach das Pfund steigen wird. Ich war derselben Ansicht. Aber warum ausgerechnet jetzt?« Sie schlug die Beine übereinander, beugte sich vor und fragte leise: »Gab es irgendwelche Indizien, oder haben Sie einfach nur auf Risiko gesetzt?«

Wieder blitzten seine Augen wütend auf. Sarah sah sich in ihrem Eindruck bestätigt, daß Scarpirato seine Handlungen stets sorgfältig abwog und sich von der Vernunft leiten ließ. Risiko, Glücksspiel – das gehörte dem Reich der Instinkte an. Den unbekümmerten Charme, den das Risiko für viele Broker hat, verabscheute er. Die dunklen Augen musterten sie ein paar Sekunden. Dann blinzelten sie, wie um die Feindseligkeit zu verbannen, und öffneten sich wieder.

»Ich lese Zeitungen, und zwar zwischen den Zeilen. Ich sehe mir die Fernsehauftritte der Finanzminister an. Man kann ihren Bewegungen und wie sie miteinander umgehen, viel entnehmen. Und ich halte immer die Ohren auf.«

Scarpirato lehnte sich zurück und verschränkte die Hände hinter dem Kopf. Er beobachtete sie, ohne ein Wort zu sagen, dann beugte er sich über den Tisch und blickte ihr in die Augen.

»Zufrieden?«

Sarah erhob sich, ging zur Tür und lehnte sich gegen den Rah-

men. Es war eine konventionelle Antwort, und sie war nicht zufrieden. Sie lächelte und antwortete: »Nicht besonders originell, aber einleuchtend.« Als sie sich umdrehte und das Büro verließ, spürte sie, wie seine Augen sie von hinten durchbohrten.
Es war halb fünf. Im Büro gab es nichts mehr zu tun. Da sie ein volles Programm für den Abend hatte, schaltete sie die Monitore aus, griff nach ihrer Handtasche und ging.

Als sie nach Hause kam, saß Jacob in der Küche vor einer Tasse Tee. Er hatte eigene Schlüssel und kam gelegentlich vorbei, um irgendwo Hand anzulegen, Bilder aufzuhängen, eine Lieferung entgegenzunehmen, auf den Gasableser zu warten und manchmal auch nur, um zu sehen, wie es Sarah ging.
»Jacob!« Grinsend beugte sie sich über ihn, um ihm einen Kuß auf die Wangen zu geben. »Was für eine nette Überraschung.«
»Ich bin nur kurz vorbeigekommen, um dir was zu sagen. Werd' auch nicht lange bleiben. Es ist Freitagabend – da hast du doch bestimmt was vor, oder?«
Sarah nahm eine Tasse und griff nach der Teekanne, die auf dem Tisch stand. »Nein, ich bin zu müde, um ehrlich zu sein. Bleib' doch zum Abendessen. Wird Zeit, daß ich dich auch mal einlade.«
Er lachte. »Wenn du meinst.«
Sarah lächelte. »Ja, das meine ich. Was wolltest du mir denn eigentlich sagen?«
»Ach, das hat Zeit. Du mußt geschafft sein, immerhin bist du seit sechs Uhr morgens auf den Beinen. Willst du dich nicht vorher ein bißchen hinlegen? In der Zwischenzeit koche ich uns was Schönes und rufe dich dann.«
»Mir geht's prima, Jacob. Sag mir endlich, was los ist. Ich sterbe vor Neugier.«
Er nahm einen langen Schluck Tee und ließ sie noch ein wenig schmoren.
»Tja, ich habe heute meinen Kumpel getroffen. Wegen der Wanzen.« Er warf Sarah einen triumphierenden Blick zu. »Er sagt, er

kann es einrichten. Aber dazu braucht er noch ein paar Informationen.«
Sarah grinste. »Großartig. Schieß los!«

Am späten Abend, als Jacob nach Hause gefahren war, rief sie Mosami an.
»Hallo. Ich bin's, Sarah. Ich muß dich etwas fragen. Kann ich nochmal kurz vorbeischauen?«
»Na klar. Ich bin da.« Mosami legte auf und zog die Stirn kraus. Sarah benahm sich in letzter Zeit sehr merkwürdig. Hoffentlich war alles in Ordnung.
Sarah trat auf den Carlyle Square und stieg in ihren Wagen, einen silbergrauen BMW CSL, Baujahr 1973. Ein holmenloses Coupé, das zwar für den Straßenverkehr gedacht war, sich aber auch für Rennen eignete. Wo immer möglich, bestand die Karosserie aus Aluminium; das machte sie leichter. Er hatte einen Dreilitermotor und brachte es auf eine Höchstgeschwindigkeit von hundertvierzig Meilen pro Stunde. Von diesem Modell waren nur fünfhundert Stück mit Rechtssteuerung produziert worden. Es besaß die von Liebhabern so hochgepriesenen Schalensitze und war ein begehrtes Sammlerobjekt. Sarah hatte ihren Wagen vor zwei Jahren gekauft, um zu feiern, daß sie wieder ein Jahr in der City überlebt hatte. Er war ihr ganzer Stolz.
Sie fuhr um den Carlyle Square herum, bog in die Old Church Street und danach in die Fulham Road ein und fuhr in Richtung Mayfair. Fünfzehn Minuten später war sie in Hay's Mews. Mosami hörte den Wagen und machte ihr die Tür auf. Sie trug einen Kimono und passende Hosen dazu. Das lange Haar fiel in schwarzen Strähnen über die gelbe Seide.
Sie küßten sich. Mosami deutete auf ihre Aufmachung. »Ich hoffe, es stört dich nicht. Ich hatte es mir gerade gemütlich gemacht, als du anriefst. Freitag abend, ich bin völlig erledigt.« Sie grinste. »Ich war im Bett und habe mir das Dschungelbuchvideo reingezogen.«
Sarah lachte. »Klingt wunderbar.«

»Ist es auch.« Mosami ging in die Küche vor. »Hast du Lust auf einen Kamillentee?«
»O ja.«
Mosami ließ Wasser in den Kessel laufen. »Also, was ist los?«
Sarah antwortete dem Rücken ihrer Freundin. »Was soll schon los sein?«
»Jetzt hör auf, Sarah«, entgegnete Mosami. »Du kannst mir doch nichts vormachen. In letzter Zeit bist du ganz schön komisch. Von einem Tag auf den anderen wechselst du den Job und machst aus der ganzen Geschichte ein Riesengeheimnis. Alles nicht besonders dramatisch, aber ich kenne dich.«
Sarah starrte auf den Kessel. Das Wasser kochte. Mosami holte eine Teekanne aus dem Schrank und legte zwei Teebeutel hinein. Dann goß sie das kochende Wasser in die Kanne, stellte sie zusammen mit zwei Tassen auf ein Holztablett und ging damit ins Wohnzimmer. Sie setzte sich aufs Sofa und schenkte den Tee ein. Sarah nippte vorsichtig; der aufsteigende Dampf wärmte ihr Gesicht, als sie die Tasse an die Lippen hielt.
Schließlich stellte sie sie auf den Holztisch und sah ihre Freundin an.
»Na ja. Ich gebe zu, daß alles etwas seltsam ist. Ich weiß nicht, wie ich anfangen soll.« Sie seufzte und nahm einen weiteren Schluck Tee. Ihr Blick wanderte durch den Raum, als suchte sie eine Inspiration.
»Wie bereits gesagt, ich muß dich was fragen. Ich brauche deine Hilfe, aber ich kann dir nicht sagen, warum. Jedenfalls nicht im Detail.«
Mosami hatte die ganze Zeit Sarahs Augen und Lippen beobachtet. Sarah hob die Augenbrauen, als wartete sie auf eine Antwort. Doch Mosami zuckte nur die Achseln. Sie spürte Sarahs Verlegenheit, empfand sie selbst.
Als Sarah plötzlich weitersprach, riß sie Mosami aus ihren Gedanken.
»Es geht um Carla Vitale. Ich muß in ihre Wohnung.« Mosami sagte eine Weile nichts. Sie betrachtete ein Bild an der Wand

gegenüber mit vielen unterschiedlichen Blautönen. Dann wandte sie sich wieder ihrer Freundin zu.
»Was ist das für ein Spiel, Sarah?«
Sarah zuckte die Achseln. »Ich kann's dir nicht sagen, so gern ich es würde. Ich bin selbst nicht sicher. Deshalb muß ich mir Gewißheit verschaffen, verstehst du? Es hängt mit Matthew Arnott zusammen. Ich vermute, daß er gegen Gesetze verstößt. Und ich glaube, daß Carla davon weiß.«
Mosami legte den Kopf auf die Seite. »Und deshalb willst du in ihre Wohnung? Mein Gott, Sarah. Ich hoffe, du weißt, was du tust.« Mosami griff nach den Zigaretten, die auf dem Tisch lagen. Sie bot Sarah eine an. Eine Weile rauchten beide, ohne etwas zu sagen, bis Mosami schließlich das Schweigen brach.
»Du willst es mir nicht sagen, und ich will es nicht wissen. Lassen wir es dabei.« Sie lächelte. »Natürlich werde ich dir helfen.«

Als Sarah wieder zu Hause war, rief sie Jacob in Golders Green an.
»Jacob? Ich bin's. Ich komme gerade von Mosami. Sie wird mir helfen. Du kannst deinem Kumpel also sagen, daß wir freie Hand haben.«
Jacob legte auf und wählte eine Nummer in East London. Eine freundliche ältere Stimme antwortete. Jacob faßte sich kurz.
»Wir haben Zugang zu allen drei Zielen.«
»Na prima. Dann komm morgen vorbei, sagen wir gegen drei. Bis dahin habe ich alles zusammen.«

Samstag morgen. Sarah hatte den Wecker in einen anderen Raum verbannt. Sie wollte nicht von seinem ständigen Ticken und hinterhältigen Summen gestört werden. Sie wachte erst gegen zehn Uhr auf und blieb noch fünf Minuten liegen, in der herrlichen Gewißheit, überhaupt nicht aufstehen zu müssen, wenn sie nicht wollte. Die Sonne drang durch die Musselinvorhänge und wärmte das Zimmer. Der Tag versprach heiß zu werden.
Schließlich stand sie gemächlich auf, warf ihren baumwollenen

Morgenmantel um und ging ins Wohnzimmer. Vor dem CD-Regal bückte sie sich und suchte Ella Fitzgeralds *Greatest Hits* aus. »Mac the Knife« ertönte, als sie auf dem Weg in die Küche war, um sich einen Cappuccino zu machen.
Fünf Minuten später trug sie die schaumgekrönte Tasse, eine geschälte Orange, eine Kiwi und eine bis zum Rand gefüllte Schale mit Kellogg's Crunchy Nut Corn-flakes, kleingeschnittenen Bananen und Vollmilch ins Schlafzimmer. Sie stellte das Tablett vorsichtig aufs Bett und kroch wieder unter die Decke. Dann griff sie nach dem Taschenbuch, das auf dem Fußboden lag. Es war ein Roman von einer ihrer Lieblingsautorinnen, ein großartiges Buch. Auf dem Umschlag war eine Frau abgebildet, die eine Frucht von einem Baum pflückte. Welche Heiterkeit sie ausstrahlte! Sarah frühstückte gemütlich, las in ihrem Buch und ließ die Zeit vergehen.
Sie hatte keine Pläne für den Tag. Pierluigi hatte sie eingeladen, mit ihm und ein paar Freunden zu Abend zu essen, doch es stand noch nicht fest, ob sie mitgehen würde. Seit Alex und Eddie weg waren, wußte sie nicht so recht, ob sie Gesellschaft haben wollte oder nicht. Manchmal genoß sie die Ruhe, und manchmal fürchtete sie sich davor. Dann wieder empfand sie nur Apathie. Es war immer wieder dasselbe Muster; sie kannte es. Aber wie aus dem Teufelskreis herausfinden? Früher oder später würde sie explodieren und sich dann am eigenen Schopf aus ihrer Verzweiflung herausziehen. Anschließend ging es ein wenig besser, und sie hatte eine Weile Ruhe, eine kurze, aber süße Erleichterung.
Um vier Uhr rief Jacob an. Sarah war gerade vom Jogging zurückgekommen.
»Hallo, Kleines. Bist du zu Hause? Kann ich vorbeikommen? Ich hab' was für dich.«
Sarah grinste. »Ich bin da.«
Eine Stunde später stand er vor der Tür. Er hatte eine Plastiktasche unter dem Arm und folgte Sarah direkt in die Küche. Er setzte sich an den Tisch und sah ihr beim Teekochen zu. Sie öffnete einen Schrank, wo mehr als zehn Blechdosen und Packungen mit

den verschiedensten Teesorten standen, und mischte in ihrer Lieblingskanne je ein Teil Jasmin, Earl Grey und Gunpowder. Die Kanne war ein Geschenk von Jacob. Sarah nahm zwei dazu passende Tassen, goß das kochende Wasser auf die Teemischung und setzte sich mit einem erwartungsvollen Lächeln zu ihm an den Tisch. Er griff nach der Plastiktasche, die er neben seinem Stuhl abgestellt hatte. Sie steckte sich eine Zigarette an. Jacob legte die Tüte auf den Tisch und holte drei Steckadapter und eine Telefonbuchse für einen Mehrzweckanschluß heraus.

Sarah betrachtete sie neugierig. Dann sah sie mit leuchtenden Augen zu Jacob auf. Beide grinsten.

»Sehen sie nicht großartig aus?« fragte Jacob.

»Toll. Haargenau wie normale Adapter. Muß man sie nur austauschen und fertig?«

»Mehr oder weniger. Sie reagieren auf Stimmen und nehmen alles auf, sogar Geräusche aus den umliegenden Räumen. Der eingebaute Sender hat eine Reichweite von etwa einer Meile. Ein Empfänger nimmt alles auf einem Digitalgerät auf.« Jacob holte zwei kleine, etwa zwölf Zentimeter lange, acht Zentimeter hohe und fünf Zentimeter breite Taperecorder aus der Tasche. »Die hier arbeiten mit Spezialkassetten, die zwölf Stunden laufen. Ich hab' dir zwanzig Stück mitgebracht. Damit müßtest du vorerst auskommen.« Er drückte auf die *Record-* und *Play-*Tasten. »Siehst du, sie funktionieren wie ganz gewöhnliche Taperecorder.«

»Du bist wirklich erstaunlich, Jacob.«

Der alte Mann lachte, und seine Augen leuchteten genau wie Sarahs.

»Du sagst, du kommst in Carlas Wohnung rein?«

»Ich denke schon.«

Jacob nickte. »Ich habe die Entfernung gemessen. Es ist weniger als eine Meile. Sie haben das perfekte Objekt gewählt«, sagte er im Ton eines Maklers. Sarah mußte lachen. Dann fuhr er mit seiner normalen Stimme fort. »Ich muß nur noch die Empfänger installieren. Ist es dir recht, wenn ich sie auf dem Dach aufstelle?«

Sarah nickte. »Na klar. Wo du willst.«
»Auf dem Dach sind sie am besten aufgehoben«, erklärte Jacob. »Der Empfang ist besser.« Er trank seinen Tee aus, stellte die Tasse in die Spüle und setzte sich wieder, kerzengerade und sehr ernst.
»Die Empfänger für die Wanzen, die du am Arbeitsplatz anbringen willst, sind bei meinem Kumpel installiert. Er wohnt in Whitechapel im zehnten Stock eines Hochhauses. Genau richtig, um die Gespräche in der ICB abzuhören. Keine Meile entfernt.« Er zögerte, sah Sarah an und setzte hinzu: »Es besteht allerdings das Risiko, daß er sich die Tapes anhört. Er ist neugierig wie sonstwas, aber vertrauenswürdig. Er würde kein Sterbenswörtchen verraten.«
Sarah lächelte. »Wenn du ihm vertraust, ist alles in Ordnung, Jacob.«
Jacob atmete erleichtert auf. »Dachte ich mir. Wie gesagt, er ist ein guter Kerl, ein alter Kumpel von mir. Er und ich haben ...«
Sarah mußte lachen. »Einer von der alten Schule. Eine bessere Empfehlung gibt es nicht.«
Jacob tat, als sei er pikiert. »Du bist manchmal einfach unmöglich! Ich weiß überhaupt nicht, wie ich es mit dir aushalte.«
Sarah drückte sanft seinen Arm. »Tut mir leid. Ich konnte nicht widerstehen.«
Jacob fuhr fort. »Wie auch immer. Er wird den Empfang von ICB regeln. Um das andere mußt du dich selbst kümmern. Du hast zwei Empfänger und zwei Taperecorder, einen für die Wanze in der Wohnung und einen für die Telefonwanze. Beide sind für Carlas Wohnung bestimmt. Und hier ist noch ein tragbarer Minirecorder. Im übrigen ist es kein Problem, an weitere Geräte ranzukommen. Laß es mich also wissen, wenn du für Arnotts und – wie heißt der andere noch? – Scarpiratos Wohnung noch welche brauchst.«
»Mach' ich, Jacob«, antwortete Sarah lächelnd. »Aber bevor ich's vergesse – was schulde ich dir?«
»Ich habe einen Sonderpreis bekommen«, grinste Jacob.

»Normalerweise hätte alles acht Riesen gekostet, aber ich habe bloß vier bezahlt.«

Sarah schluckte. »Mein Gott, sind die Dinger teuer. Aber gutgemacht«, setzte sie schnell hinzu. »Guter Deal.« Sie ging zum Schreibtisch und holte den Briefumschlag, den Barrington ihr gegeben hatte. »Hier hast du drei. Den Rest kann ich dir am Montag geben. Meinst du, das ist deinem Kumpel recht?«

Jacob nickte. Er hatte das Geld bereits für sie vorgestreckt.

Wenig später verließ er Sarah, und sie rief Mosami an.

»Mosami? Hallo, Süße, ich bin's, Sarah. Hör mal, wie wär's morgen mit einem Besuch bei Carla?«

Carla Vitale wohnte am Onslow Square, etwa eine halbe Meile von Sarahs Haus entfernt, in einer Penthousewohnung mit drei Schlafzimmern, die nach Westen sahen. Mosami war auf Partys in der Wohnung gewesen und einmal auch allein zum Kaffee nach einem Einkaufsbummel in der Fulham Road. Sie rief Carla an, sagte, daß sie um fünf bei einer Freundin zum Tee eingeladen sei, und fragte, ob sie später auf einen Drink vorbeikommen könne. Es klang völlig harmlos. Offensichtlich fand Carla das auch, denn sie hatte sofort zugestimmt. Und so stand Mosami jetzt mit einem Adapter und einer Doppeltelefondose in der Handtasche vor Carlas Tür und fragte sich, was zum Teufel sie da eigentlich tat.

»Mosami, Darling, komm rein.« Carla stand in ein Badetuch gewickelt da. »Entschuldige, heute ist hier alles etwas chaotisch. Ich hab' gerade eine Massage hinter mir und bin von Kopf bis Fuß eingeölt. Ich dusche nur schnell und wasch' mir die Haare.« Sie lachte und zog Mosami in die Wohnung. »Nimm dir was zu trinken. Im Kühlschrank gibt es Weißwein, wenn du willst. Ich bin in einer Minute wieder da.« Dann verschwand sie im Schlafzimmer und ließ Mosami allein.

Mosami ging in die Küche, suchte nach einem Korkenzieher und fand ihn schließlich. Dann schenkte sie sich ein Glas Wein ein und kehrte ins Wohnzimmer zurück. Sie stellte das Glas auf einen

Tisch und sah sich nach einer geeigneten Steckdose um. Es dauerte nicht lange, bis sie entdeckte, wonach sie gesucht hatte. Sie bückte sich, tauschte den Adapter aus, an dem eine Lampe, das Fernsehen und der Videorecorder angeschlossen waren, und steckte den von Carla in ihre Handtasche. Nachdem sie den Reißverschluß ihrer Handtasche zugezogen hatte, setzte sie sich wieder an ihren Platz und griff nach dem Glas. In dem Augenblick kam Carla herein. Jetzt mußte sie nur noch irgendwie ans Telefon ran. Ihre Chance kam eine halbe Stunde später. Sie warf einen Blick auf die Uhr und setzte sich kerzengerade auf. »Mist! Ich hatte ganz vergessen, daß ich in zehn Minuten in Hampstead sein muß. Meinst du, ich könnte mal kurz telefonieren?«

Carla lächelte. »Na klar. Nimm den Apparat im Schlafzimmer, wenn du willst.« Sie zeigte auf die Tür. Mosami lächelte, griff schuldbewußt nach ihrer Handtasche und ging in Carlas Schlafzimmer.

Die Telefonbuchse befand sich hinter dem Bett. Mosami legte sich auf die Erde und tauschte die Buchsen aus. Wo zuvor eine einfache gewesen war, steckte jetzt eine mit Mehrzweckanschluß. Doch das Ganze war gut hinter dem Bett versteckt, und es gab keinen Grund, warum Carla dort nachsehen oder sich etwas dabei denken sollte, falls sie es zufällig merken würde.

Plötzlich sprang Mosami auf – sie hörte Stimmen. Hastig verließ sie das Zimmer und traf in der Diele auf Arnott, der sich umdrehte, als er Schritte hörte. »Mosami, wie nett! Was machst du denn hier?« Der Sarkasmus in seiner Stimme war nicht zu überhören.

»Keine Angst. Ich werde dir deinen gemütlichen Abend mit Carla schon nicht vermiesen. Bin nur auf einen Drink vorbeigekommen.« Sie sah ihn verdrießlich an. »Aber dann fiel mir ein, daß ich vor zwei Minuten in Hampstead hätte sein sollen.« Sie küßte Carla zum Abschied auf beide Wangen. »Danke für den Wein. Tut mir leid, daß ich so schnell wieder weg muß. Ciao, Matthew.« Noch ehe einer von beiden ihre erhitzten Wangen bemerken konnte, war sie verschwunden.

»Verdammt noch mal, Sarah, ich glaub' nicht, daß ich für so was geschaffen bin«, schimpfte Mosami. Mittlerweile war sie wieder zu Hause und hatte sich ins Heiligtum ihres Bettes geflüchtet, um zu telefonieren.
»Oh, Mosami, es tut mir so leid. Ich hätte dich nicht darum bitten dürfen.«
»Ach was. Ich war genauso scharf drauf wie du. Es klang alles so harmlos, als wäre es ein Kinderstreich. Aber als es soweit war, hätte ich doch fast kalte Füße bekommen. Ich hab' ein ziemlich schlechtes Gewissen.«
»Ich weiß. Ich auch.«
»Na ja. Schließlich dient es einem guten Zweck.«
Wollen wir's hoffen, dachte Sarah.

Gegen zehn Uhr abends fuhr Sarah mit dem Wagen in die City. Die Straßen waren menschenleer. In den Fenstern der meisten Hochhäuser brannte Licht, aber nur aus Sicherheitsgründen. Während des Wirtschaftsbooms in den Achtzigern hatten noch ganze Heerscharen von Brokern und Anwälten das Wochenende in ihren Büros durchgemacht, aber das war heute eher die Ausnahme. Das Leben war weniger lukrativ und etwas zivilisierter geworden. Gelegentlich kamen am Sonntag noch einzelne Broker in die Büros, um mit den Börsen in Fernost, die gerade eröffneten, Geschäfte zu machen. Sarah mußte also damit rechnen, daß in der Devisenhandelsabteilung jemand auftauchen konnte. Doch das war eher unwahrscheinlich, und außerdem mußte sie ja nur ganz kurz an Arnotts Schreibtisch und in Scarpiratos Büro. Was eigentlich kein allzu großes Problem sein dürfte.
Sie parkte den Wagen direkt vor der Einfahrt zur Tiefgarage unter dem ICB-Gebäude. Dann ging sie zum Hauptportal und drückte auf die Klingel in der Marmorfassade. Ihr Herz schlug schneller; sie spürte, wie das Adrenalin durch ihre Adern schoß. Der Sicherheitsbeamte kam an die Tür. Sarah zeigte ihm ihren Ausweis. Der Beamte blinzelte durch das dicke Glas. Dann öffnete er die Tür und ließ sie herein. Sie kannte die Prozedur und

folgte ihm zur Rezeption, wo sie sich in die Besucherliste eintrug.

»Ist das Ihr Wagen da draußen?«

»Ja.«

Er mußte ihn auf seinem Kontrollmonitor gesehen haben.

»Zu dem würde ich auch nicht nein sagen. Toller Schlitten!«

»Ja. Mein ganzer Stolz.« Sarah grinste.

»Sie wissen, daß man dort nicht parken darf, oder?«

Sarah lächelte ihn an. »Ja, aber ich brauche nicht lang, Ehrenwort. Zehn Minuten?«

»Na schön.« Er rief ihr nach: »Haben Sie denn nicht mal am Sonntag Ruhe?« Sarah drehte sich um und zog die Schultern hoch. »Leider nicht. Ich muß schnell einen Deal mit Tokio abwikkeln, dann habe ich frei.«

Er grinste zurück, da er nicht so recht wußte, was er mit der Antwort anfangen sollte, und sah ihr nach, als sie zu den Aufzügen eilte. Ihre hohen Absätze klapperten rhythmisch auf dem polierten Boden.

Ein Aufzug wartete mit offenen Türen. Sarah stieg ein und fuhr in die Devisenabteilung. Sie steckte ihren Ausweis in den Automat, und die schweren Glastüren glitten auf. Das Büro wirkte verlassen. Nur wenige Lampen brannten, und an manchen Stellen war es stockdunkel.

Geräuschlos ging sie unter den vielen Uhren, die von der Decke hingen, durch den langen Raum. Vor ihrem Schreibtisch blieb sie stehen. Dann setzte sie sich und holte einen der Adapter aus ihrer Handtasche. Sie fuhr mit dem Stuhl rückwärts und bückte sich, um einen Blick unter den Tisch zu werfen. Kabelsalat und jede Menge verschiedener Zwei- und Dreifachstecker. Sie zog zwei Anschlüsse raus, steckte sie in ihren Adapter und diesen in die Steckdose. Dann richtete sie sich auf, holte den zweiten Adapter aus ihrer Tasche, sah sich um und ging in Scarpiratos Büro. Es war völlig dunkel, und ihre Augen brauchten einige Sekunden, um sich anzupassen. Sie trat hinter den Schreibtisch und untersuchte die Wand. In einer Ecke gab es einen Doppelstecker mit je einem Anschluß für eine Lampe und einen Computer. Sarah steckte die Lampe in ihren Adapter um und diesen in die Steckdose. Einen Augenblick blieb sie stehen und betrachtete ihr Werk. Dann kehrte sie zu ihrem Schreibtisch zurück. Sie griff nach ihrer Handtasche, sah sich rasch um und wollte gerade gehen, als ihr vor Schreck fast das Herz stehenblieb. Matthew Arnott und Karl Heinz Kessler, der Leiter der ICB, kamen auf sie zu und starrten sie überrascht an. Sarah lächelte und hoffte, daß man ihr den Schock nicht ansah.

Arnott ignorierte ihr Lächeln und musterte sie mißtrauisch: »Was machen Sie denn hier?«

Sarah überlegte blitzschnell und öffnete dann die Schublade ihres Schreibtischs. Sie riß ein paar Schlüssel ab, die sie in weiser Voraussicht mit Tesafilm darunter festgeklebt hatte, falls sie sich irgendwann wieder einmal zu Hause aussperren sollte. Es war ihr lieber, nicht bei sich selbst einzubrechen, wenn es sich vermeiden ließ. Sie winkte ihnen mit den Schlüsseln zu.

»Hab' mich ausgesperrt.« Sie lachte über sich selbst. »Ziemlich blöd, nicht wahr?«

»Kann man wohl sagen.«

Kessler sah sie schweigend an, und Sarah wandte sich ihm zu. »Wir kennen uns noch nicht. Ich bin Sarah Jensen, die neue Devisenhändlerin.«

Kessler streckte ihr die Hand entgegen. »Ja, ich habe schon von Ihnen gehört.« Sein Lächeln wirkte kalt. Sarah wandte sich ab und musterte Arnotts feindseliges Gesicht, als erwartete sie eine Erklärung von ihm. Er schwieg ein paar Sekunden und fauchte sie dann ungehalten an: »Karl Heinz hat einen größeren Deal mit Tokio vor und hat mich gebeten, ihm dabei zu helfen.«

Sarah nickte und lächelte Kessler zu. »Na dann viel Glück. Ich bin jetzt wieder weg. Wiedersehen.«

Die beiden Männer beobachteten, wie sie durch die Abteilung ging und hinter den Sicherheitstüren verschwand. Kessler blickte Arnott an und fragte: »Nimmst du ihr das etwa ab?«

Arnott kratzte sich am Kinn. »Na, hör mal! Ist uns doch allen schon passiert. Ich hab' meine Ersatzschlüssel auch hier. Du bist zu mißtrauisch.«

Kessler sah Arnott finster an. »Behalt sie trotzdem im Auge.«

Sarah fuhr mit dem Aufzug hinunter, meldete sich beim Pförtner ab und wünschte ihm gute Nacht. Dann ging sie zu ihrem Wagen, stieg ein und steckte sich mit zittriger Hand eine Zigarette an.

14

Montag, erster Juli. Die Finanzminister und Notenbankpräsidenten der Gruppe der sieben wichtigsten Industrienationen saßen auf gepolsterten Lederstühlen um einen ovalen Mahagonitisch im obersten Stockwerk des protzigen Bundesbankgebäudes in Frankfurt. Es war ein hoher Raum mit einer holzgetäfelten Decke und zwei farbigen, abstrakten Wandteppichen von Max Ernst an den Wänden. Fünfzig Meter unter ihnen, in den unterirdischen Tresoren der Bundesbank, lagerte eine Menge Papiergeld, doch kaum Gold. Die deutsche Bundesbank unterscheidet sich von allen anderen wichtigen Zentralbanken der Welt, da sie als einzige ihre Goldreserven nicht im eigenen Haus lagert. Etwa achtzig Tonnen Gold, nur wenig über zwei Prozent des Gesamtkapitals, sind in Frankfurt deponiert. Der Rest lagert in den Stahlkammern anderer Zentralbanken, etwa der Federal Reserve Bank in New York, der Bank of England oder auch der Banque de France. Die zahlreichen Sicherheitsbeamten in der Bundesbank dienen nur dazu, das Personal zu schützen und die Geldreserven zu bewachen. An diesem Tag wurden sie von diversen Leibwächtern zum Schutz der Männer unterstützt, die sich im dreizehnten Stock versammelt hatten.

Auf dem Tisch standen schwere Aschenbecher und Erfrischungsgetränke. Die erfahrenen Banker und Politiker, die sich hier versammelt hatten, warteten. Anthony Barrington saß neben seinem Amtskollegen von der Banque de France, Jean-Claude de la Barobisière. Sie waren alte Freunde und unterhielten sich angeregt, um ihre Nervosität zu verdrängen.

Wenig später bat Herr Müller, der Präsident der deutschen Bun-

desbank, die Versammelten um ihre Aufmerksamkeit. In seinem Gesicht spiegelte sich Entschlossenheit.
Die Vertreter Frankreichs, Großbritanniens, Japans, Kanadas und der Vereinigten Staaten waren aufs äußerste gespannt, ließen sich aber nichts anmerken. Nach einer Woche Rätselraten wollten sie endlich erfahren, warum man diese zusätzliche Versammlung einberufen hatte. Der italienische Zentralbankpräsident Giancarlo Catania verfluchte insgeheim das überall ausgewiesene Rauchverbot; er brauchte unbedingt eine Zigarette. Die bösen Vorahnungen, die ihn plagten, seit Fieri ihn vor zwei Tagen in die Mangel genommen hatte, verstärkten sich beim Anblick von Müllers Gesicht.
Der hochgewachsene Deutsche, der angeblich über einen außergewöhnlichen IQ verfügte, stützte sich mit beiden Händen auf den Mahagonitisch. Er ließ den Blick wie ein Falke auf der Jagd über die Versammelten schweifen und schob kampflustig das Kinn vor.
Als er seine Inspektion beendet hatte, dankte er den Anwesenden für ihr Kommen und drückte seine Hoffnung aus, daß sie nicht allzu viele Unannehmlichkeiten gehabt hätten. Leider sei das Treffen dringend notwendig gewesen. Er seufzte tief, als plagten ihn große Probleme, und seine Stimme schien um eine Oktave zu fallen.
»Wir alle wissen, wie zerstörerisch Gerüchte am Finanzmarkt sein können.« Die Versammelten nickten ernst. »Nun, mir ist eine äußerst heikle Sache zu Ohren gekommen.« Er spreizte die Hände auf dem Tisch und studierte einen Augenblick lang seine Fingernägel.
»Sie alle kennen den britischen Banker Richard Zender, der auf den internationalen Devisenmärkten eine bedeutende Rolle spielt. Nun, es gibt ein paar Journalisten, die sich für besonders klug halten. Sie wissen zwei Dinge oder, besser gesagt, meinen sie zu wissen: Erstens, daß Zender äußerst erfolgreich auf den Devisenmärkten agiert und zweitens, daß er enge Beziehungen zu bestimmten Finanzministern und Zentralbankpräsidenten

unterhält, darunter auch mir. Die Journalisten, die für eine britische Zeitung schreiben, bringen diese beiden Tatsachen in einen gewissen Zusammenhang. Noch haben sie nichts veröffentlicht, aber das kann sich sehr bald ändern. Soweit ich weiß, behaupten sie nicht nur, daß diese engen Beziehungen verdächtig sind, sondern auch, daß Zender direkt davon profitiert.« Müller hielt inne und betrachtete die dreizehn Gesichter, die ihn schweigend und gespannt beobachteten. »Ich brauche nicht auszuführen, was damit gemeint ist.« Er zögerte erneut und lächelte dann unerwartet. »Natürlich weiß ich, daß alles an den Haaren herbeigezogen ist. Die Journalisten sind nur auf der Suche nach irgendeiner Sensation. Ich habe das Ganze bereits mit unserem britischen Kollegen Barrington besprochen, und wir sind beide der Meinung, daß wir etwas zurückhaltender sein sollten. Ich will damit nur sagen, daß wir vorsichtig sein, unsere Beziehungen zu Zender möglicherweise etwas abkühlen lassen müssen. Das letzte, was wir gebrauchen können, ist ein Skandal, auch wenn sämtliche Vorwürfe – dessen ich mir absolut sicher bin – aus der Luft gegriffen sind.« Die Versammelten nickten zustimmend. Man sah ihnen die Erleichterung an. Müller fuhr fort: »Andererseits ist Zender natürlich ein äußerst brauchbarer Mann. Ein Menschenfreund, der mehr als hundert Millionen für Wohltätigkeitszwecke gespendet hat. Wir wollen keinesfalls, daß irgendwelche Zeitungsberichte ihn in Verlegenheit bringen. Er hat sich nicht das mindeste zuschulden kommen lassen. Daß der Mann ein Genie ist, kann man ihm schließlich nicht vorwerfen.« Er zuckte die Achseln. »Aber Sie wissen ja, daß Journalisten eine von Neid geplagte Spezies sind, vor allem die britischen. Jetzt haben sie es auf Zender abgesehen. Wir müssen daher diskret sein, um weder ihm noch uns zu schaden.« Er lehnte sich zurück und lächelte zuversichtlich. »Das ist eigentlich alles, was ich zu diesem Thema sagen möchte. Da wir aber nun einmal alle da sind, könnten wir uns auch noch anderen sinnvollen Dingen widmen.«

Die Sitzung endete eine halbe Stunde später mit einer wichtigen Entscheidung. Die Finanzminister und Notenbankpräsidenten waren zu dem Schluß gekommen, daß das Britische Pfund unterbewertet war. Die britische Wirtschaft erholte sich, doch die Märkte reagierten ihrer Meinung nach viel zu zurückhaltend. Müller hielt es für angebracht, den Märkten einen kleinen Stoß in die richtige Richtung zu geben. So beschloß die G7, dem Pfund durch eine begrenzte Intervention auf die Sprünge zu helfen.
Alle hatten der Entscheidung zugestimmt. Vor allem Barrington war zufrieden, daß man der Währung seines Landes unter die Arme griff. Niemand hatte Einwände geäußert oder sich auf eine Diskussion einlassen wollen. Viel mehr sorgte man sich über einen etwaigen Finanzskandal und fragte sich, ob womöglich doch etwas dran war und wer darin verwickelt sein könnte oder ob es wirklich nur ein Hirngespinst von Journalisten war, wie Müller behauptet hatte. Diejenigen, die Zender persönlich kannten – und das waren sechs der anwesenden Herren –, fragten sich, ob sie in letzter Zeit möglicherweise etwas zu indiskret gewesen waren. Das Problem lag darin, daß Journalisten einem das Wort im Mund verdrehen konnten. Die kleinste Sache wurde aufgebauscht und konnte verheerende Konsequenzen haben – ganze Karrieren und langgehegte Ambitionen waren auf diese Weise schon mit einem Schlag zerstört worden. So beobachtete einer verstohlen den anderen und hoffte, daß, falls es wirklich Probleme gab, sie den Kollegen betrafen.
Schließlich ging die Sitzung zu Ende. Die Finanzminister und Zentralbankpräsidenten verließen den Konferenzraum und fuhren mit dem Aufzug ins Erdgeschoß. Vor dem Gebäude warteten die gepanzerten Limousinen mit laufendem Motor und verpesteten die Luft. Die Herren stiegen ein und lächelten hinter getönten Scheiben für die Presse.
Anthony Barrington blieb im Konferenzraum im dreizehnten Stock zurück und wartete zusammen mit Müller, bis alle anderen gegangen waren. Als sie endlich allein waren, setzte sich Müller zu ihm.

»Glauben Sie, daß sie es geschluckt haben?«
Barrington lächelte. »O ja. Ich bin sicher. Das Pfund Sterling ist in der Tat unterbewertet. Daran gibt es keinen Zweifel.«
»Na schön. Am besten starten wir die Intervention nach dem Mittagessen. Das gibt unserem Maulwurf, falls er existiert, genügend Zeit. Was meinen Sie?«
»Ja, das müßte reichen. Und wenn er existiert, dann werden wir ihn jetzt schnappen.«
»Na schön. Das ist Ihre Sache. Aber was wird aus dem armen Zender? Jetzt wird alle Welt denken, daß er etwas im Schilde führt, und ihn meiden wie die Pest.«
Barrington lächelte. »Wie gesagt, wahrscheinlich führt er tatsächlich etwas im Schilde. Nicht daß ich irgendwelche Beweise hätte oder sie gern haben würde. Aber er ist einfach zu mächtig geworden und mischt sich zu sehr in die Politik ein. Leider hält ihn jedermann für einen Gott und hört auf ihn. Er braucht nur den Mund aufzumachen und schon geraten die Märkte in helle Aufregung.« Barrington schüttelte den Kopf. »Nein. Zender ist zu mächtig geworden und hat auf unsere Kosten viel zuviel Geld verdient. Ich kann nicht behaupten, daß ich traurig wäre, wenn man ihm eine Zeitlang die kalte Schulter zeigt.« Barrington erhob sich. »Trotzdem muß ich mich für Ihre Hilfe bedanken.«
Müller winkte ab. »Es ist doch unser aller Problem, nicht wahr? Irgendwas muß getan werden.«
»Sie sagen es. Darf ich mal kurz telefonieren? Diese Leitungen sind doch sicher, oder?« fragte Barrington und nickte in Richtung der Telefone auf dem Konferenztisch.
»Aber natürlich«, antwortete Müller, leicht pikiert. »Bitte, tun Sie sich keinen Zwang an. Ich verabschiede mich schon jetzt von Ihnen, Governor.«
Die beiden Männer reichten sich die Hände. Barrington sah Müller nach, der eine Wendeltreppe zu seinem Büro im zehnten Stock hinabstieg. Als er allein war, rief er James Bartrop in London an.

»Alles läuft wie geplant. Wir haben die Vögel gefüttert, hoffe ich. Heute nachmittag gehen wir an die Börse.«
»Sehr gut. Hoffen wir, daß Ihre Sarah die Augen offen hält.«

Giancarlo Catania beobachtete, wie der italienische Finanzminister mit seinem französischen Kollegen zum Mittagessen fuhr. Er winkte zum Abschied und stieg dann in seine eigene Limousine. Im Schutz der getönten Scheiben hockte er auf dem Rücksitz wie ein in die Enge getriebenes Tier.
Fünf Minuten später fuhr sein Wagen in die Einfahrt eines häßlichen Hotelgebäudes, und Catania schritt würdevoll, wie es von einem Mann seiner Stellung erwartet wurde, durch die Empfangshalle. Den Türstehern, die aufsprangen, um ihn einzulassen, kam er vor wie der unbeschwerteste Mensch der Welt.
Auf der Suche nach einer Telefonzelle spähte er durch das marmorverkleidete Foyer. Nach Müllers Äußerungen traute er nicht mal dem Apparat in seinem Zimmer. Andererseits war es unwahrscheinlich, daß alle Telefonzellen im Foyer, über zwanzig an der Zahl, überwacht wurden. Wie auch immer, er mußte das Risiko eingehen. Fieris fette Hände kreisten bestimmt schon wie Geier über dem Hörer und warteten auf seinen Anruf. Er würde wie üblich keine Namen nennen und sich so kurz wie möglich fassen, nur so lange reden, wie er brauchte, um Fieri die notwendigen Informationen zukommen zu lassen und ihm zu versichern, daß alles in Ordnung war. Er trat in die Zelle und wählte Fieris Privatnummer.
Fieri saß allein in seinem eiskalten Arbeitszimmer. Er war äußerst gereizt. Nicht mal der gestohlene Matisse an der holzgetäfelten Wand konnte ihn heute aufheitern. Das Telefon schrillte, und er griff hastig nach dem Hörer. Aufmerksam lauschte er den Worten am anderen Ende der Leitung. Als er schließlich selbst sprach, klang seine Stimme schroffer als sonst, aber auch erleichtert.
»Sie berichten mir genaueres, wenn Sie wieder da sind, verstanden?« Das war ein Befehl, keine Bitte.
Catania stimmte zu und hing auf. Er dachte nicht daran, Fieri

Bericht zu erstatten. Jedenfalls konnte er ihm nichts von dem Verdacht erzählen, den Müller geäußert hatte. Das Gerücht über Zender tangierte ihn nicht direkt. Gott sei Dank hatte er ihn nie kennengelernt. In dieser Hinsicht besaß er ein reines Gewissen. Trotzdem hatte er während der Sitzung das ungute Gefühl gehabt, daß Zender nur eine Art Lockvogel oder eine verschlüsselte Warnung war. Deshalb würde er sie auch als solche verstehen, selbst wenn er nicht viel tun konnte. Aussteigen war einfach nicht drin. Er konnte unmöglich lächeln und sagen: »Tut mir leid, aber ich glaube, ich mache nicht mehr mit.« Keine der beiden Seiten würde das zulassen. Und wenn er das Argument anführte, daß die Operation zu heiß geworden sei, würde man ihn als ersten bezichtigen, falls alles aufflog. Er war das schwächste Glied in der Kette, das Sicherheitsrisiko. Es blieb ihm gar nichts anderes übrig, als weiterzumachen wie bisher und so zu tun, als wäre alles in Ordnung. Seine einzige Chance lag darin, abzuwarten und sich einen Plan auszudenken, mit dem er alle hinters Licht führen könnte. Das war nicht unmöglich. Doch zuerst mußte er noch einen zweiten anonymen Anruf hinter sich bringen.

Drei Minuten später betrat er sein Hotelzimmer und rief zu Hause an. Völlig unbekümmert, zärtlich und liebevoll unterhielt er sich mit seiner Frau. Er werde jetzt nach Hause kommen, sagte er. Zum Abendessen sei er da. Er saß auf dem Bett und lächelte in den Spiegel an der Wand. Sollte Herr Müller ruhig mithören.

Fieri legte seinen fetten Zeigefinger auf die Gabel und starrte, eine Eingebung erhoffend, auf den Matisse. Catania hatte ganz normal geklungen. Das Treffen war harmlos gewesen und nur einberufen worden, um dem Britischen Pfund unter die Arme zu greifen. Aber warum die ganze Geheimniskrämerei? Das war seltsam. Sonst wurden alle Treffen der G7 im voraus angekündigt, und die Presse wußte Bescheid. Minister und Banker standen normalerweise gern im Scheinwerferlicht, um zu zeigen, wie sie im Dienst der Wirtschaft die halbe Welt umkreisten. Dieses

Treffen aber war vollkommen geheimgehalten worden, und er würde seine Hand dafür ins Feuer legen, daß auch nach dem Treffen die Presse nicht informiert wurde.
Fieri wußte nicht, ob er mißtrauisch sein sollte oder nicht. Es hatte ein G7-Treffen stattgefunden, aber abgesehen von der Geheimhaltung war alles ganz normal verlaufen. Zwar gab es keinen Grund zur Annahme, daß Catania in irgendeiner Weise aufgefallen war, aber auszuschließen war es auch nicht: ein falsches Wort, ein ungewollter Versprecher oder gar bewußter Verrat – so was passierte, auch wenn es undenkbar schien.
Er war alles andere als glücklich. Der Verdacht ließ sich durch logisches Denken allein nicht ausräumen. Erneut führte er sich vor Augen, daß er allen Grund hatte, mißtrauisch zu sein. Er konnte nicht zulassen, daß Catania entlarvt wurde – das würde ihm und der Organisation einen irreparablen Schaden zufügen.
Er beschloß, Catania nicht aus den Augen zu lassen. Doch in der Zwischenzeit hatte er Besseres zu tun. Die Gier verjagte seinen vagen Verdacht. Er schaltete den Reuter-Bildschirm ein und rief seinen Broker Calvadoro an.
»Giuseppe? Ja, ich bin's ... Mir geht's gut, und dir? ... Gut. Ich möchte Pfund Sterling kaufen. Genau, Cable. Oh, ich weiß nicht, sagen wir fünfhundert Millionen. Ja, sofort. Aber splitte die Summe. Ja, zehn Konten. Und ruf mich an, sobald du sie zusammenhast ... Ja, ich bin hier.« Fieri legte auf und starrte gedankenverloren auf den Bildschirm, versunken im unwiderstehlichen Traum vom Geld.

Antonio Fieri war Carla Vitale um fünf Minuten voraus. Während er mit seinem Broker telefonierte, saß sie auf ihrem Sofa und rauchte eine Zigarette nach der anderen.
Als schließlich das Telefon in ihrer Wohnung läutete, zuckte sie vor Schreck zusammen. Sie nahm den Hörer ab, meldete sich und lauschte mit konzentriert gerunzelter Stirn. Dann verabschiedete sie sich abrupt, legte auf und wählte eine Nummer.

Die Devisenhändler bei ICB lungerten untätig herum und warteten. Seit zwei Tagen hielten sie ihre Position. Heute war der dritte, und noch gab es nicht den geringsten Hinweis darauf, daß das Pfund an Wert gewinnen würde. Wenn nicht bald etwas passierte, würden Zweifel aufkommen und ihre Zuversicht untergraben. Dann gab es drei Möglichkeiten. Entweder verloren sie das Vertrauen in die Position und stießen sie ab, oder sie versuchten sich selbst und den Markt davon zu überzeugen, daß sie recht hatten, indem sie die Position aufstockten, oder sie hielten sie tatenlos und wurden von Stunde zu Stunde nervöser.

Sie alle wußten, wie zermürbend es sein konnte, wenn die Zuversicht schwand – das schlimmste Gefühl für jeden Broker. Es vermochte eine vollkommene Lähmung oder hektische und unvorsichtige Betriebsamkeit auszulösen, die nur selten gut ausging. Daher versuchte jeder auf seine Art, die Zweifel in Grenzen zu halten. Dante Scarpirato trug eine Maske der Gleichgültigkeit und rauchte eine Zigarette nach der anderen, ohne sein Büro zu verlassen.

Matthew Arnott saß lustlos an seinem Schreibtisch und spielte mit dem Telefonkabel. Dabei zitterte er so heftig, daß sein tragbares Telefon ihm aus der Hand zu fallen drohte. Simon Wilson hörte nicht auf zu reden. Sarah Jensen starrte auf ihre Monitore. Seit sie an diesem Morgen zur Arbeit gekommen war, hatte sie bemerkt, daß Arnott den Blick nicht von ihr nahm. Er verfolgte jede ihrer Bewegungen mit Argusaugen und runzelte die Stirn, als versuchte er, sie zu durchschauen. Sarah beobachtete es in den Spiegelbildern ihrer Monitore. Sie war wütend, ließ sich aber nichts anmerken, sondern starrte unentwegt auf die flackernden Zahlenkolonnen. Keiner von beiden erwähnte den Zusammenstoß von gestern nacht, ein heikles Thema, das man besser ausklammerte. Und beide wunderten sich über das Schweigen des anderen.

Um fünf nach zwölf leuchtete ein Lämpchen auf der Telefonanlage auf. Drei Hände schossen auf den Knopf zu. Sarah erreichte ihn als erste. Die Stimme am anderen Ende der Leitung war weiblich und klang hoch und gereizt, mit starkem italienischen Akzent. Die Worte sprudelten nur so aus ihr heraus, als sie nach Matthew Arnott fragte. Sarah drückte auf den Knopf und wandte sich Arnott zu, der einen halben Meter von ihr entfernt saß.

»Für Sie.«

Er nahm den Hörer ab und drückte auf den Knopf. Dann sagte er zwei Worte, »ja« und »okay«, legte sofort wieder auf, zog seine Jacke an und stand auf.

Plötzlich hallte Scarpiratos Stimme durch den Raum, und Arnott blieb wie angewurzelt stehen.

»He, wo willst du hin? Falls du es vergessen hast, wir haben eine Position von dreihundert Millionen im Rennen. Keiner geht zum Lunch, bevor ich es erlaube.«

Arnott warf ihm einen bösen Blick zu. »Wer hat was von Lunch gesagt?«

Scarpirato kam wütend aus seinem Büro und sagte: »Du bist doch sonst nicht so zivilisiert und läufst mit Jackett rum, es sei denn, es geht zum Essen.«

»Na ja, dann habe ich mich eben verändert und trage es jetzt auch im Büro«, antwortete Arnott bissig. »Ich gehe nicht zum Essen, sondern zur Toilette. Zufrieden?« Damit ließ er Scarpirato einfach stehen, der ihm finster nachblickte.

»Blöde Entschuldigung«, brummte er. »Natürlich wollte er essen gehen. Er trägt nie ein Jackett im Büro.«

Sarah stand auf und ging zur Kaffeemaschine, die sich am anderen Ende der Devisenabteilung befand. Sie vertiefte sich in die Mitteilungen der Geschäftsleitung auf dem Schwarzen Brett links von der Maschine, um der Spannung zu entfliehen. Gerade als sie an ihren Schreibtisch zurückkehren wollte, sah sie, wie Arnott durch die Sicherheitstüren kam. Er machte einen Umweg durch den angrenzenden Konferenzraum. Auf dem Weg zu ihrem Schreibtisch ging sie an der Tür vorbei und sah, daß er am Konferenztisch saß und telefonierte. Sarah setzte sich mit einer Tasse Kaffee an ihren Schreibtisch und nippte an dem heißen Getränk.

Währenddessen rief Arnott vier verschiedene Broker an. Bei jedem kaufte er hundert Millionen Pfund gegen Dollar. Er sprach mit leiser Stimme, seine Lippen berührten fast die Muschel, damit niemand ihn hören konnte.
Drei Minuten später beobachtete Sarah, wie er aus dem Konferenzraum trat und direkt in Scarpiratos Büro marschierte. Vielleicht will er ein Hühnchen mit ihm rupfen, dachte sie. Er war nicht der Typ, der sich in aller Öffentlichkeit fertigmachen ließ. Sarah beobachtete das Büro und erwartete, laute Stimmen aus dem Raum dringen zu hören. Doch nichts passierte. Arnott und Scarpirato unterhielten sich eindringlich mit gesenkten Köpfen. Schließlich kehrte Arnott an seinen Schreibtisch zurück. Scarpirato folgte ihm auf den Fersen, als ginge er zu einem Showdown. Er stützte sich auf den Tisch zwischen Arnott und Sarah und beugte sich vor. Wilson saß ihm gegenüber und zupfte nervös an seiner Krawatte.
»Ich möchte unsere Position aufstocken. Kauft weitere zweihundertfünfzig Millionen Pfund Kasse. Sarah und Arnott jeweils hundert und du, Simon, die restlichen fünfzig. Fangt sofort an«, Sarah lehnte sich zurück und kreuzte die Arme über der Brust.
»Wollen Sie uns auch mitteilen, warum, oder führen wir hier nur Ihre Befehle aus?« Sie haßte Anweisungen und wurde schließlich nicht dafür bezahlt, stur Befehle entgegenzunehmen. Außerdem wollte sie ihn auf die Palme bringen, wie sie sich ehrlich eingestehen mußte.
Scarpirato herrschte sie mit ungewohnter Härte an: »Tun Sie, was ich Ihnen gesagt habe, Miss Jensen. Ihre Erklärung hatten Sie schon, und außerdem bin ich Ihnen keine Rechenschaft schuldig.«
»Natürlich nicht, Dante.« Sie lächelte. »Ich werde alles sofort veranlassen. Kümmern Sie sich nicht um mich. Gehen Sie nur, und rauchen Sie noch eine Zigarre.« Bevor er antworten konnte, hatte sie schon den Hörer in der Hand und eine Pariser Bank an der Strippe. »Wo steht dein Pfund/Dollar in der Kasse, Johnny?«

»1.4555,65«, antwortete er, wie aus der Pistole geschossen.
»An dich einhundert Pfund für fünfundsechzig.«
»Einverstanden.«
»Alles klar.«
Nachdem sie den Deal perfekt gemacht hatte, füllte sie den Händlerschein aus, stempelte ihn ab und warf ihn in die Ablage der Abwicklung. Dann stand sie mit finsterer Miene auf, nahm ihre Tasche und verkündete, daß sie essen ging und daß irgend jemand anders ihren Platz übernehmen sollte. Sie erwartete wütenden Protest von Arnott. Statt dessen stieß sie auf samtweiche Zustimmung. »Gut«, sagte er, »ich kümmer' mich drum.«
Na bitte, das ist doch ein Anfang, dachte Sarah auf dem Weg zum *Pig and Poke* und einer halben Flasche Taittinger.

15

Als Sarah eine Stunde später mit champagnererhitzten Wangen vom Lunch in die Devisenabteilung zurückkehrte, hörte sie, wie ihr Name gerufen wurde.

»Auf Leitung zwei«, schrie Simon Wilson, während sie an ihren Schreibtisch eilte. »Irgendein Deutscher.«

Sarah warf ihm einen Blick zu und drückte auf den Verbindungsknopf am Telefon. Es war Manfred Arbingen. Er kam direkt auf den Punkt.

»He, hast du gewußt, daß heute ein G7-Treffen stattgefunden hat?«

Sarah lachte. »Nein. Komisch. Das nächste sollte doch erst in zwei Wochen sein.«

»Mehr als komisch. Es wird streng geheimgehalten. Ich hab's auch bloß erfahren, weil ich einen Freund von der Bundesbank zum Essen abholen wollte. Auf dem Weg dorthin wurde ich von einer Kolonne schwarzer Limousinen förmlich überrollt. Sechs große Staatskarossen mit getönten Scheiben, du weißt schon. Ich hatte keine Ahnung, wer drin saß, aber als ich die Sicherheitsbeamten in der Bank fragte, haben sie geflüstert, es seien die Finanzminister und Notenbankpräsidenten. G7 also.«

»Worum ging's denn?«

Arbingen lachte. »Was glaubst du?«

»Keine Ahnung. Politische Fragen können es nicht gewesen sein. Die hätten sie auf dem Treffen in zwei Wochen besprechen können. Wahrscheinlich um irgendeine Intervention.« Sarah hielt inne und überlegte. »Aber dazu muß man keine geheime Sitzung einberufen. Das hätten sie auch am Telefon erledigen können, es

sei denn, es handelt sich um etwas sehr Wichtiges und Umstrittenes. Aber das halte ich für unwahrscheinlich. Die Währungen sind im Augenblick alle ziemlich stabil.«
»Stimmt«, pflichtete Arbingen bei.
»Dasselbe gilt für die Leitzinsen. Ich wüßte nicht, was sich da großartig verändern könnte.«
»Ich kann mir auch keinen Reim darauf machen. Wir werden abwarten müssen. Früher oder später wird es ja wohl rauskommen.«
Sarah dankte Arbingen für seine Information und legte nachdenklich auf. Früher oder später war auf dem glatten Börsenparkett kein Trost. Man mußte alles sofort wissen, um stets einen Vorsprung vor den anderen zu haben. Sarahs Gedanken rasten.
Sie stand auf und ging zur Kaffeemaschine. Die kleine Nische neben dem Atrium war hell und abgeschieden; dorthin verzog man sich, um ein Schwätzchen zu halten oder in Ruhe nachdenken zu können. Devisenhändler sind in der Regel krankhaft neugierige Menschen, die genau wissen, wenn ein Kollege etwas ausbrütet, und sich alle Mühe geben, ihm sein Geheimnis zu entlokken. Aber Sarah dachte nicht daran, den anderen auch nur andeutungsweise zu verraten, was ihr durch den Kopf ging; deshalb suchte sie die Abgeschiedenheit. Es war schlichtweg unmöglich, in Ruhe nachzudenken, wenn man ständig von mindestens zwei Augenpaaren beobachtet wurde.
Lange Zeit starrte sie auf die Kaffeemaschine, bevor sie die Kombination 146 drückte. Kaffee mit Sahne, mittelstark, mit einem Stück Zucker. Die Maschine blubberte vor sich hin, spuckte einen Plastikbecher aus und füllte ihn bis zum Rand mit einer dampfenden Flüssigkeit.
Sarah nippte vorsichtig an ihrem Kaffee, während sie nachdenklich die Topfpflanzen im Atrium betrachtete. Letzten Donnerstag hatte Scarpirato Futures mit einer Woche Laufzeit gekauft, Dollar gegen Pfund, eine plausible, aber trotzdem äußerst riskante Spekulation, überlegte sie. Und vier Tage danach fand eine gehei-

me Sitzung der Finanzminister statt. Also würde der Kurs des Pfunds Sterling jetzt zweifellos steigen. Ein merkwürdiger Zufall, grinste sie.
Jedes Kind wußte, daß im Handel mit Insiderwissen die größten Gewinne in der City lockten. Es war also durchaus möglich, daß Scarpiratos Riesenprofite darauf zurückzuführen waren. Allerdings ließ sich diese Art von Betrug auch am schwersten nachweisen. Den Informationsfluß zurückzuverfolgen war, als versuche man, Quecksilber zu greifen.
Sarah griff in die Tasche ihrer Bluse und zog eine Schachtel Marlboro heraus. Nachdenklich zündete sie sich eine Zigarette an. Wenn Scarpirato mit Insiderwissen aus der G7 handelte, mußte sein Informant ein verdammt hohes Tier sein. Die Währungspolitik der G7 war schließlich eines der bestgehüteten Geheimnisse der Welt. Um zu vermeiden, daß auch nur ein Hauch davon an die Öffentlichkeit gelangt, wurden die meisten Entscheidungen der Finanzminister, Notenbankpräsidenten und Staatschefs ja nicht einmal schriftlich festgehalten, sondern direkt an die Handelsabteilungen der Zentralbanken weitergegeben. Doch Sarah hielt es für unwahrscheinlich, daß die undichte Stelle in den ausführenden Abteilungen lag. Die Beamten erhielten ihre Anweisungen buchstäblich in letzter Sekunde. Sie hatten viel weniger Zeit, die Informationen Dritten zukommen zu lassen, als ihre Vorgesetzten, die Minister und Notenbankpräsidenten. Außerdem wurden die Beamten sorgfältig überwacht; selbst ihre Telefone wurden abgehört. Die kleinste Indiskretion käme unweigerlich ans Tageslicht. Sarah war fast sicher, daß die undichte Stelle nur ganz oben zu suchen war.
Wütend zog sie an ihrer Zigarette. Wenn sie recht hatte, war ein hoher Politiker oder Notenbankpräsident an einer milliardenschweren Verschwörung beteiligt. Die Folgen waren unvorstellbar. Wenn ein finanzstarker Devisenhändler direkte Informationen aus der G7 bekam und ungehindert am Geldmarkt operieren konnte, war es so, als hätte er den Schlüssel zu den Goldreserven von Fort Knox.

Die Aussicht auf die Konsequenzen, die sich daraus ergaben, traf sie wie ein Schlag. Wenn eine derartige Verschwörung tatsächlich existierte, würden die Beteiligten diesen Vorteil natürlich nicht kampflos aufgeben. Mit einer abrupten Bewegung ließ sie den Stummel in den Kaffeebecher fallen und warf ihn in den Mülleimer. Dann schloß sie sich in der Toilette ein, setzte sich auf den Klodeckel und überließ sich, das Kinn in die Hände gestemmt, ihren Gedanken. Nach zehn Minuten kroch die Kälte des Marmorbodens durch die dünnen Ledersohlen ihrer Schuhe, und sie begann in der Kühle der Klimaanlage zu frösteln. Sie spürte die Anspannung in der Magengegend.

Sarah wußte, daß ihre Entscheidung bereits getroffen war, auch wenn sie im Geiste noch alle möglichen Alternativen durchging und so tat, als bliebe ihr noch die Wahl.

Schließlich stand sie auf, rieb sich die Arme und versuchte sich einzureden, daß die Phantasie mit ihr durchging. Es wäre nicht das erste Mal. Trotzdem mußte sie ihrem Verdacht nachgehen, bis dieser sich als richtig oder falsch erwies. Über die Auswirkungen würde sie sich erst Gedanken machen, wenn es soweit war.

Auf dem Weg zu ihrem Schreibtisch wunderte sie sich über sich selbst, daß sie keine Angst, sondern nur unbändige Erregung empfand. Sie mußte an Alex denken. Mit diesen Worten hatte er das Gefühl beschrieben, das ihn immer überkam, wenn er eine glatte Felswand bestieg, die Hunderte von Metern tief abfiel. Er hatte behauptet, daß der Mut mit der Größe der Herausforderung wuchs. Sarah lachte in sich hinein. Alex hätte den Vergleich auf seine sanfte Art bestimmt lächerlich gefunden. Jedesmal, wenn er einen Felsen bestieg und sich nur mit Fingern und Zehen an der glatten Wand festkrallte, riskierte er sein Leben. Was aber konnte sicherer sein, als in der City von London vor seinem Monitor zu sitzen?

Sarah setzte sich auf ihren Platz und sagte: »Ich glaube, ich möchte mich ebenfalls an diesem Spielchen beteiligen.«

Arnott zuckte zusammen und richtete sich auf. Wilson grinste, als hätte sie einen Witz gemacht. Sarah lächelte grimmig. Sie konnte das Geld gut gebrauchen. Zwar durfte sie kein Risiko eingehen, aber sie war sicher, daß jetzt kaum eine Gefahr bestand. Das Ganze war eine todsichere Sache.

Sie hatte beschlossen, selbst einzusteigen und eine Kasse-Position aufzubauen. Ihr Eigenkapital betrug zweihunderttausend Pfund Sterling. Sie konnte also mit einer Position von maximal drei Millionen Pfund handeln. Die Differenz würde aus Bürgschaften gedeckt werden. Wenn ihre Position an Wert verlor, konnte sie sie so lange halten, bis die Verluste zweihunderttausend Pfund erreichten. Dann mußte sie sie aufgeben und mit ihren Ersparnissen die Verluste decken. Doch Sarah hatte das sichere Gefühl, daß es keine Verluste geben würde. Ihr Kapital war sicher angelegt. Sie rief Johnny McDermott an. Normalerweise nahm McDermott, der nur im Auftrag großer Geldinstitute handelte, keine Bestellungen für persönliche Konten an, aber bei Sarah machte er eine Ausnahme.

McDermott hatte seine Karriere mit Geschäften für persönliche Konten begonnen, und Sarah war eine seiner Kundinnen gewesen. Nachdem er die Bank gewechselt hatte und anfing, Devisenhandel im großen Stil zu betreiben, hatte er sich von den meisten seiner früheren Privatkunden getrennt, nicht aber von Sarah. Die Compliance-Abteilungen ihrer jeweiligen Banken beobachteten diese Verbindung mit gemischten Gefühlen – sie galt als leicht inzestuös. Aber sie fanden sich damit ab und akzeptierten Sarahs und Johnnys Begründung, daß sie sich gut verstanden und gerne Geschäfte miteinander machten; außerdem waren beide *big hitters,* die für ihre jeweiligen Arbeitgeber hohe Gewinne einfuhren. Sie konnten sich daher manches erlauben.

Wenn an der Börse nichts los war, alberten sie manchmal stundenlang am Telefon rum, doch wenn es die Situation verlangte, konnten sie genausogut ohne Umschweife zum Punkt kommen.

»Wo steht dein Cable in der Kasse, Johnny?«

»1.4560,70.«

»An dich drei Sterling für siebzig, PK.«

»Abgemacht. Aber ist das nicht ein bißchen riskant?«
»Mach dir keine Sorgen, Johnny. Ich weiß schon, was ich tue.«
»Na, hoffentlich.«
Es war der größte Privatdeal, den Sarah jemals getätigt hatte. Sie hatte zwar schon öfter so hoch gehandelt, aber mit fremdem Geld war es etwas anderes. Dann war es ein Geschäft wie jedes andere, eine Reihe von Zahlen auf dem Bildschirm, die sich in die eine oder andere Richtung bewegten. Man war gespannt, und es tat auch weh, wenn Positionen verlorengingen, aber es blieb schließlich das Geld anderer, das auf dem Spiel stand.
Sarah füllte ihren Händlerschein aus, ließ ihn abstempeln, warf ihn in die Ablage der Abwicklung und steckte sich eine Zigarette an. Sie empfand die angenehm kribblige Erregung eines Glücksspielers. Wenn sie falsch lag, wäre ihr Kapital mit einem Schlag verloren und damit auch ihre ganze mühsam erkämpfte Sicherheit. Doch wenn sie recht behielt, würde sie Hunderttausende von Dollar Gewinn machen. Sollte ihre Ahnung bestätigt werden, war es zwar noch kein Beweis dafür, daß Scarpirato mit Insiderwissen handelte, aber der Verdacht hätte sich zweifellos erhärtet. Sie lehnte sich zurück, sah zur Decke auf und stieß eine Rauchwolke aus. Arnott beobachtete ihre Bewegungen mit argwöhnischen Blicken.
Wenige Minuten nachdem Sarah ihren Deal abgeschlossen hatte, fingen sämtliche Zentralbanken der G7 gleichzeitig an, Dollar zu verkaufen und Pfund Sterling zu kaufen. Die Nachricht verbreitete sich wie ein Lauffeuer an allen internationalen Devisenmärkten. Irgendwo kaufte jemand Pfund Sterling, und zwar Unmengen. Zuerst reagierten die großen Banken und Devisenhändler und deckten sich ein, dann folgten auch kleinere Anleger dem Trend.
Um Viertel nach zwei, zehn Minuten nachdem Sarah ihren Deal abgeschlossen hatte, begann das Pfund Sterling zu steigen. Sarah beobachtete die flimmernden Zahlensäulen, die nach ihrem ungewöhnlichen Mittagessen schneller als sonst zu tanzen schienen. Sie rieb sich die Augen und spürte, wie ihre Muskeln sich vor

lauter Nervosität verspannten. Das Pfund Sterling stieg langsam, aber stetig, Minute um Minute. Sie konzentrierte sich auf die Entwicklung und verbannte rücksichtslos alle anderen Gedanken aus ihrem Kopf. Sie beobachtete den Markt, sie redete mit ihm, sie spürte hautnah, wie er in Wallung geriet. Für jeden Tick – ein Hundertstel Cent –, den das Pfund stieg, wuchs ihr Gewinn um dreihundert Dollar. Und der der Bank um etwa fünfzigtausend Dollar.

Die Broker starrten wie gebannt auf die Monitore und warteten. Dante Scarpirato kam aus seinem Allerheiligsten und setzte sich neben Arnott, um von dort aus das Geschehen an den Bildschirmen zu verfolgen. Seine Gesichtsmuskeln zuckten mit jedem kleinen Anstieg des Pfunds. Um drei hatte das Pfund dreiviertel Cent gegenüber dem Dollar gewonnen. Damit saß die Bank bereits auf einem Gewinn von vier Millionen Dollar. Alle Feindseligkeiten waren vergessen, als sie sich aufgeregt vor dem Monitor drängten. Noch war es zu früh, um die Position glattzustellen und den Gewinn einzukassieren, das war klar. Der Trend beschleunigte sich, und das Pfund stieg nun in großen Sprüngen.

Um zwanzig nach drei hatte es einen ganzen Cent gegenüber dem Dollar gewonnen. Kein Experte, mit dem sie sprachen, konnte sich diese Entwicklung erklären. Es waren keine neuen Inflationsdaten bekanntgegeben worden, aber irgendwo kaufte jemand immer noch Pfund im großen Stil. Es gab nur noch eine Parole – Sterling kaufen –, und die breitete sich in rasender Geschwindigkeit aus. Überall kursierten Gerüchte. Sarah interessierte sich nur dafür, was die Zentralbanken unternahmen. Die, so hieß es, kauften, angeführt von der Deutschen Bundesbank, Sterling. Genau wie sie erwartet hatte. Sie wandte sich zu Arnott und Scarpirato um. In ihren Gesichtern spiegelte sich Triumph. Sie war also nicht die einzige, die nicht überrascht war.

Doch je dringlicher die Zahlenkolonnen auf dem Monitor ihren Verdacht erhärteten, um so mehr wuchsen Angst und Erregung in ihr.

Um halb vier hatte das Pfund dem Dollar gegenüber eineinviertel Cent gutgemacht. Sarahs eigener Gewinn betrug 37 500 Dollar. Eine beachtliche Summe für einen Privatdeal, aber unbedeutend, wenn man sie mit dem Profit der Bank verglich. Sarah überschlug ihn im Kopf: fast sieben Millionen Dollar.

Sie warf einen Blick auf Arnott und Wilson. Beide platzten fast vor Erregung. Der Gewinn war riesig, fast astronomisch. Es wäre verrückt, noch weiter zu warten. Nichts auf der Welt war so unbeständig und unberechnbar wie die Devisenmärkte. Wenn der Premier in diesem Augenblick einen Herzanfall erlitt, konnte das Pfund ins Bodenlose abstürzen. Alles mögliche konnte passieren, und daraus ergab sich nur ein Schluß: Sie mußten verkaufen, ihre Position glattstellen und die Gewinne mitnehmen, und zwar jetzt.

Sarah hielt sich die Ohren zu, so laut ging es jetzt zu, und versuchte sich zu konzentrieren. Schließlich entschied sie, vorläufig weiter am Ball zu bleiben.

Scarpirato zog an seiner Zigarre und starrte wie gebannt auf die Monitore. Es schien, als versuchte er allein mit seinem Willen, den Markt zu beeinflussen. Wilson und Arnott, die immer nervöser wurden, drängten ihn, die Position glattzustellen und den Gewinn einzustreichen. Mit einer Handbewegung winkte er ab, wie ein Herrscher, der ungeduldig die Bitten seiner Untertanen beiseite schiebt. Sarah, die die Szene beobachtet hatte, schwieg.

Um vier Uhr beschloß sie, daß es Zeit war, zu verkaufen. Sie rief McDermott an.

»Johnny, wo ist dein Cable jetzt?«

»Fünfundneunzig null fünf.«

1.4695, 1.4705 also, überlegte Sarah. Kurzerhand verkaufte sie ihren Posten. Innerhalb von zwei Stunden war sie um vierzigtausend Dollar reicher geworden. Zum erstenmal kostete sie das Bewußtsein aus, schmutziges Geld verdient zu haben. Ein bißchen klebrig fühlte es sich an, irgendwie irreal. Es war, als hätte sie eine Hemmschwelle überschritten. Doch sie verjagte ihre Skrupel. Immerhin war es ein Verbrechen im Namen des Geset-

zes. Alte Erinnerungen stiegen plötzlich in ihr auf, doch davon wollte sie jetzt nichts wissen.
Scarpirato beobachtete, wie sie ihre Position glattstellte. Dann gab auch er nach. Er wies Arnott, Wilson und Sarah an, die Futures und die Kasse-Position zu verkaufen. Wie Klapperschlangen sprangen sie auf und griffen nach ihren Telefonhörern. Nach zwei Minuten war die Transaktion beendet, die Position glattgestellt. Und sie hatten einen Gewinn von 6,8 Millionen Dollar eingestrichen.
Sie füllten die Händlerscheine aus und lehnten sich schließlich erschöpft zurück, ein euphorisches Grinsen auf ihren Gesichtern. Sarah ließ sich von ihrer Stimmung anstecken. Es war ein beinahe sinnliches Gefühl. Sie waren trunken vor Lust. Endlich schalteten sie die Monitore aus und gingen zu *Corney & Barrow* in der Old Broad Street, um zu feiern.

Auch in der Via Appia Antica wurde gefeiert. Antonio Fieri knallte den Hörer auf die Gabel. Soeben hatte er sechs Millionen Dollar verdient. Er lehnte sich zurück, faltete die Hände über dem dicken Bauch und rief nach seinem Privatsekretär. Mauro war in Sekunden zur Stelle, nahm die Anweisungen entgegen und flitzte davon. Nach zwei Minuten kam er mit Signora Fieri, einer Flasche Champagner und zwei Gläsern wieder.
Fieri schenkte ein. Er und seine Frau prosteten sich lächelnd zu. Seit einunddreißig Jahren waren sie glücklich und treu verheiratet. Antonio hatte genügend Laster, die ihn bei Laune hielten. Untreue war etwas, das er niemals tolerieren würde. Außerdem pflegten Geliebte nur Scherereien zu machen. Sie waren viel zu fordernd und ausnahmslos indiskret. Ein Luxus, den weder er noch seine Männer sich erlauben konnten.

Sarah saß an einem kleinen Ecktisch im *Corney & Barrow* und spielte mit dem Stiel ihres Champagnerglases. Arnott und Wilson waren schon lange gegangen. Sie drehte das Glas hin und her und sah zu, wie die Bläschen aufstiegen. Sie spürte, daß Scarpirato sie beobachtete. Plötzlich hob sie den Blick und sah ihm direkt in die Augen. Keiner wandte den Blick ab, keiner wollte als erster nachgeben. Es war das alte Spiel. Sarah dachte über den Mann nach, der vor ihr saß. Er sah nicht besonders gut aus, und charmant war er auch nicht gerade. Er besaß keinen Funken Humor und war absolut rücksichtslos. Das einzige, was für ihn sprach, waren seine Intelligenz und seine ausgewählt geschmackvolle Kleidung; das mußte Sarah zugeben. Nicht daß sie sich viel daraus gemacht hätte, im Gegenteil, sie hatte Vorurteile gegenüber Männern, die zuviel Wert auf Kleidung legten, vor allem, wenn sie obendrein auch noch gut aussahen. Trotzdem hatte Scarpirato etwas, das sie unwiderstehlich anzog. Vielleicht lag es an ihr, vielleicht hatte sie die Spannung selbst erzeugt mit ihrer Neigung zu Experimenten, ihrer Vorliebe für immer wieder neue Herausforderungen. Sie empfand ihre eigene Risikobereitschaft als erregend. Die Eigenschaften der anderen Partei waren dabei nicht wichtig, es sei denn, sie waren völlig inakzeptabel. Warum sie von solchen Typen angezogen wurde, wußte sie nicht und wollte es auch gar nicht wissen. Sie hatte geglaubt, daß sie nach der Affäre mit John Carter und dann mit Eddie darüber hinweg, endlich erwachsen geworden sei. Doch jetzt saß sie da und starrte Dante an, alle Sinne angespannt, und plötzlich gewannen die alten Zwänge wieder die Oberhand und verdunkelten alles – bis auf das Verlangen nach ihm. Schließlich sprach er.

»Würden Sie mit mir zu Abend essen?«

Ihr Blick wanderte zur Uhr. Halb zehn. Zusammen mit Arnott und Wilson hatten sie vier Flaschen getrunken, und sie hatte sich keineswegs zurückgehalten. Ja, sie sollte etwas essen. Fast hätte sie gelacht, als sie, wie um sich zu rechtfertigen, antwortete: »Ja, sehr gern.«

Er stand auf, warf vier Fünfzigpfundscheine auf den Tisch, nahm sie sanft an der Schulter und führte sie aus der Bar.

Zwanzig Minuten später saßen sie im *L'Incontro* auf der Pimlico Road. Sie schob das Essen auf ihrem Teller hin und her und fragte: »Kriegen Sie eigentlich immer alles, was Sie wollen?«

Er lachte. »Nicht alles, aber das, worauf es ankommt.«
»Und Sie sind immer sicher? Ich meine, haben Sie nie Angst, daß Sie auch mal den kürzeren ziehen könnten?«
Seine Züge verhärteten sich, doch sein Blick blieb belustigt, als wolle er sie sanft, aber erbarmungslos provozieren. »Das hängt von Ihnen ab. Was denken Sie?«
»Ich denke«, antwortete Sarah und wich einer direkten Antwort aus, »daß Sie brutal sind und Ihre Gefühle nach Belieben an- und abstellen können.«
Er lachte wieder. »Ja, und das mögen die Leute nicht. Warum eigentlich?«
Sarah verzog das Gesicht. »Weil man nie weiß, woran man bei Ihnen ist. Man wird immer daran erinnert, wie unwichtig man ist, daß man keine Spuren hinterläßt.«
Er beugte sich vor. »Und ist das meine Schuld?«
Seine Arroganz war ungebrochen. Doch in seinen dunklen Augen lag Begierde – wie Risse in seiner selbstsicheren Fassade. Und das war genug. Sarah strich über ihre nackten Schenkel; sie zitterte vor Erregung. Sie spürte, wie sie die Kontrolle über sich selbst verlor. Ihr Magen war wie zugeknöpft; nicht einen Bissen brachte sie mehr herunter. Schließlich löste sie den Blick von ihm und versuchte sich auf die Pärchen an den Nebentischen zu konzentrieren, zu verstehen, was sie sagten. Doch ihre Gedanken kreisten nur um ihm.
Er beobachtete sie und bat um die Rechnung. Schließlich warteten sie auf der Straße auf ein Taxi. Mehrere fuhren an ihnen vorbei, ohne daß sie die Wagen anhielten. Dann winkte er einen herbei.
Sarahs Hüfte preßte sich gegen die Autotür. Sie warf einen Blick auf Dante und sah dann aus dem Fenster, verwirrt. Er betrachtete sie lächelnd.
Sein Haus war dunkel, auch nachdem er das Licht eingeschaltet hatte. Ein Geruch, den sie nicht identifizieren konnte, lag in der Luft, streng und unangenehm. Vielleicht Zigarrenrauch, Cognac und noch etwas anderes; sie wußte es nicht. Er deutete auf ein

Sofa, und sie setzte sich. Sie hatte das Gefühl, als müßte sie den Atem anhalten. Ihr ganzer Körper war angespannt, als hielte sie sich mit aller Macht zurück oder wäre extrem auf der Hut.
Schließlich verschwand Scarpirato in der Küche und kehrte mit zwei Wodkas zurück. Die Gläser waren vor Kälte beschlagen, auf der Oberfläche schwammen Eiswürfel. Er stellte sie auf den Tisch und setzte sich neben sie. Sie hob den Wodka, ihre Finger klebten an dem eisigen Glas fest. Sarah nahm einen großen Schluck. Die Flüssigkeit brannte in ihrer Kehle.
Sie kramte in ihrer Handtasche nach Zigaretten, zog eine aus der Packung und steckte sie in den Mund. Auf dem Tisch stand ein Feuerzeug. Er gab ihr Feuer. Sie rauchte die Zigarette fast in einem Atemzug aus, holte kaum Luft, so nervös inhalierte sie. Schließlich drückte sie sie aus und sah ihn an.
Urplötzlich war er über ihr, sein Mund verschmolz mit ihrem, er umfaßte ihre Schultern und zog sie an sich. Mit bebenden Händen nestelte er an ihrem Kleid. Eng umschlungen, zitternd, erhoben sie sich. Er führte sie rückwärts durch den Raum, die Halle, die Treppe hinauf. Sie spürte eine Tür im Rücken, die sich wie von selbst öffnete. Noch ein paar Schritte, und sie fiel rücklings auf ein weiches Bett. Ohne sie loszulassen, stürzte er mit ihr und auf sie. Sie legte sich zurück. Er zerrte an ihrem Rock und zerriß den Stoff, bevor er sie mit den Lippen berührte, ihren Geschmack kostete, sie mit zärtlichen Küssen überschüttete und schließlich mit einer Leidenschaft, die sie völlig überwältigte, in sie eindrang. Was sie aber am meisten bewegte, ja, schockierte, waren seine Worte. Worte, die von unglaublicher Verletzbarkeit und Sehnsucht zeugten. Seine Maske war gefallen, die ganze Leere dahinter kam plötzlich zum Vorschein. Sie hatte Sehnsucht in anderen Gesichtern gesehen, aber niemals so, nie solch ein schamloses, verzweifeltes Verlangen. Sie hielt sein Gesicht in ihren Händen und antwortete ihm, sagte ihm, was er hören wollte. Und er lächelte im Dunkeln bei ihren Worten. Triumphierend und furchtsam.

16

Anthony Barrington saß in seinem Büro; das morgendliche Sonnenlicht drang durch das offene Fenster und überflutete den Raum. Die Stille wurde nur vom schweren Ticken seiner Großvateruhr unterbrochen, die in einer Ecke neben der Tür stand. Barrington saß über einer Rede, die er am kommenden Montag bei der Direktorenversammlung halten sollte, als das Telefon klingelte. Er las den Satz noch zu Ende und griff widerwillig zum Hörer.

»James Bartrop«, meldete seine Sekretärin.

»Geht in Ordnung, stellen Sie durch«, antwortete er.

Bartrop kam sofort auf den Punkt.

»Ich habe heute morgen mit meinem Schweizer Bekannten gesprochen. Konto 5375X200 hat wieder zugeschlagen. Zwanzig Minuten nach dem Treffen der G7 hat es fünfzig Millionen Pfund Sterling gekauft und sie später mit einem satten Profit wieder verkauft.«

Barrington zuckte die Achseln. »Fünfzig Millionen Pfund sind ein Trinkgeld für die Mafia. Dafür machen die keinen Finger krumm.«

»Wir reden hier nur von einem Konto. Nach dem, was wir wissen, könnten zehn weitere Konten darin verwickelt sein.«

»Das ist natürlich möglich.«

»Was ist mit Ihrer Sarah? Hat sie schon was rausgekriegt?«

»Lassen Sie ihr Zeit. Sie ist erst zwei Wochen bei der ICB«, sagte Barrington gereizt.

Bartrop blieb hartnäckig. »Sie war gestern den ganzen Tag dort. Wenn bei der ICB was im argen liegt, wovon ich im übrigen immer noch überzeugt bin, dann müßte sie mittlerweile etwas beobachtet oder zumindest einen Verdacht haben.«

»Ich bin sicher, daß sie sich bei mir gemeldet hätte, wenn sie einen Verdacht hätte. Wir müssen uns gedulden, Bartrop.«

Sarah saß lustlos am Schreibtisch. Dieser Arbeitstag glich einem Alptraum. Schon der Kater allein hätte ihr jede Konzentration geraubt. Zu allem Überfluß aber wurde heute nicht gearbeitet, denn man ruhte sich auf den gestrigen Lorbeeren aus. Wilson las die *Sporting Life,* Arnott genehmigte sich einen vierstündigen Lunch, und Scarpirato verbrachte den ganzen Tag in Konferenzen oder außer Haus. Er würdigte sie keines Blickes. Nur einmal, als er an ihr vorbeigehen mußte, hatte er sie kurz mit verschwörerischer Miene angesehen; das war alles.

Sarah ging ins Fitneßstudio und machte eine Stunde Aerobic, worauf ein Teil ihrer Energie zurückkehrte. Dann schwamm sie ein paar Runden und lockerte ihre verkrampften Muskeln. Sauna, Whirlpool und Dampfbad. Am Schluß ließ sie sich eine Massage geben. Emma, die Masseuse, war höflich und redete nicht viel. Als Sarah in die Devisenhandelsabteilung zurückkam, war es bereits halb fünf. Scarpirato war schon gegangen. Wilson machte sich gerade auf den Weg nach Hause, und Arnott unterhielt sich betrunken am Telefon. Sarah winkte ihren Kollegen zu, machte erleichtert kehrt und verließ den Raum.

Eine halbe Stunde später war sie zu Hause. Die Stille in der Wohnung war beunruhigend. Sie hatte den ganzen Tag über keine Minute Ruhe gehabt, ein Gewirr von Stimmen, zusammen mit einem Durcheinander aus Schuldgefühlen, Erregung, Gewissensbissen und Angst hatte in ihrem Kopf geherrscht. In der Bank konnte sie das Chaos nicht analysieren, das Scarpirato in ihr hinterlassen hatte. Sie setzte sich ans Fenster, sah hinaus und hatte zum erstenmal seit Jahren wieder das Gefühl, die Kontrolle verloren zu haben. Sämtliche Warnlichter leuchteten, waren schon gestern nacht aufgeleuchtet, doch sie hatte sie einfach ignoriert.

Es war ein Schock. Als sie mit Scarpirato in der Bar gesessen hatte, war es ihr vorgekommen, als falle die Entscheidung ohne ihr Zutun. Plötzlich stand alles fest. Sarah konnte sich nicht erinnern, daß irgend etwas ihr Verhalten beeinflußt hätte, kein Blick, keine Geste. Die Lust auf ihn war plötzlich da, unerbittlich, unwiderstehlich. Sie wandte sich vom Fenster ab und suchte nach der Whiskyflasche.
Der Anrufbeantworter blinkte wütend, als sie an ihm vorbeiging. Sie hatte ihn schon am Morgen ignoriert, als sie durchs Haus geeilt war, um sich zu duschen, umzuziehen und zehn Minuten später wieder loszulaufen. Jetzt blieb sie stehen, ließ sich aufs Sofa fallen und starrte das Telefon an. Dann drückte sie auf die Wiedergabetaste. Das Band spulte zurück, blieb stehen und spielte die Messages ab.
Jacob hatte viermal versucht, sie zu erreichen, und jedesmal klang er eindringlicher, das letzte Mal fast schon flehend. Sarah steckte sich eine Zigarette an und wählte seine Nummer. Als er den Hörer abnahm, keuchte er, als sei er zum Telefon gerannt.
»Hast du meine Nachrichten nicht erhalten?«
»Doch, Jacob, alle vier. Deshalb rufe ich an.«
»Ich hab' dich einmal morgens und zweimal nachmittags im Büro angerufen und viermal auf dein Band gesprochen.« Seine Stimme klang besorgt, vorwurfsvoll und erregt zugleich.
»Typisch. Man hat mir nichts gesagt. Es war sowieso ein seltsamer Tag im Büro.«
»Darauf wette ich«, sagte Jacob scharf. »Hör mal, ich glaube, daß du rüberkommen solltest. Ich habe wichtige Neuigkeiten für dich.«
Sarah fühlte die zunehmende Erregung. Sie richtete sich auf. Plötzlich waren Müdigkeit und Mattheit wie weggeblasen. »Bin schon unterwegs.«
»Essen wir zusammen?«
Sarah spürte ihren leeren Magen. Seit vierundzwanzig Stunden hatte sie nichts Richtiges mehr gegessen. »Ja, gerne.«
»Übrigens ich hab' gestern die Kassetten deines DAT-Recorders

ausgewechselt. Ich hatte mir schon gedacht, daß du nicht dazu kommen würdest.«

»Danke. Es stimmt, ich bin nicht dazu gekommen. Bis gleich also.« Sie legte auf, ging in ihr Zimmer und schlüpfte in Jeans und T-Shirt. Dann griff sie nach Handtasche und Hausschlüsseln und wollte schon aus der Tür treten, als sie einen hellen Umschlag auf dem Boden entdeckte, eine Rechnung, die sie zuvor ignoriert hatte, und darunter ein buntes Dreieck. Sie schob den Umschlag beiseite und hob die Postkarte auf.

Sie zeigte ein Gebirge, gefährlich hoch, graue, dunstverhangene Granitfelsen vor einem kobaltfarbenen Himmel. Sarah drehte die Karte um. Es war der Kangschung-Gletscher, die erste Etappe auf Alex' und Eddies Weg durch den Himalaja. Wahrscheinlich würden sie gerade am Fuß des Berges zelten, wenn die Postkarte in London eintraf, schrieb Eddie. Sarah drehte sie wieder um und sah sich das Bild an. Es war so schlicht und schön. Plötzlich verkrampfte sich ihr Magen vor Schuldgefühlen.

Sie knallte die Tür hinter sich zu, stieg in ihren BMW, der nur wenige Meter vom Haus entfernt parkte, steckte die Schlüssel in den Anlasser und raste davon. Eine halbe Stunde später war sie in der Rotherwick Road.

Jacob begrüßte sie an der Tür. Er wirkte nervös. Er führte sie ins Arbeitszimmer, wo der DAT-Recorder auf einem alten Schreibtisch aus Rosenholz lag.

»Willst du eine Tasse Tee, Kleines?« Er musterte sie und runzelte besorgt die Stirn. Sarah war sich ihrer Blässe und der leichten blauen Spuren auf ihren Lippen bewußt, die wie Tintenflecke aussahen.

»Hm, ja bitte.«

Jacob verschwand in der Küche. Sarah starrte auf den Kassettenrecorder und wandte sich dann gezwungenermaßen Ruby zu, die durchs Fenster gekommen war und sich an ihren Beinen rieb. Sie hob die Katze auf, setzte sich in einen überdimensionalen Armsessel mit blumengemusterten Polstern und streichelte das weiche schwarze Fell. Bald schnurrte Ruby vor Freude, zog

die Krallen ein und bearbeitete Sarahs Schoß mit ihren Pfoten.
Nach einer Zeit, die ihr wie eine Ewigkeit vorkam, kehrte Jacob mit der Teekanne, zwei Tassen, Zuckerdose und Milchkanne auf einem silbernen Tablett wieder, alles aus feinstem Porzellan. Vorsichtig stellte er es auf den Tisch neben den Kassettenrecorder und goß langsam und feierlich den Tee in die Tassen. Sie erinnerte sich flüchtig an ein längst vergessenes Ritual aus ihrer Kindheit, als Alex und sie jeden Nachmittag nach der Schule zum Tee zu Jacob gekommen waren.
Sie erzählte ihm von der Postkarte. Eine Zeitlang unterhielten sie sich über Alex und Eddie und rätselten, wo sie nun waren. Jedes Wort nagte an ihrem Gewissen. Schließlich stellten beide ihre Tassen beiseite und wandten sich der Maschine zu.
»Mein Kumpel hat die Bänder von gestern und vorgestern geschickt. Jede Menge Information. Das meiste ist irrelevant. Ich hab' mir nur die wichtigen Stellen notiert und dir die Stellen aufgeschrieben.«
Sarah lächelte. Sie hatte vergessen, wie tüchtig und systematisch Jacob war.
Jacob nickte und schaute auf das Gerät. »Das hier stammt von der Wanze bei Carla, Sonntagabend. Prima Empfang.« Er grinste und drückte auf einen Knopf. Es war Arnotts Stimme.
»Du meinst, sie treffen sich schon morgen wieder?« Man hörte leise Geräusche von Messern und Gabeln, als säßen sie bei Tisch.
»Mm«, antwortete Carla mit vollem Mund.
»Eigenartig, daß nirgendwo darüber berichtet wurde.« Arnott hielt inne. »Bist du sicher, daß er nicht gesagt hat, warum?«
»Hör zu, Matthew!« antwortete Carla, sichtlich gereizt.
»Zum hundertsten Mal. Am Freitag hat er angerufen und gesagt, die Deutschen hätten für Montag ein Treffen anberaumt. Man hätte nicht erklärt, warum. Dieser Herr Müller – oder wie immer er heißt – hätte gesagt, daß er am Telefon nicht darüber sprechen wollte, er aber unbedingt an dem Treffen teil-

nehmen sollte. Das war alles, Wort für Wort, und mehr weiß ich nicht. Kapiert?«

Einen Augenblick lang herrschte Stille. Man hörte nur das Besteck. Dann sagte Arnott mit vollem Mund: »Na ja. Du mußt doch zugeben, daß es irgendwie komisch klingt. Sonst werden die Treffen lange im voraus angekündigt, es sei denn, es handelt sich um eine dringende Angelegenheit, eine Katastrophe oder so was.« Erneut folgte eine Pause, dann fuhr Arnott fort: »Und wie war er? Klang er besorgt oder was?« Ein kurzes, verächtliches Lachen von Carla war die Antwort.

»Er klang wie immer. Als haßte er mich. Was hast du denn erwartet?«

Die Frage hing in der Luft. Sarah stellte sich vor, daß Arnott wie üblich die Achseln zuckte. Ein ziemlich langes Schweigen folgte, bis er antwortete. »Eher so was wie Haßliebe.« Seine Stimme schwankte zwischen Spott und Eifersucht. »Ich bin nur ein bißchen beunruhigt, sonst nichts. Ich hoffe, daß es nichts mit uns zu tun hat.« Seine Stimme klang nachdenklich und unsicher. Sarah spürte die Spannung, sogar über das Tonband. Carlas Stimme klang plötzlich mißtrauisch.

»Was meinst du?«

Wieder Stille. Dann antwortete Arnott bedächtig, als wählte er jedes Wort mit äußerster Vorsicht. »Nun, ich hoffe, daß niemand ihn im Verdacht hat, sonst würde die Spur geradewegs zu uns führen, meinst du nicht?«

Kühl entgegnete Carla: »Er wird schon dichthalten! Sonst käme alles ans Licht, das mit ihm und mir, und seine Frau würde sich scheiden lassen. Das ist das einzige, wovor er Angst hat.« Ihre Stimme wurde noch verächtlicher. »Und von uns wird keiner quatschen, also, was regst du dich so auf?«

»Du regst dich auf!« Carlas wütender Protest wurde von Arnott im Keim erstickt. »Ich will keinen Streit, aber in letzter Zeit sind einige seltsame Dinge passiert.«

»Was zum Beispiel?«

Arnott zögerte, vielleicht fürchtete er, wieder ausgelacht zu werden. »Na ja, da ist diese Sarah Jensen, die vor ein paar Wochen bei uns angefangen hat. Sie ist verdammt gerissen. Ich hab' das Gefühl, daß sie mich ständig beobachtet. Irgendwas stimmt nicht mit ihr.«

»Du meinst also, daß sie dich in zwei Wochen durchschaut und diesen Herrn Müller angerufen hat? Mach dich doch nicht lächerlich.«

Man hörte ein unbehagliches Hüsteln von Arnott, und dann war es wieder still. Schließlich sagte er: »Ich muß noch kurz ins Büro. Bis später.«

Jacob schaltete das Gerät aus und sah Sarah an. Beide hoben die Augenbrauen in komplizenhaftem Einverständnis, bevor Jacob die Kassette vorspulte.

»Das hier war gestern gegen zwölf«, erklärte er und drückte dann auf Wiedergabe.

Sie hörten ein kurzes »Hallo«. Eine Stimme fragte nach Carla. Danach sagte sie etwas auf italienisch, sehr schnell und sehr kurz. Jacob sah Sarah verwirrt an.

»Ich dachte, es könnte wichtig sein. Du hast doch in Perugia oder sonstwo Italienisch gelernt.«

Sarah nickte. »Ja, als ich zwanzig war, aber einiges weiß ich noch.«

Sie lauschte der gereizten männlichen Stimme auf dem Band. Dann wandte sie sich Jacob zu.

»Ja, es ist wichtig. Unser Italiener weist Carla an, Pfund Sterling gegen Dollar zu kaufen, und zwar so rasch wie möglich.«

Sie sahen sich schweigend an, dann spulte Jacob zur nächsten Stelle vor. Es war Carla, die bei der ICB anrief. Sarah sprang verlegen auf, als sie ihre eigene Stimme erkannte und hörte, wie sie Carla an Arnott weitergab. Carla sprach nur einen Satz. »Ich muß mit dir reden, Arnott.« Arnott sagte okay und legte auf. Zwei Minuten später wählte Carla erneut. Diesmal nahm jemand den Hörer beim ersten Klingeln ab. Wer immer es war, er sagte kein Wort. Sie konnten nur Carlas Anweisungen hören. Kauft Sterling, sagte sie, sofort.

»Das war um sieben nach zwölf«, erklärte Jacob. »Um Viertel nach zwölf hat Scarpiratos Wanze ein Gespräch zwischen ihm und Arnott aufgenommen.« Er drückte auf die Wiedergabetaste. Arnott erklärte, daß er der Meinung sei, sie sollten ihre Sterling-Position noch weiter ausbauen. Scarpirato fragte ihn, ob er sicher sei. Todsicher, antwortete Arnott.

Das letzte Gespräch auf der Kassette hatte am selben Abend um halb zehn stattgefunden. Arnott und Carla feierten. Man hörte lautes Lachen und das Klirren von Gläsern. Sie hätten einen Gewinn von fünf Millionen Dollar gemacht, verkündete Arnott. Eineinviertel für jeden, lachte Carla fröhlich.

Jacob schaltete den Kassettenrecorder aus und wandte sich Sarah zu.

»Tja, das war's. Wir wollten Heringe angeln und haben einen Hai am Haken.«

Sarah nickte. Eine Zeitlang schwiegen sie. Sarahs Blick streifte durch den Raum und blieb an Jacob hängen.

»Ich muß das Ganze noch verdauen«, sagte sie und lachte sichtlich nervös. »Was machen wir jetzt bloß mit unserem Hai?«

Jacob sah sie an und zuckte die Achseln. Er holte eine Flasche Whisky und zwei kleine Gläser aus dem Schrank, füllte sie bis zum Rand und reichte Sarah eines. Schweigend nahmen sie einen Schluck, und dann sagte Sarah: »Tja, eins paßt zum anderen. Gestern habe ich gegen zwölf einen Anruf für Arnott entgegengenommen. Das muß Carla gewesen sein. Arnott sagte kein Wort, zog sein Jackett an und stand auf. Es gab einen kleinen Wortwechsel. Scarpirato wollte wissen, wohin er ging. Arnott antwortete, zur Toilette. Scarpirato hielt ihm vor, dazu bräuchte er kein Jackett. Devisenhändler arbeiten in Hemdsärmeln, weißt du. Ich wette, daß er in der Jackentasche sein Handy hatte. Das ist die einzige Möglichkeit, Insiderwissen entgegenzunehmen, denn alle Gespräche über die ICB-Leitungen werden aufgezeichnet. Seltsam, daß Scarpirato ihn so angemacht hat, aber vielleicht hatte Arnott meinetwegen besondere Vorkehrungen getroffen. Vielleicht ist er, bevor ich eingestellt wurde, einfach mit dem Handy in der Hand zur Toilette gegangen oder hat Anrufe sogar über die ICB-Leitung entgegengenommen. Wie auch immer, Arnott verschwand mit seinem Handy in der Toilette. Gemäß den Aufzeichnungen hat Carla um diese Zeit jemanden angerufen und ihm geraten, Pfund Sterling zu kaufen. Wahrscheinlich war es Arnott. Dann habe ich gesehen, wie Arnott in den Konferenzraum ging und telefonierte. Offenbar war es jemand, von dem ich nichts wissen sollte. Wahrscheinlich hat er einen illegalen Deal für sich, Carla, Scarpirato und jemand viertes gemacht, denn aus dem Gespräch vorher kann man entnehmen, daß der Gewinn durch vier geteilt wird. Dann besprachen sich Arnott und Scarpirato in dessen Büro. Arnott sagte, er solle Pfund Sterling kaufen. Anschließend kamen beide in die Devisenabteilung, und Scarpirato hat uns angewiesen, unsere Sterling-Positionen aufzustokken.«

Sie hielt inne und lachte kurz auf. »Nach dem Mittagessen rief mein alter Freund Arbingen an und erzählte mir von dem geheimen G7-Treffen in der Bundesbank. Eine Viertelstunde später wurde das Gespräch auf italienisch aufgenommen. Klarer könnte es nicht sein, oder?« Sarah schaute auf ihre Hände. »Was für eine geniale Masche! Handel mit Insiderwissen auf höchstem Niveau, wo es unvorstellbar ist. Um meine Hypothese zu testen, habe ich eine eigene Position von drei Millionen Pfund Sterling aufgebaut. Ich brauchte mich bloß zurückzulehnen und abzuwarten, und natürlich ging das Pfund hoch. Als ich verkaufte, hatte ich einen Gewinn von siebenunddreißigtausendfünfhundert Dollar gemacht. Die Bank konnte sechs Komma acht Millionen absahnen, Scarpirato und seine Spezis weitere fünf Millionen.« Sie nahm einen kräftigen Schluck Whisky. »Ich hatte es geahnt, ich war mittendrin, aber es ist schwer zu begreifen. Ich kann's immer noch nicht richtig fassen.«

Jacob betrachtete sie nachdenklich.

»Mir geht es nicht anders. Aber das Geld ist da. Das ist der Beweis, den du brauchst. Und du selbst hast beinahe vierzig Riesen daran verdient. Das zumindest sollte dich aufheitern.« Er

grinste. »Nicht übel, was? Na, wenigstens etwas hast du von mir gelernt.«
Sie lachte. »So gut wie du werde ich nie sein, Jacob.«
Das Lachen vertrieb ihre Sorgen für eine kurze Zeit. Jacob schenkte nach.
»Wir kennen also die Empfänger des Insiderwissens, abgesehen von dem mysteriösen vierten Mann. Aber wer ist ihr Informant?«
Sarah stellte ihr Glas ab.
»Es könnte der italienische Finanzminister oder der Präsident der italienischen Zentralbank sein. Vielleicht auch jemand, der in ihrem Auftrag handelt. Möglich, daß die undichte Stelle bei den Japanern oder Franzosen liegt und ihr Mittelsmann ein Italiener ist, aber das bezweifle ich. Wenn ich wetten müßte, würde ich auf den italienischen Finanzminister oder den Präsidenten der italienischen Zentralbank tippen.«
»Wir sollten uns Fernsehsendungen aus Italien besorgen und die Stimmen vergleichen.« Er hielt inne und fuhr dann grinsend fort. »Ich kenne da jemanden in Mailand. Ich werde ihn bitten, Nachrichtensendungen oder so was auf Video aufzunehmen. Mal sehen, ob wir jemanden wiedererkennen.«
Sarah schüttelte den Kopf und lächelte. »Wer immer es ist, Carla hatte eine Affäre mit ihm. Es hat den Anschein, als würde sie ihn erpressen. Meinst du nicht auch?«
»Und ob. Das stinkt nach Erpressung.«
»Er gibt ihr also den Tip, sie benachrichtigt Arnott und dieser Scarpirato. Dann bauen sie ihre Position auf und kassieren mal eben einen Gewinn von fünf Millionen Dollar.« Sarah runzelte die Stirn. »Anschließend teilen sie ihre Beute durch vier. Carla, Arnott, Scarpirato, aber wer ist der Vierte im Bunde?«
Jacob zuckte die Achseln. »Weiß der Teufel.«
Sarah war fasziniert. »Wahrscheinlich ist er der Kopf des Unternehmens und sieht zu, daß er eine reine Weste behält. Das müssen wir rauskriegen und ein paar stichhaltige Beweise gegen Scarpirato sammeln. Außerdem müssen wir wissen, wer dieser myste-

riöse Italiener ist. Die Beweise, die wir bislang haben, reichen nicht aus. Unsere ganze Theorie beruht auf Vermutungen. Ich kann nicht beweisen, daß tatsächlich Insiderwissen im Spiel war oder daß Dante Scarpirato darin verwickelt ist. Was wir haben, ist nicht eindeutig genug, aber ein guter Anfang. Morgen schreibe ich einen Bericht und rufe Barrington an. Heute nacht will ich erst mal drüber schlafen.«

Jacob nickte. Er sah, wie Sarah sich in ihre eigene Welt zurückzog. Sie saß vollkommen still da und schaute aus dem Fenster. Sie betrachtete die Rosen draußen. Die letzte Nacht mit Scarpirato war ein Fehler gewesen. So weit durfte es nicht noch einmal kommen. Sie wußte, daß es zerstörerisch wäre, sich weiter auf ihn einzulassen. Und sie wußte, daß er an ihrer Stelle nicht die geringsten Skrupel hätte, sie ans Messer zu liefern. Er würde es kaltlächelnd tun.

Jacob schaltete den Kassettenrecorder aus und ging in die Küche. Sarah folgte ihm. Das Abendessen war fertig. Beide setzten sich wie unter Schock an den Küchentisch. Um die Bedeutung dessen herunterzuspielen, was sie entdeckt hatten, erzählte Jacob von alten Zeiten und seinen Abenteuern. Sarah lachte und war froh über die Ablenkung. Bevor sie ging, fragte sie, ob er ihr noch eine Wanze besorgen könnte. Er warf ihr einen langen mißtrauischen Blick zu und nickte dann. Erschöpft fuhr Sarah nach Hause und ging um zehn ins Bett.

17

Mittwoch morgen, halb acht. Sarah balancierte ihren Cappuccino und einen Toast in einer kleinen weißen Papiertüte durch die Devisenabteilung. Sie schwankte ein wenig, und die Flüssigkeit schwappte über den Deckel der Styroportasse. Sie setzte sich an ihren Schreibtisch, holte den Cappuccino und den in Wachspapier eingepackten Toast aus der Tüte und begann zu essen. Es war ein heiliges Morgenritual, das man in Ruhe genießen mußte.

Sekunden später setzte sich Matthew Arnott neben sie. Sie nickte ihm zu und wandte sich wieder ihrem Toast und der mit Butter beschmierten *Financial Times* zu. Sie wollte ihn nicht ansehen. Sie wollte nicht mal, daß er ihr in die Augen schaute, weil sie befürchtete, ihr Blick könnte verraten, was sie über ihn wußte. Dann kam Simon Wilson, gesprächig wie immer, fast noch euphorisch über die Gewinne, die sie am Montag gemacht hatten. Sarah aß ihren Toast auf und steckte sich eine Zigarette an.

»Mann, geht's mir heut schlecht!« brummte Wilson. »War gestern noch bis vier im *Ministry of Sounds*.«

»Wohl zuviel gefeiert, was?« sagte Arnott.

Wilson nickte. »Du etwa nicht?«

Arnott verzog das Gesicht. »Doch, aber ich habe eine andere Art zu feiern.«

Sarah hätte um ein Haar ihre Zigarette verschluckt. »Was denn für eine?« fragte sie herausfordernd.

Arnott sah sie an. Sie hielt seinem Blick stand, in der Hoffnung, daß ihre Augen nur Verachtung zu erkennen gaben.

»Ich hatte dran gedacht, übers Wochenende nach Positano zu fliegen. Mit meiner Freundin.«
Sarah zuckte die Achseln. »Positano im Juli. Nicht gerade originell. Viel zu voll. Mai bis Juni ist viel besser, fand ich immer.«
Wilson mußte kichern. Arnott schaltete seine Bildschirme ein und murmelte: »Was seid ihr doch für Spaßvögel!«
Positano, dachte Sarah. Was will er dort mit Carla? Vielleicht den Vierten in Bund treffen?
An dem Tag war sie sehr vorsichtig und beobachtete ihn nur, wenn sie sicher war, daß er es nicht merkte. Doch sie war enttäuscht. Ein derart perfektes Verbrechen paßte nicht zu einem mittelmäßigen Typen wie ihm. Scarpirato zumindest hatte Format. Und was war mit dem vierten Mann, dem vermeintlichen Kopf des Ganzen? Wie sah er wohl aus? Sarah ließ ihre Blicke schweifen und dachte nach. Sie versuchte, sich ein psychologisches Bild von ihm zu machen, doch es gelang ihr nicht. Das Gesicht in ihrer Vorstellung blieb ausdruckslos.
Es fiel ihr schwer, sich zu konzentrieren. Gedankenverloren starrte sie auf ihre Bildschirme. Niemand in der Devisenabteilung arbeitete richtig. Das war kaum verwunderlich. Die Erschöpfung und Ernüchterung nach der großen Euphorie hatten sich eingestellt. Um vier machte Sarah Feierabend.
Sie fuhr direkt nach Hause, zog sich um und fing an, ihren Bericht für Barrington zu tippen. Zuerst fiel es ihr schwer, ihre Entdekkung in Worte zu fassen. Doch dann gewann sie durch das Schreiben eine gewisse Distanz, als wäre sie eine Journalistin, die einen Artikel verfaßt.
Sie war gerade fertig, als das Telefon läutete. Es war Dante.
»Ich muß dich sehen.« Seine Stimme war eine rauhe Liebkosung. Sarah begann zu schwitzen. Es war halb sechs, die Sonne stand immer noch hoch am Himmel, und die Hitze drang durch ihre Jeans. Eine Weile sagte sie nichts, dann antwortete sie mechanisch: »Gut, dann komme ich vorbei.«
Sie stieg in den BMW, ließ ihn an und legte eine Soulkassette in den Recorder ein. Der dumpfe Rhythmus durchpulste ihren

Köper, während sie Gas gab und wie ferngesteuert die King's Road Richtung Wellington Square fuhr.
Scarpirato öffnete ihr mit einem breiten Lächeln die Tür und trat einen Schritt zurück, um sie hereinzulassen. Sie ging durch den Flur. Keiner von beiden sagte ein Wort. Er führte sie durch das Haus auf eine Dachterrasse. Dann brachte er zwei Weingläser und stellte sie auf einen kleinen Holztisch. Sarah setzte sich auf die Bank ihm gegenüber und führte das Glas an die Lippen. Während sie trank, nahm sie den Blick nicht von seinen Augen.
Er trug Bluejeans und ein kurzärmeliges weißes Hemd. Zum erstenmal sah sie ihn ohne Anzug. Sie starrte auf das dichte schwarze Haar an seinen Unterarmen und auf die sonnengebräunte Haut darunter. Sie streckte den Arm aus und umfaßte sein Handgelenk.
Ihre Unterhaltung war sprunghaft und zusammenhangslos. Nach einer Weile nahm er ihre Hand. Keiner von beiden konnte warten. Er führte sie durch das Haus ins Schlafzimmer. Hinter den geschlossenen Vorhängen war es kühl. Er zerrte am Gürtel ihrer Jeans und streifte sie über ihre Hüften. Leidenschaftlich küßte er sie und warf sie aufs Bett.
Darunter trug sie nichts. Eine Weile sah er sie nur an, wie sie unter ihm lag, dann beugte er sich über sie und begann, seine Hände verschränkt mit ihren, Sarahs Gesicht mit Küssen zu bedecken.

Sie lag nackt auf dem Bett, nur halb von einem Laken bedeckt. Die kühle Morgenluft vermischte sich mit den sanften Sonnenstrahlen, und als sie durch die dicken Vorhänge drang, wachte Sarah auf. Es war Viertel vor sechs. Seit über einer Stunde war es hell, und die Vögel sangen in den Bäumen unten am Platz. Eine Zeitlang lag sie reglos im Bett wie das Opfer eines schweren Unfalls, das versucht, den Schaden abzuschätzen, bevor es sich bewegt. Die explosive Befriedigung der letzten Nacht war einer schmerzlichen Leere gewichen. Die einzige Lösung, die in Frage kam, das wußte Sarah, würde das Verlangen nur noch steigern. Trost bei der Quelle der Verzweiflung zu suchen war ein aus-

sichtsloses Unterfangen und wurde dennoch immer wieder praktiziert.
Als sie so neben Scarpirato in dem riesigen Bett lag, konnte Sarah mit ruhiger Gelassenheit über ihre Lage nachdenken. Sie wußte genau, wie sinnlos und zerstörerisch eine Beziehung mit einem derartigen Mann sein würde. Doch sie wußte auch, daß jeder Versuch, sie abzubrechen, genauso sinnlos war. Der Bruch war unvermeidlich und würde bald kommen, sie fühlte es. So lange wollte sie warten. Sie befreite sich von dem verdammten Zwang, ihn verlassen zu müssen, und entledigte sich so eines Teils ihrer Gewissensbisse.
Sarah fragte sich, warum Dante bloß eine solche Wirkung auf sie ausübte. Er war nicht der erste gefährliche, zerstörerische Mann, mit dem sie geschlafen hatte. Als sie die Beziehung mit John Carter einging, dem ersten anständigen Mann in ihrem Leben, dachte sie, daß die Zeit der gefährlichen Liebschaften nun endlich vorbei sei. Und als sie Eddie schließlich traf, war sie sicher. Aber dann war Scarpirato aufgetaucht, ein Rückfall und einer der schwersten, die sie erlebt hatte. Vielleicht würde er ihr letztes Experiment werden, eine Art Katharsis. Sie klammerte sich an diese Hoffnung. Ja, eine Katharsis. Er benutzte sie für seine eigenen egoistischen Ziele, aber sie würde auch welche haben. Er war natürlich auch ihre Beute, wenngleich in ganz anderer Hinsicht. Von diesem Gedanken getröstet, schlüpfte sie leise aus dem Bett, zog sich an und verließ das Haus.

Gegen halb eins brachte Sarah ihren Bericht zu Barrington. Dieser war mit einigen Bankern aus Deutschland zum Mittagessen verabredet. Sie saßen in seinem Büro neben der hohen alten Großvateruhr, die leise und feierlich tickte. Er habe nur zehn Minuten Zeit, erklärte er.
»Ich habe da ein paar sehr interessante Entdeckungen gemacht. Sie stehen in meinem Bericht. Außerdem habe ich Ihnen diese Kassette mitgebracht.« Sie händigte ihm die Kassette aus, die Jacob zusammengeschnitten hatte. »Es sind keine gerichtstaugli-

chen Beweise, aber sie belegen deutlich, daß hier ein Verbrechen begangen wird, und zwar auf höchster Ebene.«

Barringtons Augen weiteten sich in unverhohlener Überraschung, als sie ihm Bericht erstattete. Die Falle, die er mit Müllers Hilfe gelegt hatte, war also zugeschnappt. Doch das sagte er Sarah nicht. Als sie fertig war, verengten sich seine Augen wieder. Er betrachtete sie forschend und versuchte, in der sich ausbreitenden Stille zu überlegen, wie es weitergehen sollte.

Zum erstenmal verspürte er einen Anflug von Unbehagen, zerstreute seine bösen Vorahnungen jedoch rasch wieder. Sie kamen höchst ungelegen. Er hatte Sarah selbst ausgesucht und sie vorgeschlagen, und sie hatte in kürzester Zeit erstaunliche Resultate geliefert. Das waren Tatsachen; nur sie zählten. Mit ihren Fähigkeiten, Wanzen anzubringen, hatte sie ihn überrascht; das war alles. Jetzt wußte er, woran er war. Alles würde gut ausgehen. Er hatte ihr den Rahmen vorgegeben, und sie hatte ihre Fähigkeiten unter Beweis gestellt und seine Erwartungen weit übertroffen. So mußte er es sehen, nicht daß er sie unterschätzt hatte. Er lächelte ihr über den Schreibtisch hinweg zu.

»Das ist allerhand, Sarah. Mein Kompliment. Was Sie rausgefunden haben, ist höchst beunruhigend, aber Sie haben Ihre Sache großartig gemacht.« Auf ihre Methoden ging er mit keinem Wort ein. Sarah hatte das Gefühl, daß er das Thema bewußt mied.

»Ich werde Ihren Bericht sorgfältig lesen, mir die Kassette anhören und mich dann bei Ihnen melden. In der Zwischenzeit machen Sie einfach so weiter.« Er warf einen Blick auf die alte Uhr. Sarah erhob sich.

»Um die Bänder abzuhören, brauchen Sie einen sogenannten digitalen Taperecorder«, erklärte sie. »Aber ich bin sicher, daß Sie in der Bank so was haben.«

Barrington sah sie für den Bruchteil einer Sekunde länger als nötig an. Ihr Gesicht war völlig arglos; trotzdem konnte er das Gefühl nicht abschütteln, daß sie sich über ihn lustig machte. Sie verabschiedeten sich per Handschlag. Er brachte sie zur Tür und

sah ihr nach, als sie den Korridor entlangging, dann schloß er sich in seinem Büro ein.
Er hatte gemischte Gefühle, war erregt, beunruhigt und mißtrauisch zugleich. Er haßte böse Überraschungen. Sie brachten ihn aus der Ruhe. Jetzt mußte er zusehen, wie er sie zu seinem eigenen Vorteil ausnutzen konnte.
Um Viertel vor eins kam seine Sekretärin Ethel, um ihm zu sagen, daß die deutschen Banker angekommen seien. Barrington ging durch den Empfangsraum zum Speisesaal. Er setzte sein strahlendstes Lächeln auf und öffnete die Tür. Der perfekte Gastgeber, hochgewachsen, ruhig und selbstbewußt, aber einer, dessen Gedanken immer wieder von den Gesprächen mit seinen Gästen abschweiften und zu der Kassette und Sarah Jensen zurückkehrten.
Es war ein kurzes Mittagessen. Um halb drei verabschiedete sich Barrington von seinen Gästen und eilte zurück in sein Büro. Er bat Ethel, einen digitalen Taperecorder aufzutreiben und ihn in der nächsten halben Stunde nicht zu stören. Zehn Minuten später klopfte sie leise an seine Tür, trat mit einem DAT-Recorder ein und zog sich schweigend wieder zurück.
Hastig legte Barrington die Kassette in das Gerät, lehnte sich zurück und lauschte. Sarah hatte ihm erklärt, daß sie alle relevanten Informationen auf eine Kassette zusammengeschnitten hatte. Natürlich war Jacob derjenige gewesen, der sich die Arbeit gemacht hatte, doch das hatte Sarah nicht erwähnt. Sie hatte das Gefühl, daß Barrington nicht einverstanden gewesen wäre, und außerdem wollte sie, daß Jacob inkognito blieb, falls irgend etwas schiefging.
In der nächsten Viertelstunde hörte sich Barrington die Aufnahmen an. Gelegentlich spulte er zurück und wiederholte die Passagen, in denen sich Arnott und Carla belasteten. Dann schaltete er das Gerät aus und las Sarahs Bericht. Er war geneigt, ihr zuzustimmen. Obwohl Scarpirato nicht direkt erwähnt wurde, sah es ganz danach aus, als sei er einer der vier Verschwörer. Doch brauchte er stichhaltigere Beweise, wenn er gegen den Italiener

etwas unternehmen wollte. Miss Jensen sollte ihre Nachforschungen fortsetzen, bis sie neue Erkenntnisse hatte und wußte, wer der vierte Mann war. Über die Sprechanlage bat der Governor seine Sekretärin, ihn mit James Bartrop zu verbinden. Doch Bartrop war nicht aufzutreiben. Barrington fluchte in sich hinein. Er brannte darauf, seine Neuigkeiten loszuwerden.

Erst gegen zehn Uhr abends rief Bartrop zurück. Barrington war in seiner Penthousewohnung über der Bank und genoß mit seiner Frau Irene einen ruhigen Abend zu zweit.

»Tut mir leid, daß es so lang gedauert hat, Governor. Kleine Auslandsreise. Bin gerade erst zurückgekommen.«

»Macht nichts. Ich hatte Sie angerufen, weil unsere Sarah ein paar höchst interessante Dinge herausgefunden hat. Scheint, daß wir richtig lagen. Irgendwas ist faul, genau da, wo wir es vermutet haben. Ich habe ihren Bericht. Außerdem hat sie einiges an Beweismaterial, das vor Gericht zwar nicht standhalten würde, aber doch sehr aufschlußreich zu sein scheint.«

Bartrop spürte, wie sich sein Puls beschleunigte. »Was für Beweismaterial? Wie ist sie darangekommen?«

Barrington zögerte einen Augenblick. »Telefongespräche, Unterhaltungen. Sie hat sie mitgeschnitten.«

Bartrops Augen weiteten sich. Einen Augenblick lang war er still. Dann sagte er auf seine beiläufige, ruhige Art: »Voller Tatendrang, die Kleine, wie?«

»Sieht so aus, ja.«

»Sie haben ihr das nahegelegt?« Es war mehr eine Feststellung als eine Frage.

»Sehr vage. Ich habe ihr lediglich einen Rahmen vorgegeben. Entschieden hat sie selbst.«

»Sie bewegt sich wie ein Fisch im Wasser, finden Sie nicht?«

»Hm.«

»Haben Sie eine Ahnung, wie sie an die Hardware gekommen ist?«

»Ich bitte Sie, Bartrop. Danach habe ich sie nicht gefragt. Je weniger ich weiß, um so besser, das ist doch wohl klar.«

Bartrop runzelte die Stirn. »Wollen Sie, daß ich jemanden vorbeischicke, um das Material abzuholen? Ich würde es mir gerne sofort ansehen.«

Barrington hatte einen Moment das Gefühl, er müßte etwas sehr Persönliches, Wertvolles aus der Hand geben. »Ja, natürlich. Aber ich schicke es Ihnen mit einem meiner Leute. Wo sind Sie?«

Verwundert notierte Barrington sich die Anschrift. Chelsea Square. Die meisten Häuser dort kosteten über eine Million Pfund. Er hätte nie gedacht, daß Bartrop so viel Geld hatte.

Bartrop wartete. Es war völlig still im Haus, bis auf das rhythmische Schnurren Trouts, die auf seinem Schoß döste.

Er saß an seinem Schreibtisch im Arbeitszimmer vor einem Glas ausgezeichnetem und sehr altem Whisky. Gelegentlich konnte er die leisen Stimmen seiner Bewacher hören, die sich unten im Garten unterhielten. Seit achtzehn Monaten hatte er Leibwächter. Es war ein unwillkommener Einschnitt in seinem Leben gewesen, aber unumgänglich nach einer längeren und ziemlich gefährlichen Undercover-Operation in Kolumbien, wo er sich mit dem Medellin-Kartell angelegt hatte. Die Chancen, daß er auf ihrer Todesliste stand, waren groß. Keiner konnte es mit Sicherheit sagen, doch die Firma wollte kein Risiko eingehen. Deshalb wurde er jetzt rund um die Uhr beschützt, egal, wo er war. Diese Männer hatten ein langes Gedächtnis, aber er auch ...

Nach einer halben Stunde hörte er, wie ein Wagen vor dem Haus bremste, und dann klingelte es an seiner Tür. Er stellte die Katze auf den Boden und ging die Treppen hinunter zum Flur, um durch den Spion zu blicken. Es war Munro mit einem Paket in der Hand. Er öffnete.

»Von der Bank of England, Sir«, sagte er.

Bartrop nickte, nahm das Päckchen und kehrte in sein Arbeitszimmer zurück. Er setzte sich wieder an den Schreibtisch, öffnete das Päckchen, zog den Bericht heraus und las.

Danach hörte er sich die Kassette an. Seine Gedanken wanderten zu Fieri. Er war sicher, daß er auf der richtigen Spur war, daß

Sarah Jensen auf der richtigen Spur war, auch wenn sie nichts ahnte. Er lächelte zufrieden. Es war ein guter Start. Jetzt stand eindeutig fest, daß es eine Verschwörung gab. Der unbekannte vierte Mann war möglicherweise tatsächlich Fieri. Und wenn ja, dann hatte der Spaß gerade erst begonnen.

Er rief Barrington an.

»Das Material ist großartig. Mit dieser Frau haben wir einen Volltreffer gelandet, wie man so sagt. Bitten Sie sie, wie bisher weiterzumachen, aber sehr vorsichtig zu sein. Wir müssen rauskriegen, wer der vierte Mann ist. Der dritte scheint mir Scarpirato zu sein, aber auch das wissen wir nicht mit Sicherheit. Über den vierten hat sie noch nichts rausbekommen, oder?«

»Nein.«

»Wenn sich die Gelegenheit ergibt, versuchen Sie in Erfahrung zu bringen, woher sie die Wanzen hat. Ich weiß, daß sie sehr empfindlich ist, aber vielleicht läßt sich da doch was machen. Möglicherweise kommt sie sogar von selbst darauf zu sprechen.«

»Ich werd's versuchen«, brummte Barrington.

Ich hätte doch auf einem Mittelsmann beharren sollen, dachte Bartrop. Wenn nicht sein Stellvertreter, dann doch wenigstens jemand, der gewillt gewesen wäre, sich die Hände etwas schmutziger zu machen als Barrington. Doch Bartrop wußte, daß es dafür jetzt zu spät war.

»Übrigens, da fällt mir noch etwas ein«, sagte Bartrop. »Heute ist Donnerstag. Das Ganze hat sich am Montag abgespielt. Warum hat es so lange gedauert, bis wir das Material hatten?«

»Ich selbst habe es heute morgen erhalten. Was sie damit gemacht hat, kann ich Ihnen nicht sagen. Zudem wäre es angesichts der Ergebnisse etwas undankbar gewesen, wenn ich ihr das vorgeworfen hätte.«

»Es ist kein Vorwurf, Governor. Reine Neugier.«

Während Bartrop ihren Bericht las, nahm Sarah etwa fünf Minuten von ihm entfernt bei geöffnetem Fenster ein warmes Bad. Die warme Brise, die hereinströmte, wirbelte wohlriechenden

Dampf auf. Sie hatte eine halbe Flasche Badeöl in die Wanne gekippt, um sich so richtig zu entspannen. Jetzt duftete das ganze Badezimmer nach Lavendel und Geranien. Neben der Badewanne brannte eine Kerze, deren Flamme in der leichten Brise flakkerte und flüchtige Schatten an die Wand warf.
Sie versuchte, ihre Gedanken zu vertreiben. Ihre dreifache Rolle als Angestellte, Geheimagentin und Geliebte setzte ihr allmählich zu. Eine mußte sie unbedingt aufgeben. Sarah fragte sich, wie lange sie alledem noch gewachsen war.
Die Affäre mit Scarpirato hatte ihren ganzen Plan durcheinandergebracht. Jetzt konnte sie nur noch auf Ereignisse reagieren. Angespannt saß sie im Halbdunkel in der warmen Badewanne und beobachtete die Schatten der flackernden Kerze.
Sie warf einen Blick auf ihre wasserdichte Swatch. Es war elf, und sie war hundemüde. Sie stieg aus der Wanne, trocknete sich hastig ab und kroch noch halbnaß ins Bett. Dann stöpselte sie ihr Telefon aus. Den ganzen Tag hatte sie kein Wort mit Scarpirato gewechselt. Sie hatte nicht vor, ihn anzurufen, und obwohl sie spürte, daß er es auch nicht tun würde, beschloß sie, der Erwartung ein Ende zu setzen, zumindest für heute nacht.

18

Sarah wachte deprimiert auf. Böse Ahnungen überfielen sie. Sie schleppte sich zur Arbeit. Am späten Vormittag rief Jacob an. Seine leicht besorgte Stimme verstärkte ihre Unruhe. Er wollte sie nach der Arbeit treffen. Ob er vorbeikommen könne? Ja, natürlich, erklärte Sarah. Nachdenklich starrte sie auf ihre Monitore und konnte keinen Trend entdecken. Plötzlich hörte sie Scarpiratos Stimme über sich. Sie sah auf; er stand dicht neben ihr. Er sprach mit Arnott über eine Position. Ein paar kurze Anweisungen, dann wandte er sich wieder ab. Für den Bruchteil einer Sekunde sah er ihr in die Augen. In seinem Blick lag unterdrücktes Verlangen und ein Triumph, der sie auf seltsame Art ausschloß. Er ging wieder in sein Büro und steckte sich eine Zigarre an. Sie konzentrierte sich auf ihre Bildschirme und brach sämtliche eigenen Regeln, indem sie ein paar Geschäfte abwickelte, nur um sich zu zerstreuen.

Gedankenlose Deals brachten meistens Verluste ein. Als Sarah den Tag mit dreißigtausend Miesen abschloß, war sie fast erleichtert angesichts der Entwicklung, die voraussehbar gewesen war. Sie beichtete einem hämisch grinsenden Arnott ihre Verluste und ging nach Hause.

Der dröhnende Verkehr auf der Lower Thames Street bildete einen nicht enden wollenden Strom. Sarah überquerte schließlich zwischen zwei Schwerlastzügen die Straße und lief dann weiter bis Cheapside, wo sie ein Taxi nahm.

Als sie nach Hause kam, wartete Jacob bereits auf sie. Er war mit seinem Schlüssel ins Haus gelangt. Sein Gesicht verzog sich zu einem Lächeln, als er sie sah, doch die Falten um seine Augen ver-

rieten seine Sorgen. Sie kochte Tee und redete mit Jacob über allerlei Belanglosigkeiten. Nach einer Weile verstummte er, als wartete er, daß sich eine natürliche Pause in ihrer Unterhaltung ergab.
Er fuhr sich mit beiden Händen durch sein dichtes graues Haar. Sarah saß da und schwieg. Jacob errötete ein wenig.
»Hab' ein paar Neuigkeiten auf Band. Dieser Scarpirato scheint eine Freundin zu haben. Er muß letzte Nacht bei ihr verbracht haben, soweit ich sehen kann. Und dieses Wochenende fliegt er mit ihr nach Südfrankreich.« Jacob machte eine vage Handbewegung. »Natürlich weiß ich nicht, ob es wichtig ist. Ich meinte nur, daß du es wissen solltest.« Dann sprach er rasch weiter, so daß sie nicht darauf zu antworten brauchte. »Übrigens habe ich mir alle Kassetten von Carla angehört, aber nichts Interessantes gefunden.«
Er saß nachdenklich da und sah, wie sie auf ihre Schuhe starrte. Ohne ihn anzusehen, stand sie auf, trat zu einer Reihe Flaschen auf einem Tisch und schenkte ihnen zwei doppelte Whisky ein. Wortlos reichte sie ihm ein Glas und trat ans Fenster, wo sie mit dem Rücken zu ihm stehenblieb und nach draußen blickte.
Sie stürzte den Whisky herunter. Er brannte in der Kehle, und sie suchte Trost in diesem Gefühl. Reglos stand sie da und ließ die Minuten verstreichen.
Es war zwecklos, durch eine rationale Analyse ihrer Empfindungen einen Ausweg aus dem Schmerz, der Erniedrigung und dem Gefühl von Verrat zu finden. Der Verrat machte ihr am meisten zu schaffen. Er erfüllte sie mit Wut und Ekel. Sie hatte gedacht, daß sie die Verräterin sei, aber Scarpiratos Verrat machte ihr Verbrechen gegenüber Eddie nur noch schlimmer. Daß alles umsonst gewesen sein sollte ... Sie stand am Fenster, eine Hand umklammerte das Glas, die andere hing schlaff herunter.
Vor ihr leuchtete der Park im abendlichen Sonnenlicht. Mrs. Jardine war unten und paßte auf ihre Kinder auf, die Nachlaufen spielten. Die Szene breitete sich vor ihr aus. Sie betrachtete sie, sehr weit weg, und hatte das Gefühl, vor einem Fernseher zu sitzen.

Jacob stand auf, trat zu ihr und legte ihr sanft den Arm um die Schulter.
»Ich muß jetzt los. Will noch ein paar alte Freunde treffen. Ich ruf' dich morgen an. Okay?«
Sarah legte ihre Hand auf die seine. »Wiedersehen, Jacob. Viel Spaß heute abend.« Sie wartete, bis er hinausgegangen war, und wandte sich wieder der Betrachtung des Carlyle Square zu. Jacob ließ die Tür ins Schloß schnappen, dann war es vollkommen still.

Am Montagmorgen um Punkt halb acht eilte Sarah durch die Sicherheitstüren der ICB-Devisenabteilung und ging zu ihrem Schreibtisch. Wie üblich blickten alle auf, doch an diesem Morgen wurden die bewundernden Blicke nicht mit einem strahlenden Lächeln oder freundlichen »Guten Morgen« belohnt. Zielstrebig ging sie auf ihren Schreibtisch zu, setzte sich neben Arnott und nickte leicht. Er sah sie aus den Augenwinkeln an. Obwohl er nicht gerade einfühlsam war, entging ihm die Veränderung in ihrem Verhalten nicht. Er versuchte, sie in ein Gespräch zu verwickeln.
»Und, wie geht's heute morgen?«
Sarah warf ihm einen kurzen Blick zu, und einen Augenblick lang war er wie gelähmt vor Staunen. Er hatte das Gefühl, daß sie ihre Maske für den Bruchteil einer Sekunde abgelegt hatte. Wäre das, was dahinter sichtbar wurde, nur Leere gewesen, hätte es ihn nicht so entsetzt. Statt dessen sah er reine und unverhohlene Gleichgültigkeit. Rasch wandte er sich wieder seinen Bildschirmen zu. Sie schaltete ihren Computer an und tippte Befehle ein, als wäre nichts geschehen.
Kurz darauf tauchte Scarpirato auf und rief sie zur allmorgendlichen Besprechung. Arnott trödelte herum und holte sich erst mal einen Kaffee. Sarah stand auf und ging auf den Konferenzraum zu. Scarpirato ließ ihr den Vortritt. Als er sich ihr gegenüber an den Tisch setzte, trafen sich ihre Blicke. Er fuhr sichtlich zusammen. In ihren Augen blitzte Verachtung. Ungläubig starrte er ihr

ins Gesicht, blinzelte und wandte sich dann abrupt ab. Als er sie Sekunden später wieder ansah, war ihr Gesicht teilnahmslos. Arnott trat mit seinem Kaffee ein und löste die Spannung. Wilson drängelte sich hinter ihm. Beide setzten sich an den Tisch. Arnott angelte sich eine Zigarette aus Sarahs Packung und grinste ihr ein Dankeschön zu. Sie zwang sich zu einem Lächeln.

Scarpirato räusperte sich und erklärte ihnen in seiner üblichen abgehackten Art seine Strategie für den Rest der Woche. Sarah hörte schweigend zu. Minuten später war die Sitzung zu Ende. Sarah setzte sich an ihren Schreibtisch, griff zum Hörer und machte sich an die Arbeit.

An diesem Tag rührte sie sich nicht von ihrem Platz. Zum Lunch brachte Wilson ihr ein Sandwich von *Birley's* mit. Es lag den ganzen Nachmittag verloren auf dem Schreibtisch und wurde von Stunde zu Stunde trockener.

Ihre Konzentration war ungebrochen. Sie arbeitete ohne Pause, klapperte alle Börsen ab, baute Positionen auf und stieß sie mit ein paar tausend Pfund Profit wieder ab, um dann wieder ganz von vorn anzufangen. Nach acht Stunden hatte sie sechzigtausend Pfund Gewinn gemacht. Sie informierte Arnott und ging nach Hause. Im Taxi spürte sie grimmige Befriedigung und erste Anzeichen von Erleichterung. Zwar hatte sie ihr Gleichgewicht noch lange nicht wiedergefunden, aber zumindest war sie auf dem richtigen Weg.

Das Telefon klingelte, als sie durch die Tür trat. Sie eilte mechanisch zum Apparat. Es war Scarpirato. Unerwartet, unwillkommen. Ihre Finger schlossen sich um den Hörer, und nach einer Pause fragte sie: »Was willst du?«

Er lachte auf eine Art, die ihr wie einstudiert vorkam, als sollte es die Intimität eines gemeinsamen Witzes beschwören, den gespielten Ärger über die Launen einer Geliebten. Um ein Haar hätte sie wütend den Hörer auf die Gabel geknallt.

»Ich will bloß wissen, was mit dir los ist. Warum hast du mich heute morgen so angesehen? Was habe ich dir getan?« Er war die Unschuld in Person.

Sarah atmete langsam und tief durch. Sie konnte ihm nichts vorwerfen. Wie hätte sie von seinem Treuebruch erfahren sollen? Seine Lügen waren derart unverschämt und seine offensichtliche Gewissenlosigkeit so widerlich, daß man ihnen nichts entgegensetzen konnte. Es hatte einfach keinen Zweck, einem Lügner und Psychopathen Paroli zu bieten, der auch noch an seine eigenen Phantasien glaubte. Zum erstenmal wurde Sarah die wahre Natur dieses Mannes deutlich bewußt, und sie spürte einen Riß, den Bruch, den sie gesucht hatte. Eine Welle der Erleichterung spülte über sie hinweg.
»Ich möchte, daß du vorbeikommst. Ich muß dich sehen, damit diese Dummheiten ein Ende haben.«
Seine Neckerei implizierte, daß nichts im argen liegen konnte. Er brauchte sie nur zärtlich in die Arme zu nehmen und alles wäre wieder gut. Sarah lachte. Jetzt konnte er ihr nicht mehr schaden. Sie glaubte, nur noch Neugier für ihn zu empfinden. Er war verrückt. Wenn sie sich das bewußtmachen und verinnerlichen konnte, wäre alles viel leichter. Sie legte auf und griff nach den Wagenschlüsseln.

Um sieben Uhr abends war die Devisenhandelsabteilung so gut wie menschenleer. Matthew Arnott wollte gerade gehen, als das Telefon klingelte. Ärgerlich nahm er den Hörer ab.
»Arnott?«
»Ja.«
»Karl Heinz. Könntest du noch kurz in mein Büro kommen?«
Matthew Arnott ging durch die Devisenabteilung zum Treppenhaus und stieg die vier Stockwerke zum siebten Stock hoch, wo Karl Heinz Kessler, der Präsident der ICB, sein Büro hatte.
Kessler war allein, seine Sekretärin hatte bereits Feierabend. Einen Augenblick blieb Arnott vor dem Büro stehen, bis Kessler ihn bemerkte und hereinwinkte. Arnott setzte sich an Kesslers Glastisch.
Kessler grinste. »Unser Freund hat mir die guten Nachrichten erzählt. Ein hübscher Gewinn.« Doch dann verschwand sein Lächeln abrupt. »Trotzdem müssen wir äußerst vorsichtig sein.«

Er griff in die unterste Schublade des Schreibtisches und nahm eine Aktentasche heraus. Sie enthielt etwas, das wie ein kleines Transistorradio mit Antenne aussah.
»Das hier ist eine Vorsichtsmaßnahme für dich. Damit kann man Wanzen aufspüren. Check deine und Carlas Wohnung durch und auch die Devisenabteilung.«
Arnott nahm das Gerät in die Hand. »Warum? Gibt es etwa Ärger?«
Kessler lachte. »Nein, nein. Es ist nur eine einfache Vorsichtsmaßnahme. Die Sicherheitsbeauftragten der Bank selbst haben uns nahegelegt, die wichtigsten Büros und Konferenzräume in regelmäßigen Abständen nach Wanzen zu durchsuchen. Sie haben mir das Ding gegeben. Ich hab' mir gedacht, daß es auch für unsere Zwecke brauchbar sein könnte.«
»Wie funktioniert es?«
»Ganz einfach. Es registriert alle möglichen Signale auf einem Breitbandempfänger. Es ist wie ein Radio, nur viel stärker. Du schaltest es an, gehst damit durchs Zimmer, am besten mit Kopfhörern, und drehst an diesem Knopf. Wenn du irgendwelche Töne empfängst, kannst du sicher sein, daß sie von einer Wanze stammen. Siehst du die kleinen Leuchtdioden hier? Die blinken, sobald du in die Nähe einer Wanze kommst. Je stärker sie blinken, um so näher bist du dran. Unglaublich, was?«
Arnott nickte. Aus irgendwelchen Gründen konnte er Kesslers Begeisterung nicht teilen.
»Scheint ja ganz einfach zu sein. Ich werd's versuchen.«
Kessler nickte. »Übrigens, was ist mit Sarah Jensen?«
Arnott zuckte die Achseln. »Immer noch dieselbe dumme Zikke.«
Kessler lachte.
»Zerbrich dir ihretwegen nicht den Kopf.«

Arnott nahm den Wanzendetektor mit an seinen Schreibtisch. Er war ein wenig verunsichert und fragte sich, ob mehr dahintersteckte als nur eine einfache Vorsichtsmaßnahme. Hatte Kessler

etwas Besonderes im Sinn, oder war es nur seine deutsche Gründlichkeit?
Er schaltete das Gerät an, setzte die Kopfhörer auf und drehte an dem Knopf. Er kam sich ziemlich lächerlich dabei vor. Plötzlich blitzten die Leuchtdioden an, nicht eine, sondern die ganze Reihe.
»Scheiße!« murmelte er. Als er seine eigene Stimme im Kopfhörer hörte, gefror ihm das Blut in den Adern. Er spürte, wie ihn Panik erfaßte. Ganz in der Nähe war eine Wanze. Nach kurzer Zeit hatte er sie aufgespürt. Sie befand sich in dem Adapter. Er zog ihn mit zittrigen Händen aus der Steckdose und steckte ihn in seine Aktentasche. Die nächste halbe Stunde saß er wie gelähmt an seinem Schreibtisch. Er hätte Kessler anrufen müssen, konnte sich aber nicht dazu überwinden, die Nummer zu wählen. In seinem Kopf herrschte völliges Durcheinander. Schließlich stand er mechanisch auf, verließ die Bank und stieg in der Lower Thames Street in ein Taxi.
Eine halbe Stunde später kam er in Carlas Wohnung an. An seinem Gesicht sah sie sofort, daß irgendwas nicht stimmte. Er klang wütend und ängstlich.
»In meinem Schreibtisch war eine Wanze versteckt. Kessler hat mir einen Wanzendetektor gegeben und gesagt, es sei eine Vorsichtsmaßnahme. Als ich ihn testen wollte, habe ich das hier gefunden.« Er zog den präparierten Adapter aus der Aktentasche.
Carla wurde kreidebleich. »Hast du es ihm gesagt?«
»Verdammte Scheiße. Nein, noch nicht.«
Carla starrte ihn schockiert an. »Was willst du jetzt tun?«
Arnott sah sie voller Panik an. »Ich weiß es nicht.« Dann holte er den Detektor aus dem Koffer und fing an, damit in der Wohnung umherzugehen. Sie brauchten nur drei Minuten, um festzustellen, daß auch in Carlas Wohnung eine Wanze versteckt war.
Angst und Wut spiegelten sich in seinen Augen, als er leise sagte: »Und jetzt möchte ich erfahren, wer in den letzten Monaten alles in dieser Wohnung gewesen ist.«

Carla fuhr herum, die Arme in die Hüften gestemmt, und schrie: »Herrgott noch mal, wie soll ich mich daran erinnern?«
Arnott ging auf sie zu und warf sie auf das Sofa, das hinter ihr stand.
»Dann werden wir Schritt für Schritt vorgehen. Fangen wir von hinten an.« Er setzte sich ihr gegenüber. »Und keine Lügen, verstanden!«
Sie starrte ihn böse an. »Maria, die Putzfrau, meine Freundin Angelica, mein Freund Mauro, Mosami, eine andere Freundin. Eine Cousine von ...«
»Halt«, unterbrach sie Arnott. »Mosami wer?«
»Mosami Matsumoto. Du hast sie selbst getroffen. Du glaubst doch nicht, daß ...«
»Sie ist mit Sarah Jensen befreundet. Ich habe mitgekriegt, wie sie vor ein paar Tagen telefoniert haben.« Arnott packte sie am Arm, zerrte sie hoch und schrie in ihr Gesicht: »Es ist diese verdammte Sarah Jensen! Sie hat die Wanze im Büro angebracht, und Mosami hat deine Wohnung angezapft. Mein Gott, Carla.« Er ließ sie los und fuhr sich mit den Händen durchs Haar.
Carla holte eine Flasche Whisky und zwei Gläser von einem Tisch am anderen Ende des Raumes. Sie füllte sie halb mit Whisky und halb mit Wasser, reichte Arnott ein Glas und setzte sich neben ihn aufs Sofa. Eine Zeitlang tranken beide schweigend. Dann schenkte Carla nach. »Weshalb eigentlich? Weshalb sollten Sarah und Mosami uns abhören wollen?«
Arnotts Wut kam zurück. Er versuchte sich zu beherrschen, und seine Worte kamen langsam und verzerrt. »Wie zum Teufel soll ich das wissen!«
»Was willst du tun?« Carlas schrille Stimme machte ihn allmählich wahnsinnig. Wieder packte er sie am Arm und zwang sie aufzustehen. »Die beiden fragen. Was sonst!« Er stand auf und suchte im Telefonbuch nach Sarahs Anschrift.

Der Mercedes bog in den Carlyle Square ein. Arnott fuhr links ran, zerrte Carla aus dem Wagen und hämmerte heftig gegen

Sarahs Wohnungstür. Nach zehn Minuten gab er auf. Es blieb ihm nichts anderes übrig, als bis morgen zu warten. Er würde sich die Schlampe im Büro vorknöpfen.
»Wo wohnt diese Mosami?« fragte er Carla.
»Hay's Mews«, antwortete sie leise. Arnott bog in die King's Road ein und fuhr Richtung Mayfair. Zehn Minuten später kam sein Wagen mit quietschenden Reifen vor Mosamis Haus zum Stehen und unterbrach die nächtliche Stille.
Er stieg aus und knallte die Tür derart heftig zu, daß der ganze Wagen schwankte. Dann ging er um ihn herum und zerrte Carla vom Beifahrersitz. Er schleppte sie zu Mosamis Tür, hielt sie mit der einen Hand fest und hämmerte mit der anderen an die Tür. Zweifellos tat der Alkohol nun seine Wirkung.
Mosami saß in der kühlen Wohnung auf dem Sofa, las ein Buch und hörte dazu Mahlers zehnte Symphonie. Sie schreckte auf, als sie das heftige Poltern hörte. Rasch stand sie auf, ging zur Tür und sah durch den Spion. Arnott, dunkelrot vor Wut, hämmerte gegen ihre Tür und brüllte, daß sie ihn endlich reinlassen solle. Und Carla stand daneben, offensichtlich betrunken. Ihr Magen krampfte sich zusammen. Eine Weile rührte sie sich nicht von der Stelle. Arnott hörte nicht auf, gegen die Tür zu schlagen und zu schreien. Sich zu verstecken, hatte keinen Sinn. Er konnte die Musik hören. Er wußte, daß sie da war und würde sie sowieso früher oder später erwischen, wenn er es drauf anlegte. Besser früher. Außerdem würde er nie beweisen können, daß sie es gewesen war. Sie würde ganz cool bleiben und alles leugnen. Darauf verstand sie sich. Schließlich nahm sie ihren Mut zusammen, riß die Tür weit auf und funkelte Arnott wütend an.
»Bist du eigentlich von allen guten Geistern verlassen?«
Arnott stieß sie ins Innere des Hauses. Sie schrie auf. Er folgte ihr ins Wohnzimmer und stieß sie aufs Sofa. Er baute sich vor ihr auf und bombardierte sie mit Fragen. Carla stand im Hintergrund, an eine Wand gelehnt.
»Du weißt genau, warum wir hier sind«, begann er ruhig mit einem drohenden Unterton.

Mosami sah ihn überrascht an. »Ich habe keine Ahnung. Ihr kommt hier einfach reingepoltert, Carla betrunken und du völlig außer dir. Ich kann nur hoffen, daß du eine gute Erklärung dafür hast.«
Gefaßt antwortete er: »Ja, die haben wir. Du, Sarah und die Wanzen. Ihr steckt unter einer Decke, und ich will wissen, was das Ganze soll.«
Mosami lachte. »Arnott, du haust dir einfach viel zuviel Koks rein. Du drehst allmählich durch.«
Arnott starrte sie einige Sekunden an, stand langsam auf und beugte sich über sie. Er packte sie am Arm und zwang sie aufzustehen. Dann ließ er sie los, ballte die Hand zur Faust und schlug ihr ins Gesicht. Sie fiel zu Boden. Er hob sie auf und schlug sie erneut nieder. Carla stand mit ausdruckslosem Gesicht daneben. Arnott machte eine Pause, wiederholte seine Fragen und schlug dann erneut zu.
Nach einer halben Stunde spuckte sie Blut in ein Taschentuch und begann zu reden. »Es war Sarahs Idee ... Sie hatte Angst ... Sie glaubte, du seist neidisch auf sie und würdest alles tun, damit sie gefeuert wird ... Sie wollte sich schützen ... Etwas über dich rausfinden, was sie dir anhängen konnte ... Und das hoffte sie, über Carla zu erreichen.«
Obwohl Arnott vor Wut nicht klar denken konnte, hielt er inne, als er das hörte.
»Also das ist es, Neid?«
Mosami nickte.
»Ihr beide seid die einzigen, die davon wissen? Es hat nichts mit der Polizei zu tun?«
Mosami rang nach Luft. »Polizei? Nein. Keiner weiß davon. Nur Sarah und ich.«
Arnott packte sie am Arm und drehte ihn um. »Dann sorg dafür, daß es so bleibt.«
Mosami schaute ihnen nach, als sie das Haus verließen, und fiel wieder aufs Sofa.
Arnott und Carla stiegen in den Wagen und fuhren davon. Arnott

hatte ein Gefühl von grimmiger Genugtuung. Er hatte die ganze Zeit recht gehabt. Er hatte dieser Zicke von Jensen vom ersten Tag an nicht über den Weg getraut. Sie war viel zu gerissen. Und außerdem krankhaft neidisch. Jetzt würde sie ihre gerechte Strafe bekommen. Er lachte bei dem Gedanken. Noch war nichts verloren. Er hatte die Situation unter Kontrolle, konnte den Schaden in Grenzen halten. Was er über Sarah und Mosami wußte, durfte nicht nach außen dringen. Es gab keinen Grund, irgend jemand anders einzuweihen. Sarah und Mosami würden den Mund halten, wenn sie nicht ganz blöd waren. Dafür würde er sorgen.
Er fuhr Carla zum Onslow Square, brachte sie ins Bett, schaltete den Anrufbeantworter auf dem Nachttisch ein und hämmerte ihr ein, mit niemandem außer ihm zu reden. Dann machte er sich erschöpft auf den Weg zu seinem eigenen Haus in Holland Park.
Allmählich klang seine Wut ab, und er spürte, wie sich sein Magen vor Angst verkrampfte. Er legte sich aufs Bett und starrte an die Decke. Kurz vor Sonnenaufgang schlief er schließlich ein.

19

Die Dämmerung war angebrochen. Sarah lag in Scarpiratos Bett. Der Schein einer Straßenlaterne drang durch den Schlitz zwischen den Vorhängen; es war das einzige Licht. Nur vage Umrisse waren zu erkennen. Sarah konnte sich in der Dunkelheit verstecken, Fragen stellen und auf die Antworten warten, ohne Angst haben zu müssen, daß ihre Augen mehr über sie verraten würden, als durch ihre Anwesenheit ohnehin schon verraten war. Und wenn sie selbst den Grund dafür nicht verstand, konnte er es erst recht nicht.

Sie redeten. Sie hatten stundenlang geredet. Mit Worten und Fragen hatte sie ihn auf Distanz gehalten. Er umfaßte ihr Gesicht mit beiden Händen.

»Sarah, mein Liebling, sag mir, was los ist. Was hast du?«

Sie wandte das Gesicht in der Dunkelheit ab. »Ich habe nichts, Dante, ich will nur ein paar Dinge verstehen können, nichts weiter.«

Er lachte leise. »Was gibt es da zu verstehen? Ich liebe dich, ich brauche dich.« Er hielt inne, um sie zu küssen. »Ganz einfach.«

Sarah wich seinem Blick aus und versuchte, ihre Tränen zu unterdrücken. »So einfach ist das nicht, Dante.«

Er zuckte die Achseln. Sie spürte die Bewegung.

»Du sprichst von Konventionen, nicht wahr?« Er lachte, als sei es ein Spaß, doch Sarah entging sein verächtlicher Unterton nicht. »Ich hatte mehr von dir erwartet. Du bist doch keine Nonne, oder? Warum solltest du mich jeden Tag sehen wollen? In diesen wenigen Stunden sind wir intensiver zusammen als andere in einer Woche. Eine Stunde mit dir ist alles, was ich brauche.«

Sarah lächelte trotz ihres Schmerzes. »O Dante, glaubst du wirklich alles, was du sagst? Hier und jetzt hast du recht, aber in ein paar Stunden nicht mehr. Du hältst dich für stark und hart, aber in Wirklichkeit bist du bloß romantisch. In der wirklichen Welt bastelst du dir deine eigene Tragödie, deinen Schmerz und dein Verderben zurecht. Und jedesmal stirbt ein kleiner Teil von dir, stimmt's? Löscht ein Stück von deiner Fähigkeit, Gefühle zu haben. Deshalb muß der Schmerz von Mal zu Mal größer sein. Dir macht es nichts aus. Du hast es so gewollt, aber was ist mit deinen Opfern?«

Eine Weile schwiegen sie. Dann brach Scarpirato die Stille.

»Woher weißt du denn so viel über mich? All das kannst du doch nicht verstehen, wenn du nicht insgeheim damit einverstanden bist, oder? Warum bist du sonst hier? Bist du nicht ein williges Opfer?«

Sie lachte. »Genau das war ich. Wir beide haben ein Bedürfnis im anderen befriedigt. Aber ich kann es nicht mehr, Dante. Ich habe genügend Leid ertragen müssen. Und jetzt versuche ich herauszufinden, ob ich immer noch damit fertig werden kann. Ich kann es, das weiß ich nun. Ich kann es immer. Deshalb bist du nicht mehr wichtig, nur noch eine sinnlose Übung. Du kannst mir bloß Schmerz bieten. Und ich glaube, davon habe ich genug.«

Er zeichnete mit einem Finger ihr Gesicht nach. Seine Worte klangen ernst. »Aber jetzt bin ich hier.« Er rutschte näher an sie heran.

Sie lächelte im Dunkeln. »Halt mich einfach nur fest, Dante. Mehr will ich nicht.«

Er schlang die Arme um sie und drückte sie an seine Brust. Tränen rannen über seine Haut. Er streichelte ihr Haar und beruhigte sie, bis sie einschlief. Er selbst lag den größten Teil der Nacht wach, friedlich und ruhig, und hielt sie in den Armen.

Sarah wachte am nächsten Morgen mit heftigen Kopfschmerzen auf. Sie schleppte sich aus dem Bett und ging ins Badezimmer, um

etwas Wasser zu trinken. Im Spiegel wirkten ihre Augen leblos und geschwollen, die Haut fahl.
Als sie wieder ins Schlafzimmer kam, piepste der Wecker. Scarpirato wachte auf, streckte einen langen, sehnigen Arm aus und schaltete ihn ab. Er beobachtete sie, als sie wieder ins Bett stieg.
»Gut geschlafen?«
»Weiß nicht. Ich denke ja. Aber ich fühle mich elend.« Sie wimmerte. »Ich glaube, ich kriege einen Migräneanfall. Kann mich kaum bewegen.«
»Ich muß jetzt aufstehen. Bleib du im Bett, bis du dich besser fühlst. Dann fahr nach Hause und ruh dich aus. In meiner Eigenschaft als dein Chef gebe ich dir frei.«
»Danke, das Angebot nehme ich an.«
Er griff in die Schublade des Nachttischs und zog eine Schachtel mit Schmerztabletten heraus. »Hier, nimm zwei davon.« Er brachte ihr ein Glas Wasser, und sie schluckte die Pillen hinunter. Dann sank sie aufs Kissen zurück und versuchte zu schlafen, während er duschte und sich anzog. Zwanzig Minuten später verabschiedete er sich mit einem Kuß von ihr.
»Was soll ich mit der Alarmanlage machen?« fragte sie ihn, als er aus dem Zimmer gehen wollte. »Ich habe keine Lust, daß sie angeht, wenn ich das Haus verlasse.«
»Keine Angst. Ich schalte sie nicht ein. Die Putzfrau kommt um elf und macht sie an, wenn sie weggeht.«
Sarah schlief noch eine Stunde. Als sie wieder wach wurde, setzte sie sich vorsichtig auf. Die Pillen hatten gewirkt. Die Migräne war fast verschwunden. Als sie aufstand, um sich anzuziehen, merkte sie, wie schwach sie war.
Sie wunderte sich über Dante. Letzte Nacht und am Morgen war er so zärtlich und fürsorglich gewesen. Diese andere Seite an ihm kannte sie nicht, und sie fragte sich, ob er tatsächlich der vierte Mann in Carlas Verbrecherring sein konnte.
Was sie bisher gesehen hatte, ließ ihn wirklich als perfekten Verbrecher erscheinen. Er war unmoralisch, ehrgeizig, unberechenbar, intelligent und gerissen. Aber war er auch kriminell? Sie hat-

te mit ihm über die Arbeit und Arnott gesprochen und einmal sogar Carla Vitale erwähnt, aber er hatte ganz normal reagiert, und Sarah glaubte, daß er ihr jetzt nichts mehr vormachen konnte. Zum erstenmal kam ihr der Gedanke, daß er unschuldig sein könnte. Aber wer waren dann die anderen beiden, von denen Carla und Arnott gesprochen hatten? In Sarahs Kopf begann es erneut zu pochen. Ohne sich bewußt dafür entschieden zu haben, fing sie an, sein Haus zu durchsuchen, zunächst nur versuchsweise, dann zunehmend systematisch.

Sie begann im Umkleidezimmer, einem schmalen Raum mit blauem Teppichboden und breiten Mahagonischränken. Sie öffnete eine Tür und entdeckte reihenweise bunte Kleider und jede Menge elegante hochhackige Schuhe. Genau, wie sie es halbwegs erwartet hatte. Trotzdem zuckte sie zusammen. Entschlossen schlug sie die Tür wieder zu und setzte ihre Suche fort. In einer Schublade seines Schreibtischs im Arbeitszimmer fand sie ein paar Fotos in Silberrahmen. Sie zeigten eine hübsche blonde Frau Arm im Arm mit Scarpirato. Sie lächelte ihn an, er blickte in die Kamera. Sarah studierte den Ausdruck selbstgefälligen Triumphes, den sie so oft an ihm gesehen hatte. Hier war er, eingefangen. Sie betrachtete es lange, dann legte sie das Bild wieder in die Schublade.

In einem der oberen Schlafzimmer fand sie einen Safe, versteckt hinter einem Gemälde von einem Affen, der ganz offensichtlich verrückt war. Sehr passend, dachte Sarah. Im Vertrauen darauf, daß die Alarmanlage, wie Scarpirato gesagt hatte, ausgeschaltet war, begann sie, den Safe zu knacken.

Es war ein einfaches Zahlenschloß, etwa zwanzig Jahre alt und Gott sei Dank viel unkomplizierter als die neuen Modelle. Es glich dem, das ihr in Jacobs Haus als Lernobjekt gedient hatte. Sie konzentrierte sich auf das Gewinde und bewegte es vorsichtig. Die Jahre in der Devisenabteilung hatten ihr Gehör geschärft. Manchmal war das Brüllen der Broker, das Klingeln der Telefone, die Lautsprecheranlage und das Rattern der Maschinen so laut, daß man die Stimme am anderen Ende der Leitung kaum

mehr hören konnte. Jetzt machte es sich bezahlt, daß sie gelernt hatte, alle Außengeräusche regelrecht abzublocken und sich auf das Flüstern am anderen Ende zu konzentrieren.
Nach mehreren Fehlversuchen sprang die Tür endlich auf. Das Innere des Tresors war etwa vierzig Quadratzentimeter groß und barg ein paar braune unverschlossene DIN-A4-Umschläge. Sie öffnete sie und inspizierte den Inhalt. Aktien und Bankauszüge von mehreren Konten bei der Swiss Bank. Der letzte Bankauszug vom Juni wies ein Guthaben von mehr als einer halben Million Dollar auf. Für einen erfolgreichen Banker Mitte Dreißig war das nichts Außergewöhnliches. Den Wert der Aktien schätzte Sarah auf noch mal zwei Millionen Dollar. Scarpirato war reich, daran gab es keinen Zweifel, aber nicht über die Maßen, so daß es Verdacht erregt hätte. Wenn er also nicht noch weitere Geheimkonten besaß, sah es nicht so aus, als gehörte er zu der Erpressergruppe um Carla und Arnott.
Seine vertraulichen Gespräche mit Arnott wirkten zwar verdächtig, aber vielleicht waren sie wirklich nichts weiter als die üblichen konspirativen Abmachungen von Brokern. Scarpirato ließ sich von Arnott beraten, aber daran war nichts Verdächtiges. Und die ungewöhnlich hohen Gewinne der Devisenabteilung konnte er nur mit Leichtigkeit als Folge seines Genies erklären.
Sarah war sich bewußt, daß die dünne Luft in einer Devisenhandelsabteilung die Wahrnehmung stark beeinflussen konnte und man dort nur allzuleicht den Bezug zur Realität verlor. Möglich, daß Scarpiratos Ego und seine Eitelkeit seinen Durchblick trübten. Wahrscheinlich diente er Arnott als Komplize, ohne es zu wissen.
Sarah legte die Umschläge in den Safe zurück und verschloß ihn wieder. Dann drehte sie das Zahlenschloß ein paarmal hin und her, um ihre Spuren zu verwischen. Sie ging noch einmal durch das Haus und sah sich um, als sei es das letzte Mal, dann ging sie. Zehn Minuten später kam die Putzfrau.

Matthew Arnott saß an seinem Schreibtisch und rauchte eine Zigarette nach der anderen. Gelegentlich warf er einen Blick auf den leeren Tisch neben ihm. Die Schlampe Mosami mußte ihre Freundin gewarnt haben. Vielleicht war Sarah untergetaucht, nachdem sie erfahren hatte, was er mit Mosami angestellt hatte.

Eigentlich hatte er nicht vorgehabt, Gewalt anzuwenden, aber ihm war nichts anderes übriggeblieben, und als er erst einmal angefangen hatte, sie zu schlagen, konnte er nicht mehr aufhören. Er hatte ein heftiges Knacken gehört, als er ihr die Faust in die Rippen hieb, und trotzdem weitergemacht. Jetzt war die erste Wut verflogen, und er spürte einen Anflug von schlechtem Gewissen, den er schleunigst unterdrückte. Ein paar gebrochene Rippen und ein blaues Auge würden schon wieder heilen.

Was ihn beunruhigte, war Sarahs Abwesenheit. Er wollte sie zur Rede stellen und eine Erklärung aus ihrem Mund hören. Und er wollte dafür sorgen, daß sie dichthielt. Für einen kurzen Augenblick stellte er sich die Frage, ob sie vielleicht doch etwas mit der Polizei zu tun hatte, verwarf die Idee aber wieder. Nein, sie war nur eine ehrgeizige dumme Ziege. Eine kleine Erpresserin.

Auf seinem Armaturenbrett leuchtete ein Lämpchen dreimal auf, dann klingelte das Telefon. Wilson war als erster dran.

»Auf Leitung eins, Matthew. Carla.«

Arnott übernahm das Gespräch. Er sagte nur ein paar Worte, legte auf, zog sein Jackett an und verließ die Abteilung. Er ging direkt in die Herrentoilette, vergewisserte sich diskret, daß niemand da war, und schloß sich dann in eine Kabine ein. Dort nahm er sein Handy aus der Jackentasche und wartete, bis das Lämpchen aufleuchtete. Sekunden später führte er den Hörer zum Ohr.

»Hab' gerade einen Anruf bekommen. Er sagt, daß wir Lire kaufen sollen, in großen Mengen.« Carlas Stimme war erregt und verwirrt.

»Scheiße noch mal«, murmelte Arnott. »Ausgerechnet jetzt.« Er überlegte kurz. Sie mußten mitziehen, es blieb ihnen nichts ande-

res übrig. Wenn sie nichts unternahmen, machten sie sich verdächtig.
»Okay. Ich kümmere mich drum«, sagte er leise. »Alles wird gut. Mach dir keine Sorgen.«
»Na hoffentlich!«
Arnott klappte das Telefon zusammen und kehrte wieder an seinen Platz zurück. Wird schon schiefgehen, dachte er. Er mußte nur zusehen, daß er diese verdammte Sarah Jensen zu fassen bekam und unter Kontrolle brachte.
Er blickte sich in der Abteilung um. Wilson war nirgendwo zu sehen, Scarpirato saß in seinem Büro. Es war niemand da, der ihn hören konnte. Arnott griff zum Hörer und kaufte bei acht verschiedenen Dealern Lire für jeweils fünfzig Millionen Dollar von seinem persönlichen Konto und dann noch mal für hundert Millionen Dollar, diesmal vom Konto der Bank. Er füllte die Händlerscheine aus und warf sie in die Ablage. Dann wandte er sich seinen Bildschirmen zu.

Fieri legte in seinem von der Klimaanlage gekühlten Büro in Rom den Hörer auf und lächelte zufrieden. Er hatte soeben mit Catania gesprochen. Ihre Telefonate waren stets kurz, fast kryptisch, doch die Botschaft war immer klar. Diesmal lautete sie: Kauft Lire.
Er wählte die Nummer seines Brokers Calvadoro. »Kauf für dreihundert Millionen Lire«, sagte er, »in mehrere Portionen aufgeteilt, wie üblich.« Calvadoro notierte sich die Anweisungen. Fieri legte auf und starrte ins Leere.
Seine Befürchtungen hinsichtlich Catania hatten sich zerstreut. Er hatte den Mann Tag und Nacht beschatten lassen und über einen Mittelsmann seine Fühler bis ins Kabinett ausgestreckt, um herauszufinden, wie es um Catania stand. Bisher verdächtigte ihn niemand. Der Tag würde irgendwann kommen, das war Fieri klar, doch solange Catania goldene Eier legte, wollte er davon profitieren. Deshalb war sein Ton ihm gegenüber herzlich gewesen. Fieri war mit seinem Mann zufrieden.

Catania, der in seinem Büro der Banca d'Italia auf der Via Nazionale saß, hatte Fieris Wohlwollen registriert und war erleichtert. Er hatte befürchtet, daß er ihm nicht mehr traute. Er war in letzter Zeit so distanziert gewesen. Jetzt wußte er, daß er sich getäuscht hatte. Seine Geheimnisse waren in Sicherheit. Niemand wußte von seinen Geschäften mit Fieri und Carla Vitale. Die Verdächtigungen des Herrn Müller waren reine Spekulationen, seine Sorgen verflogen. Catania lehnte sich zurück, zündete sich eine Zigarre an und entspannte sich.

Neunhundert Meilen entfernt ging Sarah Jensen zu Fuß von Dantes Haus zu ihrer eigenen Wohnung zurück und versuchte, einen klaren Gedanken zu fassen. Zu Hause lief sie zuerst zum Anrufbeantworter, um die Nachrichten abzuhören. Während das Gerät zurückspulte, fing sie an, sich umzuziehen. Plötzlich lief ihr ein kalter Schauer über den Rücken. Sie hörte Mosamis stokkende, gequälte Stimme, es klang, als bekäme sie kaum Luft.
»Sarah, ich bin's, Mosami. Hör dir meine Nachricht nur an, wenn du alleine bist.« Es folgte eine lange Pause, dann fuhr sie fort. »Paß auf, das ist eine Warnung. Arnott hat die Geräte entdeckt. Eines in der Bank und das andere in Carlas Wohnung. Er war letzte Nacht hier. Ich habe ihm gesagt, daß ich von nichts wüßte, aber er hat mich zusammengeschlagen.« Ihre Stimme war flach, völlig emotionslos. »Ich hab' es nicht geschafft, mich gegen ihn zu wehren. Tut mir leid. Ich habe ihm gesagt, daß du Angst hattest, daß er dich feuern wollte, und belastendes Material gegen ihn gesucht hast, um dich zu schützen.« Sie lachte, aber es klang nicht nach Lachen. »Stimmt doch, oder?«
Sarah nahm an, daß sie das gesagt hatte, falls jemand mithörte. Dann brach die Verbindung ab.
Verzweifelt wählte sie Mosamis Nummer. Niemand ging ans Telefon. Sie war vor Angst, Wut und Schuldgefühlen wie gelähmt. Sie preßte die Fingernägel der rechten Hand gegen die Fingerkuppen der linken, bis sie tiefe rote Spuren hinterließen. Dann griff sie nach der Packung Zigaretten auf dem Tisch und

steckte sich eine an. Sie zog den Rauch tief ein und versuchte, gleichmäßig zu atmen. Jetzt war es wichtig, einen kühlen Kopf zu behalten. Sie mußte mit Arnott fertig werden und ihren Auftrag retten. Nur wie?

Eine halbe Stunde später schritt Sarah gelassen durch die Devisenabteilung. Zumindest hatte sie Zeit gehabt, sich wieder zu fassen und sich eine plausible Geschichte auszudenken, die, wie sie hoffte, überzeugend war. Wenn sie ganz cool blieb, bestand die geringe Chance, direkt bis zum Herzen der miesen kleinen Verschwörung vorzudringen, die Arnott angezettelt hatte. Vielleicht könnte sie sogar herausfinden, wer der dritte und vierte Mann der Gruppe waren. Wenn sie das herausfand, hatte Barrington mehr als genug Beweise. Scarpirato, dessen war sie nun sicher, gehörte nicht dazu. Ihre Rachegefühle gegenüber Arnott mußten vorerst aus dem Spiel bleiben. Jetzt war es wichtig, eine ganz andere Rolle zu spielen. Sie holte tief Luft und setzte sich neben ihn.

Er drehte sich überrascht um, dann breitete sich der Ärger auf seinem Gesicht aus. Doch ehe er etwas sagen konnte, schenkte sie ihm ein wissendes Lächeln.

»Ich glaube, wir sollten uns unterhalten, nicht wahr? Wollen wir kurz rausgehen?« Sarah stand auf und schlenderte zum Ausgang. Arnott griff nach seinem Jackett und folgte ihr. Verwirrt sah Scarpirato ihnen nach.

Sie lehnten sich gegen das grüne Eisengeländer der gepflasterten Promenade an der Themse. Hinter ihnen ragte das ICB-Gebäude auf. Wenige Meter vor ihnen floß der Fluß dahin. Ein Schlepper tuckerte vorbei, den Rumpf tief im wirbelnden braunen Wasser verborgen. Er zog einen mit Ziegelsteinen beladenen Kahn hinter sich her. Die Möwen folgten im Kielwasser, stürzten herab, tauchten und kreischten zum Himmel auf.

Die Promenade war voller Pärchen, die sich verliebt in die Augen sahen, lachten und miteinander flüsterten. Gestohlene Arbeitszeit. Manche warfen dem eleganten Banker und seiner schönen

Gefährtin einen kurzen Blick zu. Er wirkte steif, sie entspannt, fast spöttisch. Ein ungleiches Paar, dachten sie, hier hatte die Frau ganz offensichtlich die Hosen an. Arnott musterte Sarah mißtrauisch; sein Augen waren hart, als wollte er sie einschüchtern. Sarah steckte sich in aller Ruhe eine Zigarette an, machte zwei kräftige Züge und schnippte die Asche in das schmutzige Wasser. Wütend über ihr Schweigen, platzte Arnott heraus. »Was zum Teufel denken Sie sich eigentlich?«

Sarah starrte auf den Fluß, zog noch mal an der Zigarette und wandte sich ihm zu. Sie lächelte, doch ihr Gesicht war angespannt und ihr Blick eiskalt.

»Ich will ein Stück vom Kuchen.«

Arnott sah zum Himmel auf, trat einen Schritt auf sie zu und packte sie am Arm.

»Sie blödes Ding! Sie haben doch keine Ahnung, auf was Sie sich eingelassen haben!«

Sarah stellte einen spitzen Absatz auf seinen Schuh und verlagerte ihr ganzes Gewicht darauf. Arnott hob einen Arm, wie um sie zu schlagen, doch etwas in ihrem Blick hielt ihn zurück. Er ließ sie los, und sie trat einen Schritt zurück.

»Das weiß ich sehr wohl. Auf einen lukrativen Erpresserring. Und ich will beteiligt werden.« Sie lehnte mit dem Rücken gegen die Brüstung und stellte einen Fuß auf die unterste Stange. »Zugegeben, anfangs hatte ich nicht die blasseste Ahnung, was mich erwartete. Ich hatte gehofft, daß ich von Carla irgend etwas Belastendes über Sie herausfinden könnte. Damit Sie mir keinen Strick drehen.« Sarah hielt inne, als seine Augen vor Wut aufblitzten. »Aber das haben Sie ja schon gestern von meiner Freundin erfahren. Und dann bin ich über Ihre schmutzige kleine Erpressung gestolpert.« Arnott begann, wild draufloszureden. Sarah hob die Hand und unterbrach ihn. »Keine Angst, ich werde es niemandem sagen. Wem auch? Soll ich mich etwa selbst belasten?« Ihre Lippen kräuselten sich zu einem halben Lächeln.

Sie sah, wie sich Arnotts Gesichtsmuskeln entspannten. Dann fuhr sie ruhig und sachlich fort: »Ich will nur an dem Insiderwis-

sen beteiligt werden, nichts weiter. Sie halten mich auf dem laufenden, und ich bewahre die fraglichen Tonbänder in einem Bankfach auf. Dort bleiben sie vorerst. Niemand bekommt sie zu hören. Das heißt, solange mir nichts geschieht. In diesem Fall wandern sie direkt zu Chief Inspector Maynard vom Dezernat für Wirtschaftskriminalität.« Maynards Namen hatte sie am Tag zuvor im *Standard* gelesen.
Arnott sah sie lange an. Dann sagte er mit heller, schneidender Stimme: »Sie wollen ein Stück vom Kuchen? Okay, sollen Sie haben. Catania hat gerade angerufen und durchgegeben, daß wir Lire kaufen sollen. In großen Mengen und sofort.«
Sarah zog an ihrer Zigarette und schnippte dann den Stummel in den Fluß. Sie starrte über das schmutzige Wasser auf die Tower Bridge, die sich im Hintergrund gegen den blauen Himmel erhob. Schließlich drehte sie sich um und sagte: »Na, dann nichts wie los!«

Sie gingen quer durch die Devisenabteilung, Arnott zwei Schritte hinter Sarah, als paßte er auf, daß sie nicht davonlief. Sarah nahm ihren Platz ein, griff nach dem Hörer und drückte auf den Knopf der BdP. Arnott schaltete sich in dieselbe Leitung ein und hörte mit. Sekunden später war Johnny McDermott an der Leitung.
»Sarah Jensen, meine Süße. Wie geht's?«
»Prima, Johnny.« Sie faßte sich geschäftlich kurz. »Wo steht dein Dollar zur Lira, Johnny?«
Johnny suchte auf seinem Bildschirm nach dem Kurs. Dollar/Lire. Sonst nicht ihre Sache. Was war los? »Siebenundachtzig sechzig, neunundachtzig zehn«, erklärte er knapp.
»An dich fünfzig Millionen Dollar zu siebenundachtzig sechzig.«
Ein unbehagliches Schweigen folgte. Das war ein großer Deal in einer zweitrangigen Währung. Die Art von Position, die Brokern gewöhnlich Kopfzerbrechen bereitete. Doch die Streitlust in McDermotts Stimme war nicht zu hören, als er antwortete:

»Okay, abgemacht. Von dir fünfzig Millionen Dollar zu siebenundachtzig sechzig.« Er tippte die Details des Deals in seinen Computer ein.

»Das geht auf meine Kappe, Johnny. Cordillon et Cie.«

Plötzlich explodierte Johnny.

»Was zum Teufel ist in dich gefahren?«

Sarah schnitt ihm das Wort ab. »Mach einfach, was ich sage, Johnny.«

Nach einer Weile preßte Johnny ein gequältes »Okay« heraus. Schließlich murmelte er, daß er später noch mit ihr reden wolle, und legte auf.

Ungläubig fuhr er sich mit der Hand durchs Haar. Er schaute sich um, ob jemand mitgehört hatte. Seine Kollegen waren jedoch viel zu sehr damit beschäftigt, in ihre Telefone zu schreien. Er starrte auf die Bildschirme. Hoffentlich ging die verdammte Lira hoch, sonst würden sie alle in Teufels Küche kommen.

»Was soll das Ganze?« wollte Arnott wissen. »Wieso war er so sauer?«

Sarah lächelte. »Meinen Sie nicht auch, daß fünfzig Millionen Dollar ein ziemlich großer Batzen für ein persönliches Konto ist? Zehnmal so hoch wie mein Geschäftslimit. Mein Kapital beträgt bloß zweihunderttausend Pfund.«

Arnott wurde blaß. »Was zum Teufel tun Sie da? Das Ganze muß noch von der Compliance gebilligt werden. Die gehen an die Decke, wenn sie das hören.«

Sie strahlte ihn an. »Nur wenn sie es merken. Und wenn sie meinen Händlerschein gar nicht zu sehen kriegen?«

»Sie wollen es für sich behalten?«

Sarah nickte.

»Und was ist mit McDermott? Was wird er machen?«

»Sich sowenig wie möglich drum kümmern, schätze ich. Johnny wird heute mehr als vierzig Deals machen. Es gibt keinen Grund, warum meiner auffallen sollte.«

»Und was ist, wenn die Compliance trotzdem Wind davon kriegt?«

Sarah lächelte sanft. »Tja, dann wird wohl jemand genügend Kapital auf mein Konto überweisen müssen, um es auszugleichen.«
»Sie glauben doch wohl nicht, daß ich derjenige sein würde, oder? Sie müssen vollkommen übergeschnappt sein.«
Sarah lachte. »Es wird Ihnen nichts anderes übrigbleiben. Sie würden doch nicht wollen, daß die Compliance-Leute mir peinliche Fragen stellen, oder? Außerdem besteht wohl keine Gefahr, daß wir Geld verlieren, es sei denn, Catania läge falsch. Und das wird kaum der Fall sein, nehme ich an.«
Innerlich vor Nervosität bebend, wandte sie sich wieder ihren Monitoren zu und wartete.

Auch Johnny McDermott starrte auf die Monitore und verfluchte Sarah Jensen insgeheim. Sie hatte ihn übers Ohr gehauen. Zunächst war er davon ausgegangen, daß der Deal für die Bank und somit von den riesigen ICB-Reserven gedeckt war. Erst als er die Einzelheiten in den Computer getippt hatte, stellte sich raus, daß der Deal über ihr persönliches Konto lief. Er hätte ablehnen können, er hätte es eigentlich tun müssen. Doch aus irgendeinem Grund hatte er es nicht getan. Vielleicht aus Freundschaft und wegen des seltsamen Untertons in ihrer Stimme. Nun war es zu spät, um noch etwas zu ändern. Er hoffte nur, daß seine Compliance-Abteilung nichts davon erfuhr und daß die italienische Lira wirklich stieg. Dann konnte Sarah ihre Position glattstellen, einen saftigen Gewinn einstreichen und ihren Verpflichtungen nachkommen. Wenn aber die Lira fiel, würden ihre zweihunderttausend Pfund in Null Komma nichts aufgebraucht sein, und sie würde nicht zahlen können. Dann wäre die Hölle los. Man würde sie beide feuern und weiß der Teufel was noch. Voller Grauen dachte er an Bankrottverfahren und Gerichtsprozesse.

Fünfzehn Minuten später flimmerte am unteren Rand seines Bloomberg-Monitors eine Nachricht auf: Italien hebt Leitzinsen um ein Prozent. Sarah und Arnott lasen die Zeile mit einem breiten Grinsen, McDermott mit Schrecken und Erleichterung

zugleich. Das stank nach schmutzigen Geschäften. Aber wenigstens würde Sarah jetzt zahlen können, und mit etwas Glück wären sie alle aus dem Schneider.
Eine Minute nach Erscheinen der Meldung auf den Bildschirmen hatte sich der Dollar-Lira-Kurs auf 1620.20, 1621.70 bewegt, ein Wertanstieg von fast vier Prozent. Zehn Minuten später war er bei 1603.80, 1604.50. Arnotts Privatgewinn betrug unvorstellbare einundzwanzig Millionen Dollar. Er griff nach dem Hörer und stellte seine eigene Position und auch die der Bank glatt.
Sarahs illegaler Gewinn betrug etwas über zweieinhalb Millionen Dollar. Noch zögerte sie, ihre Position glattzustellen. Ihr ganzer Körper zitterte. Schweiß lief ihr den Rücken herunter. Ihr war schwindelig. Entrückt starrte sie auf die flimmernden Bildschirme. Die Gewissensbisse, die sie noch vor einer Woche bei ihrem ersten illegalen Deal gequält hatten, waren wie weggeblasen.
Zehn weitere Minuten verstrichen. Mit jeder Sekunde, die sie ihre Position behielt, wurde das Risiko größer. Die Lira konnte ebenso schnell, wie sie vorher gestiegen war, in den Keller abrutschen. Ein neuer politischer Skandal, ein Mord – alles war möglich. Dann wäre ihr Eigenkapital weg und ihr betrügerischer Deal flöge auf. Sie mußte verkaufen, doch irgend etwas hinderte sie. Wie in Trance starrte sie auf die Monitore und pokerte Sekunde um Sekunde höher.
Die Spannung war lähmend, fast sexuell. Fünfzehn Minuten saß Sarah reglos auf ihrem Platz und starrte auf ihre Position. Dann hielt sie es nicht länger aus. Sie drückte auf den Knopf der BdP. McDermott war sofort dran.
»Dollar/Lira, Johnny.«
»1585.40, 1586.90.«
»An mich fünfzig Millionen Dollar.« Sarah verkaufte und nahm über drei Millionen Dollar Gewinn mit.
»Okay.« Wut und Erleichterung mischten sich in seiner Stimme.
McDermott wickelte das Geschäft mit routinierter Schnelligkeit ab und legte dann auf. Er würde sie heute abend zu Hause anru-

fen, ohne daß irgend jemand mithören konnte. Er wollte sie zur Rede stellen und herausfinden, was hier gespielt wurde. Sobald wie möglich verließ er seinen Arbeitsplatz, stürmte aus der Bank und machte sich auf den Weg zum *Pig and Poke*.

Sarah lehnte sich zurück und atmete tief aus. Dann zündete sie sich eine Zigarette an und nahm ein paar hastige Züge. Arnott beobachtete sie. Sie war wahnsinnig. In all den Jahren, die er im Devisenhandel tätig war, hatte er noch nie erlebt, daß jemand ein derartiges Risiko eingegangen wäre. Zwar stammte der Tip von Catania, doch hundertprozentig war er nicht. Etwas konnte immer schiefgehen. Sie war ein enormes Risiko eingegangen und schien es obendrein genossen zu haben. Wäre irgend etwas passiert und die Lira gesunken, wäre sie nicht in der Lage gewesen, ihren Zahlungsverpflichtungen nachzukommen. Man hätte eine interne Untersuchung eingeleitet, ihr Ring wäre entdeckt worden. Sie hätte sie alle mit in die Tiefe gerissen.
Plötzlich wurde Arnott schlecht. Mit zitternder Hand steckte er sich eine Zigarette an und inhalierte tief. Das Nikotin schoß in sein Blut. Er atmete schwer und fühlte sich ruhiger. Dann warf er Sarah einen Blick zu. Sie saß ruhig und nachdenklich da und beobachtete ihre Bildschirme. Sie war zwar wahnsinnig, aber auf seiner Seite. Dieser Gedanke konnte ihn zwar nicht trösten, trotzdem war es die beste aller schlechten Alternativen. Er drehte sich um und warf ihr ein unsicheres Lächeln zu.
»Sie sind völlig verrückt, ist Ihnen das klar?«
Sie lächelte verschwörerisch, doch ihre Augen blieben kalt.
»Wieviel haben Sie denn verdient, Arnott?«
Seine Augen glänzten, als er diskret antwortete.
»Zwanzig Millionen.«
Sarah pfiff leise durch die Zähne. Arnott grinste und erwiderte:
»Soros hat am Schwarzen Mittwoch eine Billion gemacht.«
»Ja, aber legal.«
»Nun ja . . . Überlegen Sie mal, wieviel ich illegal hätte machen können.«

»Wieviel haben Sie damals verdient?«

Plötzlich gab er sich zugeknöpft. »Das würden Sie wohl gern wissen, was?«

Arnott sah auf die Uhr. Es war eins. Er wollte raus aus der Devisenabteilung, Carla anrufen und mit ihr feiern. Es war ihm plötzlich zu eng hier. Er sprang auf.

»Ich gehe zum Lunch.«

»Trinken Sie ein Glas Champagner auf mein Wohl.«

Mit verzerrtem Gesicht verließ er den Raum. Möglich, daß sie jetzt zur Mannschaft gehörte, aber das änderte nichts. Sie war und blieb eine blöde Zicke.

Scarpirato kam aus seinem Büro. Wilson unterhielt sich ein paar Meter entfernt mit einer Sekretärin aus der Abwicklung. Niemand konnte sie hören.

»Wie geht's deinen Kopfschmerzen?«

Sarah sah gedankenverloren zu ihm auf.

»Oh, sie sind weg. Danke.« Er lächelte. Sie sah zu ihm auf und wandte dann den Blick ab. Sie konnte ihm nicht in die Augen sehen. Seine Sachen zu durchstöbern war Verrat gewesen. Mosamis gebrochene Stimme geisterte durch ihren Kopf. Ihre betrügerischen Aktivitäten am Markt hatten sie schwindelig gemacht. Sie war erledigt. Im Moment hatte sie keinen Platz für ihn. Sie starrte auf ihre Monitore, ohne etwas zu sehen. Scarpirato beobachtete sie eine Weile, dann drehte er sich um und ging zurück in sein Büro.

Sarah sah ihn aus den Augenwinkeln verschwinden und rief Wilson am anderen Ende des Raumes zu: »Hey, Simon, könnten Sie heute ausnahmsweise übernehmen? Bitte.«

Er grinste über die Schreibtische hinweg. »Na schön, aber dafür sind morgen Sie dran.«

»Abgemacht.« Sie griff nach ihrer Handtasche und verschwand. Auf der Lower Thames Street hielt sie ein Taxi an und fuhr nach Mayfair.

Ihre Sorge um Mosami brach durch das Gefühl der Unwirklichkeit, das sie gefangenhielt. Den ganzen Vormittag über hatte sie bei ihr angerufen, aber immer nur den Anrufbeantworter erwischt. Sarah war sicher, daß sie zu Hause war und bloß nicht drangehen wollte. Zwanzig Minuten später stand sie in Hay's Mews und klingelte. Nach einer Weile ertönte Mosamis Stimme durch die Sprechanlage; sie klang wie die eines Geistes. Sarah meldete sich, und die Tür ging auf.

Sie ging durch den Flur und lief die Treppen zu Mosamis Schlafzimmer hinauf. Sie lag auf dem Bett, von einem leichten Kissen im Rücken gestützt und mit einer blauen Kaschmirdecke bedeckt. Sie lächelte. Sarah drehte sich der Magen um. Mosami war nicht wiederzuerkennen. Ihre feinen Züge, die blasse zarte Haut waren verschwunden. Statt dessen sah Sarah gräßliche Schwellungen und zahlreiche dunkelblaue Flecken. Eine Naht mit mehreren Stichen zog sich von Mosamis linkem Auge bis hinab zur Wange. Das Weiße in ihren Augen war kaum zu sehen und von gitterartig geplatzten Äderchen überdeckt. Die fein gezeichneten Lippen waren geschwollen, zwei Zähne ausgeschlagen.

Mosami streckte den schlanken Arm aus und zeigte auf einen Sessel neben dem Bett. Steif ging Sarah darauf zu und setzte sich schließlich. Sie starrte ihre Freundin an und wußte nicht, was sie sagen sollte. Ihr Puls schlug heftig vor Wut und Trauer, und sie fühlte, wie ihr der Schweiß den Rücken hinunterlief. Tränen rollten über ihre Wangen, dann gab sie ihnen nach und schluchzte laut auf.

»Mein Gott, Mosami. Es tut mir so leid. Ich wußte nicht, daß es so weit kommen könnte. Ich hätte dich nie gebeten ...«

Mosami fiel ihr ins Wort. »Jetzt ist es passiert. Du konntest es nicht wissen.« Sie atmete schwer und machte nach jedem Satz eine Pause. »Ich jedenfalls will nichts mehr damit zu tun haben. Der Arzt war gestern abend und heute morgen hier. Er wird mich schon wieder zusammenflicken. In sechs Wochen ist all das hier nicht mehr zu sehen«, sie deutete auf ihr Gesicht, »und meine Rippen sind bis dahin auch wieder heil. Ich werde nicht zur Polizei gehen. Irgendwie habe ich das Gefühl, daß es so besser ist.« Sie lächelte. Mosami wußte also, daß mehr dahintersteckte als reine Geschäftspolitik, und wollte klugerweise nicht mehr darüber erfahren. Außerdem schien sie zu spüren, daß Sarah die Polizei heraushalten wollte.

Sarah erwiderte ihr Lächeln und fuhr mit der Hand über das leuchtend schwarze Haar. Mosami stöhnte und faßte sich an die Brust, als wollte sie ihre Rippen zusammenhalten.

»Mach dir keine Sorgen, Sarah. Matthew Arnott und sein Flittchen werden früher oder später ihre Quittung bekommen.«

Sarah drückte zärtlich Mosamis Hand.

»Worauf du dich verlassen kannst.«

20

Den ganzen Nachmittag über versuchte Sarah, Arnott aus dem Weg zu gehen. Jedesmal, wenn sie ihn sah, verspürte sie unbändige Lust, ihm das Gesicht zu zerkratzen. Deshalb verbrachte sie eine Stunde in der Bibliothek, versteckt hinter Stapeln von Zeitungen, und tat, als läse sie den *Economist*.
Als sie in die Devisenabteilung zurückkam, schlenderte sie von Tisch zu Tisch, hielt überall ein Schwätzchen, rauchte eine Zigarette nach der anderen und trank Unmengen von Kaffee. Um vier hielt sie es nicht länger aus. Sie mußte raus, bevor sie ihre mühsam gewahrte Selbstbeherrschung verlor. Sie kehrte zu ihrem Schreibtisch zurück, schaltete die Monitore aus und verabschiedete sich so freundlich sie konnte. In ihrer Eile wäre sie um ein Haar mit Karl Heinz Kessler zusammengestoßen, der einen seiner seltenen Ausflüge in die Devisenabteilung machte. Sie murmelte knapp »Entschuldigung«, wich ihm aus und verschwand. Er schaute ihr nach und sah dann auf seine Uhr.
»Ich wußte gar nicht, daß in der Devisenabteilung schon um vier Feierabend ist«, sagte er, an Arnott gewandt.
»Tja, sie steht eben über den Dingen. Sie meint, die Regeln gelten nicht für sie.«
Kessler zögerte und musterte Arnott. »Warum haßt du sie eigentlich so? Man könnte meinen, daß du Angst vor ihr hast.«
»Sei nicht albern. Sie geht mir auf den Wecker, nichts weiter. Sitz du mal acht Stunden am Tag, fünf Tage die Woche neben ihr ... Dann hättest du auch die Nase voll.« Arnott atmete tief aus und zuckte die Achseln in einer, wie er hoffte, gleichgültigen Geste.
»Wie auch immer, ich bin nicht hier, um mit dir über sie zu spre-

chen«, raunte Kessler mit gesenkter Stimme. »Ich fand die Kursentwicklung von heute sehr interessant. Darüber möchte ich mit dir reden. Wie wär's mit morgen abend? Sagen wir halb acht im *Mark's Club?*«
Arnott nickte.

Um halb fünf war Sarah zu Hause und rief Jacob an. Eine Stunde später war er bei ihr. Er sah ihr graues zerquältes Gesicht und setzte sich an den Küchentisch.
»Du bist aufgeflogen, was?«
»Woher weißt du das?«
»Ganz einfach. Gestern abend hat mich mein Kumpel angerufen und mir erzählt, daß eine der Wanzen verschwunden ist. Es gab mehrere Möglichkeiten, zum Beispiel, eine Putzfrau hatte sie aus Versehen rausgezogen. Ich hatte gehofft, daß es das wäre, bis ich dein Gesicht sah. Was ist passiert?«
Sarah sah über den Tisch hinweg in Jacobs ruhige, freundliche Augen. Fast wünschte sie sich, Anzeichen von Angst in ihnen zu entdecken. Doch er geriet nur bei Kleinigkeiten in Panik, nicht wenn es um wichtige Dinge ging. In Krisensituationen war er die Ruhe selbst.
»Arnott hat die Wanzen in seinem Schreibtisch und in Carlas Wohnung gefunden. Er hat Mosami fürchterlich zusammengeschlagen. Ihr Gesicht sieht schrecklich aus, und außerdem hat er ihr mehrere Rippen gebrochen.«
Jacob zuckte zusammen. Sarah fuhr fort: »Ich habe Arnott davon überzeugen können, daß ich nur daran interessiert bin, ein Stück von seinem Kuchen abzukriegen. Ich glaube, er hat's mir abgekauft.« Sie lachte hämisch. »Heute hat Italien die Leitzinsen erhöht. Arnott wurde darüber in Kenntnis gesetzt. Von Catania. Und weißt du was? Anscheinend glaubt er, ich wüßte mehr, als ich tatsächlich weiß. Er plapperte den Namen aus. ›Catania hat gesagt, wir sollen Lire kaufen.‹ Daraufhin hab' ich fünfzig für mich gekauft und drei Millionen Dollar verdient.« Sie zuckte die Achseln. »Mein Stück vom Kuchen. Ich glaube, daß Arnott ange-

bissen hat. Jetzt ist die Frage, ob er es den anderen beiden sagt und, wenn ja, ob die mir auch trauen. Ich hatte geglaubt, daß Scarpirato der dritte Mann ist, aber mittlerweile bin ich sicher, daß er nichts damit zu tun hat. Ich muß nur lange genug am Ball bleiben, um es rauszukriegen.«
Ein Anflug von Schrecken brach durch Jacobs freundliches, ruhiges Gesicht. »Das ist gefährlich, Sarah, ich glaube nicht, daß du weitermachen solltest.« Seine Stimme war leise und stockend, eine Mischung aus Wut und Angst um sie und Mosami lag darin.
Doch Sarah war nicht davon abzubringen. »Ich habe auch Angst. Am meisten um Mosami. Aber mach dir keine Sorgen. Arnott hat's geschluckt. Er denkt, daß ich auf seiner Seite bin, und außerdem habe ich ihm gesagt, daß die Tonkassetten beim Staatsanwalt landen, wenn mir etwas zustößt. Er ist ganz schön blaß geworden. Er wird sich hüten, mich umzulegen.«
»Mach keine blöden Witze«, explodierte Jacob wütend.
Sarah lächelte in sich hinein. Es war kein Witz.
Jacob war nicht wohl zumute. Er war ein alter Mann und hatte sich zur Ruhe gesetzt. Vor langer Zeit hatte er geglaubt, all das hinter sich lassen zu können. Er seufzte tief.
»Sarah, ich hoffe, dein Barrington weiß, was hier gespielt wird, denn ich weiß es nicht. Was meinst du, wird er zu alldem sagen?«
Sarah starrte aus dem Fenster und dachte nach.
»Lassen wir uns überraschen.« Sie blätterte in ihrem Adreßbuch, griff zum Hörer und wählte Barringtons Nummer. Dann lauschte sie dem Klingeln am anderen Ende und wartete, daß er abnahm.
»Governor, Sarah Jensen am Apparat.«
Höflich antwortete er mit wohlklingender Stimme: »Guten Tag, Sarah, wie geht es Ihnen?«
»Danke, Governor. Ich rufe an, um Sie auf dem laufenden zu halten. Es hat interessante Entwicklungen gegeben, gute und schlechte. Ich hatte Wanzen in Arnotts Schreibtisch und Carlas

Wohnung angebracht. Arnott hat sie entdeckt und zu mir zurückverfolgt. Er hat mich zur Rede gestellt, und ich habe ihm erklärt, daß ich etwas Belastendes über ihn suchte, weil ich glaubte, er wollte mich feuern lassen. Ich habe ihm erklärt, ich wüßte alles über die Verschwörung und wollte ein Stück vom Kuchen abhaben. Er hat's geschluckt und sich obendrein verplappert. Die undichte Stelle ist Catania.«

Sie machte eine Pause. Auch am anderen Ende der Leitung folgte langes Schweigen. Schließlich sagte Barrington: »Das ist ausgezeichnet, Sarah.« Seine Stimme klang jetzt nachdenklich und kühl. Dann nahm sie einen geschäftlichen, fast schroffen Ton an. »Hören Sie, man wartet auf mich, ich bin mitten in einer Besprechung. Ich rufe Sie später an.«

Sarah starrte zu Boden. »Gut, dann bis später. Wiederhören.« Sie legte auf, steckte sich eine Zigarette an und warf Jacob einen Blick zu.

»Vielleicht hast du recht. Er sagte, er sei in einer Besprechung, er ruft später an. Mir kam es vor, als wollte er Zeit gewinnen. Er schien ratlos. Aber wenn er nicht mehr weiter weiß, wer dann?«

Jacob schüttelte den Kopf. »Du hast vergessen, ihm von deinem Deal zu erzählen.«

»Ja, stimmt. Schien nicht gerade der richtige Augenblick dafür.«

Anthony Barrington starrte auf die Großvateruhr in der Ecke seines Arbeitszimmers. Seine heimlichen Befürchtungen in bezug auf Sarah Jensen schienen sich zu bewahrheiten. Sie war auf gefährliche Weise unabhängig, und jetzt ging sie in ihrer Rolle durch wie eine wilde Stute. Und von ihm wurde erwartet, daß er im Sattel blieb. Er hatte sie rekrutiert, aber – beruhigte er sich schließlich – Bartrop hatte die Verantwortung. Das Ganze war seine Idee gewesen. Sollte er sich darum kümmern. Über die Sprechanlage rief er Ethel an.

»Verbinden Sie mich mit Bartrop, bitte.«

Barrington kam direkt auf den Punkt. »Es gibt Neuigkeiten, Bartrop. Die gute Nachricht: Sarah hat Catania als die undichte Stelle identifiziert. Die schlechte ist, daß sie aufgeflogen ist. Matthew Arnott hat die Wanzen gefunden und sie zur Rede gestellt. Irgendwie hat sie ihn davon überzeugen können, daß sie auch nur ›ein Stück vom Kuchen‹ will, wie sie es ausgedrückt hat. Sie behauptet, er wäre darauf reingefallen. Aber ich weiß nicht. Mir ist das Ganze höchst unangenehm. Ich bin mir nicht sicher, ob wir das aufrechterhalten können. Die Sache gerät uns aus der Hand. Das ist nicht der coole, klinische Coup, den wir uns erhofft hatten. Vielleicht sollten wir uns zurückziehen, die Special Branch oder den MI5 kontaktieren. Schließlich sind die für so etwas zuständig, nicht wahr?«

Bartrop hörte sich alles an, ohne ihn zu unterbrechen. Dann antwortete er bedächtig: »Wissen Sie was, Governor, ich finde, das Ganze entwickelt sich viel besser, als ich es mir erhofft hatte. Ich sehe da überhaupt kein Problem, im Gegenteil, es ist eine große Chance für uns. Wir hätten es nicht besser planen können. Sarah Jensen befindet sich nun mittendrin. Mit etwas Glück hat sie die Möglichkeit, den ganzen Verschwörerring zu sprengen, angefangen bei der City bis hin zur Mafia. Sie hat unter Beweis gestellt, daß sie verdammt intelligent ist. Wenn sie der Meinung ist, daß sie Arnott überzeugt hat, dann wird es auch so sein. Mit der Zeit werden wir es wissen. Das einzige Problem ist, daß die Verschwörung sich nicht von alleine auflösen wird, Governor. Die Verantwortung liegt bei Ihnen und mir, mehr als je zuvor. Die Frage ist, wer wird am besten damit fertig? Wir waren von Anfang an der Meinung, daß wir es sind. Und daran hat sich meines Erachtens nichts geändert. Wenn wir jetzt andere einbeziehen wie den MI5 oder die Special Branch, würde alles nur noch komplizierter. Deren Aktivitäten würden sich mit unseren Zuständigkeiten überschneiden, und wir hätten ein ziemliches Chaos am Hals. Man würde unsere Kontrolle und unsere Befugnisse einschränken, unsere Verantwortung aber bliebe dieselbe. Außerdem müssen wir an Sarah Jensen denken. Jetzt übernehme ich die volle

Verantwortung für sie, aber ich muß im Hintergrund bleiben. Ich kann unmöglich plötzlich aus dem Nichts auftauchen. Ich glaube kaum, daß sie das verstehen würde. Es ist besser, wenn wir unseren alten Plan weiterverfolgen, sonst könnte es sein, daß sie sich hintergangen fühlt und einen Riesenwirbel macht.«
Barrington seufzte tief. »Ich weiß schon, was Sie meinen, Bartrop. Trotzdem kann ich nicht gerade sagen, daß ich darüber glücklich bin.«
»Ja, Governor, das verstehe ich. Es gibt aber keinen hundertprozentig sicheren Weg für diesen Fall; jede Lösung fordert Opfer. Ich finde, daß wir bisher das Beste daraus gemacht haben. Sehen Sie sich nur die Resultate an und wie weit wir bereits gekommen sind. Seien Sie ehrlich. Hätten Sie gedacht, daß wir innerhalb so kurzer Zeit so viel herausbringen würden?«
»Nein, das muß ich zugeben.« Barrington sah aus dem Fenster auf das Grün des Innenhofs und schwieg eine Weile.
»Na gut, Bartrop«, anwortete er schließlich. »Machen wir also weiter wie bisher. Ich werde in Kontakt mit Sarah Jensen bleiben, aber Sie übernehmen die volle Verantwortung, was ihre Sicherheit angeht.«
»Mit dem größten Vergnügen, Governor.«
»Dann halten Sie das in Ihren Akten fest?« Es klang mehr wie eine Aufforderung als wie eine Frage.
»Sie meinen so eine Art Absichtserklärung, wie in Bankkreisen üblich?«
»Ja, wenn es Ihnen nichts ausmacht.«
»Sie geht Ihnen in den nächsten Tagen zu.«
Bartrop legte erleichtert auf. Er streckte die Beine aus und stand auf, um zum Fenster zu gehen. Er grinste sein Spiegelbild in der Scheibe an. Es war faszinierend. Sein Respekt für Barrington schwand mit jedem Tag, dafür empfand er eine vorsichtige, fast widerwillige Bewunderung für Sarah. Sie entpuppte sich als echtes As, ein bißchen aufsässig und unberechenbar, aber höchst effektiv, wenn man sie zu führen verstand.
Barrington allein war der Sache nicht gewachsen, das war klar.

Er mußte ihm unter die Arme greifen, aber das tat er nur allzu gern. Alles, was ihn zu Antonio Fieri brachte, lohnte die Mühe.
Es war ein hervorragender, allerdings riskanter Plan. Barrington würde Sarah »führen«, und sie würde ihn, Bartrop, Antonio Fieri einen Schritt näher bringen. Die belastenden Informationen, die sie heranschaffte, würden, wenn die Zeit dazu reif war, vom MI6 an die italienischen Behörden weitergeleitet werden. Er würde Sarahs Identität für sich behalten, denn sie war eine wertvolle »freie« Agentin, die geschützt und versteckt werden mußte, für den Fall, daß man versuchen würde, sie nach seinen Methoden auszufragen. Fieri und seine Männer würden verhaftet und vor Gericht gestellt. Und er hätte sein Hauptziel erreicht. Mit Fieris Verhaftung würde die Drogenmafia einen empfindlichen Rückschlag erleiden. Tausende anderer illegaler Aktivitäten würden aufgedeckt. Die Freunde könnten sich damit brüsten, an Fieris Untergang einen nicht unerheblichen Anteil zu haben. Man würde nicht mit Lob sparen. Und alles wäre sein Verdienst. Ein Triumph, den er dringend brauchte und der viel zu selten war, um ihn mit jemandem zu teilen.
So sah sein Plan aus. Er wußte, daß er sehr vorsichtig hantieren mußte. Alles hing von Barringtons Bereitschaft ab, mit ihm zusammenzuarbeiten, und von seiner Fähigkeit, Sarah unter Kontrolle zu behalten. Außerdem war es unabdingbar, daß die Operation geheim bleib.
Die Stärken dieser Operation waren gleichzeitig ihre Schwächen. Sarah Jensen war unschlagbar – sie hatte die Catania-Connection in kürzester Zeit entlarvt –, aber auch unberechenbar und gefährlich intelligent. Von seinem sozialen Status her war Barrington der ideale Führungsoffizier und Frontkämpfer, doch er verlor den Kopf, wenn es brenzlig wurde. Für ihn stand viel zuviel auf dem Spiel, falls die Sache schiefging.
Ihm würde also nichts anderes übrigbleiben, als Barrington an die kurze Leine zu nehmen und über ihn auch Sarah Jensen. Aber das war kein Problem. Barrington war bereits zu weit gegangen, um einen Rückzieher zu machen. Er hatte zuviel zu verlieren. Er

würde wohl oder übel mitmachen, schon um seines eigenen Vorteils wegen. Und Sarah Jensen ... nun, mit schwierigen Frauen kannte er sich aus. Er würde sie schon im Griff behalten, so oder so.

Anthony Barrington war nicht sehr glücklich, aber erleichtert. Ohnehin war es jetzt zu spät, um auszusteigen. Er mußte Sarah weiterhin unter Kontrolle behalten, auch wenn diese Rolle ihm immer weniger behagte. Wenigstens hatte Bartrop die volle Verantwortung für Miss Jensen übernommen. Und er, Barrington, war jetzt nur noch der Mittelsmann, der Bartrops Anweisungen an Sarah weiterleitete und ihre Erkenntnisse wiederum Bartrop übermittelte. Wenn etwas schiefging, war es nicht länger sein Problem. Etwas beruhigter rief er Sarah an.
Er schien es eilig zu haben, jedenfalls sprach er ohne Punkt und Komma. »Tut mir leid, Sarah. Ein Termin jagt den nächsten. Wie auch immer. Sie haben prima gearbeitet. Sie haben die kleine Panne bewundernswert gemeistert. Jetzt sind Sie in einer aussichtsreichen Position, dank Ihres schnellen Auffassungsvermögens. Bleiben Sie am Ball. Kriegen Sie raus, soviel Sie können.«
Die alte Festigkeit war in seine Stimme zurückgekehrt. Wie seltsam, daß er sich so schnell wieder gefaßt hatte. Sarah hatte das Gefühl, als stünde sie zwischen zwei Rätseln. Wer waren der dritte und der vierte Mann in der Catania-Connection, und wer zog die Fäden hinter Barrington? In dieser Nacht erschien er ihr im Traum als eine Marionette, die von einer unsichtbaren Hand geführt wurde.

Am nächsten Morgen um Viertel nach sieben parkte Matthew Arnott seinen Mercedes in der Garage unter dem ICB-Gebäude und knallte die Tür zu. Mit seinen eisenbeschlagenen Schuhen lief er die Treppe zur Straße hinauf, über die Lower Thames zur Fish Street und bog schließlich in die Cannon Street ein. Dort kaufte er sich bei *Birley's* sein übliches Frühstück und hastete anschließend zum Kiosk auf der Eastcheap, um Zigaretten zu holen. Gegen seine sonstige Gewohnheit kaufte er zwei Packungen Marlboro. Er versuchte, nicht mehr als zwanzig Zigaretten am Tag zu rauchen, doch der heutige Tag versprach lang zu werden, und er würde mehr Nikotin als sonst brauchen, um sich zu beruhigen.

Als er die Devisenabteilung betrat, saß Sarah bereits an ihrem Platz und starrte auf die Monitore. Sie nickte kurz und wandte sich wieder ihrer Arbeit zu. Den ganzen Tag lang versuchte er sie zu ignorieren. Gott sei Dank ließ sie ihn in Ruhe. Sie wirkte angespannt.

Er saß an seinem Schreibtisch und überlegte, was er am Abend Karl Heinz Kessler sagen sollte. Er konnte ihm die Wahrheit sagen, dann würde es einen riesigen Knall geben; daran war nicht zu rütteln. Er konnte auch die Sache vertuschen, aber Kessler würde früher oder später dahinterkommen, das war ebenso klar.

Gegen fünf Uhr nachmittags verspürte er ein dumpfes Hämmern im Kopf. Zuviel Nikotin im Blut; seine Finger zitterten leicht. Zweieinhalb Stunden noch, die er totschlagen mußte. Er ging in die Bibliothek und blätterte in Zeitschriften, bis es halb sieben war. Dann kehrte er in die Devisenabteilung zurück. Er begab sich nicht direkt an seinen Schreibtisch, sondern setzte sich an einen Tisch der Abwicklungsabteilung, die direkt an die der Devisenhändler grenzte. Die Computerbildschirme und Stapel von Papieren bildeten eine Mauer zwischen den beiden Abteilungen, so daß sich die Angestellten auf den beiden Seiten nicht sehen konnten.

Die Attraktion der Abwicklung bestand in den Computerspielen des jungen Bankangestellten Andreas Rudding. Wie fast alle Devisenhändler war auch Arnott süchtig nach den schnellen Nintendospielen. Trotzdem fand er, daß Computerspiele seinem Image schadeten; schließlich stand er über solchen Kindereien. Deshalb versuchte er, diskret zu sein. Er schaute sich um. Der Schreibtisch war unbesetzt, die Devisenabteilung fast verlassen. Arnott setzte sich an Ruddings Computer und begann zu spielen.

Plötzlich hörte er von der anderen Seite des Tisches Stimmen. Er spähte zwischen zwei Stapeln Papieren hindurch und sah, wie Scarpirato und Sarah Jensen aus dem Büro kamen. Arnott drückte schnell eine Taste, um die Lautstärke abzustellen, und lauschte still und unsichtbar dem Gespräch zwischen Scarpirato und Sarah.

»Sieh mal, du kannst nicht von mir erwarten, daß ich die Augen verschließe und so tue, als wäre nichts geschehen. Ich muß wissen, was los ist, um eine Entscheidung zu treffen.«

»Ach, Dante, warum so viele Fragen?«

»Dann beantworte wenigstens ein paar. Meine Güte, Sarah. Ich habe ein Recht zu erfahren, was los ist. Also los, raus damit. Jetzt.«

»Psst, nicht so laut, um Gottes willen.«

»Es hört uns doch keiner. Also ...«

»Na gut. Ich sag's dir, aber nicht hier. Gehen wir raus und trinken was.«

Arnott lief es kalt über den Rücken. Er starrte auf den manisch blinkenden Bildschirm. Sarah wußte Bescheid, Mosami wußte Bescheid und jetzt auch noch Scarpirato. Die Sache geriet aus den Fugen. Er würde es Kessler erzählen und die Folgen ertragen müssen. Mit verkrampften Magen wartete er, bis Scarpirato und Sarah verschwunden waren und griff dann zum Hörer. Er wählte Kesslers Nummer. Nach dreimaligem Läuten hob er ab.

»Karl Heinz? Hier spricht Matthew. Ich muß dich unbedingt sehen, jetzt gleich.«

»Warum die Eile? Hier ist im Moment ziemlich viel los. Kann es nicht noch die halbe Stunde warten?«

»Nein.«

Kesslers Stimme klang scharf, wie angesteckt von Arnotts Angst.

»Okay, ich komme runter.«

Eine Minute später erschien er in der Devisenabteilung. Er nickte Arnott zu, der ihm in Scarpiratos Büro folgte.

»Nun?«

Arnott erzählte ihm alles von Anfang bis zum Ende. Kessler starrte ihn schweigend an. Schließlich sagte er: »Also wissen drei Leute davon: Sarah, Mosami und Scarpirato.«

Arnott schluckte. »Ja. Aber Sarah hat sich selbst belastet. Sie ist mit ...«

Kessler herrschte ihn an. »Was für ein Blödsinn. Selbst belastet! Sie hat lediglich ihre Kompetenzen überschritten und gegen hausinterne Vereinbarungen verstoßen, mehr nicht. Sie könnte einfach behaupten, daß sie dich beobachtet hat, als du Lire kauftest, und es dir nachgemacht hat, weil sie es für eine gute Idee hielt. Es gibt kein Gesetz, das ihr das verbietet. Du Dummkopf. Sie hat nichts zu verlieren ... Geht das nicht in deinen Kopf?«

Arnott senkte den Blick. Kessler starrte vor sich hin, dann stand er auf, um zu gehen.

»Nun, was passiert ist, ist passiert. Jetzt kannst du nur noch den Mund halten und mich sofort benachrichtigen, wenn sich irgendwas Neues tut. In der Zwischenzeit werde ich Catania informieren müssen.«

»Was meinst du, wie er reagieren wird?« fragte Arnott unsicher.

»Wie zum Teufel soll ich das wissen?« gab Kessler gereizt zurück.

»Er hat von uns allen am meisten zu verlieren. Immerhin hat er ganz schön profitiert. Wieviel hat er jetzt auf seinem Konto?«

»Nun, ich habe ihm gerade acht Millionen Dollar überwiesen«, antwortete Arnott. »Sein Guthaben müßte jetzt etwa dreißig Millionen Dollar betragen. Genug, um ihn für ein vollwertiges und freiwilliges Mitglied des Teams zu halten.«

»Gott sei Dank hatte ich so viel Weitblick.« Kessler musterte Arnott mit unverhohlener Wut und Verachtung.

Arnott stand zögernd auf. Er nahm seine Aktentasche und machte Anstalten, sich zu verabschieden. Plötzlich sah Kessler ihn entsetzt an.

»Du hast doch dieses Büro gecheckt, oder?«

»Was meinst du, gecheckt?«

Eine Ader schwoll auf Kesslers Stirn. Es sah aus, als würde sie jeden Augenblick platzen. »Nach Wanzen!«

Arnott fühlte, wie ihm die Knie weich wurden. »Nein, hab' ich nicht. Ich glaubte, daß sie hinter mir her wäre. Warum sollte sie Scarpiratos Büro abhören wollen?«
»Hast du das Gerät bei dir?« Kesslers Stimme klang ruhig und gefaßt, mit einem gefährlichen Unterton. Arnott kramte in seiner Aktentasche. Kessler riß ihm den Detektor aus der Hand, steckte sich die Kopfhörer ins Ohr und schaltete das Gerät an. Er drehte an dem Knopf. Innerhalb von Sekunden leuchteten die Dioden auf.
»Wir werden abgehört«, sagte er und hörte seine eigene Stimme durch die Kopfhörer.

Dreihundert Meter weiter saßen Dante und Sarah im *Pig and Poke* an einem abgelegenen Tisch und unterhielten sich.
»Ich versteh' einfach nicht, warum du mich nicht mehr sehen willst.« Dante beugte sich vor. Sein gelassener Gesichtsausdruck war echter Verwirrung gewichen.
Sarah wirkte gequält. »Nun gut, ich werde es dir sagen. Du hast eine Freundin, und ich habe einen Freund. Es hat keinen Zweck, es zu leugnen. Ich habe dich mit ihr gesehen.« Sarah pokerte. Irgendwo mußte er sich in den letzten Wochen doch mit ihr gezeigt haben. Sie beobachtete sein Gesicht. Er sagte nichts. »Sieh mal, Dante. Du kannst es ruhig zugeben. Zwischen uns ist es aus. Mein Freund war verreist, morgen kommt er wieder.« Gott, wie wünschte sie sich, daß es so wäre.
»Also gibt es keine Hoffnung?«
Sarah strich ihm über die Wange. »Nein, mein Herz. Gar keine.«
Er lächelte sie traurig an, dann nahm er ihre Hand.
»Freunde?«
Sie drückte seine Hand. »Freunde.«

Mittlerweile saß Karl Heinz Kessler wortlos auf dem Rücksitz seines Mercedes und grübelte, während der Fahrer im Schrittempo die Lower Thames Street entlangfuhr. Es war Rush-hour.

Zwei Stunden später war Kessler in Berkshire, auf dem Weg nach Lambourn, dem Inbegriff für Pferderennen in England. Der Mercedes fuhr über schmale Feldwege, vorbei an Wiesen, auf denen alte Rennpferde und Ponys grasten. Vor einem großen schmiedeeisernen Tor, das ein wenig versetzt von der Straße stand, verlangsamte er seine Fahrt. Das Tor öffnete sich auf eine lange Einfahrt, die zu beiden Seiten von Kastanienbäumen gesäumt wurde. Sie war genau eine Meile lang. Am Ende stand ein großes, weißes Haus inmitten einer sanft gewellten Landschaft.

Der Wagen blieb vor dem Haus stehen. Kessler sprang hinaus, bevor der Fahrer ihm den Schlag öffnen konnte, und verabschiedete sich knapp.

Seine Haushälterin Janet öffnete ihm die Tür. Er grüßte sie barsch und schritt durch den hallenden Flur auf die Bibliothek zu. Dort nahm er in einem Sessel neben dem leeren Kamin Platz und ließ die Ereignisse Revue passieren. Sarah Jensen, Mosami Matsumoto und Scarpirato waren im Bilde. Catania hatte von allen am meisten zu verlieren, wenn die Sache aufflog. Seine Frau würde erfahren, daß er ein Verhältnis gehabt hatte und ihn verlassen. Er konnte nicht mal behaupten, daß man ihm eine Falle gestellt hatte. Ein Teil der von Kessler so genial ausgedachten Erpressung diente dazu, Catania als vollwertiges Mitglied des Ringes auszuweisen, der mit Insiderwissen hantierte. Schließlich erhielt Catania ein Viertel aller Gewinne aus den illegalen Geschäften. Arnott überwies ihm dieses Geld regelmäßig. Eine Untersuchung würde sein Geheimkonto, das in einer Schweizer Bank eröffnet worden war, ohne Schwierigkeiten ausfindig machen können. Das Bankgeheimnis dort war schon lange nicht mehr das, was es einmal gewesen war. Wenn die Fahnder Catanias millionenschweres Konto entdeckten, mußten sie zu der Annahme kommen, daß er Mitglied der Bande war. Seine politische Karriere wäre mit einem Schlag zerstört. Er würde seine Frau verlieren, seine Kinder, sein Vermögen und wahrscheinlich auch seine Freiheit.

Kessler stellte das Telefon vom Tisch auf seinen Schoß und kramte in seiner Jackentasche nach einem schmalen dunkelblauen

Adreßbuch. Er blätterte bis C und wählte dann eine Nummer. Es war Catanias Problem, sollte er sehen, wie er damit fertig wurde.

Giancarlo Catania war mitten beim Abendessen, als Kessler anrief. Ella, das Mädchen, klopfte leise an die Tür des Eßzimmers und trat ein. Signor Kessler sei am Apparat, erklärte sie. Es sei dringend.
Catania warf Ella einen finsteren Blick zu, entschuldigte sich bei seiner Frau und ging durch den Flur in sein Arbeitszimmer. Ella hatte das Gespräch durchgestellt. Catania nahm ab und fragte wütend: »Was ist so wichtig, daß es nicht warten kann, bis ich fertig gegessen habe?« Er sprach mit einem falschen italienisch-amerikanischen Akzent. Sein Englisch hatte er aus amerikanischen Filmen gelernt. Kessler hatte Englisch in den besten deutschen Schulen gelernt. Es war tadellos, obgleich er eine sehr harte Aussprache hatte. Catanias Amerikanismen regten ihn jedesmal auf.
»Wir haben ein Problem. Ein ziemlich ernstes Problem. Unser kleines Spielchen ist nicht länger geheim. Drei Leute wissen davon: Sarah Jensen, Mosami Matsumoto und Dante Scarpirato. Sie kennen die ganze Geschichte. Sämtliche Einzelheiten.«
Catania fluchte auf italienisch.
»Wie konnte das passieren?«
»Ganz einfach. Wanzen.«
»Und Sie hatten keine Vorkehrungen getroffen?«
»Nein, leider nicht.«
»Wer war es?«
»Sarah Jensen, eine Kollegin von Arnott. War neidisch auf seine Position und wollte ihm was anhängen.«
»Und das glauben Sie?«
»Ja. Jedenfalls arbeitet sie nicht für die Bullen, wenn Sie das meinen. Hat selbst kräftig mitverdient. Sie ist nur scharf auf das Geld.«
»Wie Sie«, sagte Catania.

»Wie ich«, gab Kessler zu.
Catania umklammerte den Hörer; seine Handflächen wurden feucht. Drei Menschen wußten es jetzt schon. Wie lange würde es dauern, bis die Behörden, die Mafia und Antonio Fieri Wind davon bekamen?
Beide Männer dachten über die Konsequenzen nach. Für Kessler bedeutete es Schimpf und Schande, Gefängnis und Beschlagnahme seines illegal erworbenen Vermögens. Dieses war zwar auf unzähligen Konten um den ganzen Globus verteilt, wenn aber die Behörden entschlossen genug vorgingen, würden sie alle finden.
Für Catania gab es nur eines, wenn das Ganze aufflog – den Tod. Die Mafia würde ihn aus dem Weg schaffen, ehe er sie belasten konnte. Er kannte zu viele ihrer Geheimnisse und könnte versuchen, sich so seine Immunität zu erkaufen. Sie würden nie das Risiko eingehen, ihn am Leben zu lassen, damit er auspackte. Fieri hatte bereits Verdacht geschöpft, genau wie der Präsident der Deutschen Bundesbank. Die ersten Gerüchte machten die Runde. Catania starrte an die Decke. Er hatte nichts mehr zu verlieren. »Ich werde mich darum kümmern«, erklärte er.

21

Die wasserstoffblond gefärbte Frau lag in den Armen einer anderen Frau im Bett und sah sich gerade ein Video an, als das Telefon klingelte. Sie schwang ihre straffen, muskulösen Beine unter dem Laken hervor, schlüpfte in einen seidenen Morgenmantel und lief die Treppe hinunter zur Bibliothek. Es war nicht der Apparat neben ihrem Bett gewesen, der für Privatgespräche reserviert war. Das Telefon in der Bibliothek war der Geschäftsanschluß. Sie setzte sich in einen dunkelroten Ledersessel und nahm ab.

»Pronto!«

Ein Mann antwortete. Ein Italiener mit schroffer Stimme. Er wollte sie treffen, um ein Geschäft zu besprechen.

»Wer sind Sie? Wie heißen Sie?«

»Das tut nichts zur Sache. Ein Freund von Fieri. Genügt das?«

»Für den Anfang.« Fieri gehörte zu den wenigen, die ihre Geschäftsnummer kannten. Jeder, der sie wählte, genoß sein Vertrauen. »Sie brauchen Ihren Namen nicht zu nennen. Sicher dachten Sie an einen neutralen und diskreten Ort für unser Treffen. Was halten Sie vom *Hassler*?«

Das *Hassler* war ein schönes altes Hotel mitten in Rom mit Blick auf die Spanische Treppe.

»Ja, das ist gut. Ginge es morgen nachmittag um zwei?«

»Ich versuche, ein Zimmer zu reservieren. Ich rufe Sie gleich wieder an, um Ihnen die Zimmernummer mitzuteilen, dann können Sie direkt durchgehen, ohne sich an der Rezeption anzumelden.«

Er schwieg.

»Wie ist Ihre Nummer?«
Er gab ihr seine Nummer und legte auf. Sie trug die Verabredung in ihr Notizbuch ein. Fünf Minuten später rief sie zurück. »Zimmernummer 151. Ich bin morgen um zwei Uhr dort.« Sie legte den Hörer auf, schaltete das Licht aus und dachte im Dunkeln nach. Wer konnte das sein? Die Stimme war ihr irgendwie bekannt vorgekommen. Und was wollte er? Sie lächelte ihrem Spiegelbild im Fenster zu.

Sie wartete bereits, als er um Viertel nach zwei das Hotelzimmer betrat. Eine kühle Blondine, nicht besonders groß, aber kräftig. Er warf einen Blick auf ihre schlanken Beine, die straffen Muskeln über den schmalen Fesseln. Sie stand am Fenster, kerzengerade, lebhaft und selbstbewußt. Er hatte sie noch nie gesehen, wußte aber alles über sie.
Sie war berüchtigt. Selbst Antonio Fieri sprach von ihr nur mit Respekt. Einmal hatte er Catania bedauernd erzählt, daß sie sich zur Ruhe gesetzt hätte. Nur gelegentlich erlag sie noch Fieris Überzeugungskunst und erledigte kleinere Aufträge für ihn. Doch das war ein strenggehütetes Geheimnis, von dem Catania keine Ahnung hatte.
Sie war Amerikanerin, hieß Christine Villiers und arbeitete als Stuntgirl. Nicht ihr richtiger Name, auch nicht ihr richtiger Beruf, aber eine nützliche Tarnung. Vor Jahren hatte Catania einmal ihre Telefonnummer entdeckt und sie sich in weiser Voraussicht notiert.
Jetzt stand sie vor ihm und wartete, die Ruhe selbst. Er betrachtete sie anerkennend. Sie lächelte. Sie hatte ihn sofort wiedererkannt.
»Was kann ich für Sie tun, Governatore?«
»Ich werde Sie gut bezahlen. Das Doppelte von dem, was Sie sonst verlangen.«
Sie nickte. »Natürlich.«
»Ich möchte, daß Sie drei Menschen umbringen.«
Um halb vier kehrte Christine in ihre Wohnung an der Passeggia-

ta di Ripetta zurück, einer eleganten, von Bäumen gesäumten Straße. Sie schloß die Tür hinter sich ab, stöpselte ihr Privattelefon aus und begann, einen Plan zu entwickeln.

Ein paar Stunden später saß Jacob in Sarahs Wohnzimmer und wartete, daß sie von der Arbeit zurückkam. Um zehn nach sieben schloß sie die Tür auf. Jacob lächelte besorgt.

»Wo bist du gewesen?«

Sarah war überrascht. »Im Fitneßstudio. Hab' eine Stunde lang trainiert. Ich hatte es verdammt nötig. Der Tag war furchtbar. Arnott hat mich die ganze Zeit mit einem seltsamen Ausdruck beobachtet. Nicht arrogant oder feindselig wie sonst. Er sah eher verängstigt aus.« Sie studierte Jacobs besorgtes Gesicht. »He, was ist los?«

Jacob ging auf sie zu und legte ihr die Hand auf die Schulter. »Hör zu, Sarah. Das Ganze ist völlig aus der Kontrolle geraten.«

»Was meinst du?«

»Ich habe eine weitere Kassette. Gestern abend haben sich Arnott und Karl Heinz Kessler in Scarpiratos Büro unterhalten. Scarpirato ist unschuldig. Kessler ist der dritte Mann und Catania der vierte. Kessler und Arnott haben Catania ein Privatkonto in der Schweiz eingerichtet. Sie überweisen ihm ein Viertel aller Gewinne, damit es so aussieht, als gehörte Catania zu ihrem Verbrecherring. Eine weitere Maßnahme, um ihn bei der Stange zu halten.«

Sarah umklammerte den Griff der Sporttasche, die sie über der Schulter trug. »Mein Gott! Das wird ja immer unglaublicher. Ich wußte, daß Arnott und Kessler enger befreundet waren, aber ich dachte immer, Arnott sei so was wie ein Prügelknabe. Kessler schien über allem zu stehen, verstehst du. Der angesehene Leiter einer großen Handelsbank. Ich hab' an ihn gedacht, den Gedanken aber schnell wieder verworfen. Ich konnte es mir nicht vorstellen.« Sie schwieg.

»Es kommt noch schlimmer, Sarah«, fuhr Jacob fort.

»Arnott hat Kessler alles über dich und Mosami erzählt. Er hat ihm gebeichtet, daß ihr beide von der Verschwörung wißt. Und er glaubt, daß auch Scarpirato davon weiß. Außerdem haben sie die andere Wanze entdeckt. Das Spiel ist aus. Beide Parteien wissen voneinander, keiner kann sich mehr verstecken. Kessler hat Arnott erklärt, daß er Catania davon erzählen würde. Daß er was unternehmen müsse.«

Sarah ließ die Tasche zu Boden fallen und setzte sich aufs Sofa. Sie kramte nach einer Zigarette, die sie sich mit zitternder Hand ansteckte.

»Ich glaube, das schaffe ich nicht mehr.«

Sie wählte die Nummer des Governors. Weder im Büro noch zu Hause meldete er sich.

Am selben Abend landete die Maschine des Alitalia-Flugs AZ 286 aus Rom mit quietschenden Reifen auf dem Londoner Flughafen Heathrow. Es war die letzte Verbindung des Tages, und die Maschine war voll. Für die beiden Passagiere, die ihren Flug in letzter Minute gebucht hatten, war nur noch Business class in Frage gekommen. Jetzt standen sie in der Schlange vor der Paßkontrolle. Beide reisten mit falschen Papieren. Wenn sie nervös waren, so sah man es ihnen nicht an, denn sie hatten die besten falschen Papiere, die für Geld zu haben waren.

Sie lächelten der Beamtin am Schalter zu, die durch ihre Pässe blätterte. Sie winkte sie durch. Dann gingen sie zur Gepäckausgabe, um ihre Koffer abzuholen. Jeder, der sie beobachtete, hätte sie für Fremde gehalten. Sie hatten nichts miteinander gemein, abgesehen von ihrer Fähigkeit, Menschen umzubringen.

Sie gingen durch den Zoll nach draußen zum Taxistand, wo sie getrennte Wagen nahmen. Der Mann, Gianni Carudo, fuhr zu einem Hotel im Zentrum Londons, dem *Dorchester* in der Park Lane. Die Frau, Christine Villiers, besaß ein eigenes Haus an St. Leonard's Terrace in Chelsea.

Der Dritte im Bund, ein gewisser Daniel Corda, hielt sich bereits in London auf. Er lebte hier seit dreißig Jahren und war Christi-

nes britischer Kontaktmann. Trotz des Hauses in London operierte Christine hauptsächlich von Rom aus. Deshalb brauchte sie in London jemanden, der sich optimal mit den örtlichen Gegebenheiten und Gepflogenheiten auskannte. Sie rief Corda an, um ihm ihre Ankunft mitzuteilen und das Startsignal zu geben. Sie bat ihn, um Mitternacht zu ihr zu kommen, damit sie ihn über die weiteren Einzelheiten informieren konnte.
In der Stille der jeweiligen Zimmer dachten alle drei über ihren Auftrag nach. Christine Villiers würde Dante Scarpirato töten. Sie brachte keine Frauen um. Dafür heuerte sie Männer an. Gianni Carudo würde sich um Sarah Jensen kümmern und Daniel um Mosami Matsumoto. Christine mußte sich auch deshalb auf die Unterstützung der beiden Männer verlassen, weil ihr Auftrag so dringend war.
Catania hatte ihr erklärt, daß die Opfer so schnell wie möglich erledigt werden sollten. Sie hoffte, es in drei Tagen schaffen zu können, übers Wochenende. Zwei Tage würden sie brauchen, um die Betreffenden zu beobachten, ihre Wohnungen auszuspähen und einen Plan zu entwerfen. Eigentlich hätten sie eine Woche dazu gebraucht, aber sie hatten ihre Anweisungen und kannten sich überdies mit schnellen Jobs aus. Es war nicht das erste Mal, daß sie unter Zeitdruck arbeiteten.
Ein paar Stunden später traten die drei Killer in die dunkle schwüle Nacht Londons, um etwas Luft zu schnappen und den ersten Blick auf ihre Opfer zu werfen.

Als Jacob gegangen war, blieb Sarah noch lange auf und las bis spät in die Nacht. Sie saß mit dem Buch und einem Glas Whisky auf dem Sofa. Gelegentlich legte sie das Buch nervös zur Seite und sah sich im Raum um. Die Vorhänge waren auf. Im hellen Schein der Lampe war sie deutlich sichtbar. Sarah hatte keine Ahnung, daß ein Paar dunkler Augen jede ihrer Bewegungen verfolgte.
Im Gebüsch am Ende des Parks versteckt wartete Gianni Carudo. Sie war schön. Es würde ein reines Vergnügen sein. Er würde

morgen nacht mit seinem Messer wiederkommen und sie im Schlaf überraschen. Er beobachtete Sarah, bis sie aufstand, das Licht ausknipste und verschwand. Das Schlafzimmer mußte im hinteren Bereich der Wohnung liegen. Lautlos stahl er sich davon.

Am folgenden Morgen wachte Sarah wie gerädert auf. Sie schleppte sich zur Arbeit. Bei der allmorgendlichen Besprechung saß sie Scarpirato gegenüber. Sie wechselten ein verständnisvolles Lächeln. Sie hatte ihn verkannt; er war unschuldig. Jetzt, nach ihrem Gespräch am Mittwoch abend hatte sie das Gefühl, sich in seiner Gegenwart endlich entspannen zu können.
Er bewahrte sein Lächeln, als sie vor ihm saß, die Beine unter dem Konferenztisch ausgestreckt, schön, aber unnahbar. Erinnerungen wurden wach, doch er vertrieb sie. Es war besser so. Scarpirato sah sich um. Arnott und Wilson betraten den Raum. Arnott sah ihn seltsam an. Er zuckte die Achseln und eröffnete die Besprechung.
Arnott saß auf seinem Platz, ein mulmiges Gefühl in der Magengegend, und wartete. Scarpirato kam ihm beunruhigend normal vor. Beinahe glücklich sogar. Wahrscheinlich wartete er auf den richtigen Augenblick. Vielleicht wollte auch er wie Sarah ein Stück vom Kuchen. Deshalb erweckten die beiden diesen einmütigen Eindruck. Wahrscheinlich hatten sie am Mittwoch abend alles so ausgemacht. Arnott fragte sich, was Kessler und Catania dazu sagen würden.
Nach der Besprechung blieb Sarah im Konferenzraum sitzen. Sie schloß die Tür und rief den Governor in seiner Privatwohnung an. Wieder nahm niemand ab. Sie rief in seinem Büro an. Auch dort ging niemand ans Telefon. Endlich, um acht, nahm seine Sekretärin den Hörer ab.
»Könnte ich bitte mit dem Governor sprechen? Sarah Jensen am Apparat.«
Die Stimme antwortete kalt und förmlich. »Tut mir leid. Der Governor befindet sich auf einer Auslandsreise.«

Sarah versuchte, sich zusammenzureißen. »Es ist dringend. Ich muß ihn unbedingt sprechen.«
»Sie können sich darauf verlassen, daß ich ihm Ihre Nachricht übermitteln werde, wenn er anruft, Miss Jensen.«
»Könnten Sie nicht ihn anrufen? Was ist, wenn er sich nicht meldet?«
Die Stimme lachte. Ein Hauch von Entrüstung lag darin. »Wie bereits gesagt, ich werde ihm Ihre Nachricht übermitteln, wenn er anruft.«
Sarah wurde von Panik erfaßt. »Ich fürchte, Sie verstehen nicht ganz. Ich muß sofort mit dem Governor sprechen.«
Die Stimme klang resigniert. »Hören Sie, Miss Jensen, der Governor befindet sich in New York, dort ist es mitten in der Nacht. Sie werden sich wohl oder übel gedulden müssen.«
Sarah legte auf. Sie rieb sich mit den Händen über die nackten Arme. Plötzlich fühlte sie sich sehr allein.
Der Vormittag verging ruhig. An den Börsen war nichts los. Sarah las die Zeitungen und versuchte, nicht an den Governor zu denken. Arnott saß links von ihr und warf ihr seltsame Blicke zu. Doch sie war zu müde, um sich mit ihm anzulegen.

Die Zentrale von Cordillon et Cie. war in einem früheren Privathaus auf einer kopfsteingepflasterten Straße im Herzen der Genfer Altstadt untergebracht. Das einzige, was auf ihre Tätigkeit hinwies, war ein bronzenes Schild mit dem Initial C. an der Tür. Nur Eingeweihte wußten, daß sich hinter dieser unscheinbaren Fassade eine der wichtigsten Privatbanken der Schweiz verbarg.
Der größte Teil des Gebäudes, vor allem jene Räume, die der gewöhnliche Kunde zu sehen bekam, waren wie Privaträume eingerichtet, mit kostbaren Gemälden, eleganten Sitzgruppen und gemütlichen Büros. Die moderne Seite des Bankwesens wurde gut versteckt. Computer, Faxgeräte und Monitore befanden sich in den oberen Etagen. Dort saßen die jungen Bankangestellten vor ihren Bildschirmen, kritzelten Anweisungen ins Haupt-

buch und verwalteten Milliarden auf unzähligen Geheimkonten. Als weitere Konzession an die modernen Zeiten hingen vier Uhren mit der Zeit von Genf, London, New York und Tokio an der Wand.
Peter Jaeggli, ein junger, ehrgeiziger Bankangestellter, warf einen Blick auf die Genfer Uhr. Zwölf. Zeit für den nächsten Kaffee. Er ging quer durch den Raum in die kleine Küche und brühte sich einen extra starken kolumbianischen Kaffee auf. Vorsichtig die Tasse balancierend, kehrte er an seinen Platz zurück. Er setzte sich und wandte seine Aufmerksamkeit wieder den Akten auf seinem Schreibtisch zu. Es waren die zur Archivierung bestimmten Ausdrucke einer Reihe von elektronischen Geldtransfers.
Jaeggli runzelte die Stirn und schüttelte leicht den Kopf, als wollte er nicht glauben, was er da schwarz auf weiß vor sich hatte. Die Worte, Ziffern und Anweisungen flimmerten vor seinen Augen. Er rechnete im Kopf nach. Der Reingewinn dieser Transfers betrug drei Millionen Dollar und war auf das Konto LS236190X überwiesen worden. Das war am Tag zuvor passiert, am Donnerstag, zwei Tage nachdem die Transaktionen abgewickelt worden waren. Möglicherweise wegen der Höhe der Summe und weil so etwas so gut wie nie vorkam, hatte ein jüngerer Bankangestellter die Ausdrucke an Jaeggli weitergeleitet.
Jaeggli nippte an seinem Kaffee und starrte in die Luft. Es mußte eine plausible Erklärung geben. Vielleicht war das Ganze ein Irrtum. Er durfte keine voreiligen Schlüsse ziehen. Zunächst mußte er Fragen stellen, später urteilen und handeln. Ja, das war das Beste, was er tun konnte. Er wartete, bis seine Kollegen an den benachbarten Tischen außer Hörweite waren oder selbst telefonierten. Dann wählte er rasch eine Nummer.

Simon Wilson rief quer durch die Devisenabteilung nach Sarah.
»Ein Deutscher auf Leitung zwei.«
Sarah kam zu ihrem Schreibtisch und nahm den Hörer ab.

»Sarah? Peter Jaeggli. Ich muß mit dir reden.« Seine Stimme klang ernst.
Sarah wußte sofort, warum er anrief. Ihr illegaler Deal – riesige Ein- und Ausgänge und am Schluß ein Gewinn von drei Millionen Dollar, sehr viel mehr, als sie ursprünglich auf ihrem Konto gehabt hatte. Cordillon hätte sich um die Geldtransfers gekümmert, so daß sie ihr Konto nicht überzogen hätte; trotzdem war ihr Verhalten gegenüber der Bank zumindest unhöflich, wenn nicht gar ausgesprochen verdächtig. Kein Wunder, daß Jaeggli so feierlich tat. Aber konnte man nicht erwarten, daß Schweizer Banker mindestens auf einem, wenn nicht beiden Augen blind waren, wenn es um zwielichtige Transfers ging? Vielleicht ist mein Fall einfach zu ungewöhnlich und auffällig, um ignoriert zu werden, dachte Sarah.
»Ja, Peter, das mußt du wohl.«
»Ich schlage vor, daß du nach Genf kommst. So schnell wie möglich. Es gibt eine Maschine um …«
Sarah fiel ihm ins Wort. »Was? Ich soll nach Genf kommen? Ist das nicht ein bißchen übertrieben?«
Seine Stimme war angespannt. »Nicht unter diesen Umständen. Ich würde dich sonst nicht darum bitten.«
Sarah nahm den Hörer vom Ohr und starrte nachdenklich auf ihren Tisch. Seit acht Jahren kannte sie Jaeggli. Sie hatten zusammen in Cambridge studiert. Alex und sie hatten ihn in Genf besucht, waren zusammen in den Alpen geklettert und Ski gefahren. Aber so ernst hatte sie ihn noch nie erlebt. Sie war besorgt und amüsiert zugleich.
»Sieh mal, Peter. Normalerweise wäre ich gekommen, aber im Moment geht es schlecht. Ich kann hier wirklich nicht weg.«
Er war unnachgiebig. »Tut mir leid, Sarah. Ich muß darauf bestehen. Du wirst sehen, warum, wenn du erst mal hier bist.«
Sarah sah nachdenklich zur Decke auf. Schließlich sagte sie: »Na schön. Ich komme.«
»Um fünf nach drei geht eine Maschine der Swissair von Heathrow aus. Ich hole dich am Flughafen ab.«

Um halb zwei traf Gianni Carudo auf dem Carlyle Square ein. Er trug Jeans, eine Jeansjacke, ein weißes T-Shirt und eine Baseballmütze; seine gewöhnliche Uniform, mit der man auf der King's Road nicht im mindesten auffiel.
Er ging auf Sarahs Haus zu, weder zu schnell noch zu langsam, um keine Aufmerksamkeit auf sich zu ziehen. Er warf einen Blick auf die leeren Fenster. Es würde noch Stunden dauern, bis sie nach Hause kam. Man hatte ihm gesagt, daß sie zwischen vier und sieben Feierabend machte. In der Zwischenzeit würde er ein paar Runden drehen, ihr Haus von allen Seiten studieren und sich mit der Umgebung vertraut machen. Später würde er aus einiger Entfernung beobachten, wie sie nach Hause kam und ob sie Besuch hatte.
Er fragte sich, wie der Abend verlaufen würde. Vielleicht kam sie, zog sich um und ging wieder aus? Und wenn schon. Früher oder später würde sie nach Hause kommen, und er würde dort auf sie warten. Er könnte sie jetzt, in diesem Moment, umbringen, wenn es sein mußte. Unter seiner Jeans, an die Wade geheftet, trug er ein Messer mit einer fünfzehn Zentimeter langen Klinge. Doch bei Nacht war es perfekt. Im Dunkeln fühlte es sich einfach besser an. In seiner Tasche klimperten ein paar Schlüssel. Es war eine Auswahl der besten Dietriche, die auf dem Markt zu haben waren. Mit ihnen würde er in Sekundenschnelle in ihrer Wohnung sein.
Er überquerte den Platz und bog in die Old Church Street ein. Er wollte sich auf der King's Road unter die Menschenmenge mischen und später erneut eine Runde drehen. Jetzt war es Zeit für eine andere Art von Aufklärung. Sie war nicht unbedingt notwendig, aber er sah sich gern in der Umgebung seiner Opfer um und hinterließ seine Markierung. Er trat in eine Telefonzelle auf der King's Road. Als er an ihr Gesicht dachte, schlug sein Puls schneller.

Sarah erklärte Scarpirato, daß sie wegen einer dringenden Privatangelegenheit den Nachmittag frei nehmen müsse.

»Kein Problem«, sagte er lächelnd. »Außerdem ist am Freitagnachmittag sowieso nicht viel los.«
Erleichtert kehrte sie an ihren Schreibtisch zurück, packte ihre Sachen und wollte gerade gehen, als Wilson nach ihr rief.
»Warten Sie, Sarah. Ein Anruf auf Leitung eins. Klingt italienisch.«
Sarah griff gereizt nach ihrem Handy. Sie wartete, doch niemand meldete sich. »Hallo? Hallo?«
In seiner Telefonzelle versteckt lächelte Gianni Carudo in sich hinein. Sarah Jensen war im Büro, wie nicht anders erwartet. Also war es für sie ein Tag wie jeder andere. Sie konnte nicht wissen, daß es ihr letzter war. Bei dem Gedanken wurde es Carudo warm ums Herz.
Sarah knallte wütend das Telefon auf den Tisch. Irgendein Idiot mußte auch immer anrufen, wenn sie es eilig hatte. Sie griff nach ihrer Handtasche und flitzte los, bevor der andere es noch mal versuchte.
Auf der Lower Thames Street stieg sie in ein Taxi und bat den Fahrer, sie zum Carlyle Square zu bringen und dort fünf Minuten zu warten, um sie anschließend zum Heathrow Airport zu fahren. Er nickte eifrig; das war ein gutes Geschäft. Mindestens vierzig Pfund, schätzte er.
Eine halbe Stunde später bog er in den Carlyle Square ein und fand einen Parkplatz um die Ecke von Sarahs Haus. Sie sprang aus dem Wagen, um ihren Paß zu holen, ein paar Sachen einzupacken und Jacob anzurufen, damit er Bescheid wußte.
Der Taxifahrer parkte und machte den Motor aus. Er saß im Wagen und starrte auf den Park und die vielen bunten Blumen. In diesem Augenblick sah er einen jungen Mann mit einer Baseballmütze, der sich dem Taxi näherte. Er hatte etwas Unangenehmes an sich, etwas Gieriges. Erleichtert sah er, daß der Mann in die King's Road einbog und verschwand. Kurz darauf klopfte es an seinem Fenster. Es war die junge Frau mit einem kleinen Koffer. Sie stieg ein.
»Zum Terminal zwei, bitte.«

Er fuhr los, die King's Road entlang. Sarah saß hinten und vertiefte sich in den *Evening Standard,* den jemand auf dem Rücksitz liegengelassen hatte.
Der Taxifahrer überholte den Mann mit der Baseballmütze, der geradeaus blickte und die schöne Frau nicht sah, die nur wenige Meter von ihm entfernt vorbeifuhr.

Um 17.35 Uhr landete die Maschine 833 der Swissair auf dem Genfer Flughafen. Peter Jaeggli wartete wie versprochen in der Ankunftshalle. Er begrüßte Sarah förmlich und führte sie zu seinem Wagen, einem metallicblauen Alfa Romeo Spider. Es war ein schöner Nachmittag, und er fuhr mit offenem Verdeck.
Schweigend brausten sie dahin. Der Wind peitschte Sarah das Haar ins Gesicht, bis sie in die Stadt kamen und sich in den stokkenden Feierabendverkehr einfädelten. Eine halbe Stunde später bogen sie in eine gepflasterte Straße in der Altstadt ein, keine halbe Meile von Peters Arbeitsplatz entfernt. Geschickt fuhr er rückwärts in eine kleine Parklücke ein. Er lächelte in sich hinein. Immer noch wortlos führte er Sarah dann in seine Wohnung im ersten Stock. Er schloß die Tür auf und ließ ihr den Vortritt. Seine Bewegungen waren ungeschickt, ein wenig verkrampft. Seine Verantwortung als Gastgeber und Freund ließ sich schlecht mit den Verpflichtungen seines Berufes vereinbaren. Er brachte ihr einen Whisky, schenkte sich selbst einen ein und setzte sich neben sie aufs Sofa.
Er spielte mit seinem Glas. Die Atmosphäre war gespannt. Sarah hatte keine Lust, um den Brei herumzureden. Er sollte sagen, was er zu sagen hatte, damit sie es hinter sich brachten. Danach konnten sie vielleicht wieder normal miteinander reden, wie alte Freunde.
Er räusperte sich.
»Mir ist das alles ziemlich unangenehm, Sarah ...« Er sah sie an. Sein Blick war schuldbewußt, aber auch entschlossen. Sie lächelte und zuckte leicht die Achseln; sie hatte ihm schon im voraus verziehen.

»Es geht um die drei Millionen, die du gerade am Devisenmarkt verdient hast ... Ich muß den Vorgang an meine Vorgesetzten melden. Aber vorher muß ich wissen, wie der Deal zustande kam.«
Sarah seufzte leise, lehnte sich zurück und musterte Jaeggli abschätzend, als suchte sie in seinen Augen nach einer Erklärung.
Das war die Höhe. Sie hatte das Recht, auf ihrem Konto Geldtransfers nach Belieben abzuwickeln, ohne der Bank Rechenschaft ablegen zu müssen. Ihr Kontoführer hatte lediglich dafür zu sorgen, daß Ein- und Ausgänge fristgerecht abgewickelt wurden, daß man ihr die fälligen Zinsen zahlte und ihr die sonst üblichen Dienstleistungen der Bank zuteil wurden. Und jetzt spielte er sich auf, als sei er der Hüter über die Integrität ihrer Finanzen.
Plötzlich überkam sie die Wut. Sie nahm einen großen Schluck Whisky und spürte, wie die Empfindung wieder nachließ. Sie versuchte kühl und rational zu denken, doch eine Sorge nagte immer stärker an ihr, fast, als wollte sie sich als Anhaltspunkt anbieten.
Soweit sie informiert war, hatten die Schweizer Behörden nur dann das Recht, Fragen zu stellen oder Konten zu überprüfen, wenn der dringende Verdacht bestand, daß es sich um Drogengelder oder um anderweitig kriminelle Bereicherung handelte. Jaeggli spielte die Rolle eines Polizisten und nicht die ihres Kontoführers. Irgend jemand mußte also den Verdacht geäußert haben, daß die Gewinne mit kriminellen Mitteln erwirtschaftet worden waren. Nicht mit den sonst üblichen illegalen Mitteln, bei denen die Schweiz aus alter Tradition gewöhnlich ein Auge zudrückte, sondern durch ein echtes Schwerverbrechen. Sie überlegte schnell.
»Ich glaube, du solltest mir endlich sagen, was hier gespielt wird.«
Jetzt war Jaeggli an der Reihe, überrascht zu sein. Sarahs Gesichtsausdruck war hart und unversöhnlich.
»Ich darf niemandem etwas sagen. Eigentlich hätte ich dich nicht mal herbitten dürfen.«

»Davon bin ich überzeugt. Aber du hast es getan. Und du wirst nichts aus mir rausbekommen, wenn du mir nicht zuerst sagst, was hier gespielt wird. Also fang an.«

Jaeggli schwieg einen Augenblick, dann begann er zu sprechen.

»Es fing vor etwa zwei Monaten an. Unser Filialleiter, Herr Hoffman, bat mich in sein Büro und erklärte, die britischen und deutschen Behörden hätten Cordillon ersucht, in ihrem Auftrag ein paar Erkundigungen einzuholen. Er forderte mich auf, die Konten unserer Kunden nach großen Bargeldbewegungen zu bestimmten Daten zu überprüfen. Die Bedeutung dieser Daten erklärte er mir nicht, und er sagte auch nichts über den Zweck der Untersuchung. Aber nach ein paar Wochen wußte ich, daß die Behörden größere Geldbewegungen nach bedeutenden wirtschaftlichen Ereignissen, wie Änderungen der Leitzinsen oder größeren Interventionen der G7 an den internationalen Devisenmärkten, im Auge hatten.« Jaeggli hielt inne und holte Luft.

»Und plötzlich tauchen deine drei Millionen auf – zwei Tage nachdem die italienische Zentralbank den Leitzins um einen Punkt erhöht hat.«

Jaeggli seufzte tief, als wäre eine Riesenlast von ihm abgefallen. Er stand auf und nahm eine schwarze Schachtel Davidoffs von einem kleinen Tisch, die er Sarah anbot. Beide rauchten schweigend.

Sarahs Gedanken rasten auf Hochtouren. Die Bedeutung dessen, was ihr Jaeggli gerade erzählt hatte, war höchst beunruhigend. Die britischen Behörden hatten also von Anfang an den Verdacht gehabt, daß es eine undichte Stelle in der G7 gab und irgendwer mit Insiderwissen an den Devisenmärkten operierte. Die Bank of England mußte ebenfalls davon gewußt haben. Und damit auch Anthony Barrington. Trotzdem hatte er ihr nichts erzählt, hatte ihr nicht mal einen Wink gegeben, was für ihre Arbeit von entscheidender Bedeutung gewesen wäre. Warum hatte er nichts erzählt? Sarah versuchte, sich einen Reim darauf zu machen.

Wenn er davon gewußt und es ihr nicht gesagt hatte, ergab es kei-

nen Sinn. Aber selbst wenn er keine Ahnung von der ICB, Arnott und Vitale gehabt hatte, mußte er gewußt haben, daß irgend jemand mit Insiderwissen aus der G7-Gruppe handelte. Plötzlich schoß Sarah die Erkenntnis wie ein Blitz durch den Kopf. Es mußte mehr als einen Ring geben, der mit dem Insiderwissen der G7 handelte. Barrington nahm an, daß die ICB nur Teil eines Ringes war, von dessen Existenz er bereits wußte. Aber warum hatte er ihr das nicht gesagt? Traute er ihr nicht, oder gab es einen anderen Grund, sie im dunkeln tappen zu lassen? Sie sah Jaeggli an.
»Suchten die Behörden nach jemandem bestimmtem? Solltet ihr bestimmte Konten im Auge behalten?«
Jaeggli starrte auf seine Schuhe, sah kurz auf und antwortete dann widerwillig und langsam. Er war dabei, gegen alle Regeln des Bankwesens zu verstoßen, wenn er mit ihr darüber sprach.
»Na ja. Ich habe natürlich nur mit Hoffman gesprochen, und er gab sich sehr zugeknöpft. Er hat mich auf bestimmte Konten aufmerksam gemacht. Ich glaube nicht, daß ihm bewußt war, daß ich die Identität der Konteninhaber kannte. Sie ist normalerweise geheim, es waren nur Nummernkonten. Doch wenige Monate bevor das Ganze begann, hatte ich ein paar Akten mit Nummernkonten auf seinem Schreibtisch gesehen. Ich sah, wie er sie einpackte und zu einer Kundenbesprechung mitnahm. Ich hatte auch den Kunden gesehen. Ich kannte sein Gesicht aus der Zeitung. Er heißt Antonio Fieri. Sein Konto gehörte zu denen, die ich später überprüfen mußte.«
Sarah sah verwirrt auf. Doch die Bedeutung des Namens entging ihr.
»Angeblich ist er ein Mafiaboß«, erklärte Jaeggli.
Er beobachtete Sarahs Gesicht. Sie wurde bleich, und ihre Gesichtszüge spannten sich wie zu einer Maske, als sie sich darunter zurückzog. In ihr kämpften Panik, Verwirrung und Angst miteinander. Dann kam Zorn auf, zuerst nur zaghaft, dann immer stärker, bis sie vor Wut kochte.
»Willst du mir jetzt erzählen, was los ist?« Jaegglis Stimme kam von ganz weit her.

Sarah zuckte zusammen. Sie musterte ihn mit einem seltsam distanzierten Ausdruck, bevor schließlich ihre alte Zuneigung wieder durch ihren Blick schimmerte.
»Das kann ich nicht. Ich kann dir nur sagen, daß auch ich für die Behörden arbeite.«
Er sah sie an. Irgendwas in ihrer Stimme verriet ihm, daß sie die Wahrheit sagte.
»Das Geld, das ich verdient habe, gehört dazu. Es ist besser, wenn du es nicht an die große Glocke hängst. Ich weiß, das ist viel verlangt, aber ...« In der Stille, die folgte, beobachtete sie ihn. Sie wartete und traute sich kaum, Luft zu holen. Irgendwie hatte sie das Gefühl, es sei lebenswichtig, daß er niemandem von den drei Millionen erzählte. Derselbe Instinkt, der sie gehindert hatte, Barrington davon zu erzählen, schrie auch jetzt wieder: »Sag es niemandem.«
Jaeggli spreizte die Hand und musterte seine Finger. »In Ordnung. Ich werde es für mich behalten. Wenn ich keinen Alarm schlage, wird auch keiner was merken. Aber Sarah ...«
»Hm?«
»Ich würde es nicht noch mal machen.«
Sarah jedoch schien ganz woanders zu sein. Er schenkte ihr nach. Sie nippte schweigend an ihrem Glas. Er rückte etwas näher an sie heran und fuhr ihr durchs Haar. »Jetzt, wo du hier bist, wollen wir versuchen, die ganze Sache zu vergessen. Warum bleibst du nicht übers Wochenende? Wir könnten eine Bergwanderung machen.«
Sarah drehte sich zu ihm um und lächelte. Er spürte, daß sie zu ihm zurückkehrte. »Klingt großartig.«

Der Swissair Flug 838 von Genf nach London Heathrow startete am Sonntag abend pünktlich um fünf nach acht. Sarah saß angeschnallt auf ihrem Platz und starrte aus dem Fenster, während das Flugzeug an Höhe gewann. In der Ferne erkannte man die Silhouette der Alpen.
Das Wochenende mit Peter war schön gewesen. Sie waren gewan-

dert, hatten zusammen gegessen und getrunken, so wie in alten Zeiten mit Alex. Eine Weile hatte sie all die Gedanken verjagen können, die sie plagten.
Sie sah aus dem Fenster auf die hohen Gipfel und dachte an ihren Bruder und ihren Freund Eddie, die Tausende von Meilen entfernt waren, unerreichbar in der hohen Wildnis des Himalaja. Sie fragte sich, wie es ihnen ging und ob sie sie vermißten. Wieder überkam sie das Gefühl von Einsamkeit und Angst.
Um Viertel vor neun Londoner Zeit landete die Maschine in Heathrow. Sie ging durch den Zoll und trat in eine leere Telefonzelle. Sie warf fünfzig Pence ein und wählte Dantes Nummer. Nach dem dritten Klingeln nahm er ab.
»Dante? Ich bin's, Sarah.«
»Du bist also wieder da. Wie war deine Privatangelegenheit?«
»Hör mal, Dante, könnte ich noch auf einen Sprung vorbeikommen? Ich muß mit jemandem reden. Du bist doch alleine, oder?«
Er lachte. »Ja. Ich bin allein. Komm vorbei.«

22

Gianni Carudo fluchte leise. Sarah Jensen war nicht zu Hause, offenbar übers Wochenende verreist. Soviel stand fest. Es gab keinerlei Anzeichen, daß sie zu Hause war. Die Lampen waren aus, der Anrufbeantworter an. Er hörte sich ihre Ansage an. Sie hatte eine schöne Stimme. Stark und herausfordernd. Das mochte er. Jede halbe Stunde rief er an. Doch sie war nicht da. Nach einer Weile begann er die Stimme zu hassen.

Trotzdem. Irgendwann mußte sie ja wiederkommen, wahrscheinlich heute nacht. Und er würde auf sie warten. Seine Ungeduld und seine Wut steigerten sich langsam, aber sicher.

Christine Villiers spürte, wie die ersten Anzeichen von Erregung über ihr Rückgrat krochen. Sie hatte das ganze Wochenende das Haus beobachtet. Schließlich war die Freundin gegangen. Jetzt war Scarpirato allein; sie war sicher. Sie sah sich um. Die Straße lag menschenleer da. Sie war bereit. Lächelnd ging sie auf seine Tür zu.

Im Innern des Hauses hatte sich Scarpirato soeben einen Drink eingeschenkt und eine Zigarre angezündet. Er saß auf dem Sofa und wartete auf Sarah. Daher war er nicht überrascht, als es an der Tür klingelte. Er hatte gewußt, daß sie früher oder später zu ihm zurückkommen würde.

An der Tür hörte er ein unsicheres Klopfen. Er ging in die Halle und öffnete. Auf der Türschwelle stand eine vollkommen fremde Person. Er sah sie überrascht an.

»Ja, bitte?«

Sie war mittelgroß, blond und schön. Ihr langes Haar war zu einem Pferdeschwanz gebunden, der unter einer Baseballmütze hervorlugte. Sie hatte ein ebenmäßiges Gesicht, hohe Wangenknochen, eine gerade Nase und ein kantiges Kinn. Ein ausdrucksstarkes Gesicht, entschlossen, selbst wenn sie lächelte. Die Augen waren kalt und unbewegt von diesem Lächeln. Sie trug enge Jeans und ein T-Shirt, was sie viel jünger aussehen ließ, als ihr Blick andeutete. Sie sagte, ihr Name sei Gabrielle, sie sei eine Freundin von Sarah und müsse mit ihm reden.

Er hatte eine Schwäche für Blondinen und ließ sie herein. Die Tür fiel hinter ihnen ins Schloß. Er führte sie den langen Flur entlang. Er konnte sich zumindest anhören, was sie zu sagen hatte.

Der Ort war ideal. Lang und dunkel. Keine Fenster, dicke Wände. Christine nahm eine .22er Ruger Mark 11 aus der Handtasche. Es war eine automatische Pistole mit Schalldämpfer. Sie stemmte die Beine in den Boden, nahm die Waffe in beide Hände, spannte den Hahn und zielte auf den Kopf drei Schritte vor ihr. Dante drehte sich gerade um, als sie abdrückte. Die Worte erstarben auf seinen Lippen. Die Zigarre fiel ihm aus der Hand, als er am Fuß der Treppe zusammenbrach. Der Stummel landete auf dem Teppich und glühte in der Dunkelheit weiter. Das Gewebe begann zu schwelen. Bald würde Feuer ausbrechen.

Christine warf einen Blick auf die Waffe und steckte sie wieder in ihre kleine Handtasche. Leider mußte sie sie jetzt loswerden. Aber sie würde sich viele neue kaufen können dank Mr. Dante Scarpirato.

Sie untersuchte ihre Kleidung. Keine Blutflecken. Sie hatte genügend Abstand gehalten. Das Blut war an die Wand hinter ihm gespritzt, hatte sie aber nicht getroffen. Leichtfüßig schlüpfte sie aus dem Haus und zog die Tür hinter sich zu.

Sie bog in die King's Road ein und mischte sich unter die Spaziergänger. Nach einigen Umwegen kam sie zwanzig Minuten später zu Hause an. Dort erledigte sie zwei kurze Telefonanrufe: einen geschäftlichen und einen privaten. Sie lächelte freudig. Nicole würde kommen.

Das Taxi raste die A4 entlang auf die Londoner Innenstadt zu. Der Motor gab einen hohen Heulton von sich, der Sarah in den Ohren summte. Das Geräusch wurde leiser, als der Wagen schließlich die Cromwell Road verließ, in die Earls Court Road einbog und sein Tempo wegen des dichten Verkehrs und der vielen Passanten drosseln mußte.
Sarah schaute aus dem Fenster auf das geschäftige Treiben. In fünf Minuten würde sie zu Hause sein. Sie wollte sich duschen, umziehen und dann zu Scarpirato fahren.
Sie lehnte sich zurück und dachte an das, was Jaeggli ihr erzählt hatte. Das Wort »Mafia« ging ihr nicht aus dem Kopf und machte sie ganz schwindelig.
Catania und Carla Vitale waren Italiener. Hatten sie etwas mit der Mafia zu tun? Angesichts der Riesenskandale in Italien, in die Mafia, Regierung und Wirtschaft verstrickt waren, wäre es geradezu verwunderlich, wenn die Mafia hier nicht die Hand im Spiel hätte.
Es war unglaublich. Es erschien ihr absolut unwirklich. Sarah wollte die Augen schließen und versuchen, einen klaren Kopf zu bekommen. Sie beschloß, direkt zu Dante zu fahren.
Sie erklärte dem Taxifahrer, daß sie es sich anders überlegt habe – er solle sie lieber nach Chelsea zum Wellington Square fahren. Sie lehnte sich wieder zurück und schloß die Augen.
Minuten später bot sich ihren Blicken ein absolutes Chaos. Der Taxifahrer hielt an der Kreuzung King's Road und Wellington Square, doch der Platz war abgeriegelt. Überall standen Streifenwagen und Feuerwehrautos. Dann entdeckte Sarah ein Haus in Flammen. Dichte Rauchwolken wälzten sich durch die Bäume am Wellington Square. Das Feuer war am anderen Ende des Platzes. Sie konnte nicht erkennen, welches Haus es war. Ihr drehte sich der Magen um. Sie brauchte nicht hinzusehen.
Ein Polizist hatte sich dem Wagen genähert und sprach sie durch das Fenster an.
»Wohnen Sie hier, Madam?«

Sie antwortete mit fester Stimme: »Nein, ich wollte nur jemanden besuchen. Macht nichts, es hat Zeit.«
Der Beamte nickte und drehte sich um, als ein anderer Wagen auf den Wellington Square zusteuerte. Sarah spürte, daß sie die Beherrschung verlor. Sie beugte sich vor, um dem Taxifahrer Jacobs Adresse zu geben, und fiel wieder auf den Rücksitz.
Sie wußte, daß es Dantes Haus war, und hatte das sichere Gefühl, daß er tot war.

Jacob hörte das Taxi, als es vor seiner Haustür bremste. Er sah Sarah zusammengekauert auf dem Rücksitz. Er eilte hinaus, bezahlte den Fahrer und brachte sie ins Haus. Dort setzte er sie aufs Sofa, schenkte ihr einen Whisky ein und fragte sanft, aber entschieden: »Was ist passiert?«
Sarah sprach mechanisch, abgehackt.
»Ich habe Peter Jaeggli besucht und das Wochenende in Genf verbracht. Er wollte alles über den Drei-Millionen-Deal wissen. Hat mir erzählt, daß man ihn beauftragt hatte, nach Interventionen der Zentralbanken oder Veränderungen der Leitzinsen bestimmte Konten nach verdächtigen Bewegungen zu überprüfen. Offensichtlich steckten britische und deutsche Behörden dahinter. Eines der Konten, die Jaeggli überwachen sollte, gehört einem gewissen Antonio Fieri, er ist ...«, sie hielt inne. Jacob hatte etwas gemurmelt. Er sah sie an.
»Fieri gehört der Mafia an.«
»Ich weiß.« Sie versuchte ruhig zu atmen. Nach einer Weile fuhr sie fort.
»Dante ist tot. Ich bin gerade bei ihm vorbeigefahren. Überall standen Feuerwehrwagen. Ein Haus brannte lichterloh. Sein Haus, Jacob.« Sie brach in Tränen aus und zitterte am ganzen Leib.
»Vielleicht ist ihm gar nichts passiert. Du weißt es nicht mit Sicherheit.«
Sarah schüttelte den Kopf.

Jacob starrte ins Leere. Dann stand er mühsam auf und schenkte ihnen Whisky nach.
»Wir müssen aussteigen, Sarah. Das Ganze ist eine Nummer zu groß für dich. Man hat dich weiß Gott warum in dieses Schlangennest geworfen und dann einfach allein gelassen. So vieles hättest du wissen müssen, was du nur durch Zufall erfährst, als hätte man es dir absichtlich verschwiegen. Irgend etwas ist faul an der Sache, und ich spreche jetzt nicht von Kessler, Catania und der Mafia. Das ist schon schlimm genug, und auch, was mit Scarpirato los ist, obwohl ihm wahrscheinlich nichts passiert ist. Meinst du nicht auch, es wird allmählich Zeit, sich diesen Barrington vorzuknöpfen und ihn mit den Tatsachen zu konfrontieren?«
Seine Stimme war sanft, aber entschieden. In seinem Blick lag beherrschte Wut, die sich unterschiedslos gegen jeden richtete, der mit der Sache etwas zu tun hatte.
Sarah nippte an ihrem Whisky.
»Ich weiß, angeblich bin ich mittendrin, und trotzdem habe ich keine Ahnung, was los ist. Eine Weile hatte ich ein mulmiges Gefühl, aber jetzt habe ich nur noch Panik.« Sie hielt inne und starrte in ihr Glas. »Ich rufe ihn an. Er war in New York. Vielleicht ist er es immer noch ...« Ihre Stimme versagte. Jacob reichte ihr das Telefon, und sie wählte Barringtons Privatnummer. Niemand ging ran. Sie hob die Hände in einer hilflosen Geste.
»Ich versuche es morgen wieder.«
Jacob setzte sich neben sie und nahm ihre Hand.
»Am besten gehst du jetzt ins Bett, Kleines. Dein Zimmer ist schon vorbereitet. Ein Schlafanzug liegt auf dem Bett, für alle Fälle.« Er gab ihr einen Gutenachtkuß und schaute ihr nach, wie sie ihren Whisky nahm und erschöpft die Treppe zum Schlafzimmer hinaufging.
In dem stillen Zimmer leerte sie das Glas und fiel dann in einen unruhigen Schlaf.
Jacob saß bis spät in die Nacht da und streichelte Ruby, die auf

seinem Schoß lag. Er machte sich seine eigenen Gedanken und war alles andere als zuversichtlich.

Acht Meilen entfernt hielt noch jemand Nachtwache. Christine Villiers saß allein zu Hause und wartete auf eine Nachricht. Nicole war dagewesen, hatte ihr ein paar Stunden lang eine vergnügliche Abwechslung geboten, und dann war sie kurz nach Mitternacht gegangen. Die Nacht war immer schwärzer und stiller geworden, bis die Autos von den Straßen verschwunden waren und alles schlief. Sie trank schwarzen Kaffee und sah immer wieder auf die Uhr an der Wand. Ihre Einsamkeit hüllte sie ein wie ein Schleier.

Daniel hatte schon am frühen Morgen angerufen und gesagt, alles sei »in Ordnung«. Matsumoto war also tot. Und auch Scarpirato. Fehlte bloß noch Miss Jensen.

Sie empfand einen Anflug von Bedauern, vermischt mit Besorgnis. Sarah Jensen war eine faszinierende Frau. Und schön. Sie hatte ein Foto gesehen, das Kessler Catania gefaxt und dieser an sie weitergegeben hatte. Ein Porträt aus einem Zeitschriftenartikel, den Sarah geschrieben hatte. Christine hatte Gianni Carudo eine Kopie gegeben und eine für sich selbst behalten. Sie nahm sie aus der Schublade und betrachtete sie. Jammerschade. Sie hätte Sarah Jensen gerne kennengelernt. Aber für eine Million Pfund sah sie sie lieber tot.

Christine schaute auf ihre Armbanduhr und runzelte gereizt die Stirn. Carudo hätte längst anrufen müssen. Sarah mußte bereits seit Stunden zu Hause sein. Carudo hätte sie erledigen und verschwinden sollen. Vielleicht war irgendwas schiefgegangen. Sie machte sich Sorgen.

Um sieben Uhr früh rief Carudo schließlich an. Seine Stimme klang angespannt. Ihr »Gast« sei nicht gekommen, erklärte er gereizt. Was er jetzt tun solle? Die Warterei abbrechen, antwortete sie. In sein Hotel zurückkehren und es am Abend erneut probieren. Vermutlich hatte ihr Gast die Nacht bei irgendeinem Freund verbracht.

Sarah wachte wie üblich um sechs Uhr auf. Sie lag in Jacobs schmalem Gästebett und starrte an die Decke. Augenblicklich übermannte sie das Gefühl von Angst und Verzweiflung. Sie zwang sich aufzustehen, schaltete das Radio an und ging unter die Dusche.

Als sie noch halb naß und tropfend aus dem Badezimmer kam, liefen gerade die Nachrichten. Sie hüllte sich in ein Handtuch und legte sich wieder ins Bett. Die Worte des Sprechers schwebten ungehört an ihr vorüber. Ihr Bewußtsein nahm kaum etwas wahr. Doch plötzlich hörte sie ein paar Wortfetzen, die sich wie Feuer in ihr Hirn brannten. Ein mysteriöser Brand ... letzte Nacht ... Chelsea ... ein achtunddreißigjähriger Italiener ... Dante Scarpirato. Die Mordkommission ermittelt ...

Sarah stürzte aus dem Zimmer und prallte gegen Jacob, der gerade die Treppe hochkam. Sarah trat einen Schritt zurück und schlang die Arme um ihren Oberkörper. Stöhnend stand sie da und wiegte sich leicht vor und zurück. Ihre scharfen Fingernägel krallten sich in die Oberarme, bis kleine Rinnsale von Blut über ihre Ellbogen liefen und auf den Boden tropften, ungesehen, unbemerkt. Ihr Gesicht war verzerrt von Schmerz.

Jacob zog sie an sich. Ihr heftiges Zittern schüttelte ihn, und sein Hemd wurde fleckig von dem Blut, das an ihren Armen heruntertropfte. Sarah rang nach Atem und erzählte ihm stockend, was sie in den Nachrichten gehört hatte. Dante war tot. Er wußte es. Auch er hatte die Meldung gehört.

Plötzlich fing sie an zu schluchzen, in großen keuchenden Stößen. Alles tat ihr weh. Jacob hielt sie fest und ließ sie weinen, bis die Wirkung des ersten Schocks nachgelassen hatte und sie sich langsam wieder faßte.

Eine Stunde verging. Mittlerweile saß sie angezogen am Küchentisch gegenüber von Jacob, eine Tasse heißen Kaffee vor sich. Zwischen ihnen lag eine Zeitung. Er hatte sie auf eine sechszeilige Meldung aufmerksam gemacht. Sie lautete: »Gestern abend wurde im exklusiven Hay's Mews in Mayfair die Leiche einer Frau gefunden. Offenbar handelt es sich um Mord. Die Polizei wird die Identität des Opfers erst preisgeben, wenn die Angehörigen verständigt worden sind.«

Sarah umklammerte die Tasse, bis die Hitze ihre Handflächen verbrannte. Sie warf Jacob einen Blick zu. Traurige Gewißheit stand ihm auf der Stirn geschrieben. Beide wußten, daß die Tote Mosami war.

Sarah sah sich in dem friedlichen Raum um: Tassen und Teller aus feinem Porzellan in einem alten Küchenschrank, daneben Regale mit kostbaren Gläsern, die Holzdielen aus polierter Eiche. In der Ecke rollte sich Ruby zusammen, die gerade vom Rosengarten an der Straße hereingekommen war und Sarahs verzweifeltes Schluchzen nicht hatte mitanhören müssen.

Wie lange würde Dantes und Mosamis Mörder brauchen, um auch sie und Jacob zu finden?

Mühsam zog sie sich am Tisch hoch.

»Sie müssen uns verstecken, Barrington oder wer immer jetzt die Verantwortung trägt. Uns verstecken und die anderen verhaften. Ich rufe ihn an ...«

Jacob nickte wortlos und sah ihr nach, als sie in sein Arbeitszimmer ging. Er trat in sein Schlafzimmer an einen anderen Apparat und wählte eine dreizehnstellige Nummer. Er sprach kurz, legte dann auf und wählte eine neue Nummer; diesmal war es ein Ortsgespräch. Innerhalb von fünf Minuten war alles arrangiert.

Sarah rief in der Privatwohnung des Governors an. Nach viermaligem Läuten meldete sich eine Frauenstimme.

Sarah umklammerte den Hörer. Sie sprach langsam und überlegt.

»Ich hätte gerne mit dem Governor gesprochen, bitte.«

Es folgte eine kurze Pause. »Tut mir leid, ich fürchte, der Governor ist in einer Besprechung.«

Sarah gab sich Mühe, ihre Stimme zu beherrschen. »Ich muß ihn dringend sprechen. Sofort.«

Wieder eine Pause. »Ich will sehen, was ich tun kann. Bleiben Sie bitte am Apparat ...«

Mrs. Barrington ließ sich erweichen und störte ihren Mann beim Frühstück. Sekunden später kam der Governor ans Telefon. Sarah hörte seine laute, selbstbewußte Stimme und sprach mechanisch. Alle Gefühle gingen in einem Meer der Verzweiflung unter.

»Dante Scarpirato und Mosami Matsumoto sind tot. Mosami war meine beste Freundin. Sie hat mir geholfen. Ich habe versucht, Sie am Freitag zu erreichen, um Ihnen zu sagen, daß Karl Heinz Kessler der Dritte im Bund ist. Catania ist der Vierte. Er ist zu einem Viertel an den Gewinnen beteiligt. Die Mafia ist in die Geschichte verwickelt. Ich glaube, daß sie mich töten wollen. Sie müssen etwas unternehmen. Sie müssen mich und einen Freund beschützen. Und Sie müssen Arnott, Carla Vitale und Kessler auf der Stelle verhaften lassen. Die Beweise reichen aus. Es geht jetzt nicht mehr um ein Wirtschaftsverbrechen, sondern um Mord. Sie müssen die Italiener verständigen, damit man Catania verhaftet. Und da ist noch jemand namens Fieri. Auch er steckt mit den anderen unter einer Decke.«

Barrington umklammerte entsetzt den Hörer. »Mein Gott, Sarah. Das ist ja schrecklich.« Er zögerte einen Augenblick, und als er fortfuhr, erschien Sarah die Festigkeit in seiner Stimme falsch. »Natürlich werden wir Sie beschützen. Ich kümmere mich sofort darum. Bleiben Sie, wo Sie sind. Wie ist Ihre Nummer?«

Sarah nannte ihm Jacobs Nummer.

»Ich rufe Sie gleich zurück.«

Sarah legte auf und ging in die Küche, um zu sehen, ob Jacob wieder da war.

Ihr war jetzt schmerzhaft klar, daß es nicht der Präsident der Bank of England war, für den sie arbeitete, sondern jemand anderer, der hinter ihm stand. Jemand, von dem er selbst Rat und Anweisungen bekam. Sie stellte sich vor, wie sie jetzt darüber berieten, was sie mit ihr tun sollten. Dann würde Barrington zurückrufen und das Spiel fortsetzen. Er würde ihr sagen, was sie

machen sollte, als kämen die Entscheidungen und Anweisungen von ihm.
Sie stellte sich vor, wie eine unsichtbare Hand sie manipulierte. Sie hatte Angst, und obendrein fühlte sie sich verraten und verkauft. Die alte Wut stieg in ihr auf.
Sie nahm sich zusammen. Der Governor würde zurückrufen. Sie würde warten. Ihm noch eine Chance geben. Für all das mußte es einen guten Grund geben, eine plausible Erklärung. Sie klammerte sich daran und an die Hoffnung, daß Jacob und sie auf wunderbare Weise gerettet würden. Dann würde sich alles aufklären. Kessler und seine Verschwörer würden verhaftet und ihre eigene Rolle beendet sein, sie und Jacob wären wieder sicher.
Doch irgendwie wußte sie, daß es anders kommen würde.

James Bartrop nahm die Neuigkeiten gelassen auf. Er wußte bereits von den Morden an Scarpirato und Mosami. Er dachte gerade über einen Notfallplan nach, als Barrington anrief. Seine Anweisungen waren einfach. »Rufen Sie sie an. Sie soll sich nicht vom Fleck rühren. Und sagen Sie ihr, daß sie abgeholt wird. Ich veranlasse alles.«
Barrington hatte nicht die geringste Lust, zu widersprechen und weiter über diesen Alptraum zu diskutieren. Sarah Jensen mußte beschützt werden, das war das wichtigste. Bartrop würde sich darum kümmern. Die Vorwürfe hatten Zeit, bis sie in Sicherheit war. Was für ein Desaster, das reine Chaos, zwei Tote, und wozu das Ganze? Er hätte sich nie darauf einlassen dürfen. Er dachte an die Staatsanwaltschaft und ihre Fragen. Wie wollte Bartrop die Kontrolle behalten?
Wahrscheinlich würde jetzt doch alles rauskommen. Man würde Untersuchungen einleiten, ein Aufschrei der Medien war gewiß. Andererseits war noch nie ein Zentralbankpräsident aus dem Amt gejagt worden, und Bartrop schien überraschenderweise ganz und gar nicht verzweifelt. Er hatte vollkommen ruhig und gefaßt gewirkt. Die einzige Emotion in seiner Stimme war Erregung gewesen.

Er rief Sarah an. Das Telefon klingelte nur einmal, dann nahm sie ab.
»Alles ist in die Wege geleitet, Sarah. Wo sind Sie? Ich schicke Ihnen ein paar Beamte, die Sie in Sicherheit bringen werden.«
»Wann? Wer? Wie soll ich sie erkennen? Wann kommen sie? Ich brauche sie sofort.« Ihre Fassade bröckelte langsam ab. Die Worte brachen in einem Schwall von Angst und Mißtrauen aus ihr heraus.
»Sie werden so schnell wie möglich bei Ihnen sein. Sarah, sagen Sie mir, wo Sie sind, und ich schicke sie los.«
Erschöpft und vor Angst zitternd, stammelte sie Jacobs Adresse in den Hörer und legte auf.
Im gleichen Augenblick kam Jacob ins Zimmer. »Was hast du getan? Wem hast du gerade meine Adresse gegeben?«
Sarah setzte sich hin, schockiert über den Ton in Jacobs Stimme.
»Dem Governor. Er schickt ein paar Leute, um uns in Sicherheit zu bringen.«
Jacob setzte sich ihr gegenüber, seine sanften Augen blickten streng. Er konnte es nicht fassen.
»Hat man dir nicht gesagt, daß man dich nicht beschützen könnte, wenn irgendwas schiefgeht? Daß dir niemand helfen wird, wenn du Ärger bekommst? Und dann stellst du fest, einfach so, rein zufällig, daß du es nicht mit einem gewöhnlichen italienischen Gauner zu tun hast, sondern mit dem Präsidenten der italienischen Zentralbank und der Mafia. Ein Kollege und deine beste Freundin werden ermordet, und du wartest hier in meinem Haus, um von irgendwelchen Leuten abgeholt zu werden, die du nicht einmal kennst. Dieselben Leute, die dir von Anfang an gesagt haben, daß sie dir nicht helfen können.« Er sah, wie ihr die Tränen über das Gesicht strömten, wie sie sich wütend auf die Lippen biß, sich mit der Hand die Tränen wegwischte.
»Was soll ich denn tun? Ich weiß nicht, was ich tun soll, wem ich noch trauen soll!« schrie sie ihn wütend an. Jacob stand auf und setzte sich wieder hin. Seine Stimme war ruhiger, aber genauso eindringlich.

»Paß auf, ich habe ein paar Freunde, die sich um uns kümmern werden, bis wir wissen, was gespielt wird. Daß du nicht für den Governor der Bank of England arbeitest, ist wohl mehr als klar. Das fällt gar nicht in seine Kompetenzen. Wahrscheinlich dient er bloß als Mittelsmann. Jede Wette, daß der MI5 dahintersteckt. Sie halten dich im unklaren und benutzen dich als eine Art Pfand.« Er hob die Hand, um sie zum Schweigen zu bringen, als sie protestieren wollte. »Meine Freunde können in zehn Minuten hier sein. Sie bringen uns zum Flughafen. Du hast deinen Paß dabei. In vier Stunden können wir in Sicherheit sein, irgendwo, wo uns keiner kennt.« Er sah das Zögern in ihrem Blick. »Nun komm schon, Sarah. Kannst du ihnen wirklich trauen?«

Sie starrte in die Augen, die sie so gut kannte. Sie schienen ihr so fremd in ihrer Strenge. Aber er hatte recht. Barrington hatte sie vom ersten Tag an hinters Licht geführt, und die Folge war, daß Dante und Mosami hatten sterben müssen.

»In Ordnung. Ich komme mit.«

Im Century House notierte Bartrop die Anschrift, die ihm Barrington gerade gegeben hatte, und verabschiedete sich hastig. Über die Sprechanlage bat er seine Sekretärin Moira, ihn mit dem Chief des MI6 oder C, wie der Inhaber des Postens üblicherweise genannt wurde, zu verbinden und Miles Forshaw in sein Büro zu bitten. C meldete sich. Bartrop faßte sich kurz. »Wir haben ein Problem mit unserer Börsenlady. Ihre beste Freundin und ein Arbeitskollege sind ermordet worden. Sie hat eine Menge mehr herausgefunden. Darunter einiges über Fieri. Ich lasse sie in Sicherheit bringen, zusammen mit einem unbekannten Freund.«

»Ziemlich zweifelhaftes Vergnügen, diese Operation«, antwortete C. »Gute Aufklärungsarbeit, aber ein hoher Preis. Schade um Ihre Agentin, aber jetzt ist es zu spät. Ich muß den Berater des Außenministers davon unterrichten. Er wird dem Staatssekretär mitteilen müssen, daß Ärger ins Haus steht. Sie haben doch die Special Branch eingeschaltet, oder?«

»Sie unterhalten sich gerade mit der Spurensicherung.«
»Gut. Retten Sie, was noch zu retten ist, Bartrop.«
Bartrop legte auf. Sekunden später trat Forshaw ein.
»Schicken Sie ein Einsatzteam zu dieser Adresse in Golders Green.« Er gab ihm den Zettel. »Bringen Sie die Lady und wer immer bei ihr ist in Sicherheit. Aber unauffällig. Niemand soll etwas merken. Und lassen Sie das Haus rund um die Uhr überwachen. Schalten Sie die Special Branch ein. Sie sollen jeden festnehmen, der ihnen verdächtig vorkommt. Wer weiß, vielleicht schnappen wir auf diese Weise einen von Fieris Killern.«
»Glauben Sie, daß er dahintersteckt?«
»Wer sonst?«
Eine Viertelstunde später waren ein Einsatzteam des MI6 und zwei Offiziere der Special Branch auf dem Weg nach Golders Green.

Während Bartrop Miles Forshaw seine Anweisungen gab, telefonierte Christine Villiers mit Giancarlo Catania in Rom. Sie las ihm die Zeitungsberichte über Scarpirato und Matsumoto vor. Er fluchte laut und befahl ihr, Sarah Jensen sofort zu erledigen. Er verdoppelte sogar das Kopfgeld. Zwei Millionen Pfund, wenn sie bis zum Abend tot war. Was zum Teufel weiß Sarah bloß, das sie so gefährlich macht und ihr Schweigen so wertvoll, fragte sich Christine zum hundertstenmal. Zu der Erregung, die ihre Arbeit ihr bereitete, gesellte sich nun Neugier. Christine beschloß, die Sache selbst in die Hand zu nehmen. Es blieb keine Zeit, Gianni Carudo zu informieren – sie würde Sarah Jensen ausfindig machen und beseitigen.
Sie fragte bei der ICB nach. Die männliche Stimme in der Devisenabteilung klang mitgenommen. Nein, Sarah sei nicht zur Arbeit erschienen, teilte man ihr mit. Sie legte auf. Nachdenklich strich sie sich mit dem Finger über den Mund. Ein Schlupfloch, dachte sie. Sarah mußte irgendwo untergetaucht sein.
Sie holte einen Schlüsselbund aus dem Safe und ging die Treppe hinauf zu ihrem Schlafzimmer. Dort schloß sie einen Schrank auf

und nahm mehrere Perücken und einen metallenen Schminkkasten heraus. Die blonde Perücke, die sie gestern bei Scarpirato getragen hatte, lag ganz oben. Sie wühlte in dem Haufen und kramte eine lockige braune Perücke hervor, die sie über ihr kurzes blondes Haar zog. Sie zerrte sie kräftig über den Kopf, damit sie nicht verrutschen konnte. Dann öffnete sie den Schminkkasten, nahm vier kleine Wattebäusche, wie Zahnärzte sie benutzen, um nach besonders schwierigen Bohrungen oder nachdem sie einen Zahn gezogen haben, das Blut aufzusaugen. Je zwei davon schob sie unterhalb der Wangen in den Mund und betrachtete ihr verändertes Ebenbild im Spiegel. Die hagere Blondine war zu einer süßen Brünetten mit den lustigen vollen Wangen eines Eichhörnchens geworden.

Sie griff nach ihrer Handtasche und nahm die Waffe heraus. Später würde sie die Pistole Daniel geben, der sie verschwinden lassen mußte. Bis dahin versteckte sie sie im Safe und entschied sich für eine automatische Browning, die bei der SAS sehr beliebt war. Niemand sollte eine Verbindung zwischen den Morden herstellen können. Sie schloß den Safe ab und verließ das Haus.

Zehn Minuten später klingelte sie mit besorgtem Gesicht an Sarahs Tür und zuckte zusammen, als sie hinter sich eine Stimme hörte. Am Fuß der Treppe stand Mrs. Jardine mit zwei Kindern an der Hand.

»Wenn Sie zu Sarah Jensen wollen, die ist jetzt nicht da. Sie wird im Büro sein.«

Christine sah sie verzweifelt an. »Das ist es ja. Sie ist nicht bei der Arbeit, und sie ist auch nicht zu Hause.« Sie breitete hilflos die Hände aus, als sei sie den Tränen nah. »Ich muß sie finden. Es geht um ihren Bruder Alex. Er hatte einen Unfall in den Bergen. Er ist schwer verletzt. Ich muß sie unbedingt sprechen ... sie wird sicherlich hinfliegen wollen.«

Christine wirkte so durcheinander, als sei sie einem hysterischen Anfall nah. Im Innern jedoch war sie völlig kühl. Die Informationen, die Catania ihr besorgt hatte, waren erstklassig. Und diese Frau schien jedes Wort zu schlucken.

Mrs. Jardine führte erschrocken die Hand zum Mund. »O Gott, die arme Kleine! Natürlich wird sie hinfliegen wollen, aber ...«
Christine unterbrach sie.
»Ich muß sie unbedingt finden. Haben Sie eine Ahnung, wo sie sein könnte?«
Mrs. Jardine dachte angestrengt nach. »Nun, ich weiß nicht. Schwer zu sagen.« Doch plötzlich hellte ihr Gesicht sich auf. »Ach ja, Jacob Goldsmith. Er ist ein guter Freund. So eine Art Onkel. Er kümmert sich um sie, wenn sie krank ist. Ich glaube, er wohnt in Golders Green. Ich habe seine Adresse nicht, aber wahrscheinlich steht er im Telefonbuch.« Ratlos hob sie die Hände. »Zumindest ist es einen Versuch wert, meinen Sie nicht?«
Christine verbarg ein triumphierendes Lächeln. »O ja, ganz bestimmt.« Sie warf der Frau einen dankbaren Blick zu und eilte hastig zur Telefonzelle auf der King's Road. Mrs. Jardine sah ihr hinterher. Was für eine aufmerksame junge Frau.
Christine wählte 142. Die Auskunft gab ihr die Telefonnummer, aber nicht die Anschrift von J. Goldsmith in Golders Green. Man schlug ihr vor, in einem Telefonbuch nachzusehen. Christine lief zum Kiosk um die Ecke. Ja, der Verkäufer hatte eines da. Wenn sie kurz warten könnte, würde er es holen lassen.
Fünf Minuten später kehrte der Gehilfe zurück. Christine stürzte sich auf das Buch. Sie fand zwei Goldsmiths in Golders Green und schrieb beide Adressen auf. Sie rief ein Dankeschön über die Schulter und lief zur King's Road, wo sie ein Taxi anhielt und dem Fahrer die erste der beiden Adressen nannte: Rotherwick Road.
Kurz vor der Rotherwick Road ließ Christine ihn halten und bezahlte. Sie stieg aus und ging das letzte Stück zu Fuß. Doch im selben Augenblick, als sie in die ruhige, von Bäumen gesäumte Straße einbog, spürte sie, daß etwas faul war. Gegenüber Nummer 24 parkte ein Kombi der Gaswerke, doch nirgendwo waren Kabel oder Arbeiter zu sehen. Ein alter Mann, der um die siebzig sein mußte, kam ihr entgegen und brabbelte irgend etwas vor sich hin. Er sah ganz gewöhnlich aus, doch all ihre Instinkte

schlugen Alarm. Eine Katze lief ihr über den Weg. In einem Geistesblitz hatte sie plötzlich ihren Fluchtweg vor Augen. Sie hob die Katze blitzschnell auf und sagte laut: »O Tasha, da bist du ja! Dummes Ding.« Sie lächelte dem Mann zu, der sich ihr näherte, und sagte: »Jedesmal, wenn es zum Tierarzt gehen soll, reißt sie aus. Als wüßte sie es ganz genau ...« Christine drehte sich rasch um, während die Katze versuchte, sich aus ihrer Umklammerung zu befreien und ihr durch das dünne Baumwollhemd die Krallen in die Brust bohrte. Sie unterdrückte einen Schmerzenslaut und ging die Straße schnell wieder zurück. Nach mehreren hundert Metern, als sie sicher war, nicht mehr beobachtet zu werden, ließ sie das Tier los, hielt ein Taxi an und fuhr wieder nach Chelsea zurück.

Der alte Mann hatte ihr eine Weile nachgesehen und vor sich hin gemurmelt. Das Mikrophon im Innern seiner Jacke übermittelte seine Botschaft an die Beamten in dem Kombi.

»Nichts Besonderes. Nur eine jüdische Prinzessin aus New York, die ihre Katze verloren hat.«

Derweil versank Christine im Rücksitz des Taxis. Sie war sicher, daß ihre Ahnung sie nicht getäuscht hatte. Das war kein harmloser alter Mann gewesen, sondern ein verkleideter Zivilfahnder. Der Kombi von den Gaswerken war mit Sicherheit voller Beamter. Die Polizei war schneller gewesen als sie.

Schade. Sie hatte ihr Bestes gegeben. Jetzt war es höchste Zeit zu verschwinden. Sie mußte sofort nach Italien zurück. Für die Morde an Dante Scarpirato und Mosami Matsumoto würde sie zwei Millionen Pfund erhalten. Je vierhunderttausend waren für Daniel und Gianni bestimmt, der Rest für sie. Sarah Jensen dagegen war jetzt Catanias Problem.

Die Beschatter warteten. Sie hatten das Haus von vorne und hinten im Visier. Niemand kam ungesehen rein oder raus. Doch bisher hatten sie nichts bemerkt. Im Haus rührte sich nichts. Nach einer halben Stunde wurden sie nervös. Einer der beiden Agenten im Kombi rief Forshaw an und der wiederum Bartrop. Sie be-

schlossen, daß sie hineingehen und nachsehen sollten, wenn sich in einer halben Stunde immer noch nichts getan hatte. So lange würden sie noch warten.
Vierzig Minuten später erstatten sie Bartrop Bericht. Das Haus war leer. Sarah und ihr unbekannter Freund waren verschwunden.
Fünf Minuten später waren alle Flughäfen und Häfen benachrichtigt. Sämtliche Pässe von Frauen, die Ähnlichkeit mit der Beschreibung von Sarah Jensen hatten, wurden näher überprüft, doch von Sarah gab es keine Spur.

23

Die Cessna befand sich in dreitausend Metern Höhe über dem Ärmelkanal, als die Nachricht vom MI6-Hauptquartier an die Special Branch in Heathrow gefaxt wurde. Sarah Jensen saß in ihrem weichgepolsterten Sitz, der Gurt baumelte unbeachtet an der Seite herab. Sie lehnte sich zurück, rauchte eine Zigarette nach der anderen und hielt ein Glas Whisky in der linken Hand. Ihre Augen waren geschlossen, außer wenn sie den Stummel ausdrückte und sich eine neue Zigarette ansteckte oder sich nachschenken ließ.

Jacob öffnete seinen Gurt, schwankte durch den schmalen Gang und legte ihr sanft die Hand auf die Schulter. Er fragte, wie es ihr ging. Sie schien ihn nicht zu hören. Ihre Augen blieben geschlossen. Seine Worte prallten an ihrem stummen Gesicht ab. Er starrte nachdenklich auf sie herab, dann kehrte er zu seinem Platz zurück, um weiter Wache zu halten. Er wirkte sehr besorgt.

Er brachte sie an einen Ort, wo sie sicher war, aber es war nur ein provisorischer Unterschlupf. Wie lange konnte er sie beschützen? Wie konnten sie sich einen Weg aus dem Schlamassel bahnen, wenn sie nicht einmal wußten, woran sie waren?

Für den Augenblick war Sarah in Sicherheit, aber ihre ganze Zukunft war ungewiß. Sie hatte keine Kraft, um noch mal ganz neu anzufangen. Vielleicht konnte sie ihren Mördern entkommen, aber wie sollte sie weiterleben? Sie würde in unerträglicher Hilflosigkeit gefangen bleiben.

Er wußte, daß sie früher oder später einen Plan aushecken und den Ereignissen ihren Stempel aufdrücken mußte, sonst käme sie aus diesem Sumpf nie mehr heraus.

Die Maschine rüttelte ein wenig, als sie beim Landeanflug in eine Turbulenz geriet. Sarah schlug die Augen auf, nahm einen kräftigen Schluck Whisky und starrte aus dem Fenster. Unter sich erkannte sie, von der Sonne geblendet, die Umrisse einer von Bergen umgebenen Ebene und die Rollbahn des Flughafens. Die Maschine setzte mit quietschenden Reifen auf dem im Licht schimmernden Asphalt auf.

Nach wenigen Minuten kam sie vor dem kleinen Terminal zum Stehen. Ein uniformierter Pilot trat aus dem Cockpit. Lächelnd fragte er Sarah, ob sie einen angenehmen Flug gehabt habe. Sie hörte ihre Stimme aus weiter Ferne, als gehörte sie einer anderen Person. »Ja, danke«, sagte sie höflich und fiel in ihre Sprachlosigkeit zurück. Der Mann bat sie nach vorne. Sie stand unsicher auf. Die Muskeln in ihren Beinen fühlten sich wie Pudding an, gehorchten ihren Bewegungen nicht mehr. Sie war unendlich erschöpft. Sie zog eine Grimasse, stemmte sich hoch und folgte dem Mann in der Uniform. Jacob kam hinterher und beobachtete, wie sie wie ein verletztes Kind auf den Ausgang zustolperte, der sich gerade hinter dem Cockpit geöffnet hatte.

Der Flugkapitän sprang mit einem Satz auf die Piste und begrüßte einen anderen Mann, der draußen wartete. Schwarzhaarig, dunkelhäutig, marineblaue Uniform. Als er die beiden Passagiere sah, lächelte er und sagte: »Willkommen in Marokko.« Marokko. Sarah sah neugierig auf und kletterte vorsichtig drei Stufen in die brütende Hitze hinab.

Der dunkelhäutige Mann griff nach den Koffern, die ihm der Pilot herabgereicht hatte, und führte Sarah und Jacob zum Terminal. Das Klappern ihrer Absätze auf den grauen und weißen Kacheln kam ihr unerträglich vor. Sie sah sich um. Überall unverständliche arabische Zeichen. Früher hatte sie die arabische Schrift amüsiert, jetzt empfand sie sie als bedrohlich. Überall Menschen. Dunkelhäutige Männer mit Riesenschnurrbärten, die sie anlächelten, Frauen mit Werkzeugkästen. Nein, es waren Kosmetikkoffer, wie sie jetzt erkannte. Manche schleppten vier,

fünf oder sechs auf einmal mit sich herum. Ihr Gesicht spiegelte sich in einer Glaswand, und sie mußte den Blick abwenden.
Der Pilot brachte sie zur Paßkontrolle. Er gab ihnen die Hand und verabschiedete sich. Sie zeigten ihre Pässe und wurden durchgewunken. Durch die Ankunftshalle gelangten sie zum vorderen Eingang.
Sarah blinzelte, von der Sonne geblendet. Was zum Teufel tat sie hier? Sie drehte sich zu Jacob um. Er nahm sie am Arm und rief einem Mann, der sich ihnen näherte, etwas zu.
Die beiden umarmten sich. Jacob stellte Sarah Jack Kohl vor. Kohl sah sie lächelnd und neugierig an. Sarah schüttelte ihm die Hand und erwiderte seinen neugierigen Blick. Er war klein und hatte eine vollkommen runde Glatze. Sein Gesicht strahlte eine ungewöhnliche Vitalität aus. Sarah sah ihm in die braunen Augen und mußte unwillkürlich lächeln. Kohl grinste zurück.
»Willkommen in Marrakesch.« Er nahm ihnen die Koffer ab und brachte sie zu einem weißen Mercedes.
Sarah blickte sich um und hatte das Gefühl, im Urlaub zu sein. Die Freundlichkeit, die Sonne, die brütende Hitze. Wieder fragte sie sich, was sie hier tat. Sie dachte an die Arbeit. An die ICB. Bei dem Gedanken lief es ihr kalt über den Rücken. Mit letzter Kraft nahm sie sich zusammen und stieg ein.
Die Sitze waren aus Leder, und im Innern herrschte eine angenehme Kühle, die sie wie ein Glas kaltes Wasser durchströmte. Auf ihren nackten Armen bildete sich eine Gänsehaut. Sie sah aus dem Fenster, und wieder liefen ihr Tränen über die Wangen.
Jacob saß neben ihr auf dem Rücksitz und beobachtete sie aus den Augenwinkeln. Er nahm ihre Tränen mit Erleichterung wahr. Es war nicht das quälende Schluchzen von vor ein paar Stunden, sondern deutete darauf hin, daß sie anfing, sich mit der Situation abzufinden.
Jack setzte sich ans Steuer, schnallte sich an und fuhr los. Nach einigen Meilen bog er in eine schlecht asphaltierte Landstraße und überholte Fahrradfahrer und Eselskarren. Sarah schloß die Augen und versuchte zu schlafen.

Etwas später wachte sie durch das Holpern des Wagens auf, der sich eine schmale Bergstraße emporkämpfte. Kiefern und Kakteen wuchsen auf dem ockerfarbenen Boden des Berghanges zur Rechten, während sich links ein Blick über tiefe, kaum zu erahnende Täler bot. Jack war ein geschickter Fahrer. Gelegentlich mußte er den Wagen dicht an die Bergwand heranlenken, um einem entgegenkommenden, mit Holz beladenen Laster auszuweichen.
Nach einer Fahrt von über einer Stunde nahm er den Fuß vom Gaspedal, bog scharf nach rechts ab und blieb vor einem hohen, weißlackierten Gittertor stehen. Mit Hilfe einer kleinen Fernbedienung öffnete er das Tor. Dann gab er wieder Gas und fuhr eine von bunten Blumen gesäumte Auffahrt entlang, die sich etwa eine halbe Meile hinzog. Sarah sah auf das Meer von roten, orangefarbenen, rosa, grünen und gelben Blüten und warf gerade noch rechtzeitig einen Blick zurück, um zu sehen, wie das Tor sich hinter ihnen wieder schloß. Sie fragte sich, wo das Wasser für all das Grün wohl herkam, kurbelte ihre Scheibe herunter und sog die heiße, würzige Luft ein.
Wieder verlangsamte der Wagen die Fahrt und kam schließlich am Ende der geschwungenen Auffahrt vor einem Haus zum Stehen. Es besaß mehrere Stockwerke und war in ortsüblicher Weise aus ockerfarbenem Lehm und Steinen erbaut. Vor den Fenstern befanden sich feine holzgeschnitzte Gitter. Blumen und Pflanzen wucherten in einer Rabatte an der Fassade. Mehrere Terrassen auf verschiedenen Ebenen reihten sich aneinander.
Jack stieg aus und öffnete Sarahs Tür. An den Stufen, die zum Haus führten, blieb sie stehen. Auf der Treppe erschienen jetzt eine Frau und ein Mann, die sich beeilten, ihnen die Koffer abzunehmen.
»Angelo und Mariella«, erklärte Jack und nickte dem Paar zu. »Sie arbeiten seit zwanzig Jahren für mich. Zuerst in Spanien, doch als ich hierher zog, sind sie mitgekommen.«
Das Paar begrüßte Sarah und Jacob lächelnd und verschwand mit dem Gepäck nach oben.

Sarah stieg langsam die Treppen hinauf, blieb oben stehen und drehte sich um. Die Terrassen breiteten sich über die Auffahrt hinweg aus, und jede war mit Blumen und Büschen bepflanzt, die über den Rand der kleinen Steinpfade wucherten. Unterhalb der Terrassen lag ein halbverwilderter Garten mit riesigen Palmen, die in der sengenden Mittagssonne nur wenig Schatten spendeten. Und überall Unmengen von Blumen. In der Ferne sah man eine von blühenden Schlingpflanzen und darunter verborgenem Stacheldraht bedeckte Mauer, die den Garten umgab. Im Hintergrund erhoben sich mit grünen niedrigen Bäumen bewachsene Berge. Sarah fragte Jack: »Wo sind wir hier?«
»In Ouirjane, am Fuß des Atlas.«
»Es ist sehr schön.«
Er erwiderte ihr Lächeln. »Wenn du dich erholt hast, mußt du dich ein wenig umsehen.« Sie nickte leicht. Er nahm sie am Arm und führte sie ins Haus. Sie war völlig erschöpft und überließ sich gern seiner Fürsorge. Jacob folgte ihnen.
Sie traten in eine zehn Meter hohe, kühle Vorhalle, von der zu beiden Seiten Treppen in die oberen Stockwerke abgingen. Am Ende der Halle lag ein Innenhof mit Blumen und Springbrunnen.
Jack führte Sarah die rechte Treppe hinauf. Sie gingen einen langen Gang mit zahlreichen Fenstern entlang. Die weiche Luft drang durch das filigrane dunkle Schnitzwerk der Fenstergitter, die geschlossen waren, um die Sonnenstrahlen abzuhalten. Vor einer hohen Rosenholztür blieb er stehen und ließ Sarah den Vortritt. »Wenn du etwas brauchst, ruf nach Mariella. Sie ist auf Leitung fünf. Mich erreichst du auf Leitung eins und Jacob auf vier.« Er lächelte und machte kehrt. Jacob drückte ihre Hand. »Bis gleich, Kleines.« Sie erwiderte seinen Händedruck und sah ihm nach, als er verschwand. Die Tür schnappte ins Schloß; es herrschte Stille.
Sarah sah sich im Raum um. Es war ein großes kühles Wohnzimmer mit persischen Teppichen auf dem Holzboden, Regalen voller Bücher und Bildern und Fotos an den Wänden. Sarah trat

näher, um sie anzuschauen. Berge, Blumen, das Meer, Porträts von unbekannten Menschen. Sarah fragte sich, wer sie waren. Sie kniff die Augen zusammen im sepiafarbenen Zwielicht, das von den wenigen Sonnenstrahlen, die durch die Fenstergitter drangen, noch vertieft wurde.

Dann ging sie weiter ins Schlafzimmer. Die offenen Terrassentüren führten auf einen mit blühenden Pflanzen geschmückten Balkon. Musselinvorhänge flatterten in der Brise. Das Bett war unbedeckt und mit weißen Leinenlaken bezogen, als hätte jemand um ihre Erschöpfung gewußt. Es war zu verlockend. Sie warf die Kleider auf einen Stuhl und schlüpfte unter die frischen Laken. Wie üblich kam der Schlaf glücklicherweise rasch.

Jacob saß in der Bibliothek und trank einen Whisky mit Jack.

»Es war sehr nett von dir, alles so schnell in die Wege zu leiten.«

»Ach was, ist nicht der Rede wert. In all den Jahren, die wir uns kennen, hast du mich nie um einen Gefallen gebeten. Und du hast noch jede Menge gut bei mir ...«

Jacob lachte. Wenn man es so sah, hatte er recht. Sein Freund war zehn Jahre jünger als er und hatte bei ihm das Handwerk gelernt. Doch offenbar nicht gut genug, zumindest am Anfang, denn er war ein paarmal geschnappt worden und hatte Jacob bitten müssen, ihm ein Alibi zu besorgen oder ein paar Dinge loszuwerden, die er nicht an den Mann bringen konnte. Jacob mußte lachen, als er daran dachte. Er sah sich um.

»Du hast es ganz schön weit gebracht. Das freut mich. Hast deinen alten Meister schließlich doch noch überrundet.«

Jack zuckte die Achseln und protestierte. »Ich habe nur mehr gewagt. Du hättest dir auch etwas Ähnliches aufbauen können, wenn du dein geliebtes Golders Green aufgegeben hättest.«

Jacob warf ihm einen empörten Blick zu. »Warum sollte ich? Dort habe ich alles, was ich brauche. Und wenn wir schon dabei sind – bisher habe ich auch noch nie Unterschlupf in einem freundlichen Land gebraucht, das kein Auslieferungsabkommen mit England hat.«

Jetzt war es an Jack, gespielte Entrüstung zu zeigen. »Ich auch nicht! Ich hatte das Haus als eine Art Kapitalanlage gedacht, für alle Fälle. Aber dann merkte ich, daß es mir hier besser gefällt als in Golders Green, was nicht verwunderlich ist.« Plötzlich wurde sein Gesicht ernst. »Außerdem kann so ein Unterschlupf manchmal ganz gelegen kommen, oder nicht?« Er zögerte, ein wenig unsicher. »Du mußt mir nichts sagen, wenn du nicht willst ... Und was du mir auch sagst oder nicht sagst, du kannst so lange hierbleiben, wie du willst. Doch wenn ich mehr wüßte, könnte ich dir vielleicht helfen.«

Jacob verzog das Gesicht und starrte eine Weile auf seine Hände, bevor er schließlich aufsah und seinem Freund in die Augen blickte.

»Es ist eine lange Geschichte, von der ich selbst nicht einmal die Hälfte kenne. Und was ich weiß, ist ziemlich wirr. Die Kleine steckt in der Klemme. Zwei ihrer Freunde sind umgebracht worden. Sie ist sicher, daß man auch hinter ihr her ist. Und sie hat recht, davon bin ich überzeugt. Angeblich sind ein paar ›Gute‹ auf ihrer Seite, aber da habe ich meine Zweifel. Ich glaube eher, daß man sie benutzt. Warum und wie, kann ich dir nicht sagen. Das Ganze ist sehr komisch, und ich habe mir gedacht, daß wir untertauchen sollten, solange wir nicht wissen, was gespielt wird. Ehrlich gesagt, ich habe keine Ahnung, was wir tun sollen, aber zumindest sind wir hier in Sicherheit.«

Er biß sich auf die Zunge. Um ein Haar hätte er das Wort »vorerst« hinzugefügt. Er betrachtete Jacks fragendes Gesicht. Es blieb ihm nichts anderes übrig – er mußte ihm die ganze Geschichte erzählen.

James Bartrop saß allein in seinem Büro und spielte mit einem Bleistift. Seine Augen flackerten ebenso wie die Gedanken, die ihm durch den Kopf schossen. Auf seinen Zügen lag ein Ausdruck von amüsierter Wißbegier.

Sarah Jensen war verschwunden, zwei ihrer engsten Freunde ermordet: schrecklich und vielversprechend zugleich. Der Preis für die Operation würde ein politischer Fallout sein. Bartrop, oder vielmehr C für ihn, würde sich den bohrenden Fragen des Außenministers, des Bundesstaatsanwaltes und möglicherweise des Premiers stellen müssen. Bei zwei Toten mit fremder Staatsangehörigkeit war seine augenblickliche Lage nicht gerade berauschend. Doch wenn die Morde tatsächlich zu Fieri führten und er es beweisen konnte, war noch nicht alles verloren. Von daher waren sie auf ihre grausige Art ermutigend, ja vielversprechend. Coole Profiarbeit, was auf die Mafia und Fieri deuten ließ. Sarah hatte, laut Barrington, Fieri beim Namen genannt. Bartrop war mehr denn je davon überzeugt, daß er tatsächlich dahintersteckte.

Alles, was ihn Fieri näherbrachte, war ein Bonus; daher lösten die Morde eine seltsame Mischung aus Bestürzung und Erregung in ihm aus. Er versuchte, die Bestürzung zu unterdrücken. Die Toten waren tot. Er konnte nichts mehr für sie tun. Er dachte an Sarah, die zu Tode erschrocken und verzweifelt sein mußte. Sie tat ihm leid. Doch völlig unschuldig an der ganzen Situation war sie nicht. Sie war weit übers Ziel hinausgeschossen und hatte eine gefährliche Eigeninitiative entwickelt. Sie hatte das Schicksal herausgefordert, sich in gefährliche Nähe von Mördern begeben. Aber das hatte sie nicht wissen können. Bartrop war bewußt, daß er eine gehörige Portion Mitschuld an der ganzen Angelegenheit trug. Sie war neu in dem Geschäft, und er hatte sie mißbraucht. Dann war etwas schiefgelaufen, sie war entdeckt worden, und jetzt rannte sie um ihr Leben. Das Ganze war furchtbar, aber – vielversprechend, wie gesagt.

Sarah Jensen mußte eine Mafia-Connection entdeckt haben, die möglicherweise zu Catania führte, und war dann selbst entdeckt worden. Jetzt brachte die Mafia alle um, die sie für Sarahs Mitwisser hielt. Er mußte sie unbedingt vor den anderen finden, damit sie ihm sagen konnte, was sie rausgekriegt hatte. All seine Agenten im Ausland hielten Ausschau nach ihr. Interpol, das FBI und Zollbehörden auf der ganzen Welt überwachten Flughäfen und Häfen.

Früher oder später würde er sie finden. Und dann würde die eigentliche Arbeit erst beginnen. Er würde ihr keine neue Identität verschaffen, sondern sie unter scharfe Beobachtung stellen, und mit etwas Glück und viel Erfahrung würden die Killer, die hinter ihr her waren, in die Falle tappen. Zwar setzte er damit ihr Leben aufs Spiel, aber das war ein kalkulierbares Risiko, das durch die möglichen Ergebnisse gerechtfertigt wurde. Wenn die Killer zu Fieri führten, wäre es das Risiko allemal wert.

Moira unterbrach seine Gedanken. »C möchte Sie sprechen.«

Bartrop stand auf und ging ins Büro des Chief einen Stock höher. Die Sekretärin winkte ihn durch. Er nahm neben dem schweren Eichenholzschreibtisch Platz.

»Gibt es was Neues?«

»Sarah Jensen ist verschwunden, fürchte ich.«

»Und jetzt? Welche Lockvögel bleiben Ihnen?«

»Arnott und Vitale hier, Catania in Italien. Ich lasse sie überwachen. Habe schon mit dem italienischen Büro gesprochen. Sarahs Haus wird ebenfalls überwacht.« Er hielt inne, als würde er neue Überlegungen anstellen. »Ich glaube nicht, daß wir etwas davon hätten, wenn wir die Special Branch bitten, sie festzunehmen. Es gibt noch vieles, was wir nicht wissen. Die Chance, etwas über Fieri zu erfahren – wenn er tatsächlich in die Sache verwickelt ist –, scheint mir am größten, wenn wir uns weiterhin zurückhalten, oder was meinen Sie?«

C rieb sich nachdenklich das Kinn. »Könnte sein, ja. Wie steht es mit den Italienern? Oder haben Sie nur mit unseren Leuten dort gesprochen?«

»Vorerst ja. Es ist besser so. Das Risiko, daß die italienischen Behörden von der Mafia infiltriert sind, ist zu groß. Es könnte die ganze Operation vereiteln. Wir werden sie früher oder später unterrichten müssen, das ist klar. Aber lieber später als früher, wenn Sie nichts dagegen haben.«

»Ich bin ganz Ihrer Meinung. Vorerst sollen sie nichts erfahren. Und was haben Sie Interpol gesagt?«

»Um Interpol kümmern sich die Jungs von der Special Branch.

Was Sarah Jensen anbelangt, sie wird wegen eines ganz gewöhnlichen Verbrechens gesucht.«

C lächelte leicht. »Nun gut, James. Sie werden nicht drumrum kommen, mir einen vollständigen Bericht zu schreiben. Ich muß das Komitee unterrichten.«

Er meinte die PSIS – Permanent Secretaries' Committee on the Security Services. Sie beschäftigte sich mit allgemeinen Fragen der Sicherheit, Budgetfragen, potentiellen internationalen Krisen und Politskandalen. Die Catania-Verschwörung betraf die beiden letztgenannten Bereiche. Der Kabinettsminister und die Staatssekretäre des Inneren und des Auswärtigen Amtes, die im Komitee saßen, würden sich anhören, was C ihnen zu sagen hatte, und dann entscheiden, ob sie den Außenminister und den Premierminister informieren sollten.

»Halten Sie mich auf dem laufenden, James. Das Ganze ist ziemlich heikel. Wenn wir nicht aufpassen, werden wir bestenfalls Schadensbegrenzung betreiben können. Das brauche ich Ihnen nicht zu sagen, oder? Je schneller Sie diese Sarah Jensen finden, um so besser.«

24

Sarah erwachte aus tiefem Schlaf. Sie schlug die Augen auf und sah empor zu der unvertrauten Decke. Dann kamen die Erinnerungen: Dante, Mosami, Jacob, Marokko, Jack. Sie tastete nach ihrer Uhr, die auf einer Kommode neben dem Bett lag. Es war sieben Uhr früh. Gott, sie hatte seit gestern nachmittag geschlafen. Die Verzweiflung packte sie erneut. Schlafen. Tage, Wochen und Monate. Sie kannte die Prozedur. Ihr Körper würde sich verschließen und ihr Bewußtsein vergessen wollen.

Plötzlich fuhr sie hoch, und ihre Augen flogen hastig durch den Raum, während sie versuchte, den Erinnerungen auszuweichen. Nicht schon wieder, bitte, nicht schon wieder. Noch einmal würde sie es nicht aushalten können. Sie erstarrte in Panik, als eine andere längst vergessene Erinnerung sie zu überwältigen drohte. Damals hatte sie eine Lösung gefunden. Es hatte Jahre gedauert, aber es hatte funktioniert. Warum jetzt nicht auch? Nur durfte es diesmal nicht Jahre dauern. Das war ausgeschlossen, sonst wäre auch sie bald tot. Sie schwang die Beine aus dem Bett und setzte die Füße unsicher auf den Boden.

Sie ging über den Teppich ins Bad. Es war ein riesiger, mit kühlem Marmor ausgelegter Raum, ganz in Weiß, wie ein Mausoleum. An einer Wand befanden sich drei vom Boden bis zur Decke reichende Schiebetüren mit holzgeschnitzten Gittern. In der Mitte des Raumes war ein großer Whirlpool in den Marmorboden eingelassen, und auf der anderen Seite waren Dusche, Sauna und Dampfbad.

Sarah trat unter die Dusche, drehte die Temperatur auf Null und den Hahn voll auf. Sie zuckte zusammen, als Kaskaden von eis-

kaltem Wasser über sie fielen, ihr Haar durchnäßten und ihr in die Augen spritzten.
Sie kam schnell wieder heraus, trocknete sich ab und zog widerwillig dieselben Kleider an wie gestern. Dann kämmte sie sich und trat durch eine große Schiebetür am Ende des Zimmers in die kühle Morgenluft.
Der menschenleere Garten war wie eine Oase, die nur ihr gehörte. Hin und wieder flatterten ein paar Vögel auf, als sie den Pfad entlangging. Überall waren kleine Wasserkanäle angelegt. Sie gelangte zu einem großen Teich mit Karpfen, die von zwei steinernen Katzen bewacht wurden. Sarah beobachtete die fetten, silbernen Körper der Fische, die unter dem Wasser dahinschwebten. Sie fragte sich, ob die Katzen die Reiher tatsächlich abhielten oder ob diese sich trotzdem herwagten und den Teich plünderten.
Sie ging weiter, um das Haus herum, und genoß das Gefühl, alleine zu sein.
Plötzlich hörte sie das leise Klappen von Geschirr, und als sie genauer hinsah, entdeckte sie Jack, der auf einer der unteren Terrassen frühstückte. Er sah auf und lächelte, als er sie kommen sah.
»Was machst du denn hier in aller Herrgottsfrühe? Ich dachte, ich wäre der einzige, der so verrückt ist.«
»Der Tag ist viel zu schön, um im Bett zu liegen.«
Jack machte eine einladende Geste. »Frühstückst du mit mir?«
Sarah sah auf einen Korb mit Croissants, eine Schüssel mit frischen Mango- und Papayastreifen und eine große Karaffe Orangensaft. Der Duft von frisch gemahlenem Kaffee hing in der Luft. Sie setzte sich neben Jack. »Mit Vergnügen.«
Jack betätigte ein kleines Funkgerät. Kurz darauf war Angelo zur Stelle. Hinter ihm humpelte Jacob, noch etwas steif vom Schlafen, ins Blickfeld.
»Noch zweimal Frühstück, bitte, Angelo. Ach ja, und wie steht es mit den Kleidern?«
»Alles bestens, Mr. Jack. Mariella ist ungefähr in einer Stunde fertig.«

»Prima. Das ist sehr nett. Bringt sie einfach ins Zimmer der jungen Dame.«
Sarah fiel auf, daß er sie nicht beim Namen nannte. Jacob muß ihm alles erzählt haben, dachte sie. Und jetzt will er nicht, daß meine Identität bekannt wird.
»Was für Kleider?« fragte sie neugierig.
»Na ja, du wirst doch nicht die ganze Zeit in denselben Sachen rumlaufen wollen, oder? Mariella hat dir ein paar Kleider aus ihrem eigenen Stoff genäht. Sie sind schlicht, aber ich bin sicher, daß sie dir sehr gut stehen werden. Besser, als wenn du in Marrakesch selbst welche kaufen müßtest.«
Sarah zwinkerte ihm über den Tisch hinweg zu. Er dachte wirklich an alles. Sie mußte sich also hier versteckt halten und durfte keine Spuren in der anderen Welt hinterlassen, so als gäbe es sie gar nicht. Bei diesem Gedanken fühlte sie einen Anflug von Wut, die sich im nächsten Augenblick in Angst verwandelte. Sie stellte sich namenlose Gesichter vor, die durch die Menschenmenge wanderten, Fragen stellten, nach ihr suchten.
Sie musterte Jack und fragte sich, wieviel er wußte. Plötzlich erschrak sie und versuchte, die Angst aus ihrem Kopf zu vertreiben. Jacob hätte sie niemals hergebracht, wenn er Jack nicht voll vertraute. Also würde sie ihm ebenfalls trauen müssen.
Da tauchte Jacob am Tisch auf. Er trug einen Panamahut, den er jetzt abnahm und elegant durch die Luft schwenkte.
»Morgen, Kleines. Hast du gut geschlafen?«
Sarah lächelte angesichts der Sorgen, die er so ritterlich zu überspielen suchte.
»Ja, danke. Ich muß fünfzehn Stunden geschlafen haben.«
»Großartig. Das ist gut.« Er wandte sich zu Jack und lächelte. »Hab' mir deinen Hut ausgeliehen. Ich dachte, ich mache einen kleinen Spaziergang, aber ich will nicht, daß die Sonne das bißchen Hirn, das mir noch bleibt, wegschmort.«
»Ja, ja, man kann nie vorsichtig genug sein.«
»Paß bloß auf, was du sagst«, erwiderte Jacob lachend und wandte sich an Sarah. »Stell dir vor, überall, wo ich hinging, wur-

de ich von Augen verfolgt, kleinen roten Lämpchen, die vor sich hin blinkten. Ich hab' den Fehler gemacht, da unten an der Mauer entlang zu gehen, weil es so schön schattig war. Bin mir vorgekommen wie in einem Gefängnis; die Mauer ist gut fünf Meter hoch und von oben bis unten mit Kameras und Stacheldraht bestückt. Ich konnte nicht mal irgendwo pinkeln, aus lauter Angst, die Alarmanlage auszulösen ...«

Sarah und Jack lachten laut. »Das muß ja wohl auch nicht sein. In diesem Garten gibt es nichts, worüber ich nicht Bescheid wüßte. Ich habe die besten Kameras installiert, für Tageslicht und Infrarot, Alarmanlagen, Sensoren, alles. Und außerdem gibt es auch noch Yap.« Wie auf Kommando erschien in diesem Augenblick ein wilder Yorkshire-Terrier hinter Mariella, die das Tablett mit dem Frühstück für Jacob und Sarah brachte.

Sie stellte es auf den Tisch, schimpfte mit Yap, der in morgendlichem Überschwang aufgeregt umhersprang, und ging wieder ins Haus. Yap sah ihr nach, dann lief er zu Sarah und schnupperte. Sie bückte sich und kraulte ihm den Nacken. Völlig entwaffnet wälzte er sich auf den Rücken und zeigte seinen hellen Bauch, um sich streicheln zu lassen.

»Du hast es ihm angetan. Normalerweise mag er Fremde gar nicht. Manchmal muß ich ihn regelrecht zurückhalten, denn er ist so rabiat, daß er tatsächlich zuschnappt.«

»Braver Hund, Yap.« Sarah richtete sich auf und lachte die beiden Männer an. Wie süß, wie typisch für Jacob, sie ohne viele Worte über die Gefahr, in der sie sich befand, auf ihre Sicherheit aufmerksam zu machen. Und Jack ebenfalls, der es ihm schnell nachgemacht und sie auf seine sanfte Art beruhigt hatte.

Ihr Herz war immer noch bleischwer, doch wenigstens würde die unterschwellige Angst sich in Grenzen halten lassen. Und das Lachen hatte sie auch nicht verlernt. Zumindest war es ein Anfang. Plötzlich schreckte sie aus ihrer Träumerei auf. Jack hatte sie angesprochen.

»Mariella geht später einkaufen. Wenn du irgend etwas brauchst, sag es ihr oder mir, dann gebe ich es ihr weiter.«

Sarah fiel nichts ein, was sie brauchte, und schüttelte den Kopf. Doch plötzlich kam sie auf eine Idee.

»Oh, doch. Ja, ein paar Zeitungen. Ich würde gerne wissen, ob sich irgendwas getan hat.«

»Ja, natürlich«, sagte Jack. »Angelo holt die Zeitungen meistens um eins. Sie kommen gegen drei, aber vorher trifft er sich mit seinen Freunden in einem Café. Er hat keine Ahnung, daß ich davon weiß, aber in diesem Kaff passiert nichts, ohne daß ich es erfahre.«

Um vier kehrte Angelo mit einem Stapel englischer und italienischer Zeitungen zurück.

»Alles in Ordnung? Wie geht's deinen Freunden, Angelo?« fragte Jack grinsend.

»Danke der Nachfrage, Mr. Jack«, antwortete Angelo. Der Witz war beinahe so alt wie sie selbst. Er trug die Zeitungen zu einem Tisch und fächerte sie wie ein Kartenspiel auf. Jack bedankte sich und bat ihn, der jungen Frau mitzuteilen, daß die Zeitungen da seien.

Kurz darauf tauchten Sarah und Jacob auf. Sarah hatte eines der Kleider angezogen, die Mariella ihr genäht hatte. Es bestand aus einem langen weißen Leinenrock und einem Hemd, das lose darüberfiel. Jack war verblüfft, als er sie vom weiten sah. Mit dem zurückgebundenen Haar und dem bleichen ungeschminkten Gesicht sah sie wie ein junges Mädchen aus, das zur Konfirmation ging. Doch als sie näherkam, verschwand die Illusion. Anstelle der unschuldigen Leichtigkeit trat die ganze Last ihrer Erfahrung, ihrer Tragödie. Ihr Gesicht war verzerrt und angespannt. Die Arme hingen schlaff herunter, und ihre Schritte waren schwer. Eigenartigerweise wirkte sie dennoch nicht wie eine Verliererin. Sie ging erhobenen Hauptes, und in ihren Augen sah man einen herausfordernden Funken.

Jacob und sie setzten sich gemeinsam an Jacks Tisch, und alle drei begannen zu lesen. Sarah las den *Corriere della Sera*, *La Stampa* und die *Times*, Jack die *Daily Mail* und den *Guardian*,

Jacob den *Independent* und den *Daily Telegraph*. In keiner Zeitung stand etwas über den Fall. Alle drei suchten aufmerksam nach der gleichen Meldung, doch vergeblich.

Keine Schlagzeile, keine Meldung, nirgendwo auch nur der geringste Hinweis darauf, daß Karl Heinz Kessler, Matthew Arnott oder Carla Vitale verhaftet worden waren. Sekunden nach dem Aufschlagen der Zeitung wußten sie, daß auch Catania nicht verhaftet worden war, denn diese Nachricht hätte zumindest in den italienischen Zeitungen Schlagzeilen gemacht. Trotzdem studierten sie sorgfältig alle Zeitungsberichte Zeile um Zeile.

Nach einer halben Stunde lagen unzählige Zeitungsblätter auf dem Boden.

»Jetzt sind vierundzwanzig Stunden vergangen. Nein, mehr. Warum haben sie nichts unternommen?« Sarah suchte in den besorgten Augen, die sie musterten, nach einer Antwort auf ihre Frage. Beide Männer schwiegen, dann sagte Jacob: »Möglich, daß sie doch verhaftet worden sind. Ich weiß nicht genau, wann Redaktionsschluß ist bei den Zeitungen. Vielleicht war es bereits zu spät, als sie verhaftet wurden, um es in der Morgenausgabe zu bringen.«

»Das wird's wohl sein«, sagte Sarah und klammerte sich an diesen Strohhalm. »Wenn sie sie gestern nacht verhaftet haben, kann es erst morgen in der Zeitung stehen. Wir sollten lieber die Nachrichten im Fernsehen verfolgen.«

Sie sahen Sky News auf einem riesigen Bildschirm in einem abgedunkelten Zimmer. Nichts. Sarah schaltete den Fernseher aus und fing an, im Zimmer auf und ab zu gehen.

»Ich halte das nicht länger aus. Was wird da gespielt? Warum haben sie sie noch nicht verhaftet?« fragte sie. Jacob und Jack beobachteten sie und wechselten einen raschen Blick.

»Vielleicht ist es nicht so einfach. Die Polizei und zahllose andere Behörden werden in die Sache verwickelt sein. Alle werden nach ihren eigenen Interessen handeln. Es kann aber auch sein, daß sie gute Gründe haben, abzuwarten«, erklärte Jack.

»Gute Gründe?« schrie Sarah. »Zwei Menschen haben ihr Leben verloren. Ist das kein Grund?«
»Möglich, daß sie sie noch eine Weile beobachten möchten, um mehr über ihre Hintermänner zu erfahren«, sagte Jacob. »Immerhin gibt es eine Menge, was sie noch nicht wissen. Wäre doch gar nicht so abwegig.«
»Ja, natürlich. Wenn man davon absieht, daß derjenige, der Dante und Mosami auf dem Gewissen hat, immer noch frei herumläuft und jetzt nach mir sucht«, sagte Sarah und schwieg. Plötzlich sprang sie auf. »Da fällt mir was ein ...«
»Was?« riefen Jacob und Jack wie aus der Pistole geschossen.
»Barrington hat die Kassetten noch nicht, auf denen klar wird, daß Kessler und Catania die Nummer drei und vier sind. Ich habe ihm am Telefon davon berichtet, aber das ist kein Beweismittel. Die Kassetten werden ihm diesen Beweis geben. Du hast sie doch mitgebracht, Jacob? Ich glaube, du hast sie in den Koffer gepackt.«
Jacob nickte.
»Dann werden wir Kopien von den Bändern machen. Wir könnten sie Barrington mit Federal Express schicken und abwarten, was geschieht. Wenn er sie verhaftet, werde ich ihm trauen, wenn nicht, dann nicht.«
Jack und Jacob richteten sich mit einem unbehaglichen Gefühl auf. Es sprach einiges für Sarahs Argumentation, trotzdem konnten sie ihr nicht restlos zustimmen. Es sah aus, als stellte Sarah ihn auf die Probe oder legte ihm eine Falle, fast in der Hoffnung, daß er reintapsen würde. Irgendwie schien sie einen geheimen Plan zu verfolgen, für dessen Umsetzung sie ihre Hilfe brauchte.
»Und was willst du dann tun?« fragte Jacob.
Doch Sarah lächelte nur.

Am nächsten Tag lag das Päckchen auf dem Schreibtisch des Governors. Angelo war am frühen Morgen nach London geflogen und hatte es bei Federal Express aufgegeben. Er hatte bar bezahlt, damit der Absender unerkannt blieb, und gebeten, mit der Auslieferung zwei Stunden zu warten. Dann war er in das nächste Flugzeug nach Marrakesch gestiegen. Als das Päckchen bei Barrington ankam, befand sich Angelo schon wieder über Spanien.

Auf dem Umschlag stand handschriftlich mit blauer Tinte geschrieben: »Vertraulich. Nur vom Adressaten zu öffnen.« Barrington riß es auf. Eine cremefarbene Seite flatterte heraus.

> Verehrter Governor,
> die beiliegende Kassette wird meine Behauptungen beweisen. Jetzt, da Sie die nötigen Informationen haben, gehe ich davon aus, daß Sie sie an die betreffenden Behörden weiterleiten und diese die Schuldigen verhaften. Sie werden verstehen, daß mein Leben in höchster Gefahr ist, solange diese Leute frei herumlaufen. Daher vertraue ich darauf, daß Sie schnell handeln. Bis dahin werde ich bleiben, wo ich bin, weil ich mich hier bis zu einem gewissen Grad sicher fühle.
> Hochachtungsvoll,
> Sarah Jensen.

Barrington bat Ethel, bis auf weiteres keine Gespräche mehr durchzustellen. Dann nahm er den DAT-Recorder aus der Schublade und steckte die Kassette hinein.

Nach einer halben Stunde schaltete er das Gerät wieder aus und grübelte still vor sich hin. Sarah Jensen war am Leben, Gott sei Dank, doch ihre Rückmeldung kam alles andere als gelegen. Er hatte schon gehofft, daß er sich langsam aus dem Schlamassel zurückziehen könnte, aber ihre letzten Entdeckungen zogen ihn noch mehr hinein. Daß Catania bis zum Hals drinsteckte, war nicht sein Problem, aber Karl Heinz Kessler war Leiter einer renommierten Bank in der City, die seiner Verantwortung unterlag. Wenn das an die Öffentlichkeit kam, würde es der Reputation der City und seiner eigenen als Verantwortlicher großen

Schaden zufügen. Entmutigt hoffte er, daß es Bartrop irgendwie gelingen würde, das Ganze aus den Zeitungen zu halten. Das beste wäre, wenn es nicht zu einem Prozeß kam, sondern man sich hinter den Kulissen einig wurde. Doch war ihm auch klar, daß das nach den Morden ziemlich unwahrscheinlich war. Er mußte schon verdammt gut manövrieren, wenn er ohne größeren Schaden aus der Sache herauskommen wollte. Eine Viertelstunde saß er in Gedanken versunken da. Dann rief er Bartrop an. »Am besten kommen Sie her. Ich habe gerade eine Nachricht von Sarah Jensen bekommen.«

Bartrop, der den Brief gelesen und sich die Kassette angehört hatte, lehnte sich mit besorgtem Gesichtsausdruck in seinem Sessel zurück.

»Was halten Sie davon?« fragte Barrington.

Bartrop seufzte laut. »Nun, in einer Hinsicht ist es gut. Sie lebt und hat uns belastendes Beweismaterial gegen Kessler und Catania geliefert. Die Konten, von denen Kessler sprach, können wir leicht ausfindig machen, und das liefert uns Catania an den Galgen. Aber es führt uns nicht zu Fieri. Wir sind ein bißchen in der Zwickmühle.«

»Was meinen Sie? Sollten wir sie irgendwie dazu bewegen, wieder aufzutauchen?«

»Nein, nicht unbedingt. Wir werden sie schon finden. Sie scheint irgendeinen Kuhhandel im Sinn zu haben. Wir sollen die Verschwörer festnehmen, oder sie bleibt untergetaucht. Offensichtlich weiß sie etwas über Fieri und die Mafia und will es uns nur sagen, wenn wir die anderen verhaften. Wenn wir aber jetzt alle verhaften, verzichten wir auf wichtige Erkenntnisse, die wir aus der Beobachtung gewinnen können, im Tausch gegen Informationen, von denen wir nicht wissen, wie wichtig sie sind und die uns vielleicht letztendlich nichts bringen. Wenn das zutrifft, hätten wir die beste Chance vertan, Fieri festzunageln. Da liegt das Problem.« Bartrop blickte nachdenklich auf den Innenhof.

»Was schlagen Sie dann vor?«

Bartrop schreckte aus seiner Träumerei auf. »Keine Ahnung. Ich muß erst mal drüber schlafen.«
»Und was soll ich tun, wenn sie anruft?«
»Ich glaube kaum, daß sie das tut. Sie ist zu klug und weiß, daß wir sie möglicherweise ausfindig machen könnten. Was mir Kummer macht, ist, daß sie auf die ›betreffenden Behörden‹ hinweist. Das heißt, sie hat den Verdacht, daß mehr dahintersteckt, als Sie ihr gesagt haben. Wahrscheinlich kocht sie vor Wut und spinnt sich irgendeine Verschwörertheorie zusammen.«
»Womit sie gar nicht unrecht hätte, was?«
Bartrop warf ihm einen finsteren Blick zu und stand auf, um sich zu verabschieden. Ehe er den Raum verließ, blieb er an der Tür stehen und sagte beiläufig: »Wenn sie anruft, halten Sie sie hin und versuchen Sie, soviel wie möglich aus ihr rauszukriegen. Sagen Sie ihr, daß sie zurückkommen muß und wir ihr dann alles erklären werden.«
Die Tür schnappte ins Schloß. Barrington starrte auf sie, als seien die Umrisse des Mannes noch zu erkennen. Er wünschte sich, daß Sarah in ihrem Versteck blieb, nur um Bartrop zu ärgern.
Trübsinnig schaute er aus dem Fenster auf den Innenhof, fand jedoch keinen Trost in dem kühlen Grün. Seine einzige Genugtuung war, daß Bartrop noch tiefer im Schlamassel steckte als er.
Am Morgen hatte er mit dem Chancellor gesprochen und ihm die ganze Angelegenheit erzählt. Der Chancellor hatte den Premierminister verständigt, dieser den Außen- und Innenminister, die sich ihrerseits mit den Staatssekretären und dem Kabinettsminister austauschten. Hektisches Treiben begann, eine Flut von Anrufen und Gesprächen unter vier Augen, die in einer für heute abend geplanten Besprechung ihren Höhepunkt erreichen sollte. Alle oben genannten Persönlichkeiten, mit Ausnahme des Premiers, würden sich um sechs mit dem Generaldirektor, C, Bartrop und dem Generalbundesanwalt im Kabinettsraum treffen. Vorwürfe, Rechtfertigungen und Erklärungen würden hin und her geschoben werden. Seine eigene Anwesenheit schien nicht erforderlich zu sein, und außerdem war es wichtig, sich von alle-

dem zu distanzieren. Es würde nicht gerade sanft zugehen. Sollten Bartrop und C die Prügel einstecken.

Bartrop saß auf dem Rücksitz des Rovers, sah aus dem Fenster und zerrte heftig an seiner Krawatte. Munro brachte ihn nach Hause. Ihm war heiß, er bekam keine Luft. Die Krawatte fühlte sich an wie ein Strick.

Er haßte das Gefühl, die Dinge nicht im Griff zu haben. Der Fall Catania, der so vielversprechend begonnen hatte, glitt ihm aus den Fängen. Zuerst die Morde, dann das Verschwinden Sarah Jensens und jetzt die verdammte Besprechung, aus der er soeben entwischt war.

Das Treffen hatte eine Stunde gedauert. Er hatte die klammheimliche Genugtuung in den Gesichtern gesehen, die ihn hämisch anstarrten. Er saß in der Patsche. Zwei Morde an Ausländern, ein internationaler Betrugsskandal von äußerster politischer Brisanz und die ständige Angst, daß die Medien Wind davon bekommen könnten. Als er Sarah Jensens letzte Erkenntnisse vorgetragen hatte, waren alle sichtlich schockiert und hatten versucht, den Ernst der Sache zu vertuschen, indem sie sich über ihre Art der Kommunikation entrüsteten.

»Dieses Versteckspiel. Per Federal Express verschickte Kassetten. Drohungen. Für wen hält sich die Dame eigentlich?« hatte der Innenminister getönt. Das war das einzige an der ganzen entsetzlichen Besprechung, das Bartrop hatte genießen können – wenigstens war es lustig.

Noch aber war nicht alles verloren. Er durfte seine Ermittlungen weiterführen, mußte sich aber strikt an die Gesetze halten und war aufgefordert worden, keine unnötigen Risiken einzugehen und dafür zu sorgen, daß nichts an die Presse durchsickerte. Außerdem hatte man ihn gedrängt, Sarah so schnell wie möglich ausfindig zu machen.

Mittlerweile wurde die Special Branch damit beauftragt, verstärkt nach den Mördern zu suchen, von denen immer noch jede Spur fehlte. Bisher wußte man nur, daß die Morde von zwei ver-

schiedenen Personen, beides professionelle Killer, ausgeführt worden waren.
Keine der Tatwaffen war gefunden worden. Es gab keine Fingerabdrücke und keine Spur von den Mördern, nur zwei Leichen, die eine mit durchtrennter Halsschlagader, die andere mit einem Loch in der rechten Schläfe. Die Kugel war entfernt worden, und die ballistischen Untersuchungen hatten ergeben, daß sie aus einer bisher nicht registrierten Ruger Mark 11 abgefeuert worden war. Jede Waffe hinterläßt winzige Spuren an der Kugel. Die Daten werden weltweit gesammelt und sind genauso aussagekräftig wie ein Fingerabdruck. Diese Waffe aber hatte keine Vergangenheit.
Zeugen gab es auch nicht. Niemand hatte etwas Ungewöhnliches oder gar Verdächtiges gesehen. Die Morde waren äußerst professionell ausgeführt worden.
Bartrop spürte einen Ruck, als Munro schließlich bremste, aus dem Wagen sprang und ihm den Schlag öffnete. Er stieg aus, verabschiedete sich von Munro und betrat sein Haus. Er ging die Treppe zum Arbeitszimmer hinauf und schenkte sich Whisky und Wasser aus einer Karaffe ein, die seine Haushälterin Mabel jeden Tag füllte. Er öffnete einen Schrank mit vier Regalen voller durcheinandergewürfelter CDs und nahm eine von Lester Young heraus. Dann setzte er sich an den Schreibtisch und hörte sich an, wie der rauchige Jazz das Zimmer erfüllte.
Die Zwiesprache zwischen Stimme und Saxophon berauschte seine Sinne und verbannte alles Denken aus seinem Bewußtsein. Er trank sein Glas aus und schenkte sich einen weiteren Whisky ein, während er der Musik lauschte und aus dem Fenster starrte.
Dann setzten die Gedanken ganz langsam wieder ein. Die Gedanken, die Sorgen, die Befürchtungen und auch die Zwangsvorstellungen. Er erkannte sie alle, doch über allem lag ein ungewohntes Gefühl: Mystifizierung. Daß die Profikiller spurlos verschwunden waren, konnte er verstehen, was ihn aber faszinierte, war, daß auch Sarah Jensen untergetaucht war. Sie war eine

Anfängerin, verhielt sich aber nicht wie eine. Sie war von vornherein wie ein Profi aufgetreten. Und jetzt war sie verschwunden, entweder aus panischer Angst oder aus teuflischer Verschlagenheit.

Er fragte sich, wer der Freund gewesen war, von dem sie Barrington erzählt hatte. Das und vieles mehr würde er bald erfahren. Gleich nach ihrem Verschwinden hatte er angeordnet, daß ihre Vergangenheit genauestens unter die Lupe genommen wurde. Natürlich war sie bereits durchleuchtet worden, bevor Barrington sie angeheuert hatte, aber nicht so gründlich und detailliert, wie Bartrop es nun veranlaßt hatte. Es mußte eine Verbindung geben, die zu Sarah Jensen führte, dessen war er sicher. Er würde sie finden. Und Sarah ebenfalls.

Ein leises Klopfen weckte ihn aus seinen Gedanken. Es war Mabel.

»Das Abendessen ist fertig, Sir. Soll ich servieren?«

»Ja, danke, Mabel.« Er folgte seiner Haushälterin nach unten. Im Wohnzimmer war ein Tisch vor dem Fernseher gedeckt. Bartrop setzte sich. Mabel kam mit Fischsuppe, *Shepherd's Pie* und einem Käsesoufflé wieder. Ein tröstliches Mahl. Wie aufmerksam von ihr.

Nach dem Essen kehrte er in die Bibliothek zurück. Kurz darauf rief Nigel Southport an, der Leiter des italienischen Büros. Er bestätigte Bartrop, daß die Häuser von Antonio Fieri und Catania aus sicherer Entfernung überwacht wurden. Bartrop hatte um Unterstützung beim Geheimdienst der Carabinieri angefragt und diese auch bekommen. Es war die einzige italienische Behörde, der Bartrop über den Weg traute. Da er erkannt hatte, daß die Freunde nicht über die notwendigen Mittel verfügten, um ein derartig schwieriges Unternehmen alleine durchzuführen, hatte er Southport erlaubt, die Carabinieri um Hilfe zu ersuchen, die, ohne viele Fragen zu stellen, zugesagt hatten. Eine Hand wäscht die andere.

25

Die Sonne stand hoch über dem Fuß des Atlasgebirges, als Sarah, Jacob und Jack erneut zusammenkamen, um die Zeitungen zu durchforsten. Sie versammelten sich an dem runden Holztisch, nickten einander aufmunternd zu und begannen zu lesen. So vollzog sich das tägliche Ritual: Hoffnung beim Frühstück, Nervosität beim Mittagessen, um vier Uhr die Zeitungen, Enttäuschung, Ablenkung am Nachmittag und am Abend, bis dann der Morgen wieder Anlaß zu Hoffnung brachte, die sich im Verlauf des Tages erneut verflüchtigte.

Sarah versuchte, sich während der folgenden Tage auf andere Dinge zu konzentrieren. Jack besaß ausgezeichnete Vollblutaraber und Berber, und Sarah unternahm in Begleitung von Angelo jeden Tag mehrstündige Ausritte in die umliegenden Berge. Ansonsten ging sie im Garten spazieren und hielt ausgiebig Siesta. Die Mahlzeiten und die Zeitungslektüre markierten die Höhepunkte ihres Tagesablaufs.

Doch am Sonntag abend, als Jack schlafen gegangen war, brach sie ihr selbstauferlegtes Schweigen. Jacob und sie blieben auf, tranken alten Armagnac und spekulierten bis in die frühen Morgenstunden.

Jacob wiederholte seinen Verdacht, daß der MI5 in den Fall verwickelt war.

»Denk doch mal nach. Welche Rolle hast du gespielt? Die einer Undercover-Agentin, oder nicht? Und wer ist für Geheimaufträge verantwortlich? Der MI5.«

Jacob war ganz ruhig. »Sie haben dir eine Menge Dinge vorenthalten. Zum Beispiel, daß die Mafia in die Sache verwickelt ist

und sie von Anfang an wußten, daß es um Insiderwissen ging. Und haben sie dir gesagt, daß es für dich gefährlich werden könnte, oder dich auch nur gewarnt? Nein. Sie haben dir eine wilde Story aufgetischt, und du hast sie geglaubt. Du hast ihnen abgekauft, daß du als Agentin für den Governor der Bank of England arbeitest.« Jacob verdrehte die Augen, und seine Stimme brach vor Erregung. »Wer hat je so einen Quatsch gehört?« Er betrachtete Sarah ganz ruhig. »Aus welchem Grund auch immer – sie haben dich übers Ohr gehauen und mißbraucht. Und ich wette mit dir, daß die Geheimdienste dahinterstecken und nicht der Governor der Bank of England.«
Sarah schwieg eine Weile, dann sagte sie: »Ich habe wenig Ahnung von alldem. Aber wenn ich morgen den Governor anrufe und ihn zur Rede stelle, wird er mir bestimmt nicht die Wahrheit sagen, oder?«
Es war nicht das erste Mal in der jüngsten Vergangenheit, daß Sarah sich fragte, warum der Governor ausgerechnet sie ausgesucht hatte. Warum hatte er nicht auf die Interne Ermittlungskommission zurückgegriffen oder sich anderer Behörden bedient? Er hatte ihr einen Freibrief ausgestellt und sie nie über ihre Methoden befragt. Solange sie Erkenntnisse lieferte, war er zufrieden gewesen.
Selbstkontrolle war eine feine Sache, aber sie hatte mehrere Male gegen Gesetze verstoßen, während sie für Barrington arbeitete. Was würde er sagen, wenn er von ihren drei Millionen erfuhr?
Barringtons Amt und der Mann selbst hatten ihre Zweifel bislang zerstreut, doch jetzt kamen sie wieder und wurden wie Risse in der Wand immer größer. Sarah fing an, den Mann losgelöst von seinem Amt zu sehen.
Anfangs hate sie das Gefühl gehabt, daß Barrington sie beschützte und ihre Handlungen von seinem Amt gedeckt waren. Aber es gab keinen Beleg für diese Zusammenarbeit – weder etwas Schriftliches noch einen Zeugen.
Sie spürte ihre wachsende Isolierung. Ohne den Segen des Governors war sie eine Kriminelle. Ohne seinen Schutz war sie gelie-

fert, fast tödlich verletzlich. Sie konnte sich nicht ihr ganzes Leben hier bei Jack verstecken. Die Gegend war wunderschön, aber dennoch auf ihre Art ein Gefängnis. Schon hatte sie das Gefühl, ihren klaustrophobischen Ängsten hilflos ausgeliefert zu sein. Sie war hin und her gerissen zwischen dem Wunsch, alles zu vergessen und zu Alex und Eddie in den Himalaja zu flüchten, wo sie niemand finden würde, oder nach London zurückzukehren, um sich Barrington zu stellen und herauszufinden, was wirklich gespielt wurde.

Sie hatte ihren Teil des Abkommens erfüllt. Sie hatte ein Verbrechen aufgeklärt und dem Governor stichhaltige Beweise geliefert, obwohl das Verbrechen und die Verbrecher viel gefährlicher waren, als er jemals angedeutet hatte. Dabei mußte er es gewußt haben. Mittlerweile waren zwei Morde geschehen, und er tat immer noch nichts. Warum nicht? Die Frage jagte durch ihren Kopf wie eine Rakete.

Sie erinnerte sich noch, wie aufgeregt sie gewesen war, als der Governor um ihre Mitarbeit gebeten hatte. Sie hatte sich von seinem Amt und dem erregenden Gefühl eines Geheimauftrags blenden lassen. Und was war das Ergebnis? Tod und die Zerschlagung ihres so sorgfältig aufgebauten Lebens.

Plötzlich fühlte sie sich verraten und verkauft, und dieses bislang unterdrückte Gefühl breitete sich wie Gift in ihr aus.

Sie wünschte Jacob gute Nacht und ging in ihr Zimmer. Die ganze Nacht lag sie wach im Bett. Am nächsten Morgen war ihr Glaube und ihr Vertrauen Barrington gegenüber zerstört; sie hatte ihre Geduld endgültig verloren. Statt dessen keimte in ihr das Gefühl von Rache.

Sie frühstückte, schlenderte durch den Garten und schwamm ein wenig im Pool, doch ihre Wut wurde immer größer. Dann beschloß sie, mit Jacob und Jack zu reden. Sie hatte eine Entscheidung getroffen und würde sich nicht mehr davon abbringen lassen.

Die beiden überredeten sie, noch ein paar Tage zu warten. Widerwillig stimmte sie zu.

Die nächsten zwei Tage versuchte sie abzuschalten, die schöne Umgebung und das Haus zu genießen.
Doch wie erwartet erschien immer noch nichts in den Zeitungen.

Am dritten Tag, einem Mittwoch, schoß das Adrenalin ungehemmt durch Sarahs Körper. Sie war fast krank vom Warten. Sie ließ das Frühstück ausfallen, nahm das Mittagessen in ihrem Zimmer ein, traf ihre Vorbereitungen und wartete ein letztes Mal auf die Zeitungen.
Das Schlagen der Wagentür um vier markierte Angelos Rückkehr. Sarah, Jacob und Jack kamen aus ihren Zimmern und versammelten sich unten im Garten hinter dem Haus. Angelo stapelte die Zeitungen auf dem mit einem weißen Tischtuch bedeckten Tisch. *Financial Times, The Times, The Guardian, The Independent, Daily Telegraph, Corriere della Sera* und *La Stampa.*
Sarah sah Jacob und Jack an. Sie warfen ihr einen aufmunternden Blick zu und machten sich über die Zeitungen her. Sie studierten Seite um Seite und ließen die ausgelesenen achtlos zu Boden fallen; ihre Gesichter wurden immer länger. Schließlich war der Tisch leer.
Sarah wischte sich mit einer Serviette die Druckerschwärze von den Händen. Ihre Stimme klang gelassen, fast ruhig in dem Durcheinander von zusammengeknüllten Zeitungen.
»Noch eine letzte Chance?« Sie nickten grimmig.
Jack rief Angelo und bat ihn, das schnurlose Telefon aus dem Haus zu holen. Angelo hatte das Gerät vor einigen Monaten in Südfrankreich gekauft. Es lief auf den Namen eines kleinen Unternehmens in Villefranche, das einem Freund von Jack gehörte. Es war sehr nützlich für Anrufe, die Jack nicht zu sich nach Marokko zurückverfolgen lassen wollte. Ein kleines Aufnahmegerät war an das Telefon angeschlossen, das Gespräche aufzeichnen und zu einem Kassettenrecorder im Haus übertragen konnte. Jack nahm Angelo das Telefon ab und bat ihn, den Recorder einzuschalten. Angelo nickte und ging wieder ins Haus.

Jack reichte Sarah das Telefon, die auf ihre Armbanduhr schaute. In London war es jetzt 15.30 Uhr. Hoffentlich ist er da, dachte sie. Bringen wir es hinter uns, je schneller, um so besser.
Sie wählte die Privatnummer des Governor. Nach dreimaligem Klingeln nahm er den Hörer ab. So gerne hätte sie ihm vertraut. Es hätte alles soviel leichter gemacht. Sie gab sich einen Ruck.
»Sarah Jensen, Governor. Ich glaube, daß Sie mir eine Erklärung schuldig sind. Wieso haben Sie noch niemanden verhaften lassen?« Sie sprach energisch, ihre Stimme klang kalt und geschäftlich.
»Sarah, sagen Sie mir, wo Sie sind! Wir holen Sie ab und bringen Sie in Sicherheit. Ich kann alles erklären.«
Sarah schnaubte verächtlich: »Und das soll ich glauben? Sie haben mich von Anfang an belogen. Wie soll ich Ihnen jetzt vertrauen?«
Sein Ton wurde deutlich härter. »Hören Sie, Sarah ... Das alles geht ein bißchen zu weit, und ...«
Sie fiel ihm einfach ins Wort. »Und ob es zu weit geht! Mosami und Dante haben dran glauben müssen, und wenn ich nicht aufpasse, bin ich die nächste. Beantworten Sie meine Frage. Warum ist noch niemand verhaftet worden?«
Seine Stimme wurde langsam und pedantisch. »Das ist nicht so einfach. Noch können wir nichts gegen sie unternehmen ... es gibt Probleme mit den Beweismitteln.«
Sarahs Geduld war am Ende. »Sie haben mir damals gesagt, es bedürfe keiner stichhaltigen Beweise. Also, wo liegt jetzt das Problem?«
Er lachte. »Nun, wie Sie sich vorstellen können, sind Sie ein Teil des Problems. Sie stecken bis zum Hals im Schlamassel, nicht wahr, Sarah? Wir wissen von ihrem Drei-Millionen-Deal. Außerdem haben wir noch ein oder zwei weitere Dinge über Sie herausgefunden. Deshalb haben Sie uns nur die Hälfte gesagt. Ich kann nichts unternehmen, solange ich nicht alle Daten habe, und Sie wollen sie mir nicht geben ... Sie können nicht erwarten, daß wir die einen hängen und die anderen laufenlassen. Wenn ich etwas

gegen Catania unternehme, muß ich gegen alle vorgehen, die in die Sache verwickelt sind. So wie die Dinge stehen, würde das auch Sie betreffen. Es gibt natürlich einen Ausweg aus dem Ganzen, aber dazu müßten wir miteinander reden. Verstehen Sie, daß ich in einer mißlichen Lage bin. Meine Hände sind gebunden, bis Sie mir alles erzählen, was Sie wissen, und dazu müssen Sie mir sagen, wo Sie stecken. Wenn Sie nicht selbst Gegenstand der Ermittlungen werden wollen, sollten Sie mit uns zusammenarbeiten. Sie sind keine ideale, unbelastete Zeugin mehr.«

Sarah glaubte ihren Ohren nicht zu trauen. Sie war wie gelähmt vor Wut, vermischt mit Schrecken. Plötzlich wurde Barringtons Ton wieder sanfter, als hätte er gemerkt, daß er zu weit gegangen war. »Sehen Sie Sarah, das Beste, was wir tun können, ist, uns zu treffen und alles in Ruhe zu besprechen. Meinen Sie nicht?«

»Dazu ist es zu spät, Governor.«

Sie legte auf und lehnte sich stumm zurück. Sein Verrat war unglaublich. Trotzdem zwang sie sich, einen klaren Kopf zu behalten, während sie in seinen Worten nach irgendeinem Halt suchte. Aber wie immer Sarah sie auch deutete, seine Untätigkeit ergab keinen Sinn. Sie konnte seine wahren Motive nicht entschlüsseln und auch nicht den Grund, warum er sie ihr so hartnäckig vorenthielt. Offensichtlich hatte er nun entschieden, ein schmutziges Spiel zu spielen. Er war ihr Feind geworden.

Sie wußte genau, womit er ihr drohte. Soll er es versuchen, dachte sie. Er kann mir nichts beweisen. Sie lächelte in sich hinein. Der Schock war vorüber. Was für ein Dummkopf. Mittlerweile müßte er sie doch gut genug kennen, um zu wissen, daß er sie mit Drohungen nicht einschüchtern konnte. Sie besaß ihre eigenen Beweise und würde sie einsetzen.

Ihr Gesicht verhärtete sich, als sie leise vor sich hinmurmelte: »Leben Sie wohl, Governor, und viel Glück.«

Jacob und Jack beobachteten die Palette von Gefühlen, die sich in ihrem Gesicht spiegelte. Sarah erzählte ihnen, was der Governor gesagt hatte. »Ich glaube, daß er seine letzte Chance verspielt hat, was meint ihr?«

Das wortlose Nicken bestärkte sie. In ihrem Mund spürte sie den bittersüßen Geschmack von Rache.
Sarah griff in eine kleine Aktentasche neben sich, zog einen Umschlag heraus und legte ihn auf den Tisch. Die Anschrift auf dem Umschlag war mit dickem, schwarzem Filzstift geschrieben:

Hilton Scudd Esq.
THE TIMES
No I Virginia Street
London E I 9BD

Alles war vorbereitet. Der Umschlag enthielt einen Brief, den Sarah am Abend vorher geschrieben hatte. Sie hatte die Catania-Connection und ihre eigene Rolle darin beschrieben und Beweise hinzugefügt. Jacob hatte alle Kassetten mitgebracht, die die Verschwörer belasteten, und so hatte Sarah alle relevanten Informationen auf eine Kassette zusammengeschnitten und sie kopiert. Nach ihrem Gespräch mit Barrington fügte sie ihrem Brief noch eine Anmerkung bei. Dann nahm sie ihr Notizbuch, schlug es bei S auf und wählte eine dreizehnstellige Nummer. Die Leitung rauschte, dann klingelte es. Sarah lehnte sich zurück. Nach zwölfmaligem Läuten meldete sich endlich Hilton Scudd am anderen Ende.
Sarah und Hilton kannten sich seit mehr als sieben Jahren. Sie hatten zusammen in Cambridge studiert, wo Hilton die Studentenzeitung herausgegeben hatte, während er eigentlich Biochemie studieren sollte. Er war ein hagerer, netter junger Mann, der obendrein gut aussah. Muskeln, sagte er immer, seien was für Lastwagenfahrer. Sein volles schwarzes Haar war an den Seiten kurz geschnitten, fiel ihm jedoch in einer extravaganten Locke in die Stirn.
Sarah meldete sich und mußte als erstes eine Tirade von Vorwürfen wegen diverser nicht eingehaltener Versprechen und Versäumnisse über sich ergehen lassen. Sie war froh, daß sie das Tele-

fon nicht auf Freisprecher geschaltet hatte. Schließlich kam die Gelegenheit, selbst etwas zu sagen.

»Hilton, jetzt gib mal einen Augenblick Ruhe. Deine Vorwürfe kannst du dir für ein anderes Mal aufheben. Ich habe etwas Geschäftliches mit dir zu bereden. Mit Federal Express schicke ich dir heute ein Päckchen. Morgen um elf Uhr müßte es auf deinem Schreibtisch landen. Das Päckchen enthält Tonbandkassetten und einen Brief von mir. Wahrscheinlich werde ich dir in den nächsten Tagen noch mehr Material schicken können. Aber sieh zu, daß es nicht in falsche Hände gerät.«

Ihre Stimme klang ernst. »Sagt dir der Name Mosami Matsumoto etwas? Letzte Woche habt ihr eine Meldung über sie gebracht. Sie war meine beste Freundin ... Und Dante Scarpirato? Er war ein Kollege von mir und mein Liebhaber. Auch er ist tot. Die Leute, die die beiden auf dem Gewissen haben, sind auch hinter mir her. Sie töten, um ihre Geheimnisse zu wahren. Ja, große Geheimnisse. Warte auf die Kassetten.« Sarah wurde ungeduldig.

»Frag nicht, warum ich nicht zu den Behörden gegangen bin. Ich war da. Sie wissen ganz genau, wer hinter all dem steckt. Sie haben auch Beweise, aber sie tun nichts. Jetzt kann mir nur noch die Presse helfen. Wenn du die Geheimnisse dieser Leute in alle Welt ausposaunst, werden sie keinen Grund mehr haben, mich zu töten, es sei denn aus Rache. Mehr kann ich dir nicht sagen, Hilton. Das Päckchen wird dir alles erklären.« Sie spürte, wie er den Atem anhielt. »Du wirst mich nicht anrufen können, aber ich werde mich regelmäßig bei dir melden. Mach dir meinetwegen keine Sorgen. Sieh nur zu, daß ihr die Story bringt. Und versuch, mich soweit wie möglich rauszuhalten.« Ihre Stimme hatte einen seltsamen Tonfall.

»Sorg dafür, daß die Story bald gebracht wird.«

Hilton Scudd legte den Hörer auf, ein leichtes Kribbeln auf der Haut. Er erhob sich von seinem stählernen Schreibtisch und ging über den offenen Flur zum Büro seines Chefs Clement Stamp. Stamp war ein drahtiger Anglo-Waliser, der über die besten

Eigenschaften beider Nationalitäten verfügte. Er hatte einen Riecher für Klatsch und Tratsch, aber er konnte auch schweigen wie ein Grab. Das beste an ihm war sein graues Haar, das nach allen Seiten abstand. Er sah aus wie eine Comicfigur, die beide Zeigefinger in eine Steckdose steckt. Nur das rußige Gesicht fehlte. Sarah hatte ihn zweimal getroffen und bemerkt, daß es an den exotischen Geschichten lag; sein Haar war so was wie ein Schockbarometer. Ansonsten war er ein sehr attraktiver Mann. Klug und ehrlich, aber mit einem Hauch von sympathischer Gerissenheit.

Stamp kaute gerade auf seinem Kugelschreiber herum, als Scudd sein Büro betrat. Er legte ihn auf den Tisch und musterte Scudd erstaunt, der sich einfach einen Stuhl schnappte und hinsetzte.

»Erinnerst du dich an eine Freundin von mir aus Cambridge, die jetzt in der City arbeitet? Sarah Jensen?«

Stamp nickte. »Und ob.«

»Sie glaubt, daß jemand sie umbringen will.« Stamp runzelte ungläubig die Stirn.

»Erinnerst du dich an die Fälle Dante Scarpirato und Mosami Matsumoto von letzter Woche?«

Stamp beugte sich neugierig vor.

»Nun, Matsumoto war ihre beste Freundin. Und Dante Scarpirato ein Arbeitskollege und ihr Liebhaber.«

Stamp stand auf. »Was soll das Ganze, Hilton?«

»Sarah hat uns ein Päckchen geschickt. Es müßte morgen ankommen. Sie behauptet, es enthielte Beweise für die Existenz einer Riesenverschwörung. Wir sollen sie an die große Glocke hängen.«

Sarah stand auf, stellte sich zwischen Jacob und Jack und stützte sich auf ihre Schultern.

»Hilton ist ein netter Junge. Mal sehen, was er tun kann.« Sarah wirkte niedergeschlagen. »Die Wahrheit ist, daß ich wirklich weitere Beweise brauche. Das Telefongespräch mit dem Governor ist gut, aber es reicht nicht aus.«

Jacob sah sie erschrocken an. »Du willst doch nicht im Ernst diese Aufzeichnung verwenden, mit all den Anschuldigungen gegen dich ...«

Sarah zuckte die Achseln. »Erpressung. Nichts weiter. Nur leere Drohungen. Er hat überhaupt nichts in der Hand gegen mich. Drei Millionen? Na und, er kann mich nicht anklagen, ohne alle anderen auch anzuklagen, und wie es scheint, denkt er nicht mal daran.«

»Aber wenn dein Freund bei der *Times* das Ganze an die Öffentlichkeit bringt, wird es zwangsläufig zu Ermittlungen kommen. Und dann könntest du mit hineingezogen werden.«

»Ich glaube nicht, daß es so weit kommen wird. Außerdem entlasten mich die Aufzeichnungen meines Gesprächs mit Barrington. Ich glaube nicht, daß er mich gerne im Zeugenstand sehen würde.«

»Du kannst doch nicht im Ernst glauben, daß du mit einem blauen Auge davonkommst, wenn diese Story wirklich Schlagzeilen macht.«

»Nein. Ich weiß, was mir blüht. Aber es bleibt mir keine andere Wahl. Barrington kann ich nicht vertrauen. Ich wollte es so gern versuchen, aber ...« Sie zuckte die Achseln. »Nach dem letzten Gespräch ist das ausgeschlossen. Und hier kann ich auch nicht ewig bleiben. Ich habe nur noch eine Chance: daß alles publik wird und man Catania und seine Mafiamörder dingfest macht, so daß sie mich nicht mehr umbringen können.«

Die anderen nickten bedrückt. Sarah sah sie an und wurde genau wie sie von einer Welle der Ohnmacht überwältigt. Und wenn die *Times* ihre Story nicht brachte? Was dann? Allmählich war sie mit ihrem Latein am Ende. Was, wenn wirklich die Geheimdienste in die Sache verwickelt waren? Konnten sie die Veröffentlichung verhindern? Konnten sie eine Nachrichtensperre erzwingen? Andererseits gab es heutzutage so viele undichte Stellen. Wer weiß, welche Geschichten nie bekannt, welche Geheimnisse von Staats wegen gehütet oder aus den Zeitungen rausgehalten

wurden. Gegen wen, so fragte sie sich jetzt zum hundertstenmal, zog sie eigentlich zu Felde?
Sie sah die beiden Männer an. »Wißt ihr, was ich wirklich brauche?«
»Was?« fragten sie wie aus einem Mund.
»Stichhaltige Beweise. Was ich habe, reicht noch nicht aus. Die *Times* wird mehr wollen.«
Jack fragte. »Welche Art von Beweisen?«
»Die Videos.«
»Was für Videos?«
»Die, mit denen Catania erpreßt wird. Ich glaube, die sind ziemlich eindeutig. Jacob, du weißt doch, die mit Catania und Carla.«
»Weißt du, wo sie sind?« fragte Jack.
Sarah schien nachdenklich, als sie den Blick in seinen Augen sah. »In Carlas Wohnung, nicht wahr, Jacob? Arnott hat doch auf der Kassette von ihnen gesprochen, oder nicht?«
»So ist es«, nickte er. Alle drei sahen sich verschwörerisch an.
»Wo wohnt sie?« wollte Jack wissen.
Jacob rasselte die Adresse herunter. Er war ein paarmal dagewesen, um sich umzusehen, bevor er bei seinem Kumpel die Wanzen bestellt hatte.
»Und wie sieht sie aus? Am besten sagst du mir alles, was du über sie weißt.«
Sie besprachen sich ein paar Minuten, dann stand Jack auf. »Ich muß mal kurz telefonieren, wenn ihr nichts dagegen habt.«
Sarah und Jacob grinsten sich an. »Ich hab's ihm sowieso nie abgekauft, daß er sich zur Ruhe gesetzt hat«, sagte Jacob.
»Gott sei Dank.«
»Keine Angst. Er ist für eine Rechtfertigung stets dankbar. Die Mittel heiligen den Zweck. Um so besser.« Jacob grinste boshaft.
Angelo kam auf sie zu. In der Hand hielt er eine Kassette mit der Aufnahme von Sarahs Gespräch mit dem Governor. Sie steckte sie in den Umschlag und gab ihn Angelo zurück. Beide schauten

ihm nach, wie er sich mit dem dicken Umschlag auf den Weg zur Post nach Marrakesch machte. Es waren zwar keine Topbeweise, und wenn es nach ihr ging, würden sie auch nie einen Gerichtssaal von innen sehen, aber für eine Verurteilung reichten sie allemal.

Die Beschatter, die sich um den Onslow Square verteilt hatten, beobachteten, wie Carla Vitale mit einer Sporttasche unter dem Arm um halb sechs das Haus verließ. Also würde sie einige Stunden außer Haus sein. Zwei Beamte hefteten sich an ihre Fersen, die anderen blieben *in situ*.

Minuten nachdem Carla um die Ecke gebogen war, kehrte der alte Mann, der neben ihr wohnte, von einem feucht-fröhlichen Ausflug in seinen Club zurück. Hinter ihm kam eine Frau Ende Sechzig mit grauem Haar und Schürze. Sie trug einen großen Staubsauger und einen Müllsack aus Plastik. Der alte Mann hielt ihr galant die Tür auf und trat nach ihr ein.

Die Putzfrau, Carol Abrahams, stieg langsam die Treppen hinauf, blieb immer wieder stehen, wie um sich auszuruhen, und wartete, bis der alte Mann sicher in seiner Wohnung verschwunden war. Sie klopfte an einer Tür im vierten Stock und klingelte, um ganz sicher zu sein. Keine Antwort. Niemand zu Hause. Dann nahm sie eine Auswahl von Dietrichen aus ihrer Tasche und machte sich an den beiden Schlössern zu schaffen. In weniger als zwei Minuten hatte sie sich Zutritt zu Carlas Wohnung verschafft.

Erstaunlich beweglich eilte sie mit dem schweren Staubsauger auf dem Arm, damit sich keine Teppichfasern daran heften konnten, durch die Wohnung. Schließlich breitete sie den Müllsack auf dem Boden aus und stellte den Staubsauger darauf. All das dauerte höchstens fünf Sekunden. Sie wartete einen Augenblick mit schwitzenden Handflächen und betete, daß keine Alarmanlage ansprang. Die Sekunden vergingen. Alles blieb still. Nichts.

Sie atmete ein paarmal tief durch, bis ihr Herz sich beruhigt hatte, und machte sich an die Arbeit. Sie hatte genaue Anweisungen, was unter diesen Umständen geradezu eine Schande war. Sie mußte sämtliche Videokassetten aus der Wohnung mitgehen und alles andere stehen lassen. Gott sei Dank gab es nur wenige Videos. Vier unter dem Recorder und weitere drei in einem Safe, den sie in weniger als fünf Minuten geknackt hatte. Im Safe befand sich obendrein eine Schmucksammlung, wie sie Carol lange nicht gesehen hatte. Mit den gelben Gummihandschuhen, die sie am gleichen Morgen für 1,99 bei *Safeway* gekauft hatte, berührte sie vorsichtig einige der Stücke.

Die Versuchung war groß, aber ihre Anweisungen um so klarer. Sie wußte, daß sie sich besser daran hielt. Also legte sie den Schmuck wieder in den Safe, nahm die Videokassetten heraus und steckte sie mit den anderen in den Kasten des Staubsaugers. Dann verließ sie eilig die Wohnung.

Draußen mimte sie wieder die alte Putzfrau, trottete die Treppen herunter und trat auf die Straße. Ein paar Arbeiter standen um einen Wagen der britischen Telecom, der vor dem Gebäude parkte. Die Männer beobachteten sie. Sie grinste sie durch ihre Zahnlücke freundlich an und humpelte an ihnen vorbei die Straße hinab.

Die Alte bog um die Ecke, schloß ihr Auto auf und stieg ein. Sie stellte den Staubsauger auf den Beifahrersitz und vergewisserte sich, daß niemand sie beobachtete. Dann nahm sie die Videos aus dem Staubsaugerkasten und verstaute sie in einem kleinen Koffer, der auf dem Boden lag. Anschließend startete sie den Wagen und fuhr in Richtung Heathrow. Zwei Stunden später saß sie in einer Boeing 737 nach Marrakesch.

Jack erwartete sie am Flughafen. Er führte sie zu seinem Wagen, und beide stiegen hinten ein. Lächelnd öffnete Carol den Koffer und überreichte ihm die Beute.

»Es gab eine Menge Schmuck«, sagte sie augenzwinkernd. Jack runzelte die Stirn, doch als er ihr Gesicht sah, grinste er. Carol arbeitete seit zwanzig Jahren für ihn, und davor war sie auch

schon zwanzig Jahre im Geschäft gewesen. Sie konnte es sich einfach nicht verkneifen, ihn auf den Arm zu nehmen.
»Keine Angst«, kicherte sie. »Ich hab' ihn liegenlassen.«
»Das hast du prima gemacht«, lachte Jack. »Angelo wird in ein paar Tagen rüberkommen und alles mit dir regeln, einverstanden?«
»Na klar. Wenn er nicht kommt, muß ich mir doch noch die Klunker unter den Nagel reißen.«
Sie lachten und stiegen in den vorderen Teil des Wagens um. Jack fuhr in die Avenue Bab Jdid mitten im Herzen Marrakeschs und setzte Carol im Hotel Mamounia ab, dem besten in der Stadt.
»Vielleicht habe ich morgen noch was, das du für mich mit nach London nehmen könntest. Keine Angst, es ist keine heiße Ware.«
»Das will ich auch hoffen. Es ist schon schlimm genug, daß ich nur einen Tag bleiben kann. Kaum angekommen, geht es schon wieder zurück. Man könnte mich glatt für einen Drogenkurier halten.«
Jack lachte über ihre halb aufrichtige, halb gespielte Empörung. Carol hatte eigentlich gehofft, sich ein paar Tage im Souk umsehen zu können, bevor sie nach Hause zurückkehrte.
»Ich ruf' dich morgen an, wenn ich Näheres weiß.«
»Mit anderen Worten, ich soll im Hotel hocken und auf deinen Anruf warten?« Carol stand da und stemmte herausfordernd die Arme in die Hüften, eine Geste, die durch ihr Grinsen entschärft wurde.
»Wenn ich anrufe, liegst du garantiert noch im Bett. Sorg bloß dafür, daß du morgen fit bist, um reisen zu können. Also blick nicht zu tief ins Glas, hörst du?« Jack zwinkerte ihr zu und schloß die Wagentür.
Angriffe auf ihr Berufsethos, auch wenn sie nur als Witz gemeint waren, brachten Carol auf die Palme. Trotz ihres schlampigen Äußeren war sie einer der pingeligsten Profieinbrecher im Geschäft. In den mehr als vierzig Jahren, die sie ihren Beruf ausübte, war sie noch nie mit der Polizei in Berührung gekommen.

Wie Jack hatte sie sich offiziell zur Ruhe gesetzt, ließ sich aber gelegentlich überreden, den ein oder anderen Job zu übernehmen, wenn Geld und Auftraggeber stimmten. Für Jack hätte sie buchstäblich alles getan, und eine Viertelmillion Pfund war nicht gerade ein Pappenstiel.
Nachts gegen eins war Jack wieder in Ouirjane. Jacob und Sarah warteten in der Bibliothek auf ihn. Übers ganze Gesicht strahlend, kam er rein und nahm die Videokassetten aus seiner Reisetasche.
»Wir sollten nachsehen, ob sie jugendfrei sind. Was meint ihr?« kicherte Jack, als hätte Carol ihn angesteckt.
Sarah und Jacob platzten laut heraus.
»Also, worauf warten wir?« Als hätte einer des anderen Gedanken erraten, flitzten beide los, um den besten Platz vor dem Fernseher zu ergattern. Sarah war schneller. Jacob seufzte resigniert.
»Diese junge Generation hat keinen Respekt mehr vor dem Alter, das ist das Problem ...« Sie lachten und alberten noch, als die ersten Bilder über dem Bildschirm flackerten. Das Gelächter nahm kein Ende. Jede Menge Aufnahmen von Carla und Catania in kompromittierenden Stellungen. Eindeutigeres Erpressungsmaterial hätten sie sich nicht wünschen können.
Jack zog Kopien. Sarah schrieb einen kurzen Brief an Hilton und steckte ihn zusammen mit der Videokassette in einen großen wattierten Umschlag. Diesen gab sie Angelo, der ihn am nächsten Morgen Carol Abrahams bringen würde. Carol sollte damit nach London fliegen, ihn einem Kurier übergeben und dieser ihn in der *Times*-Redaktion abliefern.
Sarah dachte an die Videoaufzeichnungen. Carlas schöner Körper hatte den Bildschirm gefüllt; sie war kalt, berechnend und hinterhältig. Doch Sarah empfand nur leichte Verachtung für sie. Es war der andere, dem ihr Haß galt: Giancarlo Catania. Sie hatte das Funkeln in seinen schwarzen Augen gesehen und wußte, daß er zu unvorstellbarer Grausamkeit fähig war. Nicht daß er sich selbst die Hände schmutzig gemacht hätte – dafür gab es

Profis. Aber daß er ein Killer war, der andere für sich arbeiten ließ, das konnte Sarah sich nur allzuleicht vorstellen.
Sie wünschte Jack und Jacob gute Nacht und zog sich zurück. In ihrem Zimmer trat sie auf die Terrasse und atmete die warme Nachtluft ein. Der Duft des Jasmin berauschte ihre Sinne wie eine Droge. Sie sah zu den großen leuchtenden Sternen am Himmel auf. Ihr Gesicht war hager – seit Tagen hatte sie nichts Richtiges mehr gegessen –, aber entschlossen. Jetzt, da sie ein Ziel vor Augen hatte, ließ der Schmerz allmählich nach.

26

Das Federal-Express-Päckchen landete mit einem dumpfen Aufprall auf dem Tisch der *Times*-Redaktion. Leroy Grey, einer der Verteiler, griff mit lässiger Bewegung zum Hörer.

»Hey, Hilton, dein Fed Ex ist da ... Ja klar, ich bring's gleich hoch.«

Hilton nahm das Päckchen entgegen und ging sofort in Stamps Büro. Dieser öffnete den Umschlag, hielt ihn über den Schreibtisch und schüttete den ganzen Inhalt heraus. Zwei Neunzig-Minuten-Kassetten und ein getippter Brief fielen auf die Schreibtischplatte.

Der Brief war zwischen den Kassetten ganz zerknittert. Stamp strich ihn wieder glatt und reichte ihn Hilton, der laut vorlas:

> Lieber Hilton,
> versuch Dein Bestes. Natürlich kannst Du das Material auch Clement zeigen; er ist ein ausgezeichneter und vertrauenswürdiger Redakteur. Aber geh nicht zu irgendwelchen Anwälten, sonst bist Du die Story los. Wir wissen beide, wie schnell sie sich in die Hose machen vor Angst. Zeig es weder der Polizei oder anderen staatlichen Behörden. Vielleicht verstehst Du, warum ich ihnen nicht traue. Und selbst wenn Du jemanden finden könntest, der gewillt wäre, etwas zu unternehmen, wären seine Hände gebunden. Ich muß mich versteckt halten, weil ich um mein Leben bange, wie ich Dir erzählt habe. Diejenigen, die Mosami und Dante umgebracht haben, sind auch hinter mir her.

Ich glaubte, als Agentin für den Governor der Bank of England zu arbeiten. Jetzt stellt sich heraus, daß er selbst mit jemandem unter einer Decke steckt, keine Ahnung, mit wem. Wahrscheinlich dem Geheimdienst. Wie auch immer, ich habe meine Arbeit getan und ihnen Beweise geliefert, aber aus irgendeinem rätselhaften Grund haben sie nichts unternommen; es gibt keine Verhaftungen, nichts. Verschwörer und Killer sind nach wie vor auf freiem Fuß. Meine einzige Hoffnung ist, daß Du das Ganze an die Öffentlichkeit bringst und sie enttarnst. Dann werden sie keinen Grund mehr sehen, mich umzubringen, es sei denn aus Rache.

Auf der Rückseite hatte Sarah die betrügerischen Machenschaften der darin verwickelten Parteien beschrieben und die Namen der einzelnen aufgeführt. Ein Postskriptum deutete an, daß höchstwahrscheinlich auch die Mafia ihre Finger im Spiel hatte.
Stamp und Scudd starrten sich mit leuchtenden Augen an. Stamp nahm einen Kassettenrecorder aus der Schreibtischschublade, und sie hörten sich schweigend die Bänder an. Dann steckte Stamp die Kassetten und den Brief wieder in den Umschlag und schloß diesen in einen Tresor in der hinteren Wand seines Büros.
Auf seiner Stirn trat eine Ader hervor. »Was für eine Story: Sex, Korruption und Mord auf höchster Ebene der italienischen Regierung, dazu die City, Threadneedle Street und wahrscheinlich die Geheimdienste, die Verschwörer reich wie Krösusse und Sarah Jensen auf der Flucht.«
Hilton rieb sich die Augen und sagte ins Leere: »Was sollen wir tun?«
Clement stand auf, kam um den Schreibtisch herum und packte Hilton heftig am Arm.
»Wir bringen die Story, jedenfalls solange wir können. Schreib du schon mal deinen Aufmacher. Mal sehen, welche Reaktionen kommen. Aber nenn in diesem Stadium noch keine Namen.«

Hilton grinste zu ihm auf.
»Und du, was machst du?«
»Ich«, antwortete Clement lächelnd, »werde mir unterdessen die Echtheit der Bänder bescheinigen lassen.« Hilton warf ihm einen entrüsteten Blick zu.
»Man muß sich schließlich absichern«, sagte Stamp.

Die Echtheit der Aufnahmen wurde gerade untersucht, und Hilton hatte die Hälfte seines Artikels fertig geschrieben, als das zweite Päckchen eintraf.
Ein von Kopf bis Fuß schwarz gekleideter Motorradkurier hatte es abgegeben. Carol Abrahams Neffe. Nicht zu identifizieren, sagte Leroy Grey, der das Päckchen entgegengenommen und mit seiner unleserlichen Unterschrift quittiert hatte.
Es lag noch fast eine Stunde im Postraum, bevor Leroy es in Hiltons Büro raufbrachte. Hilton sah auf die Handschrift und wäre fast explodiert. Er griff nach dem Päckchen und eilte in Stamps Büro, wo gerade eine Besprechung stattfand. Stamps Blick schweifte zwischen Hiltons Gesicht und dem Päckchen hin und her, dann löste er die Besprechung auf. Die vier Kollegen, die um seinen Schreibtisch saßen, verließen finsteren Blickes das Büro.
Hilton setzte sich, riß den wattierten Umschlag auf und stülpte ihn um. Eine Reihe von Videos und Kassetten fiel auf den Tisch, darunter auch Sarahs Brief. Sie schrieb nicht viel. Nur, daß sie sich das Material ansehen und alles benutzen sollten.
Stamp ließ die Jalousien an den Glaswänden und seiner Glastür herunter, nahm eine der Videokassetten und steckte sie in den Recorder, der unter dem Fernsehen in einer Ecke des Raumes stand.
Eine melodische weibliche Stimme nannte Zeit, Datum und Ort in italienischer Sprache. Zwei Uhr fünfundvierzig, 26. Oktober 1992, Rom.
Dann flimmerte der Bildschirm auf, und ein Zimmer kam ins Bild. Es war ein Schlafzimmer. Darin befanden sich zwei Personen. Die eine war der Präsident der italienischen Zentralbank,

Giancarlo Catania. Bei der anderen, die weder Stamp noch Hilton bekannt war, handelte es sich um eine dunkelhaarige Frau Ende Zwanzig, bildhübsch aus jedem Blickwinkel.

Sie hatten Sex miteinander, sadistischen Sex. Es gab vier weitere Videokassetten, die in London, New York, Genf und Riad aufgenommen worden waren, außerdem ein Tape mit einer Reihe von Gesprächen zwischen der Besitzerin der melodischen Stimme und Catania. Aus dem ersten Gespräch wurde die Art der Erpressung deutlich. Scudd, der einigermaßen italienisch konnte, übersetzte. Wenn Catania nicht mitmachte, würden die Videoaufzeichnungen seiner Frau zugespielt. Als Gegenleistung für ihr Schweigen sollte Catania Informationen über die Währungspolitik der G7 oder der EU, beispielsweise Veränderungen der Leitzinsen oder Interventionen der Zentralbanken an den internationalen Devisenmärkten preisgeben.

Die Gespräche, die folgten, waren alle sehr kurz und abgehackt. Catania riet der Unbekannten, mal Pfund Sterling, mal Dollar, Lire oder sonst eine Währung zu kaufen.

Stamp schaltete das Videogerät und den flackernden Fernseher wieder aus. Er fuhr sich mit der Hand durch das krause Haar und seufzte tief, als wäre er von dem, was er gerade gesehen hatte, überfordert. Schließlich stand er auf und fing an, im Büro auf und ab zu gehen.

»Eine großartige Story, verdammt noch mal. Aber können wir es uns leisten, sie zu veröffentlichen? Die politischen Folgen sind unabsehbar. Gut, in Italien ist man so etwas gewohnt; es wäre nur einer von vielen Skandalen. Aber in England ist das anders, und egal wie man die Sache sieht, sie stinkt. Der Präsident einer renommierten Handelsbank entpuppt sich als Verbrecher, der Governor der Bank of England verstrickt sich in eine heikle Liasion mit dem Geheimdienst. Sie bauen eine Agentin auf und lassen sie dann im Stich. Versuchen wahrscheinlich auch noch, alles zu vertuschen. Die Beweise sind erdrückend, aber es hat keine Verhaftungen gegeben. Sieht ganz danach aus, als sei der Sumpf zu groß. Wahrscheinlich haben die Behörden kein Interesse daran, daß es zum Prozeß kommt. So was erledigt man lieber hinter den Kulissen, aber nicht mal das scheint der Fall zu sein. Es hat keine Rücktritte aus gesundheitlichen Gründen gegeben, es kursieren nicht mal Gerüchte um irgendwelche Nachfolger. Das Ganze ist mir ein Rätsel. Was meinst du?«

Scudd schüttelte den Kopf, und Stamp fuhr fort.

»Dann Sarah Jensen. Barrington behauptet, sie steckt selbst mit drin. Und ihr Drei-Millionen-Dollar-Deal, der ein zweifelhaftes Licht auf sie als Zeugin wirft. Außerdem sagt er, man habe noch mehr über sie rausgefunden. Was hat sie wohl angestellt?«

»Wie soll ich das wissen?«

»Na ja. Jedenfalls muß sie mehrfach gegen Gesetze verstoßen haben. Sie hat Telefonate und Privatgespräche abgehört, und legal ist sie an die Videokassetten bestimmt auch nicht rangekommen. Ich wette, sie hat sie geklaut.«

Stamp setzte sich wieder an den Schreibtisch. »Trotzdem, egal, was sie getan haben mag, zwei ihrer Freunde sind tot, und der Mann, der sie eigentlich beschützen müßte, hat sie bedroht.«

»Und sie hat uns um Hilfe gebeten. Darauf läuft doch das Ganze hinaus, oder?« sagte Scudd.

Stamp lehnte sich zurück und starrte an die Decke.

»Was sollen wir also machen?« fragte Scudd.

»Gott, ich weiß es nicht. Ich muß darüber nachdenken. Schreib du nur weiter an dem Artikel. Schließ dich in einem der Konferenzräume ein und sichere deine Datei mit einem Paßwort. Niemand darf davon erfahren. Ich sollte mit dem Governor reden, aber ich weiß nicht so recht, ob wir ihn vorwarnen sollten. Sobald du den Artikel fertig hast, will ich ihn lesen. Vielleicht fällt mir dann was ein.«

Stamp seufzte tief. »Die Wahrheit ist, daß ich nicht weiß, ob wir das veröffentlichen können. Man wird uns wahrscheinlich sofort einen Maulkorb umhängen, wenn Whitehall oder die Zentralbank davon erfahren. Deshalb will ich noch nichts sagen. Vielleicht können wir so viel Dampf erzeugen, daß jeglicher Versuch,

uns zum Schweigen zu bringen, beiseite gefegt wird. Ich weiß es einfach nicht.«
»Jedenfalls müssen wir was unternehmen. Ich glaube Sarah, wenn sie sagt, daß sie die nächste sein wird.«
»Meinst du etwa, ich nicht? Die Mafia, Catania, sie haben allen Grund, sie umzulegen.«
»Und niemand tut was, um ihr zu helfen.«
Hilton Scudd stand auf, stürmte aus dem Zimmer und schloß sich in einen Konferenzraum am Ende des Ganges ein. Er schaltete den Computer auf dem Tisch inmitten des Raumes an, gab ein Paßwort ein und hämmerte in die Tasten. Das Haar fiel ihm über die Augen. Nach jedem Satz strich er sich die Locke aus der Stirn, wo sie kurz darauf wieder landete.

Giancarlo Catania lehnte sich zufrieden zurück. Die Kellner räumten die Reste eines vortrefflichen Abendessens weg. Bresaola mit Senf, Parmiggiano Reggiano gefolgt von *Picatta di vitello* und Tiramisu als Nachspeise. Dazu eine Flasche Tignorello. Einige Besitzer der besten Restaurants in Rom wären vor Neid erblaßt ... doch sie ahnten nichts davon. Zwei erstklassige Köche und zwei Kellner bedienten in dem sonnenüberfluteten Raum, aber das hier war kein Restaurant. Es war in keinem Stadtführer erwähnt, und es gab auch kein Schild an der eleganten Fassade. Kein neugieriger Passant würde hier Einlaß finden. Alle Gäste waren dem Gastgeber bekannt. Die Politiker und Staatsdiener, mit denen Catania sonst verkehrte, kamen nie hierher oder gaben es jedenfalls nicht zu.
Das Haus an der Via Appia Antica, etwa sieben Kilometer vom Zentrum Roms entfernt, war eine rosenfarbene Villa aus den dreißiger Jahren, niedrig und weitläufig. Hinter dem Haus befand sich ein Swimmingpool und vorne ein Park, der das Gebäude vor fremden Blicken schützte. Es gehörte Antonio Fieri. Einmal im Monat aßen Catania und er in dem großen Eßzimmer, das auf den Garten hinter dem Haus sah, zusammen zu Mittag.

Jedesmal wurde Catania von einem der Fahrer Fieris aus der Banca d'Italia abgeholt. Sie fuhren in einem Wagen, der auf die Firma Cayman Island zugelassen war, für den Fall, daß jemand versuchte, ihn anhand des Kennzeichens zu identifizieren. Catania konnte seinen Dienstwagen nicht benutzen; jeder, der ihn kannte, hätte auch die Nummer wiedererkannt. Fieris Wagen besaß getönte und schußsichere Scheiben, wie seine ganze übrige Flotte. Der Fahrer fuhr in eine unterirdische Garage neben Fieris Haus, so daß Catania über eine Treppe direkt und ungesehen in das Gebäude gelangen konnte. Es war ein Ritual, das ihm heute allerdings keinen Trost hatte spenden können.

Catania hatte dieses Treffen gefürchtet. Er wußte, daß er sich völlig normal geben und zugleich versuchen mußte, herauszufinden, ob Fieri über Carla, Scarpirato, Mosami, Sarah und wie sie alle hießen Bescheid wußte. Zu viele Geheimnisse, wie sollte man die bloß alle wahren?

Fieri besaß ein dichtes Netz von Informanten und war obendrein sehr aufmerksam. Catania wußte, daß das kleinste nervöse Zukken ihn verdächtig machte. Und Fieri genoß es, andere nervös zu machen, nur um zu sehen, was passierte und wie der andere auf Druck reagierte.

Fieri war jedoch verhältnismäßig gutgelaunt gewesen. Alles was darüber hinaus ging, hätte Verdacht erwecken müssen. Er war mit der letzten G7-Operation, die der *Unione* einen Gewinn von sechzehn Millionen Dollar verschafft hatte, äußerst zufrieden. Nicht gerade viel, wenn man den Gesamtumsatz des Unternehmens betrachtete, aber für einen harmlosen Extradeal nicht schlecht.

Catania entspannte sich, während er den Capo musterte. Fieri war mit den Geschäften zufrieden, er gab sich jovial, sorgenfrei. Nichts deutete darauf hin, daß er von Scarpirato oder Matsumoto wußte, die nun aus dem Weg geräumt worden waren. Nur Sarah Jensen blieb. Sie war untergetaucht, offensichtlich aufgeschreckt von den Morden an ihren Freunden. Hätte sie die Behörden eingeschaltet, dann hätten sie schon längst bei ihm ange-

klopft. So weit, so gut, trotzdem wollte er jedes Risiko ausschließen. Den Auftrag für Sarah hatte er verlängert. Christine Villiers war angewiesen worden, in London zu bleiben und auf Sarah Jensen zu warten. Früher oder später würde sie sie kriegen.
Je länger sich das Treffen hinzog, um so unbeschwerter wurde Catania. Fieri war mit den Geschäften derart zufrieden, daß er sich zu einer seiner seltenen noblen Gesten aufraffte. Er erklärte Catania, daß er ihm eine zusätzliche Million auf sein Schweizer Konto überwiesen habe, als Bonus sozusagen. Normalerweise erhielt Catania zehn Prozent aller Gewinne, hätte also 1,6 Millionen bekommen müssen. Catania grinste. 2,6 Millionen Dollar erleichterten es ihm, Christine Villiers zu bezahlen. Er bedankte sich überschwenglich. Fieri nahm seinen Dank mit einem Achselzucken entgegen, das wohl »noblesse oblige« ausdrücken sollte, stand auf, umarmte ihn und eilte zu seinem nächsten Treffen.
Catania ließ sich in den Sessel zurückfallen. Es ging definitiv wieder bergauf. Das Mittagessen war ein voller Erfolg gewesen, und er schien sein kleines Problem langsam in den Griff zu bekommen. Er lachte laut, sprang auf und rief nach dem Fahrer. Es war Zeit aufzubrechen.

Während Catania sein wiedergefundenes Wohlgefühl auskostete, rauchte Giovanna Cheri, seine zweite persönliche Assistentin, eine Zigarette nach der anderen und versuchte, mit zwei klingelnden Telefonapparaten gleichzeitig fertig zu werden. Rita, ihre Chefin, hätte längst zurück sein sollen, statt sie hier im Stich zu lassen. Sie war mit ihrem Freund Glauco zum Essen gegangen, und anschließend wollten sie in der Via Condotti einkaufen, was – wenn überhaupt – nicht unter drei Stunden zu schaffen war. *Cattiva.* Sie nutzte es immer aus, wenn Catania in seinem Terminkalender »Mittagessen mit Sg. C« eintrug.
Von diesen Verabredungen kehrte Catania selten vor fünf Uhr zurück. Wer war Signor C, fragte sich Giovanna. Wahrscheinlich handelte es sich um eine Frau. Sie zuckte die Achseln. Jeder hatte eine Geliebte. Warum nicht auch Catania? Für einen Mann seines

Alters sah er noch sehr gut aus. Giovanna gab ihre Spekulationen auf und griff nach der *Vogue*. Sie hatte kaum angefangen, darin zu blättern, als das rote Telefon läutete, das ausschließlich von wichtigen Persönlichkeiten angewählt wurde.
Es war der Herausgeber der *Times* in London, Mr. Stamp. Sie hatte schon einmal mit ihm gesprochen, daran erinnerte sie sich. Ein sehr netter, sehr höflicher Mann. An ihm sollte sich ihr Chef ruhig mal ein Beispiel nehmen. Was sie für ihn tun könne? Er wollte mit dem Governatore eine äußerst wichtige Angelegenheit besprechen. Ob sie ihm per Fax mitteilen könnte, wo ihr Chef später am Abend zu erreichen sei?
Ma certo. Es sei ihr ein Vergnügen. Sie schrieb Stamps Telefaxnummer auf und überprüfte sie. Zehn Minuten später flatterte ihr Fax auf seinen Schreibtisch.
Im Konferenzraum tippte Hilton Scudd fieberhaft in den Computer. Er hatte seiner Datei das Paßwort »Cambridge« gegeben. Jetzt konnten nur diejenigen die Datei lesen, die es kannten, und das waren Scudd, Stamp und Christopher Fisch, der hausinterne Anwalt. In der Regel wurden alle Artikel in einem großen Rechner gespeichert und konnten von jedem Mitarbeiter jederzeit abgerufen werden. Nicht aber diese Story. Die Gefahr, daß sich jemand verplapperte, war zu groß. Um der Story und um Sarahs wegen wollte Stamp kein Risiko eingehen.
Normalerweise erfüllte ihn eine solche Bombenstory mit Erregung, diesmal aber hatte er ein ungutes Gefühl. Es lag nicht nur an der Story, sondern an der Rolle, die er als verantwortlicher Redakteur übernehmen würde, wenn er sie überhaupt veröffentlichte. Er würde vom Redakteur einer Zeitung zum Katalysator, zu einem Kämpfer für Gerechtigkeit werden. Es wäre nicht das erste Mal, daß die Zeitung diese Rolle spielte, aber diesmal war der Fall höchst undurchsichtig. Zu viele Lügen und Gesetzesübertritte vermischten sich hier mit der Wahrheit, zu viele Motive verbargen sich hinter alldem. Das typische Zerrbild mehrerer Spiegel einer von allen Seiten entstellten Perspektive. Kein Mensch schien durchzublicken. Trotz allen Durcheinanders aber

stand eines fest: Sarah Jensen befand sich in großer Gefahr, es gab tatsächlich eine Verschwörung größeren Ausmaßes in der Finanzwelt, und – damit nicht genug – eine weitere tückische Verschwörung, bei der Sarah Jensen geopfert wurde und der Governor der Bank of England und andere unbekannte Parteien die Hand im Spiel hatten.

Ihm blieb nichts anderes übrig, als mit dem Offensichtlichen zu beginnen und sich langsam zum Kern voranzutasten. Mal sehen, was sich unterwegs alles ergab. Mit schweren Schritten verließ er sein Büro und ging rüber zu Christopher Fisch.

Fisch war gar nicht glücklich. Mund und Augen waren von professionellem Pessimismus gezeichnet. Stamp beugte sich über seine Schulter und überflog Hiltons Artikel auf dem Bildschirm. Er sah aus wie ein Schlachtfeld. Ganze Sätze waren rot unterstrichen. Sie bedurften einer Rücksprache und mußten eventuell geändert werden. Darunter standen fettgedruckt Fischs Vorschläge. Stamp wußte, daß Scudd die Fassung auf seinem eigenen Bildschirm lesen, hier reinstürmen, jeden Punkt durchgehen, die meisten nach erbitterter Diskussion verlieren und dann wieder rausstürzen würde.

Stamp kehrte in sein Büro zurück. Fisch und Scudd führten ihre wütende Korrespondenz fort. Anweisungen wurden nach oben an die Kantine geschickt, das Essen verschlungen, Unmengen von schwarzem Kaffee getrunken und die Stimmung immer gereizter.

Gegen acht Uhr abends war ein Kompromiß erreicht. Alle drei saßen um Stamps Schreibtisch und lasen die letzte Fassung auf seinem Monitor. Stamp tippte die Schlagzeile ein.

»G7 ANGEBLICH UM MILLIARDEN ERPRESST

Gerüchten zufolge wird ein ranghoher Beamter in der Gruppe der sieben wichtigsten Industrienationen von seiner Geliebten erpreßt, damit er Details über geheime Interventionen der G7 an den Währungsmärkten preisgibt. Offenbar wird dieses Insiderwissen von Gruppen, die mit der Frau zusammenarbeiten, dazu benutzt, um an internationalen Devisenmärkten zu spekulieren. Das ist Handel mit Insiderwissen auf höchster Ebene. Eine Garantie auf Profit ist zwar nie gewährleistet, doch wird das Risiko auf ein Mindestmaß beschränkt. Mit den entsprechenden Kenntnissen und einem Kapital von nur zweihundertfünfzigtausend Dollar lassen sich durchaus innerhalb eines Jahres illegale Gewinne von über zehn Millionen Dollar erzielen.

Unseren Quellen zufolge wurden weitaus höhere Summen eingesetzt und illegale Gewinne in Höhe von über hundert Millionen erwirtschaftet...«

Anschließend ging der Artikel auf illegale Praktiken an den internationalen Devisen- und anderen Finanzmärkten ein. Er umfaßte tausend Wörter und war für die erste Seite links unten vorgesehen. Er enthielt gerade so viele Informationen, wie es rechtlich zulässig und taktisch klug war. Damit war die Sache ins Rollen gebracht.

Stamp dachte an die Flut von Anrufen aus aller Welt, die folgen würde. Scotland Yard, das Dezernat für Wirtschaftskriminalität, das Wirtschaftsministerium, die amerikanischen Zentralbanken ... und die Bank of England, die die ganze Zeit über Beweise verfügt, aber aus unerfindlichen Gründen nichts unternommen hatte, jedenfalls nichts Konkretes. Viele würden den Hut nehmen müssen, und Sarah würde einen hohen Preis zahlen. Wenn er den Artikel brachte, würde sie auf keinen Fall ungeschoren davonkommen. Stamp starrte lange Zeit auf den Ausdruck. Es wäre in vielerlei Hinsicht besser, wenn er nicht erschiene, dachte er.

Er strahlte die erschöpften Gesichter der anderen beiden an und suchte in seiner Schreibtischschublade nach dem Fax mit der Nummer, unter der Catania am Abend zu erreichen war. In Italien war es jetzt neun Uhr. Stamp wählte.

Catania war bei Dottor Niccolò Calabria, seinem Stellvertreter, zum Abendessen eingeladen. Calabria haßte seinen Chef. Er hielt sich selbst für einen ungleich qualifizierteren Governatore der Banca d'Italia. Calabria hatte drei Jahre in aller Stille sämtliche Demütigungen hingenommen, doch jetzt ging seine Geduld allmählich zu Ende.

Er verabscheute den Kontakt zu seinem Vorgesetzten. Da es aber nützlich war, lud er ihn alle drei Monate zum Essen ein. Catanias Frau war der einzige Trost. Er wandte seine Aufmerksamkeit wieder ihr zu. In dem abgelegenen Eßzimmer war das entfernte Klingeln des Telefons nicht zu hören.

Dottor Calabrias zwölfjährige Tochter Nicoletta nahm den Hörer in ihrem Schlafzimmer ab. Nichts liebte sie mehr als ihre Eltern bei Empfängen zu stören. Jetzt rannte sie aus ihrem Zimmer durch die Halle ins Eßzimmer. Zwölf Augenpaare starrten sie an.

»Papa, es ist für den Governatore. Der Herausgeber der *Times* in London.«

Alle wandten sich belustigt Catania zu.

»*Allora,* was hast du jetzt wieder angestellt, Giancarlo?«

Catania lächelte und entschuldigte sich. Sein Magen krampfte sich zusammen, doch er ließ sich nichts anmerken, als er noch immer lächelnd Nicoletta in den Flur folgte. Das Mädchen zeigte ihm den Apparat auf einer Kommode. Catania ignorierte die Geste und schüttelte den Kopf.

»Wollen Sie lieber ins Arbeitszimmer?«

Dort konnte ihn bestimmt niemand hören. Nicoletta zeigte auf eine Tür am Ende des Ganges und schaute ihm nach, wie er dahinter verschwand.

Auf dem Schreibtisch mitten im Zimmer befand sich ein glänzendes, schwarzes Telefon mit mehreren Leitungen. Catania starrte es wie einen Feind an. Er nahm sich zusammen und hob ab.

»*Pronto!*«

Schweigend hörte er zu, wie erstarrt den Hörer umklammernd. Er gab weder etwas zu noch leugnete er, sondern hörte einfach nur zu. Er wußte genau, um welche Beweise es ging. Er hatte die Videos selbst gesehen. Warum hatte er nicht schon damals Vor-

kehrungen getroffen? Er hatte sich verkalkuliert. Jetzt benebelten Reue, Wut und Rachegelüste seinen Geist, bis er nicht mehr klar denken konnte.
Es mußte Sarah Jensen gewesen sein. Aber warum? Warum die Zeitung und nicht die Polizei? Er brauchte Zeit zum Nachdenken, vorher konnte er nichts dazu sagen. Er bat um ein paar Stunden. Man gab ihm eine. Catania kehrte ins Eßzimmer zurück. »Eine dringende Angelegenheit in der Bank. Ich bitte um Verständnis.«
Alle sahen ihn verständnisvoll an. »Aber natürlich.«
Calabria stand auf und fragte, ob er ihm irgendwie helfen könne. Catania warf ihm ein starres Lächeln zu, brachte gerade noch ein »Danke nein« hervor und verließ das Haus.
Er gab Gas und bog in den Grand Prix der Via Salaria ein. Seinem Fahrer hatte er freigegeben. Er liebte schnelle Wagen, und da ihm das Protokoll nur selten Gelegenheit ließ, nützte er jeden Vorwand, selbst zu fahren. Sogar heute nacht spürte er das Kribbeln der Erregung.
Eine Viertelstunde später hielt er vor der Banca d'Italia. Er nickte den wachhabenden Beamten zu und eilte durch die Vorhalle zu den Aufzügen. Der Lift trug ihn in den dritten Stock. Fünfzehn Jahre Vertrautheit. Sollte es wirklich so enden? Was für eine verdammte Verschwendung. Er schloß die Tür zu seinem Büro auf, setzte sich an den Schreibtisch und stützte den Kopf in die Hände.
Es machte alles keinen Sinn. Carla hatte nichts zu gewinnen und alles zu verlieren, wenn sie ihn verriet. Es mußte Sarah Jensen gewesen sein. Aber wie war sie an die Videokassetten gekommen, und warum hatte sie sich an die Zeitung gewandt? Was hatte sie davon? Für ihr Schweigen hätte er ihr alles bezahlt, was sie wollte, und sogar Christine zurückgepfiffen. Hätte sie doch nur mit ihm gesprochen.
Er saß in der Stille der Dunkelheit und starrte aus dem Fenster. Er sah es jetzt genau vor sich, wie sein Leben auseinanderfallen würde. Eines Tages würden ein paar stumme Männer kommen und ihn in seinem eigenen Blut liegend zurücklassen. Und Donatella und die Kinder? Würden wenigstens sie überleben?

Plötzlich hatte er eine Eingebung, vielleicht war es ein Ausweg. Eine kleine, aber reelle Chance. Er mußte es versuchen, schließlich hatte er nichts mehr zu verlieren. Mit funkelnden Augen richtete er sich auf, nahm das zusammengeknüllte Stück Papier aus der Brusttasche und wählte die darauf notierte Telefonnummmer. Er hatte Stamp direkt am Apparat.

»Mr. Stamp, Sie vergeuden Ihre Zeit. Den Artikel werden Sie nicht drucken. Alles Unfug. Und das wissen Sie auch.« Er hielt inne. »Bei genauerer Betrachtung wäre es für Ihre Informantin ohnehin das beste, wenn er nicht veröffentlicht wird. Verstehen Sie mich?«

Clement Stamp lachte ungläubig.

»Versuchen Sie, mir zu drohen?«

Es folgte ein Klick, und die Leitung war unterbrochen. Stamp starrte verärgert auf den Hörer in seiner Hand. Zuerst empfand er Abscheu, doch allmählich folgten erste Anzeichen von Erleichterung. Catania war schuldig, er hatte betrogen und morden lassen. Er griff nach einem Foto von Dante Scarpiratos verbranntem Haus und sah es sich genau an. Scudd und Fisch beobachteten ihn. Es dauerte eine Weile, bis er etwas sagte: »Er ist schuldig. Ohne jeden Zweifel. Nicht, daß er etwas zugegeben hätte. Er hat nur gesagt, es sei alles Unfug. Und daß es besser für unsere Informantin sei, wenn wir den Artikel nicht bringen.«

»Du meinst, daß er sie töten lassen wird, wenn wir in Druck gehen?« fragte Scudd.

»Ja, und sie verschonen wird, wenn wir alles abblasen. Jedenfalls habe ich ihn so verstanden.«

Sarah hatte alles mögliche angestellt, um die Zeit totzuschlagen. Gegen zehn Uhr abends wählte sie Hiltons Privatnummer. Der Anrufbeantworter sprang an. Dann wählte sie die Büronummer und wartete. Nach einer Ewigkeit ging er an den Apparat.

»Und?« Hiltons Erklärungen versetzten sie zunehmend in Panik.

»Was heißt das, ihr bringt den Artikel nicht?« schrie sie schließlich.

Hilton nahm den Hörer von seinem Ohr und wartete eine Weile, bis sie sich etwas beruhigt hatte. »Hör zu, Sarah, Clement will mit dir sprechen.«
Stamp schaltete sich in die Leitung ein. »Sarah, das Ganze ist ein abgekartetes und schmutziges Spiel. Catania hat durchblicken lassen, daß er dich umlegen läßt, wenn wir die Story bringen.«
»Heißt das, mein Leben gegen euer Schweigen?«
»Ja, so könnte man es nennen.«
Sarah schwieg eine Weile. »Wegen Catania würde ich mir keine Sorgen machen, Clement. Er wird damit nicht durchkommen.«
»Ich wünschte, du hättest recht.«
»Du wirst schon sehen.«
»Was soll das heißen?«
»Ausgleichende Gerechtigkeit oder so was ähnliches.«
Sie legte auf, bevor er weitere Fragen stellen konnte.
Sarah wandte sich Jack und Jacob zu und lächelte schwach. »Wahrscheinlich habt ihr es schon erraten. Ich bin aus dem Schneider. Clement hat mit Catania gesprochen. Der Artikel gegen mein Leben. Ich bin außer Lebensgefahr.« Sie lächelte Jacob an. »Noch wichtiger, du auch.« Sie sah Jack an. »Und du. Ihr beide seid ein großes Risiko eingegangen, um mir zu helfen ...« Sie lächelte erneut. Die Männer standen auf und umarmten sie. Sie drückte sie an sich, Tränen strömten über ihr Gesicht.

Zum ersten Mal an diesem Tag lächelte Christopher Fisch. Sie waren haarscharf um eine einstweilige Verfügung herumgekommen. Stamp nahm die Catania-Tapes aus dem alten Umschlag, warf diesen in den Papierkorb und steckte sie in einen neuen Umschlag. Er bat Hilton um Sarahs Brief und um die Diskette, auf die er seinen Artikel kopiert hatte. Das alles steckte er in den Umschlag und schloß ihn in seiner Aktentasche ein. Morgen würde er das ganze Material in einem sicheren Schließfach deponieren, das nach Nummern, nicht nach Namen geführt wurde. Er

wies Scudd und Fisch an, die Datei auf der Festplatte zu löschen.
Die Story würde der Obhut eines Safes übergeben werden. Dennoch war ihm klar, daß man die Büchse der Pandora nicht mehr schließen konnte, wenn sie einmal geöffnet worden war.
Er sah auf die Uhr. Es war halb zehn. Höchste Zeit, daß sie in Druck gingen. Er rief seinen Stellvertreter Brian Smart an. Sollte er die leeren Spalten auf der Vorderseite füllen. Er hatte keine Lust mehr, sich darum zu kümmern. Er verabschiedete sich von Scudd und Fisch und machte sich auf den Weg ins *Garrick*.

Giancarlo Catania saß im Büro und kostete seinen Sieg aus. Wie ein Phönix aus der Asche ... Fieri wäre stolz auf ihn gewesen, wenn er es ihm nur hätte sagen können. Er sah auf die Uhr. Halb elf. Er könnte es noch rechtzeitig zum Kaffee zurück zu Calabria schaffen. Aber zuerst mußte er Christine erreichen.

Der Auftrag wurde storniert. Dreihunderttausend Pfund Ausgleichshonorar für vertane Zeit. Was ist passiert, dachte Christine und verbarg ihr Staunen. Sie dankte Catania und legte auf. Irgendwie war sie erleichtert. Sie hatte den Auftrag nur widerwillig angenommen, sie brachte sonst keine Frauen um. Sie öffnete den Safe, nahm Sarahs Foto heraus und starrte es an. Es war ein verstörendes Gesicht, schön, aber auf der Hut. Die in die Kamera blickenden Augen waren intelligent und wissend, doch hinter der oberflächlichen Selbstsicherheit schien sich Verzweiflung zu verbergen.
Christine wunderte sich, warum der Auftrag abgeblasen worden war. Was war die Gegenleistung? Ich sollte mich mit Sarah Jensen treffen, dachte sie.

27

Am nächsten Morgen wachte Sarah voller Tatendrang auf. Sie schaute aus dem Fenster auf die schöne Aussicht mit den Bergen in der Ferne und fühlte nur Unrast. Der wunderbare Trost, den sie letzte Woche in Ouirjane gefunden hatte, war verschwunden. Sie wollte wieder nach London zurück, sich Barrington stellen und das Puzzle zu Ende spielen.

Jetzt konnte ihr nichts mehr passieren. Sie würde Jack und Jacob ihren Entschluß beim Frühstück mitteilen und sobald wie möglich abreisen.

Wie erwartet protestierten sie. Doch sie ließ nicht locker. Sie zählte ihnen alle ihre Gründe auf, jedenfalls die meisten. Aus Angst, sie zu kränken, verschwieg sie ihnen die Tatsache, daß sie sich wie in einem Gefängnis vorkam, daß dieses Eingesperrtsein es unmöglich machte, mit ihrem Schmerz fertig zu werden.

Sie fragte Jacob, ob er bleiben wollte. Sie erklärte ihm, daß sie froh wäre, wenn er bliebe, bis sich alles geklärt hatte. Er haßte den Gedanken, sie alleine gehen zu lassen, andererseits respektierte er ihren Wunsch nach Selbständigkeit. Er wußte auch, daß sie sich Sorgen um die Folgen seiner Verwicklung in die Angelegenheit machte. Barrington wußte, daß sie kurz vor der Flucht bei ihm gewesen war. Es lag auf der Hand, daß er ihr geholfen hatte und ihre Motive genau kannte. Davor hatte Jacob keine Angst, er befürchtete nur, daß Barrington versuchen könnte, mit der Drohung gegen ihn, Jacob, vorzugehen, Sarah auf irgendeine Art zu beeinflussen. Er war ihre Achillesferse.

Weder Sarah noch Jacob sprachen darüber, um Kränkungen zu vermeiden, doch jeder wußte um die Angst des anderen. Wenn es

Sarah lieber war, daß er bei Jack blieb, sollte es an ihm nicht liegen. Ohnehin gab es nicht viel, was er in London für sie tun konnte. Also würde er in Marokko bleiben.
Bevor sie zum Flughafen aufbrachen, nahm Sarah Jack beiseite.
»Ich habe mir von allem Kopien gemacht. Einen kompletten Satz nehme ich mit, den Rest lasse ich bei dir und Jacob. Ich weiß, daß ich viel verlange, aber sollte mir etwas passieren, dann ... könnt ihr dafür sorgen, daß alles an die Öffentlichkeit kommt. Entweder geht ihr zu Hilton oder zu sonst jemandem eurer Wahl.« Sie lächelte. »Ich will kein Melodrama draus machen, es wird bestimmt nichts passieren. Das ist nur meine kleine Lebensversicherungspolice. Sie hat mir schon einmal das Leben gerettet, vielleicht klappt es auch ein zweites Mal.«
Jack lächelte und antwortete hastig, bevor Jacob Verdacht schöpfen konnte. Sie wollten ihn beide nicht mehr beunruhigen als unbedingt nötig.
»Du kannst dich auf mich verlassen. Wir beide wissen, daß du es nicht brauchen wirst, aber es wird dir ein sicheres Gefühl geben.«
In dem Moment kam Jacob dazu und wollte wissen, was sie tuschelten. Sarah lachte: »Du und deine Paranoia. Ich habe Jack nur für seine Hilfe gedankt. Das werde ich doch wohl noch dürfen, oder?«
Jacob drückte ihre Hand. »Ja, natürlich. Er ist ein gerissener Kerl, aber er hat das Herz auf dem richtigen Fleck.«
Jack klopfte ihm leicht auf den Rücken und trieb sie dann beide zur Eile an. »Also los. Worauf warten wir? Sie wird noch ihre Maschine verpassen.«
Die beiden brachten Sarah zum Flughafen. Sie stiegen mit ihr aus. Der Abschied war steif und unbeholfen. Sarah umarmte sie mit Tränen in den Augen. Sie sahen ihr nach, bis sie im Terminal verschwand, dann drehten sie sich um und fuhren nach Hause.
Sarah saß starr und entschlossen auf ihrem Platz, als das Flugzeug abhob und Kurs auf London nahm. Ein paar Stunden lang

hatte sie das Gefühl, am ganzen Körper taub zu sein. Erst als sie über den Ärmelkanal flogen, kam sie wieder zu sich. Die Gedanken, die sie in der Fremde auf Distanz hatte halten können, strömten jetzt in ihr Bewußtsein zurück wie ein Wasserfall.
Sie hatte das Gefühl, in Schmerz, Liebe, unmöglichen Sehnsüchten und Verzweiflung zu ertrinken. Sie dachte an Dantes Gesicht, wenn er sie ansah. Immer hatte in seinen Augen der Tod gelauert. Trotzdem konnte sie sich nicht vorstellen, daß sie sich jetzt für immer geschlossen hatten. Und Mosami, für die sie in vielerlei Hinsicht tiefere Gefühle hegte. Ihr stilles, lächelndes Gesicht, die Weisheit, die kompromißlose Rebellion, all das für immer zerstört. Sie rang nach Luft.
Das Flugzeug landete mit einem heftigen Ruck. Sarah verließ die Maschine und trat in die Ankunftshalle. Mit einer Hand umklammerte sie eine große Reisetasche, in der sich Lippenstifte, Haarbürste, Parfum und das übliche Repertoire weiblicher Schönheit befanden, aber auch ein paar Video- und Musikkassetten, Kopien des Belastungsmaterials gegen Catania und Co. und gegen den Governor.
Sie ging durch die Paßkontrolle, holte ihr Gepäck ab, einen Koffer, den sie sich von Jack geliehen hatte, und tauchte nach dem Zoll in die wartende Menschenmenge. Sie bahnte sich einen Weg durch die Massen zur U-Bahn-Station. Auf dem Bahnsteig beobachtete sie die braungebrannten, resignierten und niedergedrückten Gesichter am Ende eines Urlaubs. Sie stellte sich vor, wie sie alle wieder zur Arbeit gehen würden, Ärzte, Sekretärinnen, Rechtsanwälte, Verkäuferinnen und Bankangestellte. Sie würde nie wieder zur ICB oder zu einem normalen Job zurückkehren.
Noch war es zu früh, um die eigenen Gefühle zu analysieren und die Veränderungen einzuschätzen, die in ihr stattgefunden hatten, dennoch hoben sich einige Gewißheiten ab wie Steine im Treibsand. Beispielsweise die, daß sie sich in der Vergangenheit in die Rolle der Ausführenden gefügt hatte. Jetzt war diese Rolle ausgespielt, und sie würde nie wieder zu ihr zurückkehren, nicht mal, wenn sie die Möglichkeit dazu gehabt hätte. Die Verlockun-

gen eines normalen Lebens hatten keine Anziehungskraft mehr auf sie.

Der Beamte an der Paßkontrolle war schnell. Seit Tagen hatte er ihre Beschreibung im Kopf – groß, schön, brünett. Als er sah, wie sie sich traurig und verloren in die Schlange vor ihm einreihte, war er sicher, daß sie es war. Er hatte mit klopfendem Herzen gewartet, daß sie näherkam. Er wußte nicht, was sie verbrochen hatte, aber es mußte sich um eine wichtige Sache handeln. Für sie galt die Alarmstufe I, die sonst nur Terroristen und Schwerstverbrechern vorbehalten war.
Er wäre fast in die Luft gesprungen, als sie schließlich vor ihm stand und mit einem schüchternen Lächeln ihren Paß vorlegte. Als er ihn aufschlug, überschwemmte ihn eine Welle von Erregung. Sie war es tatsächlich. Sarah Jensen. Sie sah nicht gerade aus wie eine Terroristin oder eine Verbrecherin, aber das taten die wenigsten. Er hatte ihr Lächeln erwidert, ihr den Paß zurückgegeben und einen Knopf unter seinem Schalter gedrückt. Wenige Sekunden später war er abgelöst worden. Im Büro der Security informierte er seinen Kontaktoffizier bei der Special Branch. Dieser setzte sofort den Apparat in Bewegung, der auf Sarah Jensen ausgerichtet war.

Bartrop nahm die Neuigkeit mit Erstaunen auf. Sarah Jensen war also wieder da und obendrein wie eine harmlose Touristin durch die Paßkontrolle geschlendert. Sie hatte müde und traurig gewirkt, aber weder nervös noch verängstigt.
Ihr Verhalten und das plötzliche Auftauchen waren eigenartig, vor allem aber ließen sie vermuten, daß sie nicht länger um ihr Leben bangte. Mit etwas Glück müßte es der Special Branch am Flughafen gelingen, sich an ihre Fersen zu heften. Und die übrigen Beamten standen Gewehr bei Fuß. Bartrop hatte Vorkehrungen getroffen. Bald würde er die gewünschten Antworten bekommen. Neugierig wartete er auf die ersten Berichte seiner Informanten.

Am Ende des Tunnels tauchte jetzt die U-Bahn auf und brachte Sarah wieder auf den Boden der Tatsachen zurück. Sie stieg ein und quetschte sich zwischen die anderen Fahrgäste, die Schulter an Schulter, Hüfte an Hüfte gedrängt im Wagen standen.

Die schwitzenden, klebrigen Körper und die stickige Luft zwangen sie, ihre Gedanken abzuschalten. Bald rann auch ihr der Schweiß den Rücken herunter, und ihr Haar wurde feucht. Es war komisch, aber irgendwie genoß sie die Strapaze.

In South Kensington stieg sie aus und bahnte sich einen Weg durch die Trauben von Menschen, die gerade Mittagspause hatten. Sie verließ die U-Bahn-Station und trat in die Hitze, die durch die Glasbauten und den Asphalt bis zur Unerträglichkeit gesteigert wurde.

Es war einer der seltenen Julitage, da London vor Hitze kocht wie eine Stadt am Mittelmeer. Die Straßen wölbten sich unter der sengenden Sonne, und im Asphalt zeigten sich Risse.

Mit feuchter Hand trug sie den Koffer durch die Straßen. Gelegentlich blieb sie stehen, um die Seite zu wechseln. Viele persönliche Orientierungspunkte säumten ihren Weg. Onslow Square, ein alter Freund, wo sie sich nach einer durchgemachten Nacht im Morgengrauen nach Hause geschlichen hatte; Sydney Street, Catherine Walker's Chelsea Design Studio für alle Arten von formellen Kleidern und Kostümen; Chelsea Farmer's Market, stundenlange verplauderte Lunch-Verabredungen mit Freundinnen, die angeblich krank waren, in Wirklichkeit aber blau machten, und schließlich die King's Road, schäbig im morbiden Glanz alter Zeiten, und immer noch unwiderstehlich. Mit jedem Schritt kehrte ihre alte Kraft zurück.

Carlyle Square war eine grünbelaubte Oase. Sarah war bei ihrem Anblick richtig erleichtert. Wohlhabende Damen gingen ungeachtet der Sonne in hochhackigen Schuhen und Strumpfhosen zum Lunch. Kleine Köter schnappten nach Fliegen, und der Platz flimmerte in der Hitze. Es war kaum zu glauben, daß sich hinter den eleganten Fassaden dieser Häuser derartige Szenen des Grauens abspielen konnten. Wäre sie an jenem Wochenende in

London geblieben, statt nach Genf zu fliegen, und nach ihrer Rückkehr nicht direkt zu Dante gefahren, was wäre dann passiert? Wäre sie hier umgebracht worden, in ihrem eigenen Haus am Carlyle Square?

Sie nestelte mit dem Schlüssel am Schloß und erinnerte sich an die Angst, die sie, zusammen mit ihrem Kummer, fast gelähmt hatte und die noch stärker geworden war, als sie vom Tod ihrer Freunde erfahren hatte.

Der Schlüssel drehte sich im Schloß. Atemlos öffnete sie die Tür und trat ein. Hastig flog ihr Blick durch den Eingangsbereich.

Der Flur war leer, das ganze Haus schien in der Hitze zu dösen. Die Stille war vollkommen.

Auf dem Boden lag ein Haufen Post, der von der aufgestoßenen Tür an die Wand geschoben worden war. Seltsam. Sie hatte keinen Widerstand gespürt, als sie die Tür öffnete. Ein vages Gefühl von Furcht breitete sich in ihr aus. Sie ließ den Koffer im Flur stehen und stieg die Treppe zum Wohnzimmer hinauf.

Es lag verlassen da. Das ganze Haus wirkte verlassen. Sie ging Zimmer für Zimmer ab. Sonnenlicht durchflutete alle Räume. Und Stille. Sie kehrte ins Wohnzimmer zurück, setzte sich in einen Sessel, zog die Knie an die Brust und weinte. Reglos saß sie da, bis plötzlich das Telefon läutete. Langsam stand sie auf und nahm den Hörer ab. Ein paar Sekunden lang war Stille, dann hörte sie, wie jemand die Leitung unterbrach. Sie legte den Hörer auf und kehrte zum Sessel zurück. Dort saß sie eine weitere halbe Stunde, dann stand sie auf, steckte ihren Schlüssel ein und verließ das Haus auf der Suche nach Lärm, Menschengewühl und Leben.

Sie ging die King's Road entlang und schaute sich die Schaufenster an. Ihr Kopf begann zu schmerzen. Schließlich trat sie in eine Apotheke und kaufte ein Schmerzmittel. Eine Frau tauchte plötzlich neben ihr an der Theke auf. Sie drehte sich zu Sarah um und sagte mit leicht amerikanischem Akzent und leiser Stimme: »Mein Name ist Christine Villiers. Ich muß Sie unbedingt sprechen.«

Sarah fuhr herum und starrte in das Gesicht der fremden Frau neben ihr. Sie war mittelgroß, kräftig gebaut und gutaussehend. Sie hatte ein breites Gesicht, ein ausgeprägtes Kinn, eine leicht gebogene Nase, hohe Wangenknochen und große blaue Augen. Ihre vollen Lippen waren rot geschminkt. Das auffallende Äußere wurde durch die strenge Frisur aufgefangen. Das lange blonde Haar war zu einem hohen Pferdeschwanz gebunden. Eine ungewöhnliche Kombination: die Farben nordisch, die Züge italienisch. Sie war um die Dreißig und trug ein kurzes, ärmelloses Kleid und hochhackige Schuhe. Ihr Lächeln war breit und ansteckend. Ohne es zu wollen, lächelte Sarah zurück.

»Bitte tun Sie so, als würden Sie mich kennen. Lassen Sie uns einfach die Straße runtergehen und ein Café suchen. Da können wir ungestört reden.«

Sarah bezahlte ihr Medikament und fragte: »Worüber sollten wir reden?«

»Über Dante Scarpirato und Mosami Matsumoto.«

Sarahs Körper krampfte sich zusammen. Doch seltsamerweise hatte sie keine Angst. Instinktiv fühlte sie, daß diese Frau, die zweifellos gefährlich war, ihr nichts anhaben konnte. Alles was sie fühlte, war Neugier, Erwartung.

»Na schön. Gehen wir.«

Die beiden Frauen traten aus der Apotheke auf die Straße.

Christine sprach über das Wetter und die Auslagen in den Schaufenstern, an denen sie vorbeigingen. Sie tat alles, um den Anschein zu erwecken, daß sie alte Freundinnen waren.

Sie gingen ins *Café Rouge* im World's End. In der Mitte des überfüllten, lärmenden Cafés fanden sie einen leeren Tisch. Christine sah sich mehrmals unauffällig um. Beide bestellten sie einen Cappuccino. Sarah nippte an ihrem und wartete, daß Christine das Wort ergriff.

Plötzlich blickte Christine sie über den Tisch hinweg an. Ihre Augen waren bar jeden Gefühls.

»Ich habe Dante Scarpirato getötet.«

»Das habe ich mir gedacht.«

»Er hätte sich früher oder später ohnehin umgebracht.«
»Wahrscheinlich.«
»Tut mir leid.«
»Ja. Aber Sie waren nur die Kugel. Jemand anders hat abgedrückt.«
»Ich hatte den Auftrag, Sie ebenfalls umzubringen, aber er wurde gestern nacht storniert.«
»Was tun Sie dann noch hier?«
»Ich habe mir gedacht, daß Sie jetzt nach Hause kommen würden. Ich wollte mit Ihnen reden. Ich war neugierig. Ein solcher Auftrag wird nicht ohne Grund rückgängig gemacht.« Ihre Augen verengten sich zu schmalen Schlitzen, das Lächeln erstarb. »Ich möchte wissen, warum der Auftrag annulliert wurde.«
Sarah nippte an ihrem Cappuccino und dachte nach.
»Nehmen wir an, ich wüßte es, warum sollte ich es Ihnen verraten?«
»Vielleicht könnte ich Ihnen helfen. Seien wir ehrlich. Sie können ein paar Verbündete gebrauchen.«
»Warum? Habe ich noch mehr unsichtbare Feinde?«
Christine beugte sich vor. »Ihr Haus wird überwacht, rund um die Uhr. Ein junges Paar, aufgemacht wie Touristen, das auf dem Bürgersteig sitzt und Sandwiches ißt; ein Installateur in einem Wagen der British Telecom; ein Mann mit Panamahut, der im Park gegenüber Zeitung liest. Ich habe in der letzten Woche mindestens zehn verschiedene Beamte gesehen. Alles Profis. Aber wenn man Bescheid weiß, erkennt man sie leicht.« Sie hielt inne und wartete die Wirkung ihrer Worte ab. »Nicht zu vergessen die Wanzen in Ihrem Haus.«
Sarah starrte sie entsetzt an.
»Ich kann's zwar nicht mit Gewißheit sagen, aber ich habe beobachtet, wie jemand ins Haus eingedrungen ist. Ihre Schlösser waren im Null Komma nichts auf. Keiner hätte es für einen Einbruch gehalten.« Sie zuckte die Achseln. »Sie können also davon ausgehen, daß sie Wanzen legen wollten. Sonst hätten sie sich bestimmt nicht diese Mühe gemacht.«

Sarah fiel der Haufen von Briefen ein, der gegen die Wand gedrückt gewesen war. Angst und Zorn machten sich in ihr breit.

»Wer könnte das sein?« wollte Christine wissen.

Sarah zuckte die Achseln. Sie dachte nicht daran, Christine von ihrer Verbindung zu Barrington zu erzählen oder von ihrer Vermutung, daß der MI5 seine Hände im Spiel hatte.

»Die Polizei, nehme ich an. Meine beste Freundin und ein Kollege von mir werden umgebracht und ich verschwinde. Kein Wunder, daß sie mich suchen. Meinen Sie nicht?«

Christine nickte. »Ja, doch. Aber was steckt dahinter?«

Sarah musterte ihr Gegenüber. Plötzlich hatte sie eine Idee.

»Warum sollte ich Ihnen trauen?«

»Ich könnte eine Menge für Sie tun.«

»Meinen Sie nicht, daß ich mir selbst helfen kann?«

Christine lehnte sich zurück und starrte Sarah an. Nach einigen Sekunden fragte sie leise und sanft: »Glauben Sie das?«

Sarah antwortete nicht, sie lächelte nur.

Nach einer Weile beugte sich Christine wieder vor und sagte: »Vielleicht, aber das ändert nichts an meinem Angebot.«

»Und das wäre?«

»Zusammen könnten wir eine Menge mehr erreichen.«

»Mag schon sein.«

Zehn Minuten später waren sich die beiden Frauen einig. Sie verabschiedeten sich mit einem Kuß auf die Wange. Sarah schaute ihr nach, als Christine sich durch die vollbesetzten Tische schlängelte und sich in der Menge verlor.

Auf dem Weg nach Hause widerstand Sarah der Versuchung, nach ihren Beschattern Ausschau zu halten. Sie fragte sich, ob sie auch hören konnten, wenn sie in der Wohnung herumlief. Sie trat ins Badezimmer, ließ ihre Kleider zu Boden fallen und ging unter die Dusche. Sie stand unter dem pulsierenden Wasser und bewegte sich hin und her, um ihren ganzen angespannten Körper dem Strahl darzubieten. Sie drehte von heiß auf kalt und wieder auf heiß, bis ihre Haut angenehm prickelte.

Sie dachte über Christine nach und empfand Neugier und Abscheu zugleich. Sie fragte sich, warum sie ausgerechnet Killer geworden war. Sie hatte vergessen, sie danach zu fragen. Statt dessen versuchte sie, sich an Christines Stelle zu versetzen. Sie erinnerte sich an die Augen hinter dem Lächeln. Sie waren kompromißlos und bar jeglicher Gefühle oder moralischer Skrupel.

In ihrem kalten blauen Blick war kein Platz für Zweifel oder Gewissensbisse. Sie schämte sich nicht für ihren blutigen Beruf. Sie schien Mitleid zu empfinden mit den Vertrauten der Opfer, nicht aber mit den Opfern selbst. Für sie schien Christine nur Verachtung zu empfinden, als verdienten sie den Tod. War sie verrückt, oder folgte sie einer verborgenen Neigung oder irgendeinem anderen Gefühl?

Ihr Beruf war zwar verwerflich, doch sie hatte etwas, das Sarah faszinierte. Vielleicht war es ihre starke Persönlichkeit, die sie in ihren Bann zog. Und jetzt lag sie hier wartend auf dem Sofa, nackt, das Wasser aus der Dusche vermischte sich mit ihrem Schweiß, und sie dachte an Dante und Mosami.

Eine halbe Stunde nachdem Sarah bei sich zu Hause aufgetaucht war, erhielt Bartrop den ersten Bericht. Von da an wurde er über jeden ihrer Schritte auf dem laufenden gehalten. Ein Beamter der Special Branch hatte sich am Flughafen an ihre Fersen geheftet. Sie sei in die U-Bahn gestiegen, berichtete er, sie habe müde ausgesehen, aber nicht ängstlich. Er hatte sie bis nach Hause beschattet, dann hatten die anderen übernommen.

Ihre Beschatter berichteten, daß sie eine Stunde nach ihrer Ankunft das Haus wieder verlassen und zuerst eine Apotheke aufgesucht hatte. Dort hatte sie jemanden getroffen, die sie zu kennen schien. Eine attraktive Blondine. Eine vollständige Beschreibung der Frau folgte. Anschließend waren beide Frauen in ein Café gegangen und hatten sich nach einer halben Stunde wieder verabschiedet. Sarah Jensen war nach Hause zurückgekehrt. Die Blondine war ihnen entwischt. Sie hatten nicht genug Leute gehabt, um Miss Jensen und die andere gleichzeitig zu

beschatten. Ein Beamter hatte es versucht, sie aber schnell aus den Augen verloren. Bartrop fluchte. Ein solches Treffen, nur eine Stunde nach ihrer Ankunft, ein Zufall? Unwahrscheinlich. Die Beschreibung der Blondine wurde in den Computer gegeben, aber es kam nichts dabei heraus. Sie blieb unerkannt.
Seit Miss Jensen nach Hause gekommen war, hatte sie zu niemandem sonst Kontakt aufgenommen. Im Haus waren zwei Wanzen versteckt, eine im Wohnzimmer, die andere im Telefon. Seit ihrer Ankunft waren beide stumm geblieben.

Christine ging von Geschäft zu Geschäft, tauchte in Haupt- und Nebeneingänge und eilte durch viele kleine Gassen, um ihren Beschatter abzuschütteln. Als sie sicher war, daß er sie verloren hatte, ging sie nach Hause. Viel Zeit blieb ihr nicht. Ein Glück, daß Sarah in der Nähe wohnte. Sie rannte die Treppe zu ihrem Arbeitszimmer hinauf.
Sarahs Enthüllungen hallten in ihrem Kopf wider wie eine tikkende Zeitbombe kurz vor der Explosion. Christine setzte sich, um ruhig zu werden und versuchte, Logik in das Wirrwarr von Gedanken und Gefühlen zu bringen. Erregung, Angst, Neugier und die leise, verführerische Lust auf neue Action schossen ihr wie eine Droge durch den Körper. Sie kostete die Gefühle aus, überschlug im Geist, plante, wog ab, machte Voraussagen, warf Leben und Tod in die Waagschale. Wen sollte sie betrügen? Wen sollte sie unterstützen? Welches Risiko konnte sie selbst eingehen? Wo lagen ihre eigenen Interessen? Sie war kein unbeteiligter Außenstehender mehr; die Folgen voreiliger Überlegungen und die Entscheidung, die sie in den nächsten Minuten treffen mußte, konnten für sie und auch für Sarah zum Verhängnis werden. Doch waren sie so lange nicht vorhersehbar, bis sie sich unwiderruflich einer Sache verschrieben hatte und nichts mehr rückgängig gemacht werden konnte. Deshalb würde sie wie immer mit jener Kombination aus Logik und Instinkt entscheiden, die sie zum gefährlichsten und klügsten Profikiller gemacht hatte.
Als sie die Entscheidung traf, lächelte sie, griff nach dem Telefon-

hörer und rief Antonio Fieri an in der Hoffnung, daß er erreichbar wäre und sie ihren Plan nicht ohne sein Einverständnis ausführen mußte.

Nach fünfmaligem Läuten ging er ans Telefon.

Christine entschuldigte sich respektvoll für die Störung und erklärte ihm, die Sache sei dringend. Sie erzählte ihm von Catania und der Erpresserbande in London und von Catanias Aufträgen, die sie ausgeführt hatte. Fieri explodierte. Warum hatte sie ihn nicht früher davon unterrichtet?

Ihre Anwort war kühl und entschieden. »Zum damaligen Zeitpunkt gab es keinen Grund, Sie zu informieren. Soweit ich sehen konnte, hatte es nichts mit Ihnen zu tun. Jetzt sieht die Sache anders aus. Ich habe weitere Informationen erhalten und fürchte, daß Catania Sie kompromittieren könnte.«

Fieri blieb eine Zeitlang stumm, dann fragte er sie nach ihren Vorschlägen.

»Das hängt davon ab, was Sie wollen. Zufällig hätte ich heute abend eine Gelegenheit ... Ich könnte alles sehr leicht klären.«

Wieder folgte langes Schweigen. Christine wartete geduldig. Schließlich sprach Fieri.

»Ich hatte zwar Gerüchte gehört, aber ... Sie sagen, Sie hätten Beweise?«

»Eindeutige Beweise.«

»Woher?«

Christine hatte mit dieser Frage gerechnet und hielt eine Antwort parat. »Von einer Quelle vor Ort, die allen Grund hat, uns die Wahrheit zu sagen.«

»Zuverlässig?«

»Absolut. Sie haben mein Wort.«

»Sie meinen also, daß Catania mir gefährlich werden könnte?«

»Das ist er jetzt schon.«

»Na gut. Dann kümmern Sie sich um die Sache. Das übliche Honorar. Und rufen Sie mich an, sobald Sie den Auftrag erledigt haben.«

28

Um sieben Uhr zog sich Sarah an. Jeans, T-Shirt und ihre geliebten, ausgetretenen Timberland-Stiefel. Die sonst so engen Jeans waren ihr jetzt zu weit. Sie schlang einen Gürtel durch die Schlaufen und zog ihn stramm.
Draußen schimmerte noch die Hitze des Tages auf den Straßen. Sie spannte auf der Haut. Sarah ging in die Küche, ihre Stiefel quietschten auf den Marmorfliesen. Sie füllte ein großes Glas fast zur Hälfte mit Eiswürfeln und goß es mit Whisky voll. In drei Schlucken hatte sie es geleert. Dann schenkte sie sich ein zweites Glas ein, das sie langsam austrank, während sie zusah, wie das Eis schmolz.
Um Viertel nach sieben klingelte das Telefon dreimal. Sarahs Hand zuckte zurück. Der Anrufbeantworter schaltete sich ein. Eine weiche Stimme mit harten Kanten und einem leichten amerikanischen Akzent. Christine. Ein mechanisches Klicken zeigte an, daß sie aus einer Telefonzelle anrief. »War nett, unser Wiedersehen heute. Ich hoffe, daß wir es bald wiederholen können, auf einen Drink vielleicht.« Der abgemachte Code. Sie legte auf.
Sarah spulte das Band zurück und löschte die Nachricht. Doch ein paar Sekunden lang lief das Band weiter, und plötzlich erklang eine alte Nachricht.
Sarah zuckte zusammen, und ihr Gesicht verzerrte sich vor Schmerz, als sie die vertraute Stimme hörte. Es war Dante, der sie bat, zurückzurufen. Er sagte, daß er sie vermißte und sie gern wiedersehen wollte. Beim Klang seiner Stimme drehte sich ihr der Magen um. Sie schlug mit der geballten Faust auf Stop; um ein Haar hätte sie das Gerät zertrümmert. Dann drückte sie mit

zitterndem Finger auf Rücklauf. Zum letzten Mal wollte sie seine Stimme hören. Der Schmerz und die Schuldgefühle waren wie Stacheln. Sie löschte seine Nachricht und damit auch ihre letzten Zweifel.

Sie schnappte sich ihre Jacke und die Baseballmütze vom Ständer und wollte gerade das Radio ausschalten, als sie die ersten Klänge eines bekannten Songs hörte. INXS spielten »Suicide Blonde«. Sie mußte so laut lachen, daß es im ganzen Haus widerhallte. Dann schaltete sie das Gerät aus und verließ das Haus.

Ein paar hundert Meter entfernt trat Christine aus der Telefonzelle und eilte die Straße entlang. Unauffällig bahnte sie sich einen Weg durch die dichte Menschenmenge auf der King's Road. Die Leute nahmen sie kaum wahr. Sie registrierten allenfalls eine blonde Frau mit einer guten Figur und wahrscheinlich auch einem hübschen Gesicht. Man konnte es nicht genau erkennen, da sie eine tief in die Stirn gezogene Baseballmütze trug, die das Gesicht verbarg. Sie tat alles, um unauffällig zu bleiben, ging zielbewußt, doch ohne es zu zeigen. Ihr Blick war geradeaus gerichtet, um ja keine bewundernden Blicke auf sich zu lenken. Unauffällig, unscheinbar und ungehindert bog sie um die Ecke und ging auf einen weißen Kombi zu.

Dieser parkte in einer Nebenstraße der Chelsea Green, etwa zehn Minuten von ihrem Haus entfernt. Es war ein Ford Transit, wie sie von Klempnern und anderen Handwerkern benutzt werden. Er schrie förmlich danach, daß ein Finger die Worte »Wasch mich« auf seine staubige Karosserie malte. Die Fensterscheiben waren getönt, ansonsten unterschied er sich nicht im geringsten von unzähligen anderen anonymen Ford Transits, die jeden Tag auf Londons Straßen fuhren.

Daniel Corda hatte ihn vor sechs Monaten auf Bestellung gestohlen. Er hatte ihn umgespritzt, die Nummernschilder ausgewechselt, ihn den Wagenpapieren eines rechtmäßig angemeldeten anderen Lieferwagens angepaßt und dann an Christine verkauft. Als Rettungswagen, wie er sagte.

Christine hatte ihn in all der Zeit nicht angerührt, sondern sich lediglich ab und zu davon überzeugt, daß er noch da war, als wartete sie genau auf diese Gelegenheit. Jetzt schloß sie die Tür auf und sprang hinein. Den kleinen Rucksack, den sie bei sich trug, steckte sie ins Handschuhfach. Die Tasche mit den Jeans, einem schwarzen T-Shirt und Turnschuhen, identisch mit dem, was sie anhatte, warf sie auf den Beifahrersitz. Dann schnallte sie sich an und zündete den Motor. Der Wagen sprang sofort an. Sie warf einen Blick in den Rückspiegel – das letzte, was sie jetzt gebrauchen konnte, war ein Unfall – und fuhr vorsichtig los.

Sie fuhr durch Chelsea nach Earl's Court, bog in die Cromwell Road und später in die M4. Sie kam an Heathrow mit seinen Legionen von startenden und landenden Jumbos vorbei, und dann, nach weiteren zwanzig Minuten, wichen schließlich qualmende Schlote und Großmärkte dem offenen Land, von Sträuchern eingefaßten Feldern und Bauernhöfen. Sie konzentrierte sich auf die Straße.

An der Abfahrt 14 verließ sie die Schnellstraße und kroch über schmale Landstraßen weiter. Vor ihr erhoben sich die Hügel von Upper Lambourn. Abgedankte Vollblüter grasten auf den Wiesen, und auf den kurvenreichen Wegen ritten kleine Kinder auf Ponies. Über den Feldern hing der Duft von gemähtem Heu. Es war die zweite Ernte in diesem ertragreichen Jahr.

Sie bog in einen unbeschilderten Feldweg ein. Der Wagen holperte über die unebene Oberfläche, die Reifen schleuderten kleine Steine hoch. Nach etwa fünf Minuten gelangte sie an einen menschenleeren, staubigen Forstweg.

An einer holprigen, von Tannen umgebenen Stelle hielt sie an. Der Wagen scheuchte ein paar schläfrige Tauben auf, die sich schwerfällig in den Himmel erhoben.

Sie zog den kleinen Rucksack aus dem Handschuhfach, öffnete die Tür und trat auf den mit Nadeln übersäten federnden Waldboden. Ein paar Sekunden sah sie sich nur um und lauschte. Sie war allein, abgesehen von den Vögeln, die langsam wieder an ihre Schlafplätze zurückkehrten. Ihr Gezeter verwandelte sich allmählich in einschläferndes Zwitschern. Zufrieden schloß sie den Wagen ab und machte sich auf den Weg durch die dichten Bäume.

Mit langen, sicheren Schritten marschierte sie über den unebenen Boden. Die Tauben sahen ihr nach. Eine Joggerin nach Feierabend.

Die untergehende Sonne drang durch das Gewirr der Tannen und tauchte die Landschaft in orangefarbene Glut. Sie flackerte über Christines Gesicht, als sie durch Licht und Schatten kam. Der Wald wurde zunehmend dichter, bis sie darin verschwand. Eine halbe Stunde später fühlte sie sich unsichtbar.

Christine schaute auf die Uhr. In weniger als einer Stunde würde es dunkel sein. Ihre Schritte wurden schneller. Viel Zeit blieb ihr nicht. Als das Tageslicht immer schwächer wurde, kam sie zum Waldrand.

In der Mitte eines Tals, etwa eine Meile entfernt, erhob sich ein großes Steinhaus. Die einzigen Lebenszeichen waren zwei Mercedes, eine schwarze Limousine und ein rotes Cabrio, die vor dem Haus an der geschwungenen Auffahrt parkten.

Christine lächelte und pirschte sich im Schutz des Hanges an das Haus heran.

Karl Heinz Kessler saß im Arbeitszimmer seines Landhauses und zählte Geld. Bündel von in Plastik eingeschweißten Scheinen lagen vor ihm aufgestapelt. Jedes Bündel enthielt zehntausend Pfund. Er zählte fünfzig Bündel ab und warf sie auf den Tisch. Sein Gesicht war wie eine Maske von kontrolliertem Ärger, als sei ihm die Sache lästig, aber unumgänglich. Und es war wirklich lästig, hier herumsitzen und wie ein gewöhnlicher Bankangestellter das Geld zählen zu müssen, das Catanias Laufbote abholen sollte.

Catanias Anweisungen waren eindeutig gewesen. Niemand außer Kessler persönlich durfte den Kurier sehen. Seine Frau besuchte über ein verlängertes Wochenende ihre Eltern in Frankfurt, sie stellte also kein Problem dar, aber um das Personal loszuwerden, mußte er den Leuten freigeben und ihnen ein Abendessen in Lambourn spendieren. Es war nicht gerade angenehm, aber unter den gegebenen Umständen nicht zu ändern. Ein Freund hatte ihnen das Problem Sarah »vom Hals geschafft«, wie Catania es ausdrückte, und brauchte eine kleine Zuwendung, eine Million Pfund für den Anfang. Kessler würde sich doch sicher der Sache annehmen, oder? Um die restliche Summe würde sich Catania in Rom selbst kümmern. Es sei doch nur fair, wenn er, Kessler, einen Teil der Verantwortung übernahm, oder nicht?

Kessler hatte sich einverstanden erklärt, doch erst nachdem er beschlossen hatte, daß auch Matthew Arnott seinen Beitrag dazu leisten würde. Dieser stand nervös neben ihm und sah zu, wie er das Geld zählte.

»So, jetzt du.«

Arnott griff nach der Aktentasche, die zu seinen Füßen lag und stellte sie auf den Tisch vor Kessler. Kessler öffnete sie und lächelte. Sie war voller eingeschweißter Zehntausenderbündel. Kessler begann zu zählen. Er legte fünfzig Bündel beiseite, schloß die Aktentasche und gab sie Arnott zurück.

»Mach nicht so ein Gesicht. Alles in allem bist du noch ziemlich glimpflich davongekommen.«

»Was für ein Gesicht soll ich denn machen? Du tust, als sei alles in bester Ordnung. Dem ist aber leider nicht so. Das Ganze ist ein verdammter Alptraum. Wieso meinst du, daß wir aus dem Schneider sind? Die Polizei hat mich fünfmal verhört und immer wieder dieselben Fragen gestellt.«

Kessler warf Arnott einen strengen Blick zu. Dieser hob die Hand.

»Schon gut, keine Sorge. Ich habe mich an das gehalten, was wir ausgemacht hatten und meine Rolle überzeugend gespielt. Aber das Ganze nimmt mich ziemlich mit. Ich kann nicht mehr schlafen. Ich kann kaum was essen ... Ich denke sogar drüber nach, nach Amerika zurückzugehen.«

»Stell dich nicht so blöd an«, sagte Kessler scharf. »Das hätte noch gefehlt.« Er sah ihn drohend an. »Du wirst bei der ICB bleiben und weiter den entsetzten Kollegen mimen. Du wirst Carla bei der Stange halten und dein Geld vorsichtig ausgeben. Wenn in zwei Jahren Gras über die Sache gewachsen ist und du immer noch zurückwillst, bitte sehr. Aber für den Augenblick wirst du deine Stellung halten und endlich aufhören, mir die Ohren vollzujammern.«

Kessler stand auf und setzte sich auf den Rand seines Schreibtisches gegenüber Arnott. Etwas leiser und kontrollierter fuhr er fort: »Was zum Teufel hast du dir dabei gedacht? Das Ganze war unvermeidlich seit dem Tag, als Sarah über uns Bescheid wußte. Sie ist schuld daran. Catania hat das sofort erkannt. Und ich gebe ihm recht. Jetzt ist es zu spät für Zimperlichkeiten. Wieviel hast du verdient? Dreißig Millionen Dollar? Wer nicht wagt, der nicht gewinnt. Alte Bankerregel. Und sieh mich nicht so an, als wäre ich ein Ungeheuer. Ich bin fünfundfünfzig und Filialleiter einer renommierten Bank in der City. Ich habe alles, was ich mir wünschen könnte. Meinst du etwa, ich hätte zugelassen, daß mir Sarah Jensen, Dante Scarpirato oder Mosami Matsumoto dazwischenfunken?« Er beugte sich vor. »Wir hatten keine andere Wahl. Sie mußten weg. Catania hat die Verantwortung übernommen. Das lag in unserem Interesse. Hätte er es nicht getan, hätte ich mich selbst darum gekümmert.«

Arnott starrte ihn entsetzt an. Eine Zeitlang sagte er nichts. Er wandte sich ab und setzte sich in einen Sessel neben Kesslers Schreibtisch.

»Aber Sarah Jensen ist nicht tot, oder? Sie könnte uns verpfeifen, und dann wären wir wegen Mordes dran.«

Kessler schnaubte verächtlich. »Sie wird den Mund halten. Ich will dir die Details ersparen, aber sie hat sich mit Catania geeinigt.«

Arnott starrte ihn verblüfft an. Kessler lachte. »Glaub mir, Sarah Jensen ist kein Problem mehr. Wahrscheinlich landet sie irgendwann in einer Nervenklinik, und wir hören nie wieder von ihr.« Kessler schaute auf die Uhr. »Du solltest jetzt besser gehen. Der Kurier kann jeden Augenblick hier sein.«

Arnott erhob sich.
»Noch eins, Matthew. Nimm dich bitte zusammen. Wir haben jetzt alles in der Hand. Wenn wir die Nerven behalten, wird es auch keine Probleme geben.«
Arnott nickte und verließ das Haus. Er stieg in seinen roten Mercedes und fuhr davon. Die Frau, die sich hundert Meter entfernt hinter einem großen Rhododendronbusch im Garten versteckte, nahm er gar nicht wahr.
Kessler warf die Geldbündel in eine Plastiktüte. Er schloß die Tür zur Bibliothek und ging über den knarrenden Holzboden den Flur entlang. An einem Wandspiegel blieb er stehen, um sich zu betrachten. Plötzlich hörte er ein Geräusch hinter sich. Das Lächeln gefror ihm auf den Lippen.
Er wirbelte herum. Am Ende des Flurs stand eine blonde, muskulöse Frau in einem engen schwarzen T-Shirt. Sie trug eine Baseballmütze, die ihr Gesicht halb verdeckte. Sie wäre schön gewesen, hätte sie nicht diesen Ausdruck gehabt. Der Mund war spöttisch verzogen, der Blick unter dem Schirm kalt und entschlossen. Sie nahm nur ihn wahr, sonst nichts. Sie starrte ihn an, als hätte sie eine Waffe auf ihn gerichtet. Am verwirrendsten jedoch war das Lächeln auf ihren Lippen. Er konnte es nicht deuten. Es war bitter und mitleidig zugleich. Er war kein ängstlicher Typ, aber jetzt lief ihm ein Schauer über den Rücken. Wie immer sah er im Angriff die beste Verteidigung.
»Wer zum Teufel sind Sie, und wie kommen Sie hier rein?« sagte er, und seine Stimme hallte durch den Flur. Christine lächelte immer noch.
»Oh, durch die Vordertür. Sie stand offen. Sehr aufmerksam von Ihnen.« Ihre Stimme war leise und verächtlich. Sie strotzte vor Feindseligkeit.
Kessler schwieg. Die Angst wuchs. Seine Arroganz verließ ihn, und er begann zu schwitzen. Dunkle Flecken breiteten sich unter den Ärmeln seines rosafarbenen Hemdes aus. Was hatte die Frau vor? Er sah auf die Uhr. Catanias Kurier mußte jeden Augenblick kommen. Niemand durfte sie beide zusammen sehen. Er geriet in

Panik, verstand sich selbst nicht mehr und kam sich zugleich völlig lächerlich vor. Dann stieg Wut in ihm auf. Warum sollte er vor einer Frau Angst haben? Er trat einen Schritt auf sie zu.

»Bleiben Sie, wo Sie sind. Ich bin noch nicht fertig«, fauchte Christine. Der Tonfall ihrer Stimme veranlaßte ihn, stehenzubleiben.

»Catanias kleiner Auftrag ist noch nicht ganz zu Ende gebracht, nicht wahr?« Kessler schüttelte leicht den Kopf, und seine Augen weiteten sich. »Sie sind der Kurier?«

Christine lachte laut. »Kurier?« Einer von Catanias Scherzen, dachte sie. »Kurier, Bote, wie Sie wollen.«

Kessler seufzte erleichtert. »Warum haben Sie das nicht gleich gesagt? Ich habe das Geld hier.« Er hielt die Plastiktüte in die Luft. »Nehmen Sie.« Langsam gewann er die Fassung wieder und auch seine arrogante Schärfe.

»Gleich, aber zuerst muß ich eine Nachricht überbringen.«

Kessler sah sie verdutzt an.

»Wie gesagt, der Auftrag ist noch nicht ganz zu Ende gebracht. Sarah Jensen lebt noch.«

Kessler verlor allmählich die Geduld. »Ja, das weiß ich bereits. Aber wie ich verstanden habe, stellt sie kein Problem mehr dar.«

Christine lächelte ihn spöttisch an. »Nein, im Gegenteil. Sie war äußerst hilfreich.« Das Lächeln schwand, und die Stimme wurde leise und bedrohlich. »Der Auftrag wurde geändert.« Sie trat einen Schritt vor. »Nicht Sarah, sondern Sie sind jetzt dran.« Sie sah, wie der Schweiß sein von Angst verzerrtes Gesicht herunterfloß.

»Wir müssen darüber reden. Das ist ein Irrtum.«

Sie lachte bitter. »Nein, Karl Heinz, Sie haben sich geirrt. Sie haben geglaubt, Sie wären besonders schlau, nicht wahr? Und Sie und Catania hätten alles im Griff ... Tut mir leid, aber Sarah Jensen hat Sie beide reingelegt. Oder haben Sie wirklich geglaubt, daß Sarah Sie und Ihren feinen Freund davonkommen lassen würde, nachdem ihre beste Freundin und ein Kollege sterben mußten und Sie versucht haben, auch sie umzubringen?«

»Ich habe sie nicht getötet.«
»Nein, in der Tat. Ich war es. Aber es kommt aufs Selbe heraus. Sie und Catania haben den Auftrag erteilt. Wäre ich es nicht gewesen, hätte es ein anderer getan. Für Sarah haben Sie und Catania abgedrückt.«
Christine zog die Waffe hinter dem Rücken hervor und zielte auf Kesslers Stirn. Er hob die Hände, sein Mund öffnete sich zu einem stummen Protest. Sie umfaßte die Waffe mit beiden Händen und drückte ab. Die Kugel durchschlug Kesslers Stirn. Der Spiegel hinter ihm färbte sich rot. Kessler stürzte zu Boden. Innerhalb von einer Sekunde war ein Leben beendet.
Christine trat näher und starrte auf ihn herab. Überall war Blut. Immer das gleiche. Und der Geruch, immer dieser prähistorische, elektrisierende Geruch. Ihre Haare sträubten sich.
Neben den Füßen des Opfers lag die Plastiktüte mit den Geldbündeln. Eine Blutlache floß darauf zu. Mit behandschuhten Händen hob Christine die Tüte auf. Sie nahm den Rucksack ab, warf die Waffe hinein und die Geldbündel obendrauf. Mit hämmernden Lungen lief sie den Flur entlang durch die schwarze Tür aus dem Haus.
Sie unterdrückte das Verlangen zu laufen, ging langsam über den Kieselweg zu einem Holzzaun, kletterte darüber und schlug einen schmalen Feldweg ein zurück zum Wald.
Er erhob sich vor ihr wie eine Mauer. Aus einer Entfernung von zweihundert Metern wirkte er undurchdringlich und massiv. Es war bereits dunkel. Sie würde Schwierigkeiten haben, zum Wagen zurückzufinden. Jetzt beschleunigte sie ihren Schritt. Zweige peitschten gegen ihr Gesicht. Zweimal stolperte sie und fiel. Doch sie empfand keinen Schmerz, als sie mit den Knien auf Wurzeln und Steinen aufschlug und sich die Haut aufschürfte.
Als sie schließlich zur Lichtung kam, wo sie den Wagen geparkt hatte, schwitzte sie am ganzen Körper. Am Waldrand blieb sie stehen und versuchte, ruhiger zu atmen. Sie beobachtete die Lichtung, die Luft schien rein. Schließlich lief sie zum Wagen und nahm den Schlüssel aus dem Rucksack. Sie schloß die Hecktür

auf, leerte den Rucksack aus und zählte das Geld. Vierhunderttausend Pfund. Die Geldbündel packte sie in eine andere Tasche und versteckte sie zusammen mit dem Rucksack unter einem Stapel Zeitungen. Dann schloß sie die Hecktür, stieg vorne ein und fuhr los.
Unterwegs bemerkte sie den Riß in ihrer Jeans und die blutigen Knie und fluchte laut. Sie mußte die Hose verbrennen. Was die Blutspuren auf dem steinigen Boden und die Stoffetzen anging, dafür war es nun zu spät. Vielleicht fiel Regen und wusch die Blutspuren weg. Christine schaute zum wolkenlosen Nachthimmel auf und verzog das Gesicht.
Von Lambourn aus fuhr sie weiter nach West Sussex, wo Daniel Corda einen Bauernhof besaß. Sie parkte den Wagen vor der Haustür. Daniel, der sie hatte bremsen hören, kam aus dem Haus, um sie zu begrüßen. Er hob fragend die Augenbrauen. Christine nickte.
»Alles klar, soweit.« Sie kramte den Rucksack hervor, nahm ihre Browning Automatic und die Ruger heraus, mit der sie Dante ermordet hatte, steckte beide in eine Plastiktüte und gab sie Daniel.
»Laß sie verschwinden, sei so lieb.«
Er nahm die Plastiktüte und nickte. Dann gab sie ihm die vierhunderttausend Pfund.
»Dein Anteil.«
Er bedankte sich und brachte die Waffen und das Geld ins Haus, um sie im Safe einzuschließen. Anschließend fuhr er den Ford in die Garage.
Im Haus zog Christine die Sachen an, die sie mitgebracht hatte. Die blutbefleckte Hose und das T-Shirt knüllte sie zusammen und gab sie Daniel, als dieser zurückkam.
»Kannst du das bitte verbrennen?« Er nickte. Er brachte die Sachen zu einem Schuppen neben dem Haus, in dem sich ein Ofen befand. Umsichtig, wie er war, hatte er ihn bereits vor Stunden in Gang gesetzt. Christine folgte ihm und fühlte die Hitzewelle, als er die Ofentür öffnete und in die rote Glut blickte. Sie

beobachtete, wie er die Hose, das T-Shirt und die Turnschuhe nacheinander hineinwarf. Dann schloß er die Ofentür und führte sie zu einem anderen Schuppen, wo ein roter Ford Mondeo stand. Er reichte Christine die Schlüssel und sah ihr nach, als sie sich im Dunkel der Nacht verlor.
Morgen würde er den Ford Transit zu einem Schrottplatz bringen, der einem Bekannten gehörte. Von dem Wagen würde nur ein viereckiger Klumpen Metall übrigbleiben. Niemand würde ihn mit dem Mord in Verbindung bringen können.

Kurz vor zehn machte sich Sarah auf den Heimweg. Sie bummelte durch den Carlyle Square und genoß die Abendluft. Sie liebte die langen, heißen Sommernächte, das zögernd verschwindende Tageslicht, den Geruch nach saftigem Laub, Staub und metallischen Abgasen, der fast berauschend war. Sie blieb vor ihrem Haus stehen, als der Kater ihrer Nachbarin aus dem Garten kam und um ihre Aufmerksamkeit bettelte. Er wälzte sich auf dem Rücken hin und her und wirbelte dabei eine kleine Staubwolke auf. Sarah mußte lachen und beugte sich hinab, um ihn zu streicheln. Er sprang auf, streckte sich und rieb sich an ihren Beinen. Nach einer Weile verabschiedete sie sich von ihm und lief die Stufen zu ihrem Haus empor. Aus den Augenwinkeln sah sie das Profil eines Mannes, der in einem parkenden Wagen saß.
Heute abend hatte sie ihren Bewachern keine Arbeit gemacht. Sie hatte sich im Battersea Park unter die abendlichen Jogger, Crikketspieler, Fußballer, Spaziergänger und Boulespieler gemischt. Dann war sie in die King's Road zurückgeschlendert, hatte am Europa-Kiosk Ecke Old Church Road einen Stapel Zeitschriften gekauft und war ins *Café Rouge* gegangen, um dort mit *Vogue, Vanity Fair* und *The Economist* zu Abend zu essen. Ihre Beschatter blieben ihr auf den Fersen: zwei junge Frauen in ihrem Alter, die miteinander lachten und schwatzten, aber nicht gerade sorglos wirkten. Sie warteten in der Schlange auf einen Platz. Sarah las in ihren Zeitschriften, als die beiden nach einem diskreten,

aber vorhersehbaren Streit mit dem Kellner drei Tische weiter Platz nahmen.
Der Kellner kam und brachte die Speisekarte. Sarah nahm sich Zeit, änderte ihre Meinung zweimal und freute sich dann auf eine exzellente Bouillabaisse, gefolgt von gegrilltem Entrecôte mit Pommes frites, ein Glas Champagner und einen halben Liter Rotwein. Während sie aß, trank und so tat, als läse sie, konnte sie nicht verhindern, daß sich ihre Gedanken auf chaotische Art selbständig machten. Eine Weile grübelte sie über Eddie und Alex nach. Wie sollte sie ihnen beibringen, was passiert war? Was sollte sie sagen? Nichts. Sie wollte sie aus all dem raushalten, sie gehörten einem anderen Leben an. Außerdem war es noch zu früh, um sich darüber den Kopf zu zerbrechen.
Ihre Gedanken wanderten zu Christine. War es richtig gewesen, sich mit ihr einzulassen? Konnte sie ihr trauen? Logik und gesunder Menschenverstand sagten nein, ihr Instinkt dagegen ja.
Christine hatte recht. Sie brauchte Verbündete, ganz egal, woher sie kamen. Sie konnte ihr nutzen. Sarah fragte sich, was die andere Frau im Augenblick wohl machte und was sie mit der Information, die sie ihr gegeben hatte, anstellen würde. Es war eine wertvolle Information, aber ob sie sich auszahlen würde? Und für wen?
Sie war lediglich der Katalysator gewesen. Jetzt konnte sie nichts mehr tun, außer warten. Und was Christine anging, so hatte sie immer noch ihre Lebensversicherung. Das Päckchen, das sie bei Jack und Jacob zurückgelassen hatte. Wenn Kessler und Catania umgebracht würden, konnte es tatsächlich sein, daß sie am Leben blieb.
Doch auf diesen blutigen Beweis mußte sie noch etwas warten. Sie seufzte tief. Es war schrecklich, aber es war die einzige Möglichkeit. Diesmal würde jemand anders Recht sprechen, wenn sie nicht ganz falsch lag. Aber war das besser? Sie wußte es nicht. Nur eins stand fest: Sie hätte es nicht selbst tun können.
Sie schüttelte die Gedanken ab und bat um die Rechnung, so laut, daß ihre Beschatter sie hören mußten. Sie zahlte langsam, damit

auch ihnen genügend Zeit blieb, gab ein saftiges Trinkgeld und verabschiedete sich freundlich von den versammelten Kellnern. Niemand, der heute abend Sarah Jensens Weg kreuzte, würde sie vergessen, im Gegensatz zu Christine, dafür hatte sie gesorgt. Sollte sie ein Alibi brauchen, würde sie Unmengen davon haben.

Die alte Uhr im Flur schlug gerade zehn, als sie die Wohnung betrat. Sie ging direkt ins Schlafzimmer, warf sich aufs Bett und schaltete den Fernseher an. Die Zehn-Uhr-Nachrichten. Der Sprecher begrüßte die Zuschauer, und sie machte es sich in den Kissen gemütlich. Plötzlich hielt sie inne und starrte ungläubig auf den Bildschirm.

»Auf Giancarlo Catania, den Präsidenten der italienischen Zentralbank, ist heute abend ein Anschlag verübt worden. Nach letzten Erkenntnissen verließ Catania gerade ein Restaurant in Rom, wo er mit seiner Frau und zwei Bekannten gegessen hatte, als von einem vorbeifahrenden Motorrad aus auf ihn geschossen wurde. Catania wurde von mehreren Kugeln getroffen und war offenbar auf der Stelle tot. Seine Leibwächter erwiderten das Feuer, trafen den Schützen tödlich und verwundeten den Fahrer des Motorrades schwer. Er wurde ins Krankenhaus gebracht und unter Polizeischutz gestellt. Spekulationen deuten auf die Mafia hin, aber bislang gibt es keine Hinweise auf das Motiv für den Mord an Catania ...«

Den Rest der Meldung bekam sie nicht mehr mit. Reglos saß sie vor dem Fernseher, ihr war schwindelig vor Angst und Panik. Erst nach einigen Stunden flaute der Schock allmählich ab, und sie kam wieder zu sich. Hatte sie das Ganze mit ein paar wohlgewählten Worten selbst ausgelöst? Oder war es nur ein Zufall? Sie würde es nie genau erfahren. Aber wenn sie richtig tippte, war Catania nicht der einzige, der jetzt eines unnatürlichen Todes sterben mußte.

Es war fast zwölf, als Christine völlig erschöpft, aber triumphierend zu Hause ankam. Sie rief sofort Fieri an. Doch kaum hatte er den Hörer abgenommen, wußte sie, daß nicht alles in Ordnung war. Er faßte sich kurz und sprach nur verschlüsselt. Es sagte, sie solle die Zeitungen lesen und für eine Weile in Urlaub fahren. Sie antwortete, bei ihr sei alles bestens, und fragte sich, was zum Teufel schiefgegangen sein könnte. Er sagte »Gut!«, doch es schien ihn nicht weiter zu interessieren. Er müsse jetzt auflegen, er sei mitten in einer Besprechung, sagte er, und dann, als sei es ihm gerade erst eingefallen »gutgemacht!«. Schließlich murmelte er noch etwas von der »üblichen Prozedur« und legte auf.

Christine ging alle Kanäle im Fernsehen durch. Um zwölf sah sie die Nachrichten bei CNN. Catania war ermordet worden. Der Mörder war tot, sein Komplize festgenommen. Christine erschrak. Würde er auspacken? Würde er ein *pentito* werden? Das Risiko war zu groß. Sie begann methodisch ihre Koffer zu packen.

In weiser Voraussicht hatte sie vor vier Jahren eine Wohnung in Rio gekauft, um untertauchen zu können, falls es je brenzlig werden sollte. Sie packte ihre Koffer zu Ende und nahm eine Dusche. Dann zog sie sich an und schenkte sich einen Whisky ein, um in ihrem dunklen Arbeitszimmer in aller Ruhe einen Plan auszuhekken. Sie würde das nächste Flugzeug nach Rio nehmen. Das war morgen abend. Sie blieb die ganze Nacht wach und verfolgte die Nachrichten im Fernsehen.

Daß man den Fahrer geschnappt hatte, war eine Katastrophe. Sein Name war mit Cesare Romagna angegeben worden. Er war einer von Fieris Auftragskillern und auf heikle Fälle spezialisiert gewesen. Sie hatte einmal mit ihm zusammengearbeitet. Sollte er auspacken, was gar nicht so abwegig schien, waren Fieri und sie geliefert. Sie konnte nur noch hoffen, daß er dichthielt, bis Fieri an ihn rankam. Es war unumgänglich, denn zu verlieren hatte er nichts mehr. Wahrscheinlich besprach er das gerade in seinem Treffen zu so später Stunde.

Christine fragte sich, ob Sarah Jensen die Nachrichten gesehen und wie sie reagiert hatte. Es blieb dabei: Jeder Kontakt war jetzt ausgeschlossen. Dennoch war Sarah Jensen ein Risikofaktor. Sie hatte gezeigt, daß sie vor keiner Gefahr zurückschreckte. Bislang hatte Christine von ihr profitiert. Sie hatten ein Abkommen getroffen, das ihr entgegenkam. Sarah Jensen hatte ihr Informationen gegeben, aber zu welchem Preis? Für das vage Versprechen, daß Christine ihr helfen würde, wenn sie sie brauchte. Die Informationen, die zu den folgenden Ereignissen geführt hatten, waren einige Stunden lang Millionen von Pfund wert gewesen, doch jetzt würde Fieri vielleicht nie bezahlen und sie vielleicht nicht mehr frei sein, um das Geld zu genießen. Hoher Preis, hohes Risiko, das kannte und akzeptierte sie. Aber jetzt kam es ihr so vor, als hätte sie den kürzeren gezogen, und Sarah würde doch als letzte lachen.

Sarah Jensen hatte sich auf grausame Art an zwei Männern gerächt, ohne selbst das geringste Risiko einzugehen. Natürlich konnte sie nicht ahnen, daß ihre Informationen zwangsweise zu so drastischen Konsequenzen führen würden, noch konnte sie sicher sein, daß Christine sie nicht umbrachte, nachdem sie ihr alles erzählt hatte. Sie war ein kalkulierbares Risiko eingegangen, und es hatte geklappt. Aber jetzt sah die Sache ganz anders aus. Wo lagen Sarahs Interessen?

Christine fragte sich, ob sie sie hätte töten sollen, als sie die Möglichkeit dazu gehabt hatte ...

Jetzt war es zu spät, aber sie glaubte ohnehin nicht, daß Sarah ihr wirklich gefährlich werden könnte. Sie teilten noch immer dieselben Interessen. Sie würde schweigen und wenn es nötig war, auch lügen. Sarah Jensen besaß einen starken Selbsterhaltungstrieb. Das war die beste Garantie für Loyalität.

Christine hörte ein leises Geräusch draußen vor ihrem Fenster. Sie stellte ihr Glas ab und horchte. Sie lächelte, als das Geräusch stärker wurde. Es hatte angefangen zu regnen; das Blut, die Stofffetzen würden weggewaschen werden.

29

Es war zwei Uhr früh. Bartrop hatte gerade vom Mord an Catania erfahren und versuchte das Ganze zu verdauen, als das Telefon klingelte. Es war ein Beamter der Special Branch. Karl Heinz Kessler war tot. Bartrop saß reglos da und hörte sich die Einzelheiten an. Er wollte benachrichtigt werden, sobald neuere Erkenntnisse vorlagen.

Er ging durch das stille Haus in die Küche und kochte sich einen Tee. Nachdenklich saß er dann im Arbeitszimmer und nippte an dem heißen Getränk. Catania und Kessler waren tot. Sarah Jensen dagegen spazierte quicklebendig durch London. Er wußte jetzt, daß er sie unterschätzt hatte. Er fragte sich, wozu sie sonst noch fähig war. Wenn er mit seinen Vermutungen richtig lag, hatte sie ihm einen Gefallen getan. Die Morde deuteten auf Fieri. Wenn der Motorradfahrer sang, hatten sie eine gute Chance, an Fieri ranzukommen. Aber welche Rolle spielte Sarah wirklich? Sie wußte etwas und hatte mit irgend jemandem einen Kuhhandel gemacht, aber mit wem? Das Gleichgewicht in ihrer unsichtbaren Beziehung hatte sich verlagert. Offensichtlich wußte sie jetzt mehr als er und war ihm einen Schritt voraus – eine unerträgliche Situation.

Samstag morgen. Sarah wachte um sechs Uhr auf. Sie lag noch eine Weile mit geschlossenen Augen im Bett und lauschte den Vögeln und dem fernen Brausen des frühmorgendlichen Verkehrs. Sie gab sich den Eindrücken hin. Geräusche, Gerüche und das Gefühl, in ihrem eigenen Bett zu liegen. Sie schlug die Augen auf und drehte sich um. Sie betrachtete die weiße Wand, die weißen Vorhänge, die in der frühen Brise vor der Schiebetür flatterten. Auf der Terrasse blühten ihre Pflanzen. Die Luft war frisch und feucht, der Tag versprach heiß zu werden. Letzte Nacht hatte es geregnet und für etwas Abkühlung nach der stickigen Hitze gesorgt.

Sie setzte sich im Bett auf und zog die Beine an. Zum ersten Mal seit Wochen spürte sie, daß sie allmählich ruhig wurde. Auch ihre Energie kam zurück, und plötzlich hatte sie einen Bärenhunger. Sie sprang aus dem Bett, zog die Sachen vom Tag davor an, griff nach ihren Schlüsseln, schob das Fahrrad nach draußen und machte sich auf den Weg.

Einer der wenigen Läden in der Gegend, die rund um die Uhr geöffnet hatten, war das *Seven-Eleven* auf der Gloucester Road. Sarah fuhr durch die Straßen, die am frühen Morgen nur einer Handvoll unentwegter Jogger gehörten. Ein paar Penner stöberten in den Mülltonnen.

Der Laden war leer. Sarah drehte eine Runde mit ihrem Einkaufswagen. Eier, Milch, Butter, Brot, frischer Orangensaft und Zeitungen; alles, was sie für ihr Lieblingsfrühstück brauchte. Dann verstaute sie alles in der Fahrradtasche und fuhr auf Umwegen nach Hause, die Morgensonne, die Ruhe und das Gefühl der mühelosen Anstrengung in vollen Zügen genießend.

In der Küche machte sie sich sofort an die Arbeit und unterbrach die Zubereitung des Pfannkuchenteigs nur, um Musik von K. D. Lang aufzulegen – sie war immer so beruhigend und tröstlich. Sie drehte sie leise, denn sie wollte die Nachbarn, die bei offenem Fenster schliefen, nicht aufwecken. Dann kehrte sie in die Küche zurück. Mit eibekleckerten Händen begann sie, das Mehl einzurühren und gab etwas Salz hinzu, bevor sie den Teig in den Mixer kippte. Fünf Minuten später zog frischer Kaffeeduft durch die Küche, und auf dem Herd brutzelten die Pfannkuchen. Sie suchte im Schrank nach der rotgoldschwarz lackierten Blechdose mit Sirup. Das Etikett zeigte einen von Bienen umschwärmten toten Löwen. Sie drehte die Dose in der Hand und las die Aufschrift »stark und süß«. Plötzlich überfielen sie lauter Erinnerungen.

Ihre Mutter hatte ihr zu besonderen Anlässen immer Pfannkuchen mit schwarzem Sirup gemacht, manchmal auch ein Quentchen Rum hinzugefügt; Sarah kannte den Geschmack, seit sie vier war. Und jedesmal hatte ihre Mutter ihr die Sirupdose gezeigt und die Aufschrift vorgelesen.

Stark und süß. So lange her. Und jetzt? Wie lange würde sie brauchen, um sich wieder zu fangen? Sie schüttelte sich, stapelte die Pfannkuchen auf einen Teller und trug sie mit dem Kaffee und dem Orangensaft auf einem Tablett ins Wohnzimmer. Dort streckte sie sich auf dem Sofa aus und blätterte in der Zeitung. Der Sirup tropfte durch den Pfannkuchen auf ihre Hände. Sie leckte ihn ab.

Eine Weile später, gerade als sie aus der Dusche kam, läutete das Telefon. Sie setzte sich naß auf ihr Bett und nahm neugierig den Hörer ab. Etwas früher als sie erwartet hatte – Barrington. Diesmal sparte er sich die Formalitäten und redete nicht lange um den Brei herum.

»Ich glaube, wir sollten uns mal unterhalten, meinen Sie nicht?«

Sarah drehte den Spieß um. Er war ihr eine Erklärung schuldig, nicht umgekehrt. »Ja, Governor, das denke ich auch.«

»In einer halben Stunde wird Sie jemand besuchen kommen. In Ordnung?«

»Nein, überhaupt nicht. Ich werde niemandem die Tür aufmachen. Ich werde nur mit Ihnen sprechen. Und wenn wir schon dabei sind, am besten bringen Sie auch gleich Ihren Boß mit oder wer immer im Hintergrund die Fäden zieht. Vielleicht bekomme ich dann endlich ein paar ehrliche Antworten. Oder ist das zuviel verlangt?«

Es folgte eine lange Pause. Sarah malte sich aus, wie Barrington schwer atmete, wie er fast eine bissige Bemerkung machte, sich aber doch zusammenriß, um nicht die Fassung zu verlieren. Schließlich antwortete er geduldig und langsam, als wäre sie ein ungezogenes Kind. Sarah hätte beinahe losgelacht.

»Wie gesagt, es wird jemand zu Ihnen kommen. Ich habe zu tun, Sie haben zu tun, alle haben zu tun.«

»Ja, ich kann mir vorstellen, wie lästig das Ganze für Sie sein muß. Sie hatten sich auf ein ruhiges Wochenende gefreut, und jetzt müssen Sie auch noch Zeit schinden, nicht wahr, Governor? Natürlich können Sie mir nichts sagen, bevor sie mit ihm – oder ist es vielleicht eine Sie – gesprochen haben. Also, rufen Sie mich später an und sagen Sie mir, was Sie erreicht haben.«
»Hören Sie, Sarah. Ich kann verstehen, daß Sie wütend sind.«
Sarah fiel ihm ins Wort. »Verstehen? Nein, Governor. Ich glaube, daß Sie dazu gar nicht fähig sind.« Ihre Hand zitterte vor Wut, und sie legte einfach den Hörer auf.

Barrington rief Bartrop an.
»Sie ist wütend. Sie will Sie sehen.«
Bartrops Augenbrauen hoben sich vor Staunen. »Was soll das heißen, sie will mich sehen? Tut mir leid Governor, hätte ich mir denken können. Sie ist also wütend, was?«
»Ja, und ihre Wut scheint auch nicht so schnell zu verfliegen. Ich an Ihrer Stelle würde nicht so lachen. Allerdings war sie auch sehr offen, so als wäre das ganze Spiel jetzt vorbei.«
Bartrop lachte leise: »Denkt sie das wirklich?«
»Hören Sie, Bartrop. Ich bin kein Hellseher. Sie haben mich gebeten, bei ihr anzurufen, und das habe ich getan. Dabei sollten wir es belassen, wenn Sie nichts dagegen haben.«
»Nein, hab' ich nicht, Governor. Ich glaube, daß Sie recht haben. Wir müssen ja nicht alle beide um sie herumtanzen.«
»Sie werden sie also aufsuchen?«
»Ich glaube, daß es an der Zeit ist, meinen Sie nicht?« Barrington lächelte in sich hinein. »Na, dann viel Glück.«
»Werden Sie sie noch mal anrufen und ihr sagen, daß jemand vorbeikommt?«
»Rufen Sie sie selbst an. Ich bin doch nicht Ihr Laufbursche.«

Fünf Minuten später saß Bartrop im Wagen und ließ sich von Munro zum Carlyle Square fahren.
Kurz vor zehn waren sie da. Er bat Munro, im Wagen zu warten,

stieg aus und ging auf Sarahs Haus zu. Er warf einen Blick auf die Fassade. Er wußte, daß sie zu Hause war, die Beschatter meldeten ihm jede ihrer Bewegungen. Bevor er klingelte, zögerte er noch einen Augenblick. Er war neugierig und bereitete sich auf die ersten Eindrücke vor. Wie sie aussah, wußte er von den Fotos und den Videoaufnahmen seiner Spione, aber er hatte ihr noch nie gegenübergestanden, nie gesehen, wie sie reagierte oder sich bewegte.
Für ihn war sie immer noch ein Rätsel. Stundenlang hatte er versucht, von dem, was er über sie wußte, auf ihren Charakter zu schließen. Sie war eine seltsame Kombination aus Eigenschaften, die, jede für sich genommen, derart intensiv waren, daß sie bereits eine eigenständige Persönlichkeit hätten prägen können. In ihr verschmolzen sie zu einer schwindelerregenden Mischung. Sie war dermaßen extrem, daß es an ein Wunder grenzte, daß sie nicht völlig gespalten war. Die Extreme jedoch schienen ein labiles Gleichgewicht zu halten. Kein Wunder, daß sie bei Jacob Goldsmith, ihrem Bruder, ihrem Freund nach Sicherheit und Stabilität suchte. Sie schien sich vollkommen bewußt zu sein, daß, wenn eine Seite ihres Ichs an Gewicht gewann, die andere Seite Mühe haben würde, das Gleichgewicht wieder herzustellen. Falls seine Theorie stimmte, und dafür gab es gute Gründe, erzeugten einschneidende Ereignisse in ihrem Leben extreme Reaktionen. Genau das machte sie so gefährlich, aber auch so wertvoll. Es gab auch andere Konfliktebenen. Sie vereinte einen Hang zur Selbstzerstörung mit dem Selbsterhaltungstrieb. Vor allem aber war sie unberechenbar.
Bartrop klingelte.

Sarah hörte das Läuten und sah aus dem Fenster. Vor ihrem Haus parkte ein schwarzer Rover mit einem Mann am Steuer, ein anderer Mann stand auf der Treppe vor ihrer Tür. Ein Staatsbeamter, dachte sie. Special Branch oder Geheimdienst hätte Jacob gesagt. Sie sah sich den Mann vor ihrer Tür genau an. Groß und schlank, aufrechte Haltung, selbstsicher, braunes nach hinten gekämmtes

Haar. Das Gesicht konnte sie nicht erkennen, er stand zu nah an der Tür. Sie sah nur den oberen Teil des Kopfes. Wie der Mann, den sie musterte, empfand auch sie Neugier. Hoffentlich ist er nicht schwach, ausweichend und hilflos wie Barrington, dachte sie. Sie lief die Treppe hinab und öffnete die Tür.
Der Mann reichte ihr die Hand. »James Bartrop. Ein Freund von Anthony Barrington.«
Sarah drückte die Hand. »Kommen Sie rein.« Sie trat einen Schritt zurück.
Er zögerte einen Augenblick und fragte dann: »Ich würde mich lieber im Wagen mit Ihnen unterhalten, wenn es Ihnen nichts ausmacht.« Es war eine Aufforderung, die nicht mal als Bitte kaschiert war. Sarah zögerte, warf einen Blick auf den Wagen und dann auf ihn. »Na schön, ich brauche nur eine Minute.« Sie lief die Treppe wieder hinauf und holte ihre Handtasche und den kleinen Minirecorder, den Jacob ihr gegeben hatte. Sie schaltete ihn an und steckte ihn in die Handtasche. Dann ging sie wieder hinunter, griff nach den Schlüsseln und zog die Tür hinter sich zu.
Bartrop ging zum Wagen vor. Sie wollte gerade einsteigen, als Mrs. Jardine vorbeikam.
»Sarah! Gott sei Dank sind Sie wieder da.«
»In der Tat. Ach übrigens, Mrs. Jardine. Dieser Herr hier heißt Bartrop, James Bartrop. Er ist Makler und wird mir ein Haus zeigen. Sollte ich nicht wiederkommen, werden Sie sich bestimmt an sein Gesicht und seinen Namen erinnern, nicht wahr?« Sie sagte es beiläufig und lächelnd. Die Frau gluckste in sich hinein. »Noch ein Haus ...? Na, wenigstens geht es nicht allen Leuten in England mies.« Sie nickte Bartrop zu und ging ihres Weges.
Bartrop hielt Sarah die Tür auf. Sie nahm auf dem Rücksitz Platz, er neben ihr. Eine Glasscheibe trennte sie vom Fahrer.
»Kutschieren Sie uns einfach ein bißchen herum, Munro«, sagte Bartrop und schloß die Glasscheibe.
»Ich hatte nicht vor, Sie zu entführen«, sagte er dann, an Sarah gewandt.
»Na ja. Nur für den Fall, daß Sie Ihre Meinung ändern.«

Er lächelte. Seine Leute hatten sich in Mrs. Jardines Haus eingenistet. Die Frau und ihr Mann, ein früherer Armeeoffizier, wurden für die Unannehmlichkeiten mehr als großzügig entschädigt. Es gab keinen Zweifel daran, wem sie loyal waren. Trotzdem, Sarah Jensen hatte schnell geschaltet. Sie war verdammt mißtrauisch. Aber das war mehr als verständlich.

»Es ist höchste Zeit, daß wir uns unterhalten, meinen Sie nicht?«

Sie warf ihm einen Blick zu. »Das kann man wohl sagen. Aber zuerst verraten Sie mir vielleicht, für wen Sie arbeiten und welche Rolle Sie spielen?«

Sarah sah aus dem Fenster auf die Passanten und die Farben in den Schaufenstern der Boutiquen auf der King's Road; die Bilder flogen an ihr vorbei. Sie konzentrierte sich auf den Mann neben ihr, versuchte ihn zu durchschauen, so wie er umgekehrt sie. Sie spürte die Kraft seines Widerstandes, seine Entschlossenheit. Es würde nicht leicht sein.

»Darauf werden wir zu gegebener Zeit noch zurückkommen. Zuerst möchte ich ein paar Dinge klarstellen.«

Sarah wandte sich halb um und sah ihm in die Augen. Sie wartete, daß er anfing zu sprechen. Eine Weile herrschte angespanntes Schweigen.

»Das erste, was ich gerne wüßte, ist, warum Sie verschwinden und dann so plötzlich wieder auftauchen? Die Zeiten scheinen nicht gerade sicher zu sein. Immerhin sind Giancarlo Catania und Karl Heinz Kessler ermordet worden.«

»Was?« rief Sarah überrascht. Von Catanias Tod wußte sie, aber Kessler ... Jetzt hatte sie keine Zweifel mehr. Ihre Äußerungen Christine gegenüber mußten der Auslöser gewesen sein. Sie verbarg ihren Schock nicht.

Bartrop studierte ihr erschrockenes Gesicht. Entweder war sie eine verdammt gute Schauspielerin, oder sie hatte wirklich keine Ahnung gehabt.

»Warum haben Sie Ihr Versteck verlassen, Sarah? Haben Sie sich geeinigt? Haben Sie ein Abkommen mit der Mafia getroffen?«

Sarah starrte einen Augenblick vor sich hin und sah ihn dann an. »Wie können Sie es wagen?« Ihre Stimme war leise, doch die Wut darin war nicht zu überhören. »Selbstherrlich und großkotzig sitzen Sie da und klagen mich an? Zwei Unschuldige mußten dran glauben, weil Sie mir einen unmöglichen Auftrag erteilt haben. Ich gehe davon aus, daß Sie es waren, oder gibt es noch jemanden im Hintergrund?«

Bartrops Gesicht war gespannt. »Nein.«

»Dann tragen Sie die ganze Verantwortung.« Sie machte eine kleine Pause, um sich zu fassen. »Schon wieder zwei Tote, so viele Menschenleben zerstört. Und wofür? Auf wen hatten Sie es die ganze Zeit abgesehen? Ich habe Ihnen und diesem Trottel von Barrington alle möglichen Beweise geliefert, und Sie haben nichts getan. Es gab keine einzige Verhaftung, nicht mal eine kleine Untersuchung. Gar nichts.« Plötzlich kam ihr eine Idee. »Es sei denn, Sie wollen mir jetzt weismachen, daß Sie Catania und Kessler auf dem Gewissen haben.«

Bartrop lachte. »Das wäre doch wohl eher Ihre Domäne, nicht wahr? Rache nämlich.«

Sie biß sich auf die Lippen und sah ihn schweigend an.

»Sie haben doch den Lastwagenfahrer getötet, oder nicht? Der gegen den Wagen Ihrer Eltern geprallt war?«

Sie starrten sich an. Sie zuckte nicht mit der Wimper. Ihre Augen waren tot und leer. Es war, als hätte sie sich völlig in sich selbst zurückgezogen.

»Kaltblütige Rache, kein Mitleid.«

Diesmal war er nicht auf ihre Reaktion vorbereitet. Sie spuckte die Worte aus, als sei es Blut.

»Mitleid! Was wissen Sie schon! Ich bin zerrissen von Mitleid!« Gerade noch rechtzeitig hielt sie inne. Sie hätte es ihm so gerne gesagt. Verstehen Sie nicht? Darum geht es. Rache und Mitleid, die einzigen Dinge, die mich zusammenhalten. Ich habe es einmal für meine Eltern getan und dann wieder für Dante und Mosami. Und auch für mich, ich gebe es zu. Es ist der einzige Weg, um damit fertig zu werden. Wissen Sie, wie es ist? Die toten Körper

zu sehen? Ständig daran denken zu müssen, wie es passiert ist? Wenn ich daran denke ... Eine Weile kämpfte sie gegen ihre Tränen an, dann setzte sie ihr stummes Selbstgespräch fort. Die Rache verleiht mir die Kraft, weiterzumachen. Sie ist radikal, unvollkommen, sie macht mir keinen Spaß, weiß Gott, was sie in mir bewirkt, aber sie ist eine Lösung, eine Form von Gerechtigkeit jedenfalls. Verstehen Sie das nicht? Sie sah Bartrop an. Sein Gesicht war ausdruckslos.
Er beobachtete sie, ohne ein Wort zu sagen, stellte sich die Konflikte vor, die sie innerlich zerrissen. Vollkommen angespannt saß sie neben ihm, als wollte sie einen körperlichen Angriff abwehren. Er beschloß, das Thema zu wechseln.
»Sie werden verstehen, daß wir gewichtige Gründe hatten, um die Ermittlungen so durchzuführen.«
»Das müssen Sie wissen.« Ihre Stimme war kalt und beherrscht.
»Was würden Sie sagen, wenn ich Ihnen erklärte, daß wir einen Mafiaboß im Visier hatten, der für den Schmuggel von Heroin und Kokain nach England verantwortlich ist?«
»Daß Sie mich hätten informieren oder jemanden hätten einsetzen müssen, der die Risiken kannte, statt wie ich unschuldige Menschen in Gefahr zu bringen, ohne es zu wissen.«
»Ich gebe zu, wir haben Sie unterschätzt.«
»Sparen Sie sich Ihre Komplimente. Sagen Sie mir lieber, was Sie nun von mir wollen.«
»Na schön. Ich möchte, daß Sie mir helfen, diesen Mann zu fassen, das ist alles. Was sonst passiert ist und Sie angeht, ist für mich nicht relevant.«
»Es ist mir egal, was für Sie relevant ist oder nicht. Warum haben Sie mich nicht ganz offen um Hilfe gebeten? Statt dessen kommen Sie mir mit Drohungen. Vermutungen. Mehr haben Sie nicht. Und nach allem, was passiert ist, meinen Sie wirklich, daß Sie mich noch mal so leicht rumkriegen können?« Ihre Stimme überschlug sich fast vor Verachtung. »Halten Sie den Wagen an.«
Bartrop öffnete die Glasscheibe und bat Munro anzuhalten. Der

Wagen bremste. Sarah öffnete die Tür, um auszusteigen. Sie wandte sich noch einmal Bartrop zu.

»Sie brauchen meine Hilfe nicht. Haben Sie jemals von der Dominotheorie gehört?«

Er nickte, neugierig.

»Dann warten Sie ab, wie sie fallen. Es passiert ganz von selbst.«

Damit stieg sie aus und knallte die Tür hinter sich zu. Munro sah seinen Chef fragend an.

»Wir fahren zurück«, sagte Bartrop.

Bartrop saß zu Hause am Schreibtisch und sah aus dem Fenster, als Miles Forshaw anrief.

»War es erfolgreich?«

»Ich denke schon.«

»In welcher Hinsicht?«

»Ich habe gelernt, Geduld zu üben.«

Forshaw runzelte skeptisch die Stirn. »Und nun?«

Bartrop lächelte. »Vorerst unternehmen wir nichts. Wir warten ab.«

»Und was passiert mit Sarah Jensen?«

»Nun, sie scheint der Meinung zu sein, daß sie ihre Rolle zu Ende gespielt hat.«

»Und hat sie recht?«

»Natürlich nicht.«

30

Am nächsten Nachmittag saßen Jacob und Jack schlecht gelaunt und nervös in Jacks marokkanischem Haus. Sie wußten, daß Sarah sie nicht anrufen konnte. Sie hatte ihnen gesagt, daß sie sie weder anrufen noch ihnen schreiben würde. Wenn ihre Abmachung mit Catania nicht aufging, sollte keiner ihre Spur zu ihnen zurückverfolgen können. Außerdem hatte sie sich Sorgen wegen Barrington und seiner Hintermänner gemacht. Auf keinen Fall sollten Jacob und Jack mit hineingezogen werden. Das wußten sie, hatten es widerwillig akzeptiert, doch nach drei Tagen hielten sie es nicht länger aus.

Um sich abzulenken, gingen sie in Jacks Arbeitszimmer und sahen sich die Mittagsnachrichten auf CNN an. Eine ganze Stunde würden sie sich nicht miteinander zu unterhalten brauchen. Jack schaltete mit der Fernbedienung den Fernseher an. Sie saßen nebeneinander auf dem Sofa und hörten dem Nachrichtensprecher zu. Er las die Schlagzeilen vor und kam dann auf die Nachricht zurück, die letzte Nacht ganz Italien erschüttert hatte. Seine Stimme war ruhig und neutral. Jacob und Jack saßen da wie versteinert. Giancarlo Catania in Rom ermordet. Noch bevor sie sich von dem Schock erholt hatten, berichtete der Sprecher, daß in London ein weiterer bekannter Banker ermordet worden sei. Karl Heinz Kessler. Die beiden Männer sahen sich entsetzt an.

»Ich fliege nach London zurück«, sagte Jacob.

»Ich komme mit«, antwortete Jack.

Sie buchten die nächste Maschine nach London, die am folgenden Morgen von Marrakesch flog.

Christine ging durch die Halle des Terminal drei in Heathrow auf den Varig-Schalter zu. Sie lächelte der Stewardeß in der blauen Uniform zu. Dann sagte sie in einwandfreiem Portugiesisch: »Ich habe für den heutigen Flug nach Rio einen Platz reservieren lassen. Julia Rodriguez.«

Die Frau lächelte. »Einen Augenblick bitte, ich muß im Computer nachsehen.« Sie tippte ein paar Befehle ein.

»Ja. Erste Klasse, mit Visa bezahlt. Dürfte ich Ihre Karte und den Paß haben?«

Christine zog eine goldene Visakarte und einen Paß aus der Handtasche, der auf den Namen Julia Rodriguez ausgestellt war. Die Stewardeß, auf deren Namensschild »Mrs. Hernandez« stand, sah in den Paß, streifte Christine mit einem diskreten Blick und widmete sich dann offensichtlich befriedigt ihrer Kreditkarte. Sie schob sie durch die Maschine, die eine Quittung ausspuckte. Christine unterschrieb und nahm Karte und Paß wieder an sich. Die Stewardeß gab ihr den Flugschein.

»Gate neunundvierzig. Guten Flug.«

Christine erwiderte ihr Lächeln. »Danke schön.« Sie drehte sich um und ging schnellen Schrittes die Treppen zur Abflughalle hinauf. Eine attraktive Frau, eine typische Brasilianerin: mittelgroß, gut gebaut, kaffeebraun, schwarzes Haar, braune Augen. Christine sah ihr Spiegelbild in den Glaswänden des Ganges, der zu ihrem Gate führte, und lächelte. Sie hatte zwei Stunden damit verbracht, sich in Julia Rodriguez zu verwandeln. Haarfarbe, Schere, Selbstbräunungscreme, braune Kontaktlinsen, ein falscher Paß und das Schwierigste, eine andere Gangart: rasch und geschäftig. Sie ging schnell, spannte die Bauchmuskeln an und trug zu enge Schuhe. Nichts deutete auf Christine Villiers hin.

Eine Stunde später hob die Maschine ab. Sie stieg auf, zog eine langsame Kurve und gewann an Höhe. Christine öffnete mit einem Glas Champagner in der Hand ihren Gurt. Sie starrte hinab auf die Dunkelheit, die die englische Landschaft verhüllte. Sie wußte nicht, wann sie England wiedersehen würde, aber es war ihr egal. In diesem Augenblick war sie glücklich. Wie eine

Eidechse, die ihren Schwanz abgestoßen hat, feierte sie ihre gestohlene Freiheit.

Als die 747 der Varig gerade den Atlantik überquerte, packte der Motorradfahrer aus. Langsam und methodisch nannte er sämtliche Namen, die er kannte. Er hatte keine andere Wahl. Sein Anwalt war von der Polizei gezwungen worden, ihm zu sagen, daß der Don ihm nicht traute und den Auftrag erteilt habe, ihn umzulegen. Seine einzige Chance, am Leben zu bleiben, bestand darin, Kronzeuge zu werden. Er war zweiundvierzig und hatte keine Familie. Mit Hilfe des Staates und einer neuen Identität konnte er untertauchen, ein neues Leben beginnen, vielleicht in Amerika. Er konnte aber auch auf das Messer warten, das unweigerlich seine Rippen durchbohren würde, oder auf die Kugel im Kopf, die ihn zum Schweigen bringen würde.
Die Richter in Rom begannen, das Puzzle zu enträtseln. Um Mitternacht wurden die ersten Haftbefehle ausgestellt. Unter ihnen war auch einer gegen Antonio Fieri.

Bartrop saß allein in seinem Haus am Chelsea Square. Die Dominosteine fielen. Wo würden sie haltmachen? Wie hatte sie das angestellt? Was genau hatte sie getan? Sie wollte es ihm nicht sagen, das war klar. Sarah Jensen verachtete ihn. Seine Operation war nicht wegen ihrer Kooperation erfolgreich gewesen, sondern weil sie sich mit ihren eigenen Interessen überschnitten hatte. Sie glaubte, daß seine Drohungen ihr nichts anhaben könnten, weil sie sie allein durch ihre Haltung neutralisiert hatte. Doch da irrte sie, sie war nicht unverwundbar. Auch sie hatte ihre Achillesferse: Jacob Goldsmith. Er hatte Beihilfe geleistet. Das war kein Verbrechen, aber er war ein alter Mann, der sich nach einem ruhigen Lebensabend sehnte. Damit war es nun vorbei, auch wenn er sich stets im Hintergrund hielt und nie in Erscheinung trat. Wenn er aber den Spieß umdrehte und seine Aufmerksamkeit Jacob widmete, würde Sarah Jensen nachgeben und auspakken.

Nun gut. Er hatte, was er wollte. Fieri saß, die Chancen für eine Verurteilung standen nicht schlecht. Doch ein einziger *pentito* war nicht genug. Ein einzelnes Leben, dem leicht ein vorzeitiges Ende zu bereiten war. Bartrop und die Italiener brauchten mehr Zeugen für eine Verurteilung. Bartrop brauchte Sarah Jensen, er mußte herausfinden, was sie wußte. Er ging schlafen und träumte von ihr.
Bereits am folgenden Morgen erhielt er Auftrieb für seine Pläne. Die Special-Branch-Abteilung im Flughafen von Heathrow erreichte ihn gegen elf. Jacob Goldsmith war gerade angekommen. Bartrop triumphierte innerlich. Langsam fügte sich alles zusammen.

Jacob und Jack nahmen ein Taxi zum Carlyle Square. Sie bezahlten den Fahrer und klingelten nervös an Sarahs Tür. Schließlich hörten sie ein Geräusch, und als sie aufblickten, entdeckten sie Sarahs Kopf am Fenster.
»Jacob, Jack!« rief sie erfreut. »Wartet, ich komme runter.«
Die beiden Männer grinsten sich an. »Ich wußte, daß ihr nichts passiert ist«, sagte Jacob erleichtert.
Sarah riß die Tür auf und küßte und umarmte sie beide, wobei sie diskret eine Träne von Jacobs Wange wischte. Sie stellten ihre Koffer im Flur ab. Sarah lächelte und führte dann den Zeigefinger zu den Lippen.
»Machen wir einen Spaziergang«, sagte sie mit strengem Blick.
Die Männer nickten ein wenig verdutzt, und kurze Zeit später schlenderten sie auf den sonnenüberfluteten Carlyle Square zu. Sarah öffnete das Tor zum Park und ließ sie vorgehen. An einer Bank blieben sie stehen und setzten sich. Ein paar Kinder spielten in der Nähe, eine Frau paßte auf, aber alle waren außer Hörweite.
Sarah saß zwischen Jack und Jacob.
»Ich freue mich so, euch zu sehen, das könnt ihr euch gar nicht vorstellen.« Eine Weile redeten und lachten sie alle durcheinander. Dann hörte das Lachen auf, und die Fragen begannen.

»Mein Haus wird überwacht«, erklärte Sarah. Jacob, der wie üblich schrecklich neugierig und schrecklich besorgt um sie war, stellte eine Frage nach der anderen. Er wollte alles wissen, was passiert war, auch wenn es längst vorbei war.
Früher hatten seine Fragen sie auf die Palme gebracht. Heute fühlte sie sich erleichtert, ihn zu sehen, wieder zu Hause zu sein, seine Fragen zu beantworten, über alles zu sprechen. Es gab niemanden, mit dem sie sprechen konnte, außer ihn. Und Jack. Sie war froh, daß es ihn gab. Er war ein Freund, und außerdem wurde so nicht Jacob alleine damit belastet.
»Was hast du unternommen? Was ist passiert? Hattest du etwas mit den Morden an Catania und Kessler zu tun?« fragte Jacob.
Jack war schockiert. Er beobachtete abwechselnd Jacob und Sarah und erwartete Empörung in ihrem und Ironie in Jacobs Gesicht. Doch vergeblich. Sie anwortete ernst, müde und sachlich. Am meisten jedoch überraschten ihn die wissenden und verschwörerischen Blicke, die sie austauschten.
»Ich habe nicht viel unternommen. Ich bin ziemlich passiv gewesen. Einer Person habe ich was gesagt und einer anderen gar nichts. Wahrscheinlich hätte ich der ersten gar nichts und der anderen alles erzählen sollen. Aber ich hab's nicht getan und bin froh darüber. Und um deine letzte Frage zu beantworten. Ich habe keine Ahnung. Möglich.«
Jacob war wütend, Jack amüsiert. »Kannst du uns das Ganze vielleicht noch mal erzählen, aber diesmal ohne Rätsel?« sagte Jacob.
In den nächsten zehn Minuten erzählte sie ihnen, was passiert war. Beide Männer schwiegen anschließend, als müßten sie das Gehörte erst einmal verdauen.
»Und wo ist diese Christine Villiers jetzt?« fragte Jacob.
»Ich nehme an, daß sie untergetaucht ist. Sie hat sich nicht mehr bei mir gemeldet. Wenn sie meine Informationen an Fieri weitergegeben und Kessler umgebracht hat, wird sie wohl kaum in der Gegend bleiben, oder?«
»Glaubst du denn, daß sie es war?«

Sarah seufzte. »Mein Gott, Jacob. Ich weiß es nicht. Aber ausgeschlossen ist es nicht, oder?«

»Und was ist mit Bartrop?«

Sarah runzelte die Stirn. »Er hat mich gefragt, ob ich mich mit der Mafia geeinigt hätte. Könnt ihr euch das vorstellen?«

»Das hast du doch, oder etwa nicht?«

Sarah sah ihn böse an. »Nein, hab' ich nicht. Ich habe Christine lediglich von Catania erzählt. O ja, ich habe gehofft, daß sie die Information benutzt, um ihn zu diskreditieren, auch um ihn zu töten. Ich hatte den Verdacht, daß er mit der Mafia in Verbindung stand. Das lag zumindest nahe. Wenn es so war, hätten sie es gar nicht gerne gesehen, daß er von einer Gruppe von Außenstehenden erpreßt wurde und eine Menge Mitwisser hatte beseitigen lassen. Wie sie reagieren würden, wenn sie selbst betroffen waren, lag ganz bei ihnen. Und bei Christine Villiers. Wie sollte ich wissen, daß sie für die Mafia arbeitete? Sie ist ein Profikiller, lebt in Italien. Aber wie es sich gezeigt hat, lag ich auch mit ihr richtig. Als ich mir alles durch den Kopf gehen ließ, kam ich zu dem Schluß, daß sie mir nützlich sein könnte. Also habe ich sie eingeweiht, und jetzt sind Catania und Kessler tot. Ob sie etwas damit zu tun hat? Wie soll ich das wissen? Aber sie sind tot, die Drogenhändler im Knast und die Verschwörung zerschlagen. Dante und Mosami macht es nicht mehr lebendig, aber das war das Beste, was ich tun konnte. Wenigstens ein bißchen Gerechtigkeit. Matthew und Carla Vitale laufen immer noch frei herum, aber sie waren auch nur kleine Fische. Sie zählen nicht. Was Barrington und Bartrop angeht, ja, ich hasse sie. Ich fühle nur Verachtung für sie. Sie sind für Mosamis und Dantes Tod verantwortlich. Nicht so sehr Barrington, er ist schwach. Bartrop ist der wirklich Schuldige. Er meint, daß er alles rechtfertigen kann, was passiert ist, und findet es bedauerlich, daß er mich unterschätzt hat und daß das sein einziger Fehler war. Jetzt droht er mir, versucht mich zu erpressen.« Sarah starrte vor sich hin. »Ich werde ihm nichts sagen.«

»Er wird nicht lockerlassen, Sarah, wenn er glaubt, daß du ihm etwas verschweigst«, sagte Jacob sanft.
Sie lächelte. »Nein, er wird nicht lockerlassen, aber wenn er nächstes Mal kommt, bin ich nicht mehr da.«
Beide Männer richteten sich auf und fragten wie aus einem Mund: »Wo willst du hin?«
Sarah lächelte. »Ich gehe nach Katmandu zu Alex und Eddie. Ich habe mir ihre Route angeschaut. Sie sind gerade in Katmandu und kaufen Proviant. Das Timing ist perfekt. Ich habe ihnen ein Telegramm geschickt und sie gebeten, mich am Flughafen abzuholen. Das Ticket hab' ich schon. Ich fliege heute abend mit Royal Nepal Airlines, von Gatwick aus.«
Jacob und Jack saßen reglos da, starrten sich an und dann in die Ferne, als versuchten sie, Katmandu zu entdecken. Schließlich brach Jacob das Schweigen.
»Scheint eine gute Idee zu sein. Ich werde dich vermissen. Ich würde mit dir kommen, aber dazu bin ich schon zu alt.« Er lachte und sah Jack an. »Außerdem vermisse ich mein gutes, altes Golders Green. Höchste Zeit, daß ich nach Ruby und dem Garten schaue. Die Blumen sind wahrscheinlich alle schon vertrocknet.« Er warf Sarah einen traurigen Blick zu, und sie nahm seinen Arm.
»Ich komme wieder. Aber es wird eine Weile dauern. Abgesehen von dir und Jack gibt es nichts, was mich zurückhält. Ich habe das Gefühl, je länger ich wegbleibe, um so besser. Die nächsten Etappen auf Eddies und Alex' Route sind ganz schön weit weg vom Schuß: Bhutan und Ladakh. Da findet man mich nicht so leicht. Außerdem ist es wunderschön dort. Ich wollte schon immer dorthin.«
»Am besten bringen wir dich zum Flughafen«, sagte Jack.
»Das wäre toll«, antwortete Sarah. »Allerdings werden wir einen kleinen Umweg machen müssen. Ich habe keine Lust, Bartrop auf den Plan zu rufen.«
Jack war begeistert. »Keine Bange. Ich hab's zwar seit Jahren nicht mehr gemacht, aber so was verlernt man nie. Es ist wie Fahrradfahren.«

Jacob warf ihm einen skeptischen Blick zu. »Na, da bin ich mal gespannt.«

Am späten Nachmittag fuhren sie los. Jack hatte wirklich nichts verlernt. Er kannte sich in den kleinen Straßen Südlondons aus wie in seiner Westentasche. Als Sarah in Gatwick ankam, konnte sie sicher sein, daß ihnen niemand gefolgt war. Sie drückte sie an sich. Diesmal weinten alle drei. Schließlich löste sie sich aus ihrer Umarmung. Vom Flughafengebäude aus winkte sie noch einmal. Sie hatte Glück gehabt, niemand hatte es geschafft, ihnen zu folgen. Ihre Bewacher hatten es versucht und hockten jetzt in ihrem Wagen vor Jacob Goldsmith' Haus, in der Annahme, alle drei hätten sich dorthin verzogen.

Außerdem war es Glück, daß Bartrop nicht damit gerechnet hatte, daß sie das Land derart schnell wieder verlassen würde. An den Paßkontrollen hielt niemand mehr Ausschau nach ihr. Sarah passierte sie unbehelligt. Eine Stunde später hob die Maschine ab, und sie spürte, wie eine Last von ihren Schultern fiel. Sie saß allein in ihrer Sitzreihe, Tränen der Erleichterung strömten über ihre Wangen. In ein paar Stunden würde sie bei ihrem Bruder und ihrem Freund sein, und alles andere wäre nur noch Erinnerung.

Fünfzehn Stunden später war es Morgen in Katmandu. Die Maschine setzte zu einer gefährlich steilen Landung an. Sarah blickte aus dem Fenster, so hohe und überwältigende Gipfel hatte sie noch nie gesehen. Nur widerwillig schienen sie den Weg in die Ebene freizugeben, als hätten sie bei einer wilden Schlacht an Terrain verloren. Die Schönheit und Macht der Landschaft erregten sie, ihr Herz schlug schneller, als hätte sie bereits angefangen, die Berge zu erklimmen. Das Flugzeug setzte auf der kurzen Rollbahn auf und bremste ab. Die Maschine zitterte.

Sarah löste ihren Gurt und stand auf, um auszusteigen. Sie rannte die Treppe hinunter und in die Ankunftshalle. Als sie in der Schlange wartete, klopfte ihr Herz heftig: Paßkontrolle, Gepäck-

ausgabe, Zoll. Schließlich hatte sie alles hinter sich. Sie trat durch die Drehtür und hielt Ausschau.
Sie standen etwas abseits von der Menschenmenge. Alex und Eddie. Braungebrannt und lächelnd. Mit offenen Gesichtern. Sarah lächelte zurück. Sie ließ alles hinter sich und ging auf sie zu.

Epilog

Ich hab' Ihnen bereits gesagt, daß ich nicht weiß, wo sie ist. Sie können mir drohen, es macht mir nichts aus. Es würde mir nur dann etwas ausmachen, wenn Sarah es wüßte, aber sie wird es nicht erfahren. Sie ist verschwunden. Hat mir nicht gesagt, wohin, und zwar genau aus diesem Grund. Mit mir kommen Sie nicht weit. Und vergessen Sie nicht, daß ich alles über Ihre schmutzigen Spielchen weiß. Das gäbe eine verdammt gute Story ...«

Bartrop beugte sich drohend vor. »Denken Sie daran, daß Sie jeden Tag die Straße überqueren müssen.«

Jacob lachte ihm ins Gesicht. »Ich bin dreiundsiebzig Jahre alt. Sie glauben doch nicht im Ernst, daß ich Angst habe, überfahren zu werden?«

»Sie wird früher oder später auftauchen, oder wir finden sie schon vorher.«

»Seien Sie nicht so sicher. Sie wird so lange wegbleiben, wie sie es für richtig hält. Wenn sie zurückkommt, ist der Fall abgeschlossen, und kein Hahn kräht mehr danach. Vielleicht sind Sie dann gar nicht mehr am Leben. Vergessen Sie sie, Bartrop. Sie haben genug Unheil angerichtet. Sie haben gekriegt, was sie wollten. Jetzt lassen Sie sie endlich in Ruhe.«

»Und was ist, wenn ich Ihren freundlichen Rat nicht befolge?«

Jacob lachte. »Ich habe genug Material, um Ihnen das Leben schwerzumachen. Glauben Sie ja nicht, daß Sie das Ganze aussitzen oder den Leuten Maulkörbe verpassen können. Irgend etwas sickert immer durch. Vielleicht wird es nie publik, aber irgend jemand wird sich schon dafür interessieren. Ein Mann wie Sie hat

viele Feinde, in der Regierung und auch draußen. Sie würden doch nicht wollen, daß ich ihnen Munition liefere, oder?« Jacob lächelte. Bartrop erwiderte sein Lächeln. »Warten wir ab. Wenn sie weg ist, dann ist sie weg. Das Ganze hat sich zu sehr zugespitzt. Vielleicht sollten wir einfach alles so lassen, wie es ist.«
»Dann lassen Sie sie in Ruhe?«
Bartrop stand auf und nickte. »Ja«, antwortete er. Und dachte bei sich: »Vorerst jedenfalls.«

Danksagung

Ich hatte das große Glück, beim Schreiben wie bei der Veröffentlichung dieses Buches auf die Unterstützung von wunderbaren Menschen rechnen zu können, nicht nur beruflich, sondern auch privat.

Die Hilfe, Ermutigung und Zuneigung meiner Familie und Freunde hat eine wichtige Rolle gespielt; ihnen allen gilt mein größter Dank. Von meinem Agenten Toby Eady erhielt ich wertvolle Inspirationen; ihm danke ich ebenso wie Miles Morland, der mich mit ihm bekannt machte. Die Unterstützung meines Verlages Orion war mir ein großer Ansporn.

Rosie Cheetham ist eine ausgezeichnete Lektorin, Katie Pope besitzt Quellen, mit denen sie Pinkerton Konkurrenz machen könnte, Anthony Cheetham, Nick McDowell und Susan Lamb waren grenzenlos hilfsbereit und ermutigend.

Die Zusammenarbeit mit Lesly Baxter und Peter Lucas war nicht nur äußerst lehrreich, sondern hat obendrein Spaß gemacht; Peter danke ich vor allem für die Beratung in allen technischen Fragen.

Auch die praktischen Vorschläge und Kommentare von Yvonne Thomas und John Curtis haben mir sehr geholfen. Chris Fagg schenkte mir sein Vertrauen und setzte vieles in Gang, ebenso Rosie Collins, Kate Carr und Andrew Neil. Eric Kohns Brokerkenntnisse sind unbezahlbar.

In der finsteren Welt der Geheimdienste waren Rupert Allason und Andrew Hyslop meine Leitsterne.

Andy Fisch versorgte mich mit unschätzbaren Informationen über Pancake Futures. Die Nachrichtendienste klärten mich über

Abhörmethoden auf; auch ihnen bin ich zu Dank verpflichtet. Diesbezügliche oder anderweitige Fehler sind einzig und allein auf meine beschränkten Kenntnisse und nicht auf die mir zuteil gewordenen Informationen zurückzuführen.